고독한 생활

한국연구재단 학술명저번역총서
서양편 433

고독한 생활

2023년 10월 15일 발행
2023년 10월 15일 1쇄

지은이   프란체스코 페트라르카
옮긴이   김효신
발행자   趙相浩
발행처   (주) 나남
주소   10881 경기도 파주시 회동길 193
전화   (031) 955-4601 (代)
FAX   (031) 955-4555
등록   제 1-71호 (1979.5.12.)
홈페이지   http://www.nanam.net
전자우편   post@nanam.net

ISBN 978-89-300-4127-0
ISBN 978-89-300-8215-0 (세트)

이 책은 2019년 대한민국 교육부와 한국연구재단이 우리 시대 기초학문의 부흥을
위해 펼치는 학술명저번역사업의 지원을 받은 책입니다(2019S1A5A7069259).

한국연구재단
학술명저번역총서
433

고독한 생활

프란체스코 페트라르카 지음

김효신 옮김

De Vita Solitaria

by

Francesco Petrarca

《고독한 생활》한국어판을 펴내며

프란체스코 페트라르카 Francesco Petrarca (1304년 7월 20일~1374년 7월 18일)
는 중세 말기이자 근대의 여명을 여는 전환기에 늘 알프스의 산봉우리
들을 오르내리길 마다하지 않았던 인물이다. 그러기에 알프스 산속에
깊이 들어앉은 수도원들의 지하 서고나 창고에 방치되어 있던 옛 문헌
들을 뒤지고 또 뒤지는 일이 가능했다. 옛 문헌을 찾아내면 바로 필사
하고 고전 작품을 현실로 불러오는 작업을 하느라 여념이 없었던 페트
라르카다. 그리하여 고전복원의 전통이 페트라르카로부터 시작되었
고, 그 자신이 '고전 문헌학의 아버지'로 일컬어지게 되었다. 또한 고
대 문화를 근대에서 부활시켰다는 의미에서 르네상스를 스스로 실천
하는 '최초의 르네상스인' 또는 '최초의 르네상스적 인간'이라고 평가
받는다.

　페트라르카는 단순히 "장서를 수집하기 위해 책을 모으는 것을 경
계하라"고 말하며, "독서는 책을 '서가'가 아닌 '머리' 속에 넣어야 하
는 작업"이라고 강조했다. 페트라르카의 방대한 독서량과 고전문헌
복원작업으로 얻은, 고전에 관한 해박한 지식은 그의 주요 저작에서

잘 드러난다. 대표적으로 나남을 통해서 소개되는 일련의 페트라르카 산문 작품들, 즉《나의 비밀》,《고독한 생활》,《종교적 여가》등을 꼽을 수 있다.

페트라르카는 1304년에 태어나 1374년에 세상을 떠났으니, 정확히 70년을 살았다. 그는 인문주의자로서, 르네상스의 아버지로서 그리고 '페트라르카 시풍'(페트라르키즘)을 일으킨 장본인으로서 르네상스와 그 후대에 이르기까지 근 400여 년 동안 유럽의 시詩 문화에 결정적인 영향을 미쳤다.

페트라르카는 이미 소년기부터 키케로와 베르길리우스를 비롯한 고대 로마 작가들 작품에 깊이 빠져 있었다. 청소년기에 그는 주로 고대 로마 작가로부터 교양이나 사상을 배웠고 자기를 형성해 나갔다. 동시에 라틴 고전문학을 탄생시킨 고대 로마세계 그 자체에도 점차 강한 관심을 가지면서 매료되어 갔다.

이미 유럽에서 탁월한 인문주의자로 널리 알려져 있었고, 젊은 천재로 명성이 자자했던 그에게 1339년 계관시인(뛰어난 시인에게 내리는 명예 칭호)이라는 드높은 명예가, 그것도 파리의 소르본과 로마 시의회로부터 동시에 주어졌다. 페트라르카는 라틴 고전문학을 탄생시킨 고대 로마세계에 심취心醉하면서 로마의 정통성을 중요시하게 만들었다. 페트라르카에게 고대문화 재생 운동은 고대 로마 재생 운동, 이탈리아 재생 운동과 일체였다. 그는 로마의 제안을 받아들였다. 실제로 계관시인으로 즉위식을 치른 날은 정확하게 1339년에서 2년 뒤인 1341년 4월 9일 월요일이다. 로마에서 아폴론의 월계관이 머리에

씌워진 그 부활절 월요일을 페트라르카는 인생의 활에서 정점이라고 생각했다.

훗날 그는 노인이 되어서야 비로소 한 편지에서 이 사건에 대해 언급했다. 이 편지에서 사실 당시에 계관시인이 되기에는 그 자신이 나이로나 정신적으로나 덜 성숙했음을 인정한다. 그는 명예를 얻고 나서 한참 지난 다음에야 대표작들을 썼다. 물론 로마 계관시인으로 즉위했기 때문에 대표작의 저술도 가능했으며, 이 사건은 그의 문학적 창작력에 엄청난 추진력이 되었다.

인생의 후반기에 들어선 페트라르카는 라틴어로 쓴 서사시 《아프리카*Africa*》를 통해서 로마 장군 스키피오 아프리카누스의 업적과 카르타고를 굴복시키고 로마를 승리로 이끈 역사적 사건을 찬양하고자 했다. 로마로 개선하는 스키피오 아프리카누스 장군의 오른편에는 월계관을 쓴 로마시인 퀸투스 엔니우스*Quintus Ennius* (기원전 239~169년)[1]가 모습을 드러내는데, 페트라르카는 이 로마 시인에게 계관시인인 자신을 투영시킨다. 이런 의미에서 본다면 서사시 《아프리카》는 어쩌면 시종일관 페트라르카 자신의 명예, 개선, 계관시인 즉위를 염두에 두고 쓴 것이라고 볼 수 있다.

그러나 예술적 후원자였던 앙주의 로베르(로베르토)가 1346년에 세상을 떠나면서, 페트라르카의 라틴어 시에 대한 집착이나 자신의

---

[1] 퀸투스 엔니우스는 고대 로마 초기의 시인으로 '라틴문학의 아버지'라 불린다. 그리스 비극의 번역을 비롯하여 여러 가지 형식의 시를 지었는데, 특히 로마의 역사를 노래한 서사시 《연대기》는 그리스풍 영웅 율시를 라틴어에 적용한 최초의 시도로서 후대 시인에게 큰 영향을 주었다(《두산백과》 참고).

명예인 계관시인에 대한 집착에서 멀어지면서 단테 알리기에리^{Dante}^{Alighieri}를 비하하던 상투적 표현이었던 속어 작품에 관한 생각이 드러나게 된다. 라틴어 시에 대한 집착과 고집이 반대급부(속어 이탈리아어 시)로 표출되었을 뿐만 아니라, 시 장르 역시 서사시에서 서정시로 전환한 것이다.

바로 이러한 패러다임 변화 이후 페트라르카에 대한 문학적 명성은 이탈리아어로만 쓰인 서정시집 《칸초니에레》 덕분에 더욱더 커져만 갔다. 그는 지속적으로 늘어나는 독자층을 생각하며, 인생의 후반기 내내 《칸초니에레》 구성과 시 다듬기에 진력했다. 그러나 정작 시인 자신은 이 작품이 거둘 문학적 성과를 상상조차 못 했다. 소네트와 칸초네가 주를 이루는 이 《칸초니에레》라는 시집 제목도 실은 페트라르카 자신이 부여한 것이 아니라, 16세기 이르러서야 후대인들이 부여했다. '칸초니에레^{Canzoniere}'라는 단어는 그 자체가 '시집'을 의미한다. 원래 페트라르카가 붙인 시집 제목은 이탈리아어가 아닌 라틴어 제목 *Rerum Vulgarium Fragmenta*(속어 단편 시 모음)이었다. 이는 페트라르카의 라틴어 사랑과 함께 라틴어가 당대 지식인들의 보편적 언어였음을 보여 준다.

단테는 속어에서 철학적·언어적 선견지명을 드러내고, 그의 《희곡 *La Commedia*》이 조반니 보카치오^{Giovanni Boccaccio}에 의해 성스러운^{divina} 작품으로 거듭나 유명한 《신곡^{La Divina Commedia}》이 되었다. 반면, 페트라르카는 오히려 보수적으로 라틴어를 사용하던 습관에서 벗어나는 듯하다가도 시집 타이틀에 라틴어 제목을 남겨 두었다. 라틴어 글쓰기가 페트라르카에게는 너무나도 익숙한 작업이자 여전히 버릴 수 없는 구습이었다.

이탈리아어 시집 제목에 후대인들이 부여한 '칸초니에레'가 붙은 이후, 페트라르카에 대한 문학계의 관심은 이탈리아반도에만 국한되지 않고, 전 유럽의 서구문학 전반으로 확산되어 갔다. 페트라르카 본인은 이탈리아 속어에 큰 기대를 하지 않았고, 라틴어가 영원하리라 믿었을지 모른다. 그가 라틴어 학자로서의 명성을 지녔다는 사실도 그의 이러한 속내를 증명하는 것이며, 그의 사상이나 그를 대표하는 라틴어로 쓴 산문 명저들 역시도 그의 학자적인 라틴어 사랑을 드러내는 증거들이다. 역설적이게도 가장 강력했던 후원자 앙주의 로베르가 존재했을 때의 완벽한 프레임은 큰 반향을 불러일으키지 못했지만, 오히려 그것이 와해되고 사라지고 나서야 괴로움과 불확신의 갈등이 중대한 변화의 국면을 이루었고, 이 변화가 그 이후의 문학계에 지대한 영향을 미쳤다.

인문주의를 포고한 페트라르카의 산문 작품 중 라틴어로 쓴 대표작들이 아직 한국에 제대로 소개되지 않았으며 번역조차 되지 않았기에 처음으로 한국에 소개하는 감회가 남다르다. 번역은 이탈리아 토리노의 UTET 출판사에서 1987년 출판한 'Opere Classici' 전집 중 페트라르카의 라틴어 작품을 묶어 낸 *Opere Latine* vol. 1을 기본으로 했다. 이 책은 라틴어 본문과 이탈리아어 본문을 함께 실어 이탈리아 내에서도 페트라르카 고전의 본보기가 되는 판본이다. 페트라르카가 중세라틴어로 저술한 산문 작품을 이탈리아어와 영어, 일본어 등으로 옮긴 판본을 참고하여 번역하면서 번역이라는 작업이 얼마나 힘들고 고달픈지 새삼스럽게 느꼈다. 보다 나은, 완벽한 번역을 위하여 아무리 노력해도 늘 부족했음을 고백하지 않을 수 없다. 그럼에도 불구하고, 나름대로 최선을 다해 번역하고자 노력했음을 밝혀 둔다.

그리고 한국연구재단의 명저번역 지원사업이 없었다면, 쉽사리 엄두도 내지 못했을 작업이라는 사실도 이야기하지 않을 수 없다. 페트라르카의 산문 명작을 대한민국에서 처음 우리말로 소개할 수 있게 된 것을 무한한 영광으로 생각한다. 이러한 노력에도 부족한 면이 있을 것이고, 미처 다듬지 못한 부분도 있을 것이다. 이러한 부분은 앞으로 나올 후배 번역인들에게 남기고, 아쉽지만 여기서 마무리 짓고자 한다. 부족한 원고에 좋은 기운을 불어넣어 아름다운 책으로 탄생하도록 노력해 준 나남 가족 여러분에게 이 자리를 빌려 진심으로 감사의 말씀을 전한다.

2023년 8월 연구실에서

김 효 신

카바용의 주교 필립에게 바칩니다

당신1이 나의 작품들에 대해서 보여 준 존경심과 사랑만큼은 내가 알기로는 타의 추종을 불허하는 바입니다. 당신 정신의 눈 같은 순수함에는 거짓도 인위적인 의혹도 전혀 없으며, 오랫동안 숨겨져서 드러나지 않았을 일말의 가식조차 의심되지 않습니다. 왜냐하면, 가식과 거짓이 오래 계속되지 않는 것처럼, 진리는 불멸이기 때문입니다. 위

---

1 필립 드 카바솔(Philippe de Cabassole)을 가리킨다. 《고독한 생활》이 헌정된 당사자로, 1346년, 페트라르카가 보클뤼즈에서 이 책의 초고를 완성했을 때 카바솔은 카바용(Cavaillon)의 주교였다. 카바용은 카바솔이 약 1305년에 태어난 아비뇽에서 그리 멀지 않은 작은 교구였다. 우르바누스 5세에 의해서 1368년 추기경으로 추대되어 1370년 사비나(Sabina)의 추기경 주교가 되었으며, 1372년 페루자(Perugia)에서 사망했다.

　1337년 페트라르카가 보클뤼즈에 처음 도착했을 때 그 지역 관할 주교 카바솔을 찾아가서 경의를 표하고, 그 이후 카바솔 주교와 끈끈한 우정을 이어갔다. 페트라르카는 1346년에 이 책의 초고를 완성하고 나서 1366년까지 계속해서 수정, 첨삭 작업을 하였다. 그리하여 마침내 1366년 최종본을 카바솔에게 전달했다. 페트라르카의 《친근 서간집》과 《노년 서간집》에도 그에 대한 언급이 많이 나오며, 그 서간문 중 몇몇은 카바솔에게 보낸 것이다.

장[嬙粧]은 즉시 드러나는 것입니다. 세심한 기술로 잘 정리된 머리카락도 가벼운 바람이 불어 오면 엉망이 되고, 온갖 세공을 다 들인 화장품도 땀이 조금만 나면 다 묻어납니다. 역시 약한 거짓도 진리에 굴복하고, 주의 깊게 바라보는 자의 눈에는 모든 것이 투명하게 드러나는 법입니다. 모든 숨겨진 것은 드러나고, 어둠은 완전히 사라질 것입니다. 사물에 있는 자연스러운 색깔들은 그대로 남아 있고, 오래도록 자신을 숨기는 일은 굉장히 힘들기만 합니다. 누구도 물속에서 오랜 시간 머물 수 없습니다. 물 밖으로 나와야만 하고, 물속에 숨겨 두었던 모습이 그대로 다 드러나기 마련입니다. 이러한 논제들은 내가 무척이나 열망하는 하나의 일을 믿게 해주었습니다. 그리고 사실상 좋아하게 된 것이라면 모두 믿게끔 우리 마음은 한데 쏠립니다. 진정 나의 글들이 친애하는 신부님 마음에 들기만을 간절히 바랍니다.

나는 소수의 사람이 좋아하는 것에 마음을 씁니다. 그리고 사실 잘 아시다시피 나는 종종 새롭고 어려운, 그리고 무거운 주제를 다룹니다. 모든 것을 좌지우지하는 일반 사람들의 견해나 생각과는 거리가 먼 일반적이지 않은 개념의 주제들입니다. 무지한 자들이 나를 좋아하지 않는다면, 내가 슬퍼할 수밖에 다른 방법이 없습니다. 나는 너무나도 열망하고 열망했습니다. 여기에는 내 재능에 대한 상당한 희망이 담겼습니다.

그리고 만약 학자들조차 나를 좋아하지 않는다면 좀 괴롭긴 하겠지만, 고백하건대 그다지 놀랍지는 않습니다. 사실, 내가 과연 누구인지요, 혹은 어떤 이유로 내가 자신을 유혹하는 것인지요, 그것도 특히 대단히 다양한 판단 안에서 말입니다. 혹은 신에 버금가는 저 유명한 웅변술에도 불구하고 마르쿠스 툴리우스 키케로조차 생각하지 못했던 것을 — 내가 잘 아는 바대로 — 불법적으로 얻으려는 이유는 무엇인지요? 키케로의 저서 《최고의 혈통에 대해서 말하고 있노라》2 — 이것은 맙소사, 제대로 작동하고 말았지요, 게다가 고상한 원칙들로부터 비롯되었지요! — 가 마르쿠스 브루투스의 마음에 들었을 리 만무합니다. 이 점에 대해서는 브루투스도 자신이 경멸당했음을 알고 있노라고 암시하는 부분이 서간집에 있습니다. 비록, 브루투스가 박식한 사람이고 저자 키케로의 친구였음에도 불구하고 말입니다. 키케로가 브루투스를 위해서 기도문들을 썼다 해도 달라질 것이 없었던 셈입니다.

유명한 웅변가들이 겪어야만 했던 것보다 더 심각한 과실過失을 이루 다 말할 수는 없을 것입니다. 비록 키케로보다야 훨씬 못한 웅변가들, 그러니까 두 명의 아시니우스와 칼부스3는 웅변술의 원칙을 구사하는 데 자유로움을 지나치게 강조하였습니다. 이들은 다른 이들이 찬양하고 높이 평가하는 것들을 모두 비난하였습니다. 그러므로 누군가가 자신들의 웅변 행태에 대해서 비난하면서 배척할 수도 있었을

---

2 키케로의 《마르쿠스 브루투스를 향한 웅변가》(*Orator ad Marcum Brutum*)이며, 키케로의 서한집에 있는 편지에서는 키케로 자신이 이 작품을 《최고의 혈통에 대해서 말하고 있노라》(*De optimo genere dicendi*)라고 명명했다. 이 작품 속에서 키케로는 브루투스를 비난하는 말들로 투덜거린다.
3 아버지 아시니우스(Asinius: 기원전 76~기원후 5년)와 그의 아들 아시니우스, 그리고 칼부스(Calvus: 기원전 82~47년)는 브루투스처럼 그리스 수사학파의 웅변가들로서 키케로와는 방향을 달리하는 인물들이었다.

것입니다. 그렇다고 그 모든 비난이 키케로와 관련된 것이라고 해야 할까요?

이러한 관점에서 나로서는 당신의 입장을 고려하더라도 아무런 두려움이 없습니다. 만약 내가 당신에게서 찬양을 받거나 혹은 당신께서 나를 좋아한다면, 이러한 일은 나의 공적이나 가치 때문에 일어나는 것이 아니고, 오히려 기질이나 성정이 어느 정도 유사하므로 일어나는 것입니다. 혹은 ─ 이쪽으로 생각하려는 경향이 있는 것 같습니다만 아무튼 더 유력한 쪽인 것 같은데, ─ 바른 판단을 무시할 수 없게 하는 일종의 적이라고 할 만한, 당신의 이상하리만큼 특별한 애정을 유발하는 무언가가 존재한다고 볼 수 있습니다. 실제로 누가 열정적인 사랑에 빠진 상태에서 제대로 된 판단을 할 수 있을까요? 만약 사랑이 올바른 것을 볼 수 있게 하고, 잘 구분할 수 있게 한다면, 도대체 왜 고대의 시들은 그 사랑을 두고 눈이 멀었다고 표현했을까요? 그러나 눈은 멀었다지만 벙어리는 아니었을 것입니다. 게다가 사랑은 설득력까지 탁월하다는 사실을 알 수 있는데, 보이지 않는 것뿐만 아니라, 종종 존재하지 않는 것까지도 다른 사람들에게 보여 준다니까 말입니다.

교부敎父들의 대사면大敎免은 모든 것을 허락합니다. 신자들의 잘못과 결함 위로 건너뛰어서 차라리 모든 것을 보듬어 줍니다. 4 무엇이 되었든지, 당신께서 혹시나 이런 면에서 실수한다고 하더라도, 나는 이를 즐길 것입니다. 나는 결코 당신을 이러한 실수로부터 자유롭게

---

4 페트라르카가 호라티우스의 《풍자시집》 중 1장 3절 43행을 인용한 것으로 판단된다.

하지 않을 것입니다. 그것은 나를 명예스럽게 생각한다는 뜻이고, 당신에게 기꺼운 것이며, 그 누구에게도 해를 끼치지 않습니다. 그러나 만약 우연히라도 당신이 실수하지 않는다면 — 분명히 단순히 바라는 정도를 넘어 내가 열망하는 것이라 할 수 있습니다만 — 왜 내가 그러한 일이 있기를 고대하면서도 한편으로는 고대할 필요가 전혀 없을까요? 또 그와 같은 사랑스러운 판단 그리고 나 자신에게 더 존경의 징표가 될 필요가 전혀 없을까요?

의심하건대, 내가 정말 당신을 나의 문체와 재능을 제일 먼저 찬양한 분이라고 생각하지 않는다면, 나는 아마도 나의 여가餘暇를 제대로 관리하는 사람이 아닐 것입니다. 진정으로 태두泰斗라고 칭할 만한, 그 유명한 대 카토5는 자신의 저서 《기원론》의 서두에서 위대하고 뛰어난 사람들은 자신들의 활동뿐만 아니라 자신들만의 여가에 대해서도 반드시 계산에 두어야 한다고 서술하고 있습니다. 이러한 문장은 많은 학자가 좋아하는 것으로, 우리의 키케로 역시 특별히, 플랑키우스를6 변호하는 연설에서 그 여가를 언제나 아름다운 것, 정말로 홀

5 마르쿠스 포르키우스 카토(Marcus Porcius Cato: 기원전 234~149년)를 말한다. 그는 기원전 203년 재무관이 되어 스키피오 아프리카누스 휘하에서 일했고, 기원전 202년에 귀국했다. 기원전 195년에는 집정관으로서 히스파니아에 파견됐다. 이어서 기원전 184년에도 콘술(집정관)로 선출된 대 카토는 스키피오 아프리카누스를 탄핵했다. 그 후, 카토는 정무관직을 이용해서 기원전 189년부터 기원전 149년까지 40년 동안 부정한 자들을 추방했다. 기원전 149년 제3차 포에니 전쟁을 일으킨 뒤 얼마 지나지 않아 85세의 나이로 죽었다. 라틴 산문학의 시조인 로마 최고의 역사서 《기원론》을 남겼다.
6 플랑키우스(Plancius)는 로마인의 씨족명이다.

룡한 것으로 간주했습니다.

만약 나 역시, 내 재능의 평범함, 혹은 내 영광에 대한 평범하지 않은 열정, 7 — 만약 아직도 내가 정신의 제동과 이성으로써 그와 같은 열정을 길들이지 않는다면 말입니다 — 이런 것들이 아니라면, 내가 다른 무엇을 얻으려고 애써야 하겠습니까? 마치 내가 일에서 그걸 멀리하듯이, 내 여가에서 무기력함을 멀리해야 할 것입니다. 그리고 만약 내가 불멸한 운명의 어떤 것을 창작하고, 그 창작한 것을 누군가에게 바쳐야 한다면 말입니다. 어떤 방법으로든 그들의 영광스러운 자리에 함께하면서, 나는 명예를 얻을 수 있을 것입니다. 그리하여 나는 시간의 어두운 심연과 저명한 이름을 파괴하는 존재인 잊힌 후손 등 나를 위협하는 그 어둠의 수수께끼에 저항할 수 있을 것입니다.

이러한 것들을 곰곰이 생각할 때마다, 당신의 이름이 머릿속에 떠오릅니다. 당신의 이름은 그 자체로 빛나고 나를 향한 호의와 연결되어 있으므로 영광을 찾든 개인적 기쁨을 찾든, 나는 그것을 그냥 넘길 수 없습니다. 게다가, 당신의 영지 안에 정착한 지금, 사람들이 들판에서 수확한 첫 과실을 당신에게 빚지고 있는 것처럼, 나의 오랜 습관에 따라 나는 당신에게 내 여가의 십일조와 노력의 첫 수확을 빚지고 있다고 생각합니다. 그래서 나의 재능의 많고 적음에 상관없이 매년 무엇인가 바치려고 합니다. 그러면 당신의 농부 중 한 명처럼, 적어도 나의 작은 땅이 생산하는 과실로 내 성실함의 증거를 나타낼 수 있

---

7 페트라르카는 자신의 영광에 대한 열망을 이야기하며 《나의 비밀》 세 번째 대화에 대해서 길게 언급한다.

을지 모르겠습니다.

  내 판단이 맞는다면, 비난을 받지 않기 위해서는 침묵보다 안전한 것이 없습니다. 이런 점을 염두에 두고 나는 종종 내 생각과 나의 펜을 억제하고 있다고 고백합니다. 나는 그들에게 내 문체뿐만 아니라 훨씬 더 심각한 내 성격을 보여 주는 증거로, 먼 독자와 미래 세대에게 전해질 수 있는 글의 한 조각으로, 나를 배신하거나 불리하게 주장하지 말아 달라고 간청하고 있음을 고백합니다. 우리의 삶은 우리의 대화로 판단될 것이기 때문입니다. 그리고 우리 행동의 증거가 사라지면 우리 연설의 증거만 남을 것입니다. 하지만 말을 많이 한다 해서 무슨 이익이 있을까요? 사람들이 말하듯 장난은 이미 끝났고 침묵 속에서 더 숨을 수 없다면, 나는 아마도 사람들에게 내가 남긴 숱한 말과 나와 나의 명예를 구해 달라고 설득했을지도 모릅니다. 나는 이미 이름이 알려져서, 사람들이 나의 작품을 읽고 평가합니다. 나는 이미 사람들의 논쟁에서 벗어날 수 있다는 희망도, 나의 재능을 숨길 수 있다는 희망도 없답니다. 밖에 나가든 아니면 집에 있든, 나는 그저 있는 그대로의 나를 보여 주고 싶을 뿐입니다.

  그러므로 당신은 이제 내가 늘 말로써, 그리고 내 눈앞에 있는 장소 자체가 나를 부추기는 그 마음으로써 보여 주었던 것 말고, 내가 무엇을 하기를 바라나요? 고독하고 평온한 삶의 송가頌歌, 말하자면 종종 홀로 있는 시간처럼, 그렇게 나와 함께 짧은 시간조차도 제대로 누려 보지 못했을 그러한 삶 말입니다. 아마 15일이 넘어가지 않을 것입니다. 나와 함께했음을 보여 주는 단서가 있는 날들 말입니다. 비록 내가 끊임없이 당신과 함께하더라도, 당신은 말로나 행동으로나 한 번

이상 내가 있어야만 여기에 왔고, 내가 있어야만 여기에 머물고자 했습니다.

사실, 당신은 나를 배려하는 태도를 보여 주었기에, 다른 지위에 있는 사람들을 평등하게 대하려는 그 모습에서 애정의 힘이 얼마나 큰지를 알 수 있게 합니다. 그러므로 내가 따로 말을 하지 않더라도, 당신 자신이 경험으로 알고 있는 사실을 스스로 이해하기란 아주 쉬운 일이 될 것입니다. 만약 같은 일에 대해서 세속인을 이해시키고자 한다면, 헛일로 끝날 것입니다. 내가 말하고자 하는 바는 무지한 군중뿐만 아니라, 스스로 학식이 높다고 생각하고 아마도 군중의 의견에 속지 않을 많은 이들도 역시 마찬가지라는 것입니다.

그러나 항상 위대한 학설이 겸손한 정신에 깃들지는 않는 것이며 때로 말과 감정 사이에, 이론과 현실 사이에 커다란 불화가 놓이기도 합니다. 그들은 교육을 통해 향상되는 것이 아니라 억압받고 장애를 얻습니다. 지식 같은 아름다운 것 자체를 부끄러운 도덕과 함께 경박하게 결합하여 왔으니 말입니다. 그들은 학교를 가본 적이 없었더라면 훨씬 좋았을 것입니다. 왜냐하면, 그들이 거기서 배운 유일한 것은 다른 사람들보다 더 강한 허영심을 키우게 만든 교육의 오만함이었기 때문입니다.

그들이 거리의 교차로에서 아리스토텔레스[8]를 토론하는 동안, 대중은 그들 주위에 멍하니 모여 있습니다. 거리마다 그리고 주랑현관마다 온통 다 뒤집어엎으면서 탑들을 세고, 말들을 세며, 또 고대의

---

8   아리스토텔리즘 아베로이스설 신봉자들에 대한 논쟁적 암시이다.

사두四頭 이륜 전차戰車들을 세면서 지나갑니다. 게다가 그들은 광장과 성곽을 측량하면서 가기도 하고, 여성들의 옷차림을 입을 쩍 벌린 채 바보같이 감탄하며 바라보기도 합니다. 그보다 더 일시적이고 경박한 것은 없습니다. 살아 있는 것들 앞에서만 넋을 잃는 것이 아니라, 대리석 조각들 앞에서도 그러합니다. 조각상 앞에 있을 때마다 그들은 무엇인가 말하려는 듯한 표정으로 망연자실해 있습니다.

그리고 — 광기가 최고조에 달한 형태로서 — 그 수많은 사람이 북적대면서 대혼란을 방불케 합니다. 바로 이들이, 마치 팔 물건을 내놓듯이, 말 그대로 자신들의 어리석음을 온 도시를 돌아다니면서 발산하는 것입니다. 그리고 바로 이들이 고독의 적대자들입니다. 또 이른 아침에 나와서는 늦은 저녁에나 마침내 증오스러운 금지구역으로 이동하는 적들, 자신의 집의 적들입니다. 그리고 바로 이들이 "많은 사람을 보는 것도 좋고, 사람들과 함께하는 것도 좋다"라는 말이 나오게 한 장본인들입니다.

정말로 바위와 숲을 보는 것이 더 낫고, 곰과 호랑이와 함께하는 것이 더 좋습니다. 도시생활은 단순히 어리석고 나쁠 뿐만 아니라, 심지어 — 이를 두고 그렇게까지 말하고 싶지는 않습니다. 차라리 개인적 체험을 전혀 하지 않았더라면, 그리고 그 체험한 바가 널리 알려진 사실이 아니었더라면 좋았을 겁니다! — 아주 위험하고, 변화무쌍하며, 신뢰할 수 없고, 이중적이기까지 합니다. 게다가 잔인하고 유혈을 좋아하는 존재가 바로 인간이라는 점입니다. 그마저도 — 보기 드문 하느님의 선물임에도 불구하고 — 자신의 동물성을 벗어 버리고, "인간", 즉 인간적인 창조물로 만드는 인간성을 입으려고 하지 않는다면 말입니다. 그리하여 만약 그들에게 왜 늘 기꺼이 다른 이들과 함께하려는 것인지를 물어본다면, 그들은 당신에게 다음과 같이 답할 것입니다. 진리를 말하고 싶어서 한다고 말입니다. 그들 각자가 자기 혼자서는 그 일을 할 수 없다고 말이지요.

이 논제에 대해서 너무 장황하게 이야기한 것 같습니다. 이것만은 꼭 말하고 싶습니다. 뿌리까지 깊이 잘못된 오류들은 말로써 쉽게 없어지지 않습니다. 그리고 설득할 수 없는 이들에게 충고해도 아무 소용없습니다. 침묵을 갈망하는 이에게는 호흡을 낭비할 시간조차 허락될 수 없습니다. 그러므로 진리 앞에서 항거하기를 그들은 멈춰야 합니다. 내가 생각한 사람들이 아니더라도, 이러한 나의 말을 읽을 누군가가 눈살을 찌푸릴 것이라고는 생각하지 않습니다. 이 글은 그들을 위한 것입니다.

그렇지만 나의 친애하는 신부님! 내가 말한 대로, 그들을 이해시키려 애쓸 필요 없습니다. 왜냐하면, 누구도 당신을 반대편에 서도록 할 수는 없을 테니까요. 당신은 이미 오래전부터, 온갖 잘못들을 다 쓸어버리고 더 온당한 의견들을 마음 안에 깊이 심어 놓았습니다. 그런데도 당신은 확실하지 않은 것을 보다 확실한 것으로 하고자 나의 말을 받아들이고 있습니다. 고독한 삶을 사랑했던 그리스도를 불러 봅니다. 이윽고 나는 이 일을 끝내기 위해서, 나를 옥죄는 힘든 다른 일들은 며칠 놔두려 합니다. 그리고 구상하고 있는 작품을 시작할 것입니다.

청컨대 당신이 해야 할 일을 하면서도 내가 생각하고 있는 조건을 더 단단히 해두십시오. 그리고 더욱 중요한 배려를 잊지 마십시오.

이 시간으로부터 자유로워진 마음을 나를 향하게 하는 것 말입니다. 기쁨을 주는 것이 항상 최고의 선택은 아닙니다. 때로는 새롭게 바뀐 것이 더 좋기도 합니다. 부자들은 때때로 음식을 바꾸는 데에서 만족감을 느낍니다. 마찬가지로 현자들도 연구의 변화에서 만족감을 느낍니다. 그러므로 내 말을 들어 보십시오. 당신은 이 고독한 생활에 대한 내 생각이 무엇인지를 알게 될 것입니다. 내게 떠오르는 많은 생각 중 단 몇 가지만 적어 두겠습니다. 하지만 그 몇 가지가 너무도 분명하게 작은 거울처럼 작동할 것입니다. 그리하여 당신은 내 마음을 송두리째 볼 수 있을 것입니다. 맑고 평온한 나의 영혼 전체를 볼 것입니다.

일러두기

1. 이탈리아 토리노의 UTET 출판사에서 1987년 출판한 'Opere Classici' 전집 중 페트라르카의 라틴어 작품을 묶어 낸 *Opere Latine* vol. 1이 번역의 저본이 되었음을 밝힌다.

2. 이 책의 번역은 미국 일리노이주 샘페인의 University of Illinois Press에서 펴낸 'Hyperion Library of World Literature' 시리즈의 *The Life of Solitude*(Zeitlin Jacob 번역, 1978)와 이탈리아 밀라노의 Arnoldo Mondadori Editore에서 펴낸 *De Vita Solitaria*(Marco Noce 편저, 1992)를 참고했다.

3. 《고독한 생활》은 책 1권, 책 2권으로 구성되었지만, 번역본은 분권하지 않고 2장으로 나누어 제목을 달았다.

4. 각주 중 가톨릭 성경을 인용한 주는 한국천주교주교회의·한국천주교중앙협의회에서 발행한 《성경》을 참고하여 번역하였다.

5. 옮긴이가 추가한 내용은 〔 〕 안에 표시하였다.

6. 본문의 각주 중 참고문헌에 관한 주는 모두 원주이며, 그 외의 주는 모두 옮긴이 주이다.

7. 단행본은 겹화살괄호(《 》)로, 작품이나 희곡의 제목은 홑화살괄호(〈 〉)로 표시했다.

8. 외래어 표기는 국립국어원의 외래어표기법을 따르는 것을 원칙으로 하되, 널리 굳어져 쓰이는 말은 예외로 했다.

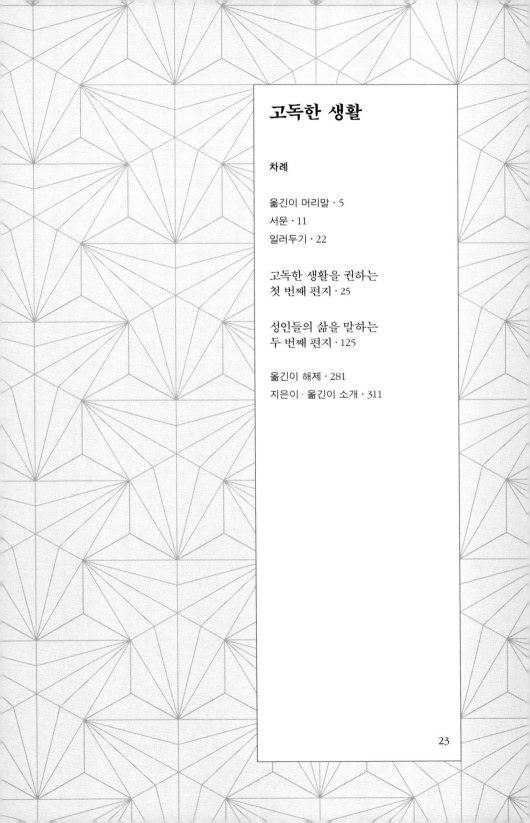

고독한 생활

차례

옮긴이 머리말 · 5
서문 · 11
일러두기 · 22

고독한 생활을 권하는
첫 번째 편지 · 25

성인들의 삶을 말하는
두 번째 편지 · 125

옮긴이 해제 · 281
지은이 · 옮긴이 소개 · 311

고독한 생활을 권하는 첫 번째 편지

우리의 목적인 하느님 안에서, 자기 자신과 개인적인 생각, 혹은 그 자신과 밀접한 교감에 의해 결부된 지성 속에서, 나는 숭고한 정신이 결코 평안한 구원을 찾을 수 없다고 믿습니다. 왜냐하면, 쾌락은 매우 강하게 얽힌 새 잡는 끈끈이 덫으로 덮여 있고 달콤하고 매혹적인 미끼로 가득 차 있지만, 힘센 날개를 땅에 오래 붙들어 둘 힘은 없기 때문입니다. 그러나 우리가 하느님을 의지하든, 우리 자신과 우리의 진지한 연구에 몰두하든, 우리 자신과 조화를 이룬 마음을 찾고 있든, 우리는 사람과 혼잡한 도시로부터 가능한 멀리 떨어져 있어야 합니다.

내가 진정으로 말하건대, 아마 그들조차도 많은 사람들이 내는 소란과 홍얼거림 속에서 대체 누가 매력을 찾을 수 있는지 부인하기 어려울 것입니다. 그들이 잘못된 관념에 깊이 빠져서, 때로는 그들 자신에게 오지도 않고, 기어가는 듯한 움직임만 보이면서 진리의 고귀한 길로 되돌아가지 않는다면 말입니다. 이것이 많은 이들이 처한 상태가 아니었을까요? 그리고 사람들은 적어도 세속적인 가치를 지닌 자기의 밭보다 더 중요하지도 않은 그들의 마음 밭의 경작에 관심을 가지기나 했을까요? 인간의 마음은 가시덤불로 덮인 비옥한 밭과 같은 오류로 가득 차 있는데, 이것들을 열심히 뿌리 뽑고 학문적 노력으로 제거하지 않으면 어느 쪽이든 꽃과 함께 열매는 죽을 것이기 때문입니다.

하지만 사람들은 귀를 기울이지 않습니다. 그러나 아무리 대중이 이 문제들을 가볍게 여기더라도, 학식 있는 사람들은 분명히 생각과 말에서 나를 지지해 줄 것이라고 확신합니다. 또한, 비록 모든 사람이 나에게 반대한다고 해도, 적어도 당신은 그렇지 않을 것이고, 사실 그들을 가장 먼저 반박할 것입니다. 당신은 내 말에서 당신의 생각을 인지할 수 있고, 나는 웅변의 궁극적인 목표를 이룰 수 있게 될 것입니다.

그 목표란 나의 소망에 따라 듣는 사람의 마음을 아무 걸림돌 없이 움직이게 하는 것입니다. 설득에 저항하는 마음을 자신의 견해로 끌어들이려는 것은 설득하는 사람에게 힘든 일입니다. 그러나 그의 동의를 얻기 위해 구체적인 사례도, 무게 있는 권위도, 날카로운 추론도 필요 없고, 들은 내용과 자기의 생각이 일치하고, 자신의 경험에서 나온 증거를 가지고 있으며, 다만 침묵 속에서 "그게 사실일까?"라고 자신에게 묻는 사람의 귀에 논쟁은 어떤 문제가 있을까요?

나는 어떤 성자 같은 사람들이 이 주제에 대해 많은 글을 썼음을 알고 있습니다. 특히 유명한 바실리우스는 고독한 삶을 찬양하는 작은 책을 한 권 썼는데, 나는 그 책에서는 제목만 빌렸습니다. 피에트로 다미아노의 저술 중에 가끔 등장하는 매우 오래된 원고에서 만났기 때문에, 나는 그것이 바실리우스의 작품인지 아니면 피에트로의 작품인지 의심해 왔습니다. 그러나 이 글을 읽을 때 나는 이미 안내자로서 꽤 많은 경험을 했고, 다른 지도자를 찾지도 않았으며, 그의 지도를 받아들일 생각도 없었습니다. 낯선 사람의 발자국을 따라가기보다는 내 길을 추구하는 편이 덜 안전하나 더 자유롭게 길을 갈 수 있기 때문입니다.

당신은 나보다 더 큰 경험을 한 사람이나 다른 사람의 경험을 더 깊이 탐구한 사람들에게서 더 많은 것을 배울 것입니다. 나에게서 당신은 단지 그 순간이 시사하는 바를 무엇이든 들을 수 있을 뿐입니다. 왜냐하면, 나는 이 일에 세심하게 주의를 기울여 온 것도 아니었고, 그렇게 할 필요도 없다고 생각했기 때문입니다. 적어도 피상적으로는 이 문제에 그렇게 풍부한 주제가 필요하다는 생각을 못 했습니다. 특히 지금까지 자주 다루어 왔듯이 이 주제는 내 삶에 다양하고 친밀한 형태로 담겨 있기 때문입니다. 헝클어지거나 뒤엉켜 있을 때조차도 나를 좋아해 줄 사람과 이야기를 하고 있다는 것을 알기에, 깊이 생각하여 책을 쓰거나 특별히 내 문체를 다듬지는 않았습니다.

일반적인 관찰과 편안한 담론으로, 나는 여기서 당신이 읽은 것 중 일부는 내 삶의 현재 주소에서, 일부는 내 기억 속에 아직 생생하게 남아 있는 과거의 경험에서 끌어냈습니다. 나는 먼저 당신에게 다음 일들의 증인으로서 말하고자 합니다. 솔직히 말해서, 내가 자연스럽게 당신에게 애정을 가지게 된 데에는 당신이 품은 고독에 대한 사랑이 그 한몫을 했고, '로마 교황청'이라 불리는 곳에서 벗어나려는 자유에 대한 열망이 다른 한몫을 했습니다. 로마 교황청은 당신 근처에 있고 거의 인접해 있지만, 만약 그 지옥 같은 소음과 혼란이 축복받은 고독에서 항상 얻는 것만큼이나 큰 기쁨을 당신에게 주었다면 당신은 상당한 지위에 올랐을 것입니다.

평화와 고요함 속에서 한 종류의 삶이 보존되는 모습을 보여 주고, 동요하고 근심하며 질식하기를 계속하는 다른 유형의 삶을 사는 사람들의 행동을 다시 살펴보며, 인구가 밀집된 환경의 어려움과 고통을 보여줌으로써 고독의 축복을 나타낼 수 있다고 생각합니다. 왜냐하면 이러한 모든 관찰의 바탕에는 하나의 생각이 자리하기 때문인데, 한 종류의 삶은 행복한 여가를, 또 다른 종류의 삶은 심각한 걱정을 동반합니다. 그러나 기적으로 여겨질 만한 어떤 놀라운 사례나 자연과 우연의 특별한 일치가 나의 의견을 바꾸게 된다면, 나는 부끄러움 없이 생각을 바꿀 것이며, 외롭고 불안한 은둔보다는 사람들과의 즐겁고 안락한 모임을 선호하기를 두려워하지 않을 것입니다. 그것은 단순히 고독이라는 이름이 아니라 내가 찬양하는 고독에 어울리는 좋은 것들이기 때문입니다.

그리고 나를 기쁘게 하는 건 외로운 휴식과 침묵이라기보다는 그 속에 깃든 여가와 자유입니다. 나는 사람을 미워할 만큼 비인간적이지는 않습니다. 나를 사랑하듯이 다른 사람을 사랑하라는 하느님의 계명을 지시받았지만, 나는 사람의 죄, 특히 나 자신의 죄와 군중 사이에 존재하는 곤란과 슬픈 고통을 증오합니다. 내가 틀리지 않는한, 이런 것들은 한쪽에서 말할 수 있는 것과 다른 쪽에서 말할 수 있는 것을 따로 논하지 않음으로써 더 암시적으로 다룰 수 있습니다. 하지만 이 두 가지를 섞어서, 이 측면을 만지고 다른 측면을 만짐으로써, 마음이 어느 쪽을 향하든 번갈아 가면서 오른쪽에서 왼쪽으로 눈을 돌리면, 나란히 놓인 매우 다양한 물체들 사이의 차이를 쉽게 판단할 수 있습니다. 그것은 내가 쓴맛을 먼저 보여 주고 단맛으로 따라갈 수 있게 하려는 의도이며, 그렇게 함으로써 어디든 갈등이 있는 곳이더라도 마지막에 느끼는 그 즐거운 맛이 마음을 지배하도록 하기 위함입니다.

하지만 대부분의 상황에서라면 무엇이 필요할까요? 본론으로 들어가서 약속을 이행하도록 합시다. 이제 내가 설명할 상반된 습관을 지닌 두 사람을 마음속에 놓아두십시오. 그리고 그 안에서 여러분이 관찰한 바는 일반적으로 적용해도 될 것입니다.

도시의 불운한 거주자인 그 바쁜 사람[1]은 한밤중에 잠을 깨는데, 걱정이나 의뢰인의 고함에 잠을 방해받고, 심지어 종종 빛에 대한 두려움이나 야간에 나타나는 환영幻影의 공포에 잠을 이루지 못하기도 합니다. 그는 일어나자마자 비참한 벤치에 몸을 앉히고 거짓에 마음을 기울입니다.

---

1   지상의 온갖 근심 걱정에 사로잡힌 사람. 《고독한 생활》에서 페트라르카는 이를 인생의 다양한 순간에서 "고독한 사람"과 대조되는 존재로 설정하였다. "바쁜"이라는 말은 세네카의 《루킬리우스 앞 서간집》(도덕서간집)에서도 이러한 의미로 여러 번 사용되었다. 세네카의 이 서간문들은 《나의 비밀》에서도 역시 자주 언급되는 작품이다.

배신에 대해서라면, 그의 마음은 완전히 붙박여 있습니다. 그가 꾀하고 있는 것은 오직 부패한 흥정하기, 그의 친구나 피보호자를 배신하기, 정숙한 이웃의 아내를 유혹하기, 소송에서 정의를 가리는 베일을 넓게 드리우기, 혹은 그가 의도하는 공적인, 또는 사적인 성격을 띠는 그 밖의 어떤 나쁜 짓이든 말이죠. 열정과 욕망으로 불타오르고 절망으로 얼어붙은 지금, 그는 아주 나쁜 일꾼처럼 날이 밝기 전에 다른 사람들을 자신과 함께 끌어들여야 하는 매일의 노고의 그물을 치기 시작합니다.

은퇴한 남자, 즉 여가를 즐기는 남자는 적당한 휴식과 짧은 수면만으로도 상쾌한 기분으로 잠에서 깨어납니다. 그가 밤이 되면 방황하는 필로멜라2의 노래에 가끔 흥분하지 않는다면 말입니다. 소파에서 가볍게 몸을 흔들고, 자신의 육체에 관한 생각을 털어 내며 조용한 시간 속에서 읊조리기 시작하면, 그는 입술의 수호자에게 아침 찬양 기도3를 위한 구절을 만들어 달라고 간청합니다. 그리고 그는 주님을 불러 마음을 굳게 하고, 자신의 힘에 전혀 기대지 않고 임박한 위험에 떨면서 그분께 서둘러 주시기를 애원합니다. 그의 마음은 속임수를 짜는 것이 아니라 하느님의 영광과 성인들에 대한 찬양을 지치지 않

---

2 그리스 신화에 나오는 아테네의 왕 판디온의 딸로서, 나이팅게일로 변신한다. 나이팅게일은 아름다운 소리를 내는 참새목의 새이다.

3 성무일도(聖務日禱)의 제 1시경(時經). 입술에 십자 성호를 그으면서 〈시편〉 51편 17절에서 유래한 "주님, 제 입술을 열어 주소서. 제 입이 당신의 찬양을 널리 전하오리다"라는 구절로 시작한다.

는 혀와 영혼의 경건한 겸손으로 낭송하는 데 집중합니다. 날마다뿐만 아니라 시시각각, 하느님께서 주신 선물에 대한 기억이 마음속에서 사라지지 않도록 말입니다. 하지만 그는 종종, 놀랍게도 불안한 두려움과 떨리는 희망으로 가득 차서, 과거를 회상하고 앞으로 어떻게 될지 생각에 잠기곤 합니다. 그럴 때마다 그에게는 기쁜 슬픔과 행복한 눈물이 넘쳐흐르곤 합니다.

바쁜 사람의 즐거움도, 도시 생활의 사치도, 왕국의 화려함도 그의 상태와 견줄 수 없습니다. 그는 자신의 자리에서 별이 반짝이는 하늘을 올려다보고, 그곳에 계신 주 하느님께 망명지에서 자신의 조국에 관한 생각으로 온 마음을 다해 탄식하다, 이윽고 순수하고 기분 좋은 교훈을 얻습니다. 그리고 정말 즐겁게 식사를 하고, 매우 차분한 평정심으로 빛의 도래를 기다립니다.

간절히 기다리던 빛은 이제 그들의 다른 기도에 다다랐고, 바쁜 사람의 문간은 적과 친구들에게 둘러싸여 있습니다. 그는 환영을 보고, 요청을 받으며, 한 방향으로 끌려가고, 다른 방향으로 밀쳐지고, 언쟁으로 공격받으며, 그리고 갈가리 찢깁니다. 은퇴한 사람은 자유 출입구를 찾아 그가 있는 곳에 남거나, 그의 마음이 원하는 대로 어디로든지 갈 수 있는 선택권을 가지고 있습니다.

불만과 업무로 가득 찬 바쁜 사람은 혼란스러운 기분에 사로잡혀 법정으로 향하고, 그의 끔찍한 하루의 시작은 소송으로 특징지어집니다. 한가로움과 평온함이 가득한 은퇴한 사람은 유쾌하게 근처 숲으로 가 일을 하기에 좋은 평온한 하루의 문턱에 즐겁게 들어섭니다.

바쁜 사람은 권력자의 큰 저택이나 치안 판사의 무서운 법정 앞에 나타나 거짓과 진실을 섞어서 무고한 사람의 정당한 이유를 훼손하거나 범인의 오만함을 조장합니다. 아니면, 그는 자신의 불명예와 다른 사람의 파멸을 직접 획책합니다. 그의 양심이 줄곧 그를 괴롭히고, 한 단어를 다른 단어로 대신 말하는 것, 즉 거짓말 대신 진실을 말함으로써 자주 연설을 방해하는 두려움이 그를 고통스럽게 합니다. 그는 갑작스러운 색의 변화에도 괴로워합니다. 웅변가의 명성을 얻기 이전에 사막에서의 배고픔을 선택하지 않았으며 연설가의 삶보다 농부의 삶을 선호하지 않았음을 자책하면서 말입니다. 갑자기, 그는 아직 일이 끝나지 않았는데도 집으로 돌아가, 그의 적들뿐만이 아니라 자신을 신봉하는 이들의 시야로부터도 비열하게 숨어 버립니다.

은퇴한 사람은 이제 찬란한 태양이 떠오르면서, 어느 아늑한 언덕의 꽃밭에 이르자마자, 경건한 입술로 기쁘게 주님을 향한 매일의 찬양을 시작하고, 이내 그의 거룩한 숨결이 흐르는 개울의 소곤거림과 새들의 달콤한 울음소리와 어우러지면 더욱 기쁜 마음으로 찬양합니다. 그는 먼저 죄악에 빠지지 않기를 기도하고, 그의 혀가 논쟁을 알지 못하도록 하기 위한 고삐, 헛된 시선으로부터 눈을 보호하기 위한 방패, 마음의 순결, 망상으로의 해방, 육체를 길들이는 금욕을 위해 기도합니다.

곧이어 세 번째 찬미4에서, 그는 삼위일체 중 세 번째 위격(位格)을 경배하고, 성령께서 오심을 위해, 치유의 고백에서 스스로 소리를 내는

---

4   성무일도 제3시경(時經).

혀와 마음을 위해, 천상의 불꽃으로 타오르는 박애와 이웃들을 활활 타오르게 하는 힘을 위해 기도합니다. 만일 그가 이미 가지고 있는 이런 것들을 위해 진심으로 기도한다면, 금이나 보석의 그 어떤 빛보다도 황홀한 이 마음으로 행복할 것입니다. 그러나 아침에 모든 물체에 새로운 빛을 비추던 태양이 궤도에 올라 정점에서 이글거리면 이제 천천히 발걸음을 되돌리는데, 다른 사람이 자신의 숨결로 부채질하려는 논쟁의 불꽃을 끄는 것보다 더 간절히 바라는 일은 없습니다. 그리고 후자가 열정에 사로잡혀 있는 동안, 그는 모든 사악한 욕망의 나쁜 열기를 없애 주시기를 주님께 간청합니다. 마지막으로 그는 풍자 시인이 우리에게 가르쳐 준 것을 위해 기도합니다. 이는 위험을 짊어질 염려 없이 할 수 있는 기도로, 즉 "건강한 육체에 건전한 정신이 깃든다"[5]는 것입니다. 과연 이 둘 중 어느 쪽에서 더 성실하게 시간을 보냈을까요?

저녁 시간이 다가오면 바쁜 사람은 폐허가 임박한 커다란 방의 쿠션 더미 속에서 글을 씁니다. 천장에는 다양한 소음이 울려 퍼지고, 커다란 방의 곳곳에는 개들과 집쥐들이 가득합니다. 한 무리의 아첨꾼들이 서로 비굴하게 경쟁하고, 탐욕스러운 하인배들은 부산스럽게 식탁을 정리하고 있습니다. 바닥의 더러운 것들을 쓰는 동안 모든 곳이 불쾌한 먼지로 가득 찹니다. 금으로 세공한 은그릇과 값비싼 보석으로 만든 포도주 잔이 방안을 번쩍거리며 비추고 있습니다. 의자는

---

5   유베날리스, 《풍자시집》 10. 356.

비단으로 덮여 있고, 벽은 자주색으로 칠해져 있으며, 바닥에는 카펫이 깔려 있지만, 하인들은 헐벗은 채 떨고 있습니다. 일단 전열이 갖추어지면, 나팔로 개시 신호를 보냅니다.

부엌의 조장들이 홀에 있는 조장들을 향해 돌진합니다. 달그락거리는 큰 소리와 함께, 산해진미를 담은 요리 접시가 들어서고 오래된 귀한 와인이 제공됩니다. 이탈리아와 그리스의 포도주가 붉은 금빛으로 반짝이는데, 하나의 컵에 그노소스와 메로, 베누시우스와 팔레르누스, 그리고 소렌토 언덕과 칼라브리아가 뒤섞여 있습니다. 그리고 히블라의 꿀이나 동양의 과일즙으로 맛을 내고 블랙베리 향을 내도록 한 아우소니아 바쿠스가 본연의 맛을 교묘하게 바꿀 때까지 그들은 만족하지 않습니다. 다른 곳에서는 또 다른 유형의 전시를 볼 수 있는데, 무시무시한 짐승들, 알려지지 않은 물고기들, 들어 보지 못한 새들이 값비싼 향료에 흠뻑 젖어 전시되어 있습니다. 이들 중 일부는 그들의 고대로부터 이어 받은 뿌리를 잊고 그들의 기원을 단지 이름만으로 표기하여 파시안 꿩이라고 보존하기도 합니다.

요리사들의 온갖 속임수에 당해 온 바로 그 연회의 손님들을 놀라게 할 만한 훈연燻煙 요리들이 있습니다. 만일 배고픈 사람이 그들이 음식을 얼마나 지저분하고 역겹게 만드는지를 본다면, 그는 그 광경에 질려서 가 버릴 것입니다. 그곳에서 원산물과 외래품의 혼합, 바다 생물과 육지 생물, 흰색과 검은색, 달콤한 맛과 신맛, 깃털과 털북숭이, 사육된 것과 야생의 것, 즉 옛 오비디우스 풍의 혼란은 그대로 새로운 것이 되었으며, 하나의 몸이 아니라 작은 접시 속에 작다란 부피로 압축되었습니다.

추위와 더위가 한 몸속에 붙어 있어

부드러움과 딱딱함, 가벼움과 무거움이 섞여 있네. 6

이처럼 다양하고 서로 적대적인 성분이 불순하게 뒤섞인 가운데 노란색, 검은색, 푸른색의 양념 속에서, 숨겨진 배반에 대해서 이미 다른 치료법을 발견하였음에도 바쁜 시식자試食者는 이유 없이 독을 찾고 있습니다. 포도주와 음식 사이에는 황금빛 나뭇가지 사이로 교활하게 꼬인 뱀의 검푸른 무늬가 튀어나와 있고, 그 덕분에 마치 환락 장치에 의해 죽음 자체가 비참한 사람의 죽음에 대해 훌륭하게 경계하는 것처럼 보입니다.

하지만 연회의 손님은 침울한 얼굴로 앉아 있고, 눈은 칙칙하고, 이마는 흐릿하며, 코는 주름을 찡그리고, 뺨은 창백하며, 끈적끈적한 입술을 간신히 갈라놓으면서 고개를 드는 일도 거의 없습니다. 여전히 전날 밤의 지나침으로 부어올라 있고, 아침의 사업 결과에 멍해져 있으며, 이미 교활하게 다음에 어디서 어떤 장난을 하면 좋을지 계획하면서, 반짝거림과 냄새에 압도되어, 자신이 어디에 있는지도 모르고 있습니다. 무엇이든 야금야금 먹어 보면서, 그리고 모든 것에 메스꺼워하며, 그는 땀을 흘리고, 코를 훌쩍이고, 트림하고, 하품합니다.

그러나 전날 일찍 끝마쳤기 때문에 두뇌 회전이 빠르고 정신이 맑으며, 자리에 참석한 이가 거의 없거나 한 명, 심지어 전혀 없이도 만

---

6   오비디우스, 《변신 이야기》 19~20.

족하는 은퇴자는 자신의 존재보다 더 나은 것은 아무것도 없이 그의 수수한 난로 앞에 놓인 깔끔한 판자를 꾸밉니다. 그는 혼란 대신에 평화를, 소란 대신 침묵을, 군중 대신 혼자인 자기 자신을 택했습니다. 그는 그 자신의 동료요, 자신의 이야기꾼이요, 자신의 식탁 손님입니다. 큰 저택 대신 거친 돌로 된 벽이 있고, 상아 의자 대신 떡갈나무, 평범한 너도밤나무 벤치나 전나무 벤치가 있는 모습을 보면 그는 혼자 있는 것을 두려워하지 않습니다. 그는 금이 아니라 하늘을 보기 좋아하며, 화려한 바닥보다는 땅을 밟는 것을 더 좋아합니다. 그는 유쾌한 음악가이며, 앉으나 서나 그의 가장 달콤한 노래는 축복과 은혜입니다. 그의 관리인은 필요하다면 집사, 요리사, 가정부가 되기도 합니다. 그의 앞에 무엇이 있든 그는 좋은 유머와 세련됨으로 귀중하게 만듭니다. 사람들은 그의 음식이 모두 다른 해안과 숲에서 운반되어 왔고, 음료는 리구리아와 피첸티노 언덕 사이에서 조달했으리라고 상상할 것입니다.

이 존재를 즐기는 그의 얼굴과 마음이 그렇게 비치는 것입니다. 그는 하느님과 인간에게 매우 감사해 하고, 평범하고 자유롭게 드나들 수 있는 생활에서 너무나 행복합니다. 베르길리우스 작품 속의 노인[7]과 마찬가지로 그는 자신의 마음을 왕의 부에 비유할 뿐만 아니라 훨씬 더 높은 가치를 매깁니다. 그는 아무도 부러워하지 않고 아무도 미워하지 않습니다. 그는 운명에 만족하고 불행과는 거리가 멀기 때문에 모든 두려움과 모든 욕망보다 자기 자신을 더 높이 삽니다. 그는

---

7   베르길리우스, 《농경시》 4. 132.

자기의 잔에는 독이 들어오지 않는다는 것을 알고 있습니다. 그는 인간의 삶은 몇 가지로도 충분하고, 가장 크고 진정한 부富는 소원이 없는 것이며, 가장 큰 힘은 두려움이 없는 것임을 이해하고 있습니다. 그는 평화로운 밤과 평온한 날, 그리고 누구의 방해도 받지 않는 여가와 함께 그의 삶을 행복하고 조용하게 보내고 있습니다. 그는 자유롭게 돌아다니며 떨지 않고 앉아 있습니다. 그는 덫을 놓을 계획도 없고 덫을 경계하지도 않습니다.

그는 자신이 소유물 때문이 아니라 자기 자신 그대로가 사랑받는다는 점을 알고 있으며, 자기의 죽음이 누구에게도 도움이 되지 않을 것이고, 자신의 삶이 누구에게도 해롭지 않다는 사실을 알고 있습니다. 그는 자신이 얼마나 오래 사느냐가 아니라 얼마나 잘 사느냐가 중요하다고 생각하고, 또한 자기가 죽을 시간과 장소를 그 방식만큼 중요하게 여기지 않습니다. 단 한 가지, 그의 마음은 확고합니다. 그가 잘 살아 온 생애에 관한 이야기를 아름답게 마무리하는 것입니다.

차츰 시간이 흐르면서 하루가 지나가고, 이제 저녁은 끝났습니다. 바쁜 사람은 많은 옷걸이, 식탁의 난잡함, 그리고 사람들과 접시의 덜거덕거리는 소리에 정신이 없습니다. 천장은 술 취해 하는 농담과 배고프다고 말하는 수백 가지 불평으로 신음소리가 울려 퍼집니다. 정의롭지 못한 것은 부자의 식탁에서는 조금도 악이 아니므로, 거기에 배고픔과 배부름만 있을 뿐 절제는 결코 없습니다. 바닥은 기분 나쁜 냄새가 나고 불쾌한 색을 띠고 있으며 발밑은 무엇인지 알 수 없습니다. 부엌 바닥이 온통 얼룩지고, 흩어진 쓰레기로 냄새가 나고, 와인으로 미끄러우며, 연기로 뿌옇고, 지저분한 오물과 미지근한 세척물과 분해된 지방이 가득하며, 뼈로 하얗게 되고, 피로 붉게 물들었습니다. 요컨대, 암브로시우스의 표현을 사용하자면 부엌이라기보다는 도살장이라고 부를 수도 있을 것입니다.

고대인의 말처럼 이 이른 식사는 전사들이 전투에 대비해서 먹었기 때문에 그 이름이 붙은 것일 수도 있지만, 이 경우에는 준비 단계가 아니라 완전한 행동이었습니다. 실제로 식사 대신 진짜 전투를 상상할 수도 있습니다. 대장은 부상을 입어 비틀거리고, 전군은 술에 취해 휘청거리며 사라집니다. 테이블은 전쟁터고, 쾌락은 부드럽고 위험한 적이며, 소파는 무덤이고 양심은 지옥을 대체합니다.

하지만 은퇴한 사람에게는 모든 것이 다릅니다. 그의 집은 인간보다 천사의 향연에 더 적합합니다. 그 달콤한 냄새와 색깔은 그가 표하는 예의범절의 최고의 지표이며 세련됨의 증거입니다. 그의 식탁은 평화롭고 사치와 무질서가 없으며, 탐식가의 적이고, 모든 불결함에서 자유롭고, 순수한 기쁨이 깃들고 더러운 쾌락이 추방당하는 곳이기도 하며, 절제가 여왕처럼 지배하는 곳, 소파가 정숙하고 고요하며, 양심이 낙원이 되는 곳입니다.

전자는 술에 취하거나 기분이 나쁠 때 일어나고, 후자는 평온하고 정신이 맑을 때 일어납니다. 한쪽은 질병을 두려워하고, 다른 한쪽은 자신의 절제력을 의식하여 인간의 몸이 걸리는 모든 병으로부터 안전하다고 느낍니다. 한쪽은 무뚝뚝하거나 소란스러운 반면, 다른 한쪽은 양극단을 자제하고 하느님께 감사를 드립니다. 하루의 남은 시간을, 한쪽은 음탕한 도락道樂과 수면과 불안한 근심 걱정과 힘든 사업에 소비하고, 다른 쪽은 하느님을 경배하는 일, 고결한 학문 연구, 새로운 것을 배우는 일과 옛것을 기억하는 일에 사용합니다. 한편, 하루의 적당한 부분만이 필요한 휴식과 순수한 여가를 위해 주어질 뿐입니다.

태양은 이제 하늘 한가운데에 있습니다. 행동가는 부족한 기력으로 인해 특정한 날에 무엇인가를 놓치거나, 또는 밤이 되기 전에 그가 숨긴 덫이 효력을 발휘하지는 않을지 걱정하면서, 자신의 사악한 심사숙고가 잘되지 않아 바라던 결과를 얻지 못할까 봐 온갖 교묘한 계략들을 배가倍加시키면서 동요하고, 초조해하며, 흥분하고 있습니다. 왜냐하면, 연기延期를 용납하지 않는 것은 사실 모든 사악한 계획의 특징이기 때문입니다. 사악한 마음은 지체되는 것을 참지 못하고, 갈망하는 대상을 잠시도 미룰 수 없습니다. 부자가 되고 싶은 사람은 누구나 갑자기 그렇게 되려고 한다[8]는 풍자작가의 관찰은 탐욕에만 해당하는 것은 아닙니다. 이는 탐욕이 그녀의 자매들, 즉 분노와 음란과 똑같이 공유하고 있는 특성으로서 이들은 지옥의 극악한 아버지에게서 태어났고, 그녀들 자신의 기원인 혼란과 경솔함과 공포를 잊지 않았습니다. 이들이 곧, 시인들이 아케론과 밤의 딸들이라고 적절하게 선언한 퓨리스[9]입니다. 왜냐하면, 이들은 무지의 암울함과 회개를 참아내고 있기 때문입니다. 그리고 사람들이 자신의 기원이 여기

8   유베날리스, 《풍자시집》 14. 176.
9   퓨리스는 고대 그리스 신화 속의 복수의 여신 세 자매다.

있다고 말하는 바로 이 지옥의 생명체들은 도시에 사는 사람들과 바쁜 이들의 곁에 함께하는 존재들입니다. 조금이라도 지체가 되면 개혁과 건전한 정신 상태가 그들에게 슬금슬금 다가올까 두려워, 그들은 끊임없이 맹목적이고 비뚤어진 열정을 불태워 최악의 의도를 즉각 실행하려 듭니다. 악덕은 모든 속박을 싫어하며, 성실함과 신중함이 명예로운 일에 어울리듯 경솔하게 서두르는 것은 언제나 사악한 계획의 친구이기 때문입니다.

반면, 은퇴한 사람은 서두르는 일이 없고, 다만 시간의 흐름도 죽음의 두려움도 없이 그저 삶이 존재하는 곳에 있고 싶다고 갈망하며, 단 하루의 빛뿐만 아니라 자신의 삶 전체의 맑은 밤과 결코 정해져 있지 않은 인생의 영광을 위하여 기도하면서 다시 한번 자신의 헌신에 눈을 돌립니다. 그리고 그는 자신의 권리가 아니라 그리스도의 거룩한 죽음에 대한 보상을 간청하는데, 무고한 사람의 현세의 죽음조차 그렇게 큰 효능이 없다면, 원래 평범한 사람으로 살다 자신의 죄악으로 죽은 사람이 불멸의 생명을 얻지 못하리라는 점은 당연하다는 것을 알았기 때문입니다.

그리고 곧 해가 질 것을 생각하면서 자신도 역시 땅을 향해 내려가리라 상상하고, 지상에 검은 어둠이 닥쳐올 것을 예상하면서 천상에 빛의 도움을 간청합니다. 그리고 그의 영혼이 죄의 무게 때문에 천국에서 추방되지 않기를 빌든, 또는 믿음의 순수한 빛을 받기를 빌든, 혹은 불타는 열정이 식기를, 비열한 생각이 깨끗해지기를, 흔들리는 마음이 뒷받침되기를, 또는 그 논쟁이 진정되기를 눈물을 흘리며 빌든, 그는 여전히 그의 경건한 믿음의 끝없는 샘에서 나오는 저녁 찬양으로 아침의 찬송을 이어 가고 있습니다.

해가 지면, 바쁜 남자는 다시 집에서 나와 더러운 거리를 걷고, 땀을 흘리고, 고생하며, 헐떡이고, 불타오르고, 사람들과 부딪치면서 도시를 돌아다녀야 합니다. 그리고 온갖 종류의 사기에 자신을 응용하여 복잡한 올가미를 교묘하게 풀어 낸 후, 한참 뒤 마침내 지쳐서 자신이 한 일에 대해 심하게 불평하며 좋은 보고서도 맑은 양심도 아닌 아마도 약간의 돈과 함께 분명히 많은 범죄와 증오를 지니고 집으로 돌아옵니다.

그러나 은퇴한 사람은 하루가 오점汚點 없이 지나간 것을 기뻐하며, 맑은 샘이나 해안가의 풀이 우거진 둑을 찾고, 빛이 희미해지기 전에 창조주께 한결같은 자비를 간청합니다. 조심스러운 냉정함으로 다가오는 밤의 위험과 유혹과 배신 그리고 사자처럼 날뛰는 적의 분노에 대하여 기도와 믿음의 방패로 자신을 무장시켜 주시기를, 그리고 꿈과 오염과 밤의 유령으로부터 보호하여 주시기를 간청하는 것입니다. 그래서 그는 자신의 영혼을 주님께 맡기고 천사들에게 자신의 거처를 지켜 달라 청하면서 불평해야 할 나쁜 일도 나쁜 소원도 없이 날마다 선을 향해 나아가는 영혼의 찬양과 만족감을 가지고 집으로 돌아갑니다.

요컨대, 한 사람은 살아 있는 사람을 파괴하는 데 모든 날을 보내고, 다른 사람은 죽은 사람을 위해 탄원하는 데 보내며, 한 사람은 부인들과 처녀들의 정절을 공격하는 데, 또 다른 사람은 성모 마리아를 경배하는 데 나날을 보냅니다. 한쪽은 순교자를 만들어 내고 다른 한

쪽은 그들을 찬미하며, 한쪽은 성자들을 박해하고 다른 한쪽은 그들에게 경의를 표합니다.

밤이 되었습니다. 바쁜 사람은 다시 주연酒宴으로 돌아옵니다. 화려함 속에서 참석자들이 앞뒤로 장사진을 이루고 있습니다. 혹자는 살아 있는 사람의 장례식이라고 상상할 수도 있을 것입니다. 어떤 상황에서도 장례식에 차질이 없도록, 고용된 조문객들과 악대가 앞서고, 그다음에 시체가 따르는데, 여전히 따뜻하고 여전히 숨을 쉬고, 호화로운 옷을 입고 좋은 향기를 풍기며, 다시 한번 쿠션 속에 묻혀 있습니다. 그는 아직 소화되지 않은 저녁 식사 위에 무거운 음식을 채워 넣고, 또 다른 음식이 들어가지 못할 정도로 포식을 하면서 다음 날에 대한 혐오감을 준비합니다. 그러나 은퇴한 사람은 자신이 이미 저녁을 먹었다고 스스로 설득하거나, 하루에 두 번 배부르게 먹는 것을 싫어한다는 플라톤의 말을 강조하는 식으로 저녁을 먹습니다.

그 후 그들은 몸과 마음이 매우 다른 상태에서 침대를 찾습니다. 한 사람은 자기 마음의 주인으로서 존재하는 대신 자신과의 전쟁에서 고민으로 가득 차 있습니다. 음식과 와인으로 가득 차 있고 두려움과 부러움에 사로잡혀 있으며 견제를 마주쳐 의기소침해지거나 성공에 헛되이 우쭐해지기도 하고 우울함에 고통받으며 분노에 휩싸이기도 합니다. 그는 기생충 같은 인간들에 둘러싸여 있고 경쟁자들에 의해 감시받고 아우성에 귀가 멍해지며 편지에 들볶이고 메시지에 공세를 받으며 보고서에 긴장하고 소문에 겁을 먹고 징조에 놀라고 거짓에 현혹되며 불평에 지치고, 심지어 밤에도 분쟁에 시달립니다. 그의 삶은 악마 같은 사람의 삶과 똑같습니다. 이웃들에게 미움받고 동료 시민들에게는 억압적이며 자국민들에게는 공포와 조롱의 대상입니다. 그는 모든 사람에게 의심을 받으며 아무도 그를 신뢰하지 않습니다. 그는 오랫동안 보라색으로 덮인 소파에서 잠을 이루지 못하고 온갖 종류의 음탕한 즐거움을 시험하면서 이리저리 뒤척입니다. 그리고 그의 비참한 몸이 즉각적인 감각의 즐거움에 자극되고 상상력이 먼 곳의 쾌락에 대한 막연한 그리움으로 방황한 후, 그는 마침내 지쳐 잠에 빠져듭니다.

그러나 그의 고민은 여전히 깨어 있고 심란한 그의 영혼은 불타고 있으며 죽지 않는 양심의 벌레에 갉아먹히고 있습니다. 그리고 그는 하루 동안의 행동을 되돌아봅니다. 고객은 배신당했고 가난한 사람은 억압받았고 농부는 그들의 땅에서 쫓겨났으며 처녀들은 더럽혀졌고 보호받아야 할 사람은 사기당했으며 과부는 강탈당했고 무고한 사람은 고문당하고 살해당했습니다. 그리고 이 모든 행동과 더불어 퓨리스가 그의 죄에 복수하고 있습니다. 종종 그는 자다가 울부짖거나 질책하는 신음 소리를 내기도 하고, 가끔 갑작스러운 공포로 잠에서 깨기도 합니다.

그러나 다른 한 사람은 순수한 기쁨과 성스러운 희망으로 가득 차 있고 경건한 사랑으로 영감을 받습니다. 니수스10의 그것처럼 광란적인 사랑이 아니라 그리스도를 향한 베드로의 사랑처럼 말입니다.

10　니수스(Nisus)에 대해서는 《아이네이스》에 나오는 트로이군의 용맹한 젊은이 니수스와 에우리알로스의 무용담 참조.

그는 건전한 양심, 인간에 대한 신뢰, 하느님께 대한 경외라는 의미에서 행복합니다. 그는 해로운 음식이나 불필요한 걱정으로부터 자유롭고, 고독하고 조용하며 평온하고 거의 천사들 중 하나와도 같습니다. 그는 하느님께 소중한 사람이고 아무도 두려워하지 않는 사람이며 모든 사람이 사랑하는 대상입니다. 그는 음란한 쾌락을 위해서가 아니라 잠을 자기 위해 만들어진 그의 방에 들어가 달콤하고 방해받지 않는 휴식을 즐깁니다.

꿈속에서 그의 행동은, 만약 조금이라도 꿈을 꾼다면, 깨어 있는 동안의 행동과 거의 비슷합니다. 또 그는 더욱더 공정한 환영을 꿈속에서 보고 있으며, 이는 그의 생활 중에서 이 부분에서조차 다른 사람보다 훨씬 더 축복을 받고 있다는 뜻입니다. 그리고 마음의 더 큰 행복뿐만 아니라 더 건강한 몸을 지녔으며 더 쉽게 지체의 움직임을 통제할 수 있다는 것도 그의 장점입니다. 왜냐하면 정신의 미덕, 특히 절제는 신체의 건강에 큰 도움이 되며 일반적으로 신체에 가장 많이 신경 쓰는 사람이 가장 나쁜 짓을 몸에 가하기 때문입니다.

보십시오, 신부님, 나는 당신 앞에 행동하는 사람과 여가를 즐기는 사람, 각자의 하루를 펼쳐 보았습니다. 그것은 모든 부류의 사람들에게 공통되며 어느 시대에도 마찬가지입니다. 다만 한 계층의 문제는 갈수록 더 힘들어지고 다른 계층의 평화는 더 즐거워지는데, 이는 그들 마음의 습관이 시간이 지날수록 점점 더 확고해지고, 삶의 꾸준한 길을 걷는 사람들에게는 즐거움이 더 가까이 다가오는 영원한 상태를 지향하는 행동에 비례하기 때문입니다. 한 계층에게는 끝없는 수고가, 다른 한 계층에게는 편안함이 있습니다.

다른 사람의 일에 몰두해 있는 사람이 더 행복하다고 생각할 수도 있습니다. 그러나 그들은 다른 사람이 고개를 끄덕이는 힘에 지배되고 다른 사람의 얼굴에서 무엇을 해야 하는지를 배웁니다. 그들은 아무것도 자기 것이라고 주장할 수 없습니다. 그들의 집, 잠, 음식은 그들 자신의 것이 아닙니다. 그리고 더욱 심각한 것은 그들의 마음도 그들의 얼굴도 그들 자신의 것이 아니라는 점입니다. 그들은 자신의 본성이 시키는 대로 울거나 웃는 대신, 자신의 감정을 버리고 타인의 감정으로 가장합니다. 요컨대, 그들은 다른 사람의 일을 처리하고 다른 사람의 생각을 생각하며 다른 사람의 은혜로 살아갑니다. 고귀한 시인이 말할 때 가리키는 것은 바로 이 사람들의 일입니다.

그리고 일부 뻔뻔스러운 자들은 궁정을 침입한다[11]

또 다른 시인이 궁정 생활을 다루는 풍자시 속에서 친구를 나무랄 때 더 대담하고 따끔하게 꾸짖는 사람들이 바로 이들입니다.

만약 ─ 거듭되는 경멸로 대담해지고,
네 마음은 아직 부끄러움을 모르는 상태로 있으며,
그래도 세상이 베풀 수 있는 가장 큰 축복이라 생각한다면,
그것은 단지 다른 사람의 희생으로 살아가고 있을 뿐 ─ [12]

---

[11] 베르길리우스, 《농경시》 2. 504.

이 사람들과 지배자나 왕의 지하 감옥에서 삶을 살아야 하는 사람들 사이에서, 전자는 금사슬로 묶여 있고, 후자는 쇠사슬로 묶여 있다는 것 외에 어떤 차이가 있는지 나는 알지 못합니다. 사슬은 더 공정하고 노예 상태는 평등하며 비난은 더 큽니다. 왜냐하면, 그들은 다른 사람들이 강요받아 하는 일을 자발적으로 하기 때문입니다.

이 사람들에 대한 나의 의견을 몇 마디로 표현하자면, 나는 이 사람들을 세상에서 가장 불행한 사람 중 제일로 불행한 이들이라고 부릅니다. 그들에게는 자신의 악행에 대한 짧은 보상을 누리는 것조차 허용되지 않기 때문입니다. 그들은 다른 사람의 명을 받고 살아 왔지만, 자신이 자초한 위험으로 죽을 운명입니다. 다른 사람의 이익을 위해 힘써 일하여 왔으나 스스로 죄를 부른 셈입니다. 만약 그들이 죄 없이, 이익을 생각하지 않고 일했다면 행복했을 것입니다. 그러나 이제 범죄는 그들 자신의 것인 한편, 달콤한 열매는 비록 부정직하고 덧없는 것이지만 다른 사람의 즐거움에 도움이 됩니다. 우리는 남편이 열매를 맺을 운명이 아닌 나무를 심으면 그의 운은 어렵다고 말합니다. 사도使徒는 "포도밭을 만들고 그 열매를 먹지 않는 사람이 누구입니까?"13라고 묻습니다. 그러나 그는 적어도 다른 세대가 그것을 즐기리라는 생각에서 위안을 찾을 수도 있고, 비록 그가 만드는 것이 자신의 소유가 아님을 분명히 알고 있지만, 그 때문에 일을 자제하지는

---

12   유베날리스, 《풍자시집》 5. 1~2.
13   〈코린토전서〉 9장 7절. "자기가 비용을 대면서 군대에 복무하는 사람이 도대체 어디 있습니까? 포도밭을 만들고서 그 열매를 먹지 않는 사람이 어디 있습니까? 양 떼를 치면서 그 젖을 짜 먹지 않는 사람이 어디 있습니까?"

않습니다. 누구를 위해서 씨를 뿌리느냐고 물으면 그는 키케로의 말대로 "불멸의 신들을 위해서"[14]라고 대답합니다. 그런데 "불멸의 하느님 한 분을 위하여"라고 답하는 편이 더 나을 것입니다. 다른 사람들은 벌을 받을 만한 곳에서 기쁨을 거두는데, 자신들은 오직 벌밖에 수확하지 못하는 씨를 뿌린다면 얼마나 불행한 일입니까?

그들은 자신들이 저지른 장난에 대해 그들 자신 이외에는 누구도 비난할 수 없습니다. 게다가 그들은 자신의 세대를 비난할 수조차 없습니다. 그들은 바쁜 활동으로 인해 이전에 얻었던 행동의 자유를 종종 빼앗는 자신들의 세대를 비난할 수 없으며, 노예 상태를 준비하는 후세대도, 사람들에게 기쁨을 주기 위해서 그들이 거역하는 하느님을 비난할 수도 없습니다. 그들은 심지어 자신들과 영합하다가 상처를 입힌 바로 그 사람들에게 잘못을 돌릴 수도 없습니다. 그 사람들을 위해 그들은 자신의 영원한 생명을 희생시키면서 짧은 기간의 죄악을 준비하는 것입니다. 이것들도 역시 영원한 지옥살이의 특권을 의미합니다. 그들은 완전히 눈멀고, 완전히 미쳐서 세상의 빛 — 어둠이라고 해야 할까요 — 속으로 뛰어들었습니다. 적대적인 별빛 아래서 말입니다. 왜냐하면, 그들이 다른 사람들을 드높이는 동안, 자신은 엎드려 있으며 그들이 봉사했던 바로 그 사람들에 의해 짓밟힐 수도 있기 때문입니다. 그동안 그들의 후원자들을 위해 다양한 편의를 제공하고 욕망의 탐닉에 수많은 공헌을 한 그들은 자신의 행동으로부터 아무런 이득도 얻지 못했으며, 비열한 열정에서 얻은 유일한 영광은

---

14   키케로, 《노년에 대하여》 7.

군주들의 탐욕과 영주들의 정욕을 그들이 받아들일 만한 조언으로 채워 주었다는 것뿐입니다.

더 이상 무슨 말을 할까요? 우리 민족 사이에는 크레타 사람들에게는 습관적인 것 못지않게 신랄한 저주의 흐름이 있는 듯합니다. 비록 어느 쪽도 소리는 전혀 무섭지 않지만 양쪽 모두에 어떤 파괴적인 독이 감춰져 있습니다. 크레타 사람들의 저주는 그들의 적이 사악한 친교에서 기쁨을 찾을 수 있다15는 것이고, 반면 우리와 함께하는 저주는 적들이 고용과 보살핌을 절대 멈추지 않을 수도 있다16는 것입니다. 단어 그 자체가 아니라 그 안에 함축되어 있는 뜻을 다소 깊이 숙고해 본다면 더 슬픈 말을 찾기 어려울 것입니다. 나는 우리가 항상 마주하는 바쁜 사람들과 평범한 삶에 충실한 사람들에 관해 이야기합니다. 그러나 이 부류 외의 다른 종種은 존재하지 않거나, 실제로 볼 수 없을 정도로 매우 희귀합니다. 나는 진실을 찾는 곳에서, 가공의 그림자와 시간을 보내는 것이 꺼려집니다.

그러니까 이 문제를 확실히 매듭짓는다면, 내 의견으로는 사실 모든 바쁜 사람은 불행하고, 남을 섬기기 위해 고용되어 있는 사람은 자

---

15 크레타의 왕 미노스는 바다의 신 포세이돈에게 바칠 소를 가로챈다. 이에 격노한 포세이돈은 미노스의 아내 파시파에게 소를 향한 주체할 수 없는 사랑을 느끼게 하는 저주를 내린다. 그리하여 반은 사람, 반은 소인 미노타우로스가 태어난다.
16 이 책의 47쪽 참조. "그 사람들을 위해 그들은 자신의 영원한 생명을 희생시키면서 짧은 기간의 죄악을 준비하는 것입니다. 이것들도 역시 영원한 지옥살이의 특권을 의미합니다."

기 보수를 위해 애쓰고 있으니 두 배로 불행합니다. 나는 그들 자신은 그리스도의 길을 따라가면서 길 잃은 영혼들을 똑같은 길로 인도하는 성스러운 본성을 가진 매우 활동적인 사람들이 존재해 왔고, 지금도 그럴 가능성이 있다는 사실을 모르지 않습니다. 이런 일이 일어날 때 나는 그것이 위대하고 헤아릴 수 없는 선^善이며, 내가 그토록 말하던 두 배의 불행과 대조되는 이중의 축복임을 인정합니다. 도움이 필요한 만큼 많이 섬기고 보좌하는 것보다 더 축복받고 가치가 있으며 거룩한 선에 가까운 것이 무엇일까요? 누구든지 그렇게 할 수 있으며, 그렇지 않은 사람은 인류의 영광스러운 의무를 부정하고 인간의 본성뿐만 아니라 명예에 대해서도 거짓임이 증명된다고 생각합니다. 만약 이 섬김이 가능하다고 증명되면, 나는 개인적 성향을 자유롭게 공공복지의 아래에 두고, 입담만 가지고 자문하던 은퇴 장소를 버려둔 뒤 키케로의 조언에 따라 세상에 도움이 되는 곳으로 과감히 나설 것입니다. 그는 말합니다.

아름다움과 힘에서도 다른 사람들을 능가한다면, 모든 근심뿐 아니라 쾌락 속의 흥청거림과 가득 쌓인 재산에서 자유로운 은둔 생활을 하기보다는 가능하다면 위대한 헤르쿨레스를 본받아 세상을 돕거나 구하기 위해 최대한의 노고와 어려움을 겪는 편이 자연과 더 일치합니다. 그러므로 사람은 타고난 성품이 더 훌륭하고 고귀할수록 기쁨을 누리는 삶보다 봉사하는 삶을 더 선호합니다. 17

---

17   키케로, 《의무론》 3, 5장.

키케로는 이렇게 말하고 있는데, 일들이 그의 말대로라면 나는 전적으로 동의할 것입니다. 그러나 일반적 진리의 힘은 극소수의 예외적 사례에 의해 파괴되지 않는다는 것이 이 문제에 대한 나의 견해입니다. 어떤 종류의 은퇴보다도 고용雇傭이 보편적 우위와 신성함을 가지고 있다고 주장하는 사람이 많다는 것을 알고 있습니다. 하지만 그들이 주장하는 것을 실행하는 사람은 몇 명이나 될까요? 고작 몇 명일 수도 있고 대단히 많을 수도 있습니다. 한 명만 보여 주십시오. 그러면 나는 잠자코 있겠습니다.

나는 매우 교묘하게 반대되는 견해를 펼치는 학식 있고 말솜씨 좋은 사람들이 있다는 사실을 부인하지 않습니다. 그러나 이는 논쟁에서 영리함의 문제라기보다는 실행의 문제입니다. 그들은 도시를 돌아다니며 공공장소에서 악덕과 미덕에 대해 장광설長廣舌을 늘어놓습니다. 풍자작가의 날카로운 이빨을 요점을 찌르는 방식으로 여기에 꽂고 싶은 마음을 거의 참을 수 없었지만, 나는 나 자신이 누구를 언급하고 있는지를 떠올리고 진정한 존경을 바라기보다는 허영심을 희생하고자 결심했습니다.

하지만 이런 성실한 사람들은 종종 듣는 사람에게 도움이 되는 말을 많이 합니다. 이를 인정하지만, 의사가 환자에게 조언할 때 반드시 건강한 상태라고는 할 수 없습니다. 사실, 그는 다른 사람들에게서 치료한 바로 그 병으로 죽는 경우가 많습니다. 나는 인간의 구원을 위해 만들어진 말의 신중한 선택과 교묘한 구성을 경멸하지 않으며 작가의 성격과 관계없이 유익한 작품을 기리지만, 이것은 수사학의 학교가 아닌 삶의 학교이며 우리의 생각은 이제 웅변의 허망한 영광이 아니라 영혼의 안전한 휴식에 고정되어 있습니다.

나는 세네카의 문장에 대해 무관심하지 않습니다. "모든 방해물을 버리고 건전한 정신을 얻기 위해 시간을 포기하십시오." 그는 곧 덧붙입니다. "다른 문제에 몰두하는 사람은 그것을 얻을 수 없습니다."[18]

지금 내가 주장하는 바는 고독이 그런 정신을 발전시키는 것이 아니라 보존하고 강화하는 데 도움이 된다는 것입니다. 왜냐하면, 나는 한 사람이 사는 장소가 그 사람의 평안에 별로 도움이 되지 않는다[19]는 같은 작가의 또 다른 관찰 내용을 알고 있기 때문입니다. 그렇긴 하지만, 확실히 거주하는 장소는 무엇인가 도움이 되는 듯합니다. 그렇지 않다면 왜 그는 다른 글에서 "우리는 신체뿐만 아니라 인격을 위해서도 건강한 거주지를 선택해야 합니다"[20]라고 말하는 것일까요? 그리고 그는 또 다른 글에서 외칩니다. "나는 포럼의 바로 그 광경과 인근에서 멀리 도망갈 것입니다."[21]

혹독한 기후가 가장 튼튼한 체질마저 시험대에 올려놓듯이, 호의적인 정신에는 충분히 성숙해지기도 전에 매우 불건전한 상황이 몇 가지 생기기 때문입니다. 그렇다면 장소에는 아무것도 없는데, 정신의 건전함과 행동 습관의 차이는 과연 어디에 있을까요? 세네카의 허가를 구해서 나는 모든 것은 아니지만 많은 것을 말하고 싶습니다. 나는 "모든 것을 잘 맞추어야 하는 것은 마음입니다"[22]라는 그의 견해에 전적

18   세네카, 《서간집》 53.
19   같은 책, 55.
20   같은 책, 51.
21   같은 책, 28.

으로 동의합니다. 이 말은 그의 방식을 따라서 잘 한 말입니다. 그러나 진실과 올바른 이성의 빛은 어디에서 오는 것일까요? 출처가 없다는 것은 의심할 여지가 없습니다.

환경에 대해서는 마음 그 자체에 대해 단언할 것입니다. 이는 무언가, 아니, 대단한 것이지만 결코 모든 것은 아닙니다. 그리고 마음만이 진정으로 합리적이며 환경의 영향을 적절하게 받아들일 수 있습니다. 고요한 마음의 평온함 속에는 하느님의 특질인 위대하고 진실로 거룩한 것이 있는데, 이는 하느님께서 은둔 생활에 정착한 자들에게 가장 자주 베푸시는 선물입니다. 내가 간결함을 위해 추린 이 두 가지 요점은 일반적인 논의와 나란히 놓인 일련의 대조로 증명되었고, 머지않아 빛나는 삶의 예를 통해 확인될 것입니다. 만약 진리를 경청할 능력이 있는 사람이, 남의 말에 잘 속는 군중이 놀라 넋을 잃고 바라보는 설교자의 혀가 아닌 심장에 그의 마음속 깊은 곳에서 귀를 기울여야 한다면, 나는 그가 자신의 벌거벗은 양심이 행복은 떠벌리는 말이 아니라 조용한 행동에 있고, 낯선 사람의 박수나 깨어지기 쉬운 평판보다는 진리의 내적 소유에 있음을 고백하는 것을 들었다고 솔직히 인정하리라 믿습니다. 그러고 나서 그는 다른 군중과 함께 연단에 감탄했던 말들과 상당히 다른 것들을 많이 듣게 될 것입니다. 그리고 그는 겉모습과 마음 사이에 차이가 있음을 알게 될 것입니다.

한 가지 관심사에 진지하게 몰두할 때 다른 다양한 관심사를 소홀히 해야 한다는 것은 의심할 여지없이 마음의 본질입니다. 따라서 응

---

22   같은 책, 55.

52

변을 수련하는 사람은 종종 행동이 서투르고, 중요한 일에 종사하는 사람은 표현력이 부족합니다. 이와 마찬가지로 근엄함의 이상理想을 목표로 하는 사람은 천박한 쾌락을 피하고, 반면 쾌락적 탐닉에 가치를 두는 사람은 근엄함의 개념을 경멸합니다. 사유재산을 늘리고 싶은 욕망에 사로잡힌 사람들은 종종 친구나 국가를 경시하며 비열한 삶을 살지만, 관대한 자세로 공공의 이익에 헌신하는 사람들은 가정 내의 관심사를 무시하는 것처럼 보입니다. 같은 방향으로 부는 바람이 항로航路가 반대 방향인 선원들에게 똑같이 유리할 수는 없습니다. 이 말은 당신이 논의 중인 문제에 똑같은 진실이 적용됨을 발견해도 놀라지 않을 수도 있다는 뜻입니다. 바쁜 삶은 소음을 좋아하고 수다에서 즐거움을 찾지만, 사색은 침묵과 은퇴의 친구입니다. 마찬가지로 전자는 침묵을 싫어하고 후자는 소란을 싫어합니다.

어떤 삶의 방식이 더 안전한지 — 아버지! 이것이 오늘 내가 이 담론에서 검토해야 할 일입니다. 그러므로 만약 내가 언급할 수 있는 직업에서 나의 예를 들어 본다면, 양치기는 그의 임무 중에 얼마나 자주 목숨을 잃을까요? 길을 잃은 양을 찾으려다 함정에 빠지거나 도망친 양을 쫓다가 벼랑에서 굴러 떨어지는 경우는 얼마나 될까요? 건강한 의사가 환자를 치료하는 동안 치명적 질병에 얼마나 자주 걸릴 것이라고, 또는 무덤을 파는 사람이 죽은 사람을 묻는 동안 얼마나 자주 자기의 죽음을 초래하는 전염병을 만날 것이라고 생각하나요? 마음이 걸리는 전염병이 육체의 전염병보다 덜 심각하다고 스스로 속이지 마십시오. 사실 마음의 전염병은 더 심각하고, 더 깊이 침투하고, 더 은밀하게 퍼집니다. 하지만 많은 사람에게 도움이 되는 것은 훌륭한 일이라고 사람들은 말합니다. 우리가 할 수 있는 한 많은 사람에게 도움이 되는 것은 칭찬할 만하다고 말입니다. 누가 이를 부인합니까?

그러나 우리는 잘 꾸려진 자선慈善활동이 어디에서 시작되는지 알고 있습니다. 내 말을 믿으세요. 어려움에 처한 사람들에게 도움을 약속하고, 곤혹스러운 사람들에게 충고하고, 어둠 속의 사람들에게 빛을 주며, 슬픔에 빠진 사람들에게 기쁨을 주고, 공포에 질린 사람들에게 희망을 주고, 병든 사람들에게 건강함을 주며, 고통받는 사람들에게 편안함을 주는 것은 작지 않은 확신의 문제입니다. 그리고 길을 잃은 사람들에게 길을 가르쳐 주고, 넘어진 사람들에게 어깨를 대어 주며, 엎어져 있는 사람들에게 손을 내밀 수도 있습니다. 이런 것들은 실천하기만 한다면 아주 좋은 일들이지만, 약속만 하면 아무것도 아닌 일입니다. 큰 약속이라고 해서 작은 약속보다 더 중요하지는 않으므로 더 감동적인 것은 약속을 지키는 것뿐입니다.

하지만 나는 다른 사람들을 위한 규칙을 제안하는 게 아니라 내 마음의 원칙을 밝히는 것입니다. 누군가가 나의 원칙을 좋아한다면 그가 이 제안을 따르도록 하세요. 누구라도 이 원칙이 싫다면 이를 거부하고 우리가 고독의 삶을 살도록 남겨둔 채 자신의 불안한 근심을 껴안고 우리의 시골 은둔을 경멸하며 자기만족에 차 살아가는 것은 자유입니다. 고백하건대, 나는 가능한 한 많은 사람에게 도움이 되거나 심지어 오비디우스의 말을 빌린다면, 온 세상에 건강을 전달하는 사람23이 되는 것에 개의치 않을 것입니다. 그러나 첫 번째는 오직 소수의 힘에 의해서, 마지막은 그리스도 한 분에 의해서일 것입니다.

나는 반대 의견을 가진 사람들에게 양보하고 있지만, 만일 누구든지 안전한 곳에 있는 사람이 어려움을 겪는 사람들에게 그가 줄 수 있는 도움을 주지 않는다면, 그는 자연의 법칙에 반하는 죄를 짓는 셈입니다. 그러나 지금까지 큰 난파 속에서처럼 몸부림치고 있는 나에게는 우리의 필요에 도움을 주실 수 있는 한 분이신 그분께 도와주시기를 기도하는 것만으로 충분합니다. 나의 기도는 광범위하지만, 적당한 범위까지만 이루어지면 만족할 것입니다. 나는 모든 사람이, 아니 적어도 가능한 한 많은 사람이 나와 함께 구원을 얻기를 바랄 수 있습니다. 하지만 결국 내가 뭐라고 말하길 원하나요? 내가 스스로 멸망하지 않으면, 네, 그래요, 그것만으로도 나에게는 큰 행복의 원인으로 충분합니다. 그러나 무력한 양의 보호자를 자청하는 사람들, 아아, 나는 그들이 그 양을 산 채로 찢으려는 늑대들이라는 사실이 얼마나 두려운지 모릅니다.

내 주장과 관련이 없는 생각에는 너무 오래 관여하지 말고, 각자 자신의 취향에 따라 결정하도록 합시다. 왜냐하면, 비록 모든 사람이 같은 최종 목적지를 향하고 있다고 해도 인생에서 하나의 길을 따라가기란 불가능하기 때문입니다. 이와 관련하여 각자는 자연이 그에게 부여한 기질과, 그 자신이 습관이나 훈련으로 발전시킨 소질을 진지하게 고려해야 합니다. 고독한 생활이 죽음보다 더 비참하고 죽음으로 귀결되는 것처럼 보이는 사람들도 있는데, 특히 문학에 대해 전

---

23   오비디우스, 《변신 이야기》 2.642.

혀 알지 못하는 사람들에게서 이런 일이 벌어지고는 합니다. 그런 사람들은, 대화할 상대가 없으면 자기 자신이나 책과 교감하기 위한 어떤 자원도 부족해하고, 필연적으로 벙어리인 채로 남습니다. 문학이 없는 고립은 망명, 감옥, 고문입니다. 문학이 주어지면 고립은 당신의 나라, 자유, 그리고 기쁨이 됩니다.

"편지보다 더 달콤한 것은 무엇입니까?"[24]는 키케로의 유명한 말입니다. 세네카의 "학문이 없는 여가는 죽음이며, 그것은 살아 있는 사람을 위한 무덤입니다"[25]라는 문장도 잘 알려져 있습니다. 나는 철학자들의 이 두 가지 달콤한 위로는 충분히 잘 알지만, 처음에 말했듯이 고독과 여가는 문학을 잘 아는 사람이라 할지라도 때로는 짜증이 나는데, 그 이유는 분명합니다. 이러한 계급의 사람들은 때때로 쾌락에 사로잡혀 감옥을 사랑하게 되거나, 많은 사람과의 왕래와 더러운 사업으로 생계를 꾸려 나가기를 원하거나 바람이 많이 필요한 대중의 선거를 통해 영광의 미끄러운 계단을 오르기를 열망하기 때문입니다. 이러한 문학은 — 우리 시대에 그 양은 대단합니다 — 마음을 가꾸고 삶을 다듬는 수단이 아니라 부를 얻기 위한 도구이기 때문입니다. 자녀들은 부모에 의해 학문이 아니라 시장에 관한 문학을 공부할 목적으로 가족들에게 큰 비용을 부담시키면서 보내지지만, 이때 그들은 훨씬 더 큰 경제적 이익을 기대하기 때문에, 그들이 판매할 목적으로 추구한 교육과 100 퍼센트가 아닌 1,000퍼센트의 고리대금이라

---

24   키케로, 《투스쿨룸 대화》 5. 36.
25   세네카, 《서간집》 82.

는 죄악스러운 기대에 근거한 교육을 부패하고 탐욕스럽게 사용해도 놀랄 일이 아닙니다. 이 모든 것들은 삶의 방식을 선택할 때 신중하게 고려되어야 합니다. 그래서 나는 내가 묘사하는 것과 같은 고독의 삶에 그러한 사람들을 초대하지 않을 것이고, 그들이 자발적으로 온다고 하여도 흔쾌히 인정하지는 않을 것입니다. 내가 얼마나 많은 이들을 제외해야 하는지, 여기서 짐작할 수 있을 것입니다.

물고기는 물 밖에서 무엇을 해야 할까요? 또는 도시에서 멀리 떨어져 있는 이 친구들은? 이것은 전에 내가 어떤 무기력하고 나약한 변호사에게 했던 말인데, 그는 이 지역을 자주 방문하기 시작했고 이는 그가 조금도 생각지 않았던 조용함에 대한 애정이나 그가 싫어했던 여가에 대한 동경 때문이 아니라, 단지 모방하고 싶다는 근질거림 때문이었습니다. 그가 자신에게 더 성가신 사람이었는지 나에게 더 성가신 사람이었는지는 의문이지만, 그는 이곳의 지루함과 도시의 쾌락에 대한 갈망에 사로잡혀 갑자기 떠났습니다. 만약 내가 이 결과를 예상하지 않았다면, 나는 내 쪽에서 물러났어야만 했습니다. 우리의 형편이나 사고방식은 전혀 맞지 않았습니다. 그가 자신을 나의 친구라고 자칭했고, 우리가 소년 시절부터 같은 연구에 참여했던 것은 사실이지만, 그 사건이 증명하듯이 우리의 목표는 서로 멀리 떨어져 있었습니다. 그러나 나는 내 목표로 돌아옵니다.

젊음에 꼭 필요한 불가피한 조언이 부족하다고 해도 성숙기에 접어든 초기에는 우리 각자가 특정한 종류의 삶을 선택하는 것에 대해 신중하고 진지하게 생각해야 합니다. 특별히 중요한 이유나 불가피한 당위성이 따르는 일 외에는 한번 선택했던 길에서 결코 벗어나지 않는 것이 훌륭한 일입니다. 헤르쿨레스는 소크라테스의 제자인 크세노폰과 키케로가 증언한 바와 같이 곧 어른이 되었습니다. 그러나 우리는 그렇게 하지 못하고 대부분의 경우에 우리 자신의 판단이 아니라 군중의 판단에 따라 살아가고, 어둠 속에서 다른 사람들의 발자취를 따라 고르지 못한 길을 따라 달려가기 때문에 우리는 종종 위험하고 통행 불가능한 도로에 나타나 멀리까지 옮겨집니다. 그리고 주위를 둘러보며 자신이 무엇이 되고 싶은지 생각할 기회도 없는 사이에 무언가가 되어 버립니다. 그리고 젊은 시절에 자연이나 사고나 어떤 실수가 그에게 떠맡긴 역할에 대해 반성할 수 없다면 노년에 이를 곰곰이 생각하게 하고, 길을 잃은 나그네처럼 자기 본성의 잠재력을 완전히 억제할 수는 없음을 확신하면서 그가 해가 지기 전에 자신의 안전에 눈을 돌리도록 허락하여 주십시오. 만약 어떤 사람이 자신의 삶으로 들어가는 바로 그 입구에서 천상의 빛을 받았다면, 이미 말했듯이 판단력의 불꽃이 일지 않을 때 안전한 길이나 위험이 적거나 이를 쉽게 피할 수 있는 길을 찾을 수 있었다면, 그는 영원히 하느님께 감사할 이유가 있습니다. 운이 좋지 않은 사람에게는 더 큰 어려움이 기다립니다.

그러나 일단 눈을 뜨고 자신이 얼마나 비뚤어진 길을 가고 있는지 이해하기 시작하면, 비록 노년기일지라도 그가 젊은 시절 저지른 어리석은 짓과 잘못을 온 힘을 기울여 바로잡게 하고 노년기 각성의 훌륭한 본보기이자 도움과 기쁨의 원천이 되는 테렌티우스의 노인26을 기억하게 하십시오. 그 일이 특별히 쉽지는 않지만, 분명 유익하며 전혀 불가능하지도 않습니다. 건전하다고 인정되는 경우 어떤 조치도 너무 늦다고 생각하지 말아야 하며, 이 관점대로라면 무시해서는 안 될 권한도 있습니다. 왕 중에서 가장 철학적인 아우구스투스 카이사르는 "충분히 잘한 일은 충분히 빨리 이루어질 수 있다"[27]고 말하고, 철학자들의 왕인 플라톤은 "늙어서도 지혜와 진리를 얻을 수 있는 사람은 행복하다"[28]라고 말합니다.

삶의 개혁을 위한 모든 잘 정돈된 계획에서 우리는 한가한 소망이 아니라 우리의 성격과 성향에 의해 인도되어야 하며, 가장 매력적으로 보이는 길이 아니라 우리의 필요에 가장 적합한 길을 따라야 한다는 점에 주의하는 것이 특히 중요합니다. 이와 관련하여, 나는 사람은 특히 정직하게 행동하고 자신을 엄격히 판단할 것과, 눈과 귀의 기만적인 유혹에 길을 잃지 말 것을 요구합니다. 나는 몇몇 사람들이 다른 사람들의 자질에 대한 존경 때문에 자신의 한계에 대한 인식을 잃었다는 것과 자신의 능력과는 거리가 먼 행동을 시도하면서 낯선 사람들에게 웃음거리를 제공했다는 사실을 알고 있습니다.

---

26 테렌티우스 〈아델포이〉의 데메아(Demea)를 말한다. 2. 855ff 참조. 푸블리우스 테렌티우스 아페르(기원전 195 또는 185~159년)는 고대 로마 시대의 희극작가이자 시인이다. 북아프리카 출신의 노예였으나 그의 재능에 감복한 주인에 의해 교육을 받고 해방되어 극작가로 이름을 날렸다. 데메아는 테렌티우스의 희곡 〈아델포이〉(Adelphoe: '형제'라는 뜻)의 주인공 이름이다.

27 수에토니우스, 《황제전》 2, 25장.

28 키케로, 《최고선악론》(De Finibus) 5에서 인용한 (플라톤의) 《법률론》 653A.

내가 철학자들에게서 얻은 한 가지 교훈은 각자가 은퇴 생활이든 도시에서의 생활이든 또는 다른 삶의 방식이든, 자신의 성격과 습관과 주어진 삶의 방식 사이의 관계를 들여다보고 어느 쪽이 자신에게 가장 적합한지를 이해해야 한다는 것입니다. 만약 이것이 이제 막 삶에 들어서는 사람들에게 유리하다면, 앞서 들어선 사람들에게는 얼마나 더 유리할까요? 왜냐하면 그들은 선택의 어려움과 더불어 오래되고 확고하게 뿌리내린 관념을 파괴하는 일에 직면하기 때문입니다. 내가 아는 한, 군중과 공통점도 없고 문학에서의 성취도 자랑할 만큼 크지 않은 나로서는 고독에 기뻐하는 것으로도 충분하고, 말 많은 선생님에게 간섭받거나 난감하게 게으름을 피우지도 않고 얻은 저 고독의 친구가 되는 것으로 충분합니다. (시기를 받지 않고 말할 수 있을까요?) 사랑하는 사람도, 아내도, 유대감도, 관심도, 후견인도, 이익을 얻을 기회도, 연단도, 목욕도, 주점도, 연회도, 공공 광장도, 그 어느 것도 나를 도시에 매어 둘 수 없습니다.

　사실을 말하자면, 나의 경우에는 은퇴가 나 자신의 의도적인 결심이나 다른 사람들의 조언으로 결정된 것이 아니라 나의 기질이 가하는 자연스러운 자극을 통해 결정되었는데, 나의 특이한 은퇴 생활은 훌륭한 평온함의 하나일 뿐만 아니라 뚜렷한 존엄과 안전함의 하나였습니다. 다른 사람들에게 자신들의 상태를 고려하라는 나의 조언은 바로 내가 나 자신의 상태에 관한 이해에 도달하고자 사용한 방법입니다. 나는 고독과 여가를 진심으로 감싸 안고 여기에 매달립니다. 마치 그것들이 정신이 올라가고자 애쓰는 단계로 향하는 사다리라도 되는 듯이 이에 대하여 오늘 당신과 많은 대화를 나누었습니다. 그리고 나는 군중과 바쁜 일들이 마치 자유의 장애물인 마냥 두렵습니다.

하지만 어떤 필요 때문에 도시에 살게 되었을 때, 나는 사람들 사이에서 고독을 만들고 폭풍우 속에서 피난처를 만드는 법을 배웠습니다. 일반적으로 알려지지 않았지만, 감각을 통제하는 장치를 사용하여 그들이 인식 자체를 못 하게 하는 것입니다. 나 자신의 실험을 통해 습관이 되고 나서 훨씬 후, 나는 이것이 매우 훌륭하고 박식한 작가의 조언이기도 하다는 사실을 알게 되었고, 나의 실천이 고대의 권위에 의해 뒷받침된다는 것을 알게 된 기쁨 때문에 더욱더 열심히 이를 기억하고자 노력했습니다. 그 책에서 웅변가를 위한 교육을 매우 우아하게 마무리한 인물이 쿠인틸리아누스[29]인데, 이전에 키케로는 이런 아름다움을 두고 말한 바 있습니다.

등불 아래에서의 공부는 우리가 신선하고 활기차게 할 때, 가장 좋은 형태의 은퇴입니다. 그러나 침묵과 은둔, 그리고 완전한 정신적 자유는 가장 바람직하기는 하지만, 항상 우리의 운명에 속할 수는 없습니다. 그래서 소음이 우리를 방해하여도 바로 책을 덮어 버리고 그날을 잃어버렸다고 개탄하지 말아야 하고, 불편에 맞서 모든 방해를 무시하는 습관을 길러야 합니다.

만약 우리가 모든 정신적 기운을 사용하여 실제로 벌어지는 눈앞의 일에 주의를 기울인다면, 우리의 눈과 귀를 때리는 그 어떤 것도 마음속

---

29 마르쿠스 파비우스 쿠인틸리아누스(35~95년)는 로마의 수사학자(修辭學者)이자 웅변가이다.

으로 파고들지 않을 것입니다. 연속적으로 떠오르는 무심한 생각은 종종 길에서 사람을 제대로 못 보게 하고 길을 헤매게 하는 경우가 많은데, 그렇게 된다면 정신이 딴 데 팔려 있게 할 수 없는 것일까요? 우리는 게으름 피우기 위한 변명을 해서는 안 됩니다. 왜냐하면 생기가 있을 때를 제외하고는, 기분이 좋을 때를 제외하고는, 다른 모든 근심으로부터 자유로울 때를 제외하고는 공부하지 말아야 한다고 생각한다면 우리는 항상 방종할 이유를 가질 것이기 때문입니다. 그러므로 군중 속에서, 여행 중에도, 축제 때조차, 당신의 생각이 간섭받지 않고 홀로 있는 상태를 확보하도록 하십시오. **30**

나는 이 구절이 잘 알려지지 않아서 더욱 기쁘게 인용했습니다. 이 문제를 다룬 세네카의 편지는 더 친숙하므로, 그 결론만 인용하겠습니다. 학생들의 마음이 군중들의 소란을 견디는 방법에 대해 한참 논의한 후, 그는 마침내 "그 소란을 피하는 것이 때로는 더 간단한 문제가 아닐까?"라고 자문합니다. 이어 "나는 이것을 인정한다. 그래서 지금의 입장을 바꿀 것이다"**31**라고 스스로의 질문에 답하면서 그가 이전에 말한 모든 것은 단지 강제로 체류하게 되었을 때 위로하는 방법이었다는 듯이 말했으며, 한편 그의 마지막 조언은 자발적인 은퇴를 위한 것이었습니다. 그리고 이는 사실입니다. 왜냐하면 필요할 때 나도 또한 오직 이에 의존해야 한다는 사실을 알게 되었기 때문입니다. 즉,

---

30   키케로, 《최고선악론》 10. 3, 27~30.
31   세네카, 《서간집》 56.

도시의 혼란 속에서 가능한 한 나를 위해 어떤 은퇴 속에서의 가상의 고독을 머릿속에서 만들어 내고, 정신적 노력으로 내가 처한 상황을 이겨 내는 것입니다. 이러한 치료법은 지금까지 자주 사용해 왔지만, 미래는 언제나 불확실하므로 다시 이 치료법에 의존해야 할지 모르겠습니다. 확실히, 만약 나의 선택이 자유롭다면, 나는 틀림없이 상상 속에서가 아니라 스스로 은퇴 속에서 고독을 찾을 것입니다.

이것은 내가 할 수 있는 동안 한 일이니, 앞으로도 얼마나 열심히 하는지 두고 보십시오. 고독은 실로 거룩하고, 순결하며, 청렴하고, 인간이 지닌 가치 중 가장 순수한 것입니다. 고독은 숲속에서 누구에게 자신을 드러내고, 누구를 위해 자신의 매력과 가시를 드러내 보입니까? 물고기가 아니라면 누구를 미끼로 속일까요? 야생짐승과 새 이외에 누구에게 그물과 덫을 놓습니까? 노래와 우아한 동작으로 누구를 유혹합니까? 자신의 색깔로 누구를 매료시키는 것인가요? 누구를 위하여 보라색 천 같은 미사여구의 글을 짜고, 누구를 위하여 기름을 팔며, 누구를 위하여 꽃 같은 연설의 화환을 장식합니까? 마지막으로, 누구의 환심을 사려는 것일까요? 고독의 가장 깊은 틈새를 뚫고 들어와 고독이 없는 사람을 제외하고 누구를 기쁘게 해주려는 것일까요?

그것은 아무도 속이려고 하지 않습니다. 가장假裝하지도 않고 실제를 숨기지도 않습니다. 그것은 아무것도 꾸미지 않고, 아무것도 얼버무리지 않으며, 어떤 식으로도 가식적으로 행동하지 않습니다. 그것은 완전히 벌거벗고 꾸밈이 없습니다. 왜냐하면, 정신과 만물의 생활에 독이나 다름없는 요란한 전시와 저속한 칭찬을 싫어하기 때문입니다. 고독은 유일한 증인으로 하느님을 모시고 있으며, 맹목적이고 신뢰할 수 없는 대중의 목소리가 아니라 자신의 양심에 신뢰를 두고 있습니다. 때때로 자신의 양심에 대한 작은 신뢰마저 버리고 "누가 그의 잘못을 이해할 수 있을까?"32라고 묻고, 다시 "내가 완벽하다고 해도, 나는 내 영혼을 알지 못한다"33라고 쓰인 것을 상기하며 당혹감을 감추지 못하고 있습니다.

또한, 그것은 "주님은 모든 사람에게 선하시고 그분의 자비는 당신의 모든 일 위에 있습니다"34라는 말과 "주님은 무너지는 모든 것을 지키시고, 엎어진 모든 사람을 일으켜 세우십니다"35라는 말, "그분께서는 당신을 찾는 모든 사람의 가까이에 계십니다"36라는 말, 그리고 "그분께서는 우리가 지은 죄대로 우리를 다루지도 않으시고, 우리의 잘못대로 우리에게 갚지도 않으십니다. 하늘이 땅 위의 높은 곳에 있듯이, 그분을 경외하는 자들에게 베푸시는 자비는 큰 것입니다. 동방이 서방에서 멀리 떨어져 있는 것처럼, 우리에게서 잘못을 멀리 떨어뜨려 주셨습니다"37라는 말을 잊지 않습니다. 마침내 그분께서는

---

32 〈시편〉 19편 13절. "뜻 아니 한 허물을 누가 알겠습니까? 숨겨진 잘못에서 저를 깨끗이 해주소서."
33 〈욥기〉 9장 21절. "나는 흠이 없네! 나는 내 목숨에 관심 없고 내 생명을 멸시한다네."
34 〈시편〉 105편 9절. "아브라함과 맺으신 계약이며 이삭에게 내리신 맹세이다."
35 〈시편〉 105편 14절. "아무도 그들을 억누르지 못하게 하시고 그들을 위하여 임금들을 꾸짖으셨다."
36 〈시편〉 105편 18절. "사람들이 족쇄를 그의 발에 채우고 쇠사슬을 그의 목에 감았다."
37 〈시편〉 103편 10~12절. "우리의 죄대로 우리를 다루지 않으시고 우리의 잘못대로 우리에게 갚지 않으신다. 오히려 하늘이 땅 위에 드높은 것처럼 그분의 자애

우리를 심판자가 아니라 아버지로서 바라보십니다. "아버지가 자기 아이들을 가엾게 여기는 것처럼, 주님께서는 당신을 경외하는 사람들을 가엾게 여기십니다. 우리의 틀을 알고 계시고, 우리가 먼지라는 것을 기억하시기 때문입니다. 인간은, 그의 날들은 풀과 같고 들판의 꽃처럼 피어납니다." 그리고 그의 삶은 그림자처럼 덧없이 흘러갑니다. "하지만 주님의 자비는 영원에서 영원까지 무궁하십니다."38

그분께서 우리를 만드셨고, 당신께서 손수 하신 어떠한 일도 미워하지 않으시기 때문입니다.39 그래서 성경이 한편으로는 위협하고 다른 한편으로는 희망을 주지만, 고독은 여전히 자신의 가치를 의심하고 있으며 사랑이나 미움을 받을 자격이 있는지도 알지 못하고, 떨며 희망하고 왕의 자비를 확신하며 스스로 위로합니다. 그래서 악마의 계략을 조심하고 오직 한 가지에만 마음을 고정한 채, 고독은 주위를 둘러보고, 하느님의 지지에 기대어 위험을 가볍게 여깁니다. 이렇게 고독은 행복하고 평온하며, 말하자면 요새화된 성채城砦이자 폭풍

는 당신을 경외하는 이들 위에 군세다. 해 뜨는 데가 해 지는 데서 먼 것처럼 우리의 허물들을 우리에게서 멀리하신다."

38 〈시편〉 103편 13~17절. "아버지가 자식들을 가엾이 여기듯 주님께서는 당신을 경외하는 이들을 가엾이 여기시니 우리의 됨됨이를 아시고 우리가 티끌임을 기억하시기 때문이다. 사람이란 그 세월 풀과 같아 들의 꽃처럼 피어나지만 바람이 그를 스치면 이내 사라져 그 있던 자리조차 알아내지 못한다. 그러나 주님의 자애는 영원에서 영원까지 당신을 경외하는 이들 위에 머무르고 당신의 의로움은 대대에 이르리라."

39 〈지혜서〉 11장 24절. "당신께서는 존재하는 모든 것을 사랑하시며 당신께서 만드신 것을 하나도 혐오하지 않으십니다. 당신께서 지어 내신 것을 싫어하실 리가 없기 때문입니다."

우에 대비한 피난처이기도 합니다. 만약 어떤 사람이 그런 피난처를 이용할 수 없다면, 안식처도 없이 고난의 바다에 던져지고 암초 위에서 살다가 파도에 휩쓸려 죽을 수밖에 없을 것입니다.

하지만 내 태도가 너무 비합리적인 것도 아니고, 나는 다른 모든 사람을 어리석다고 생각하거나 나의 교리에 충실할 것을 맹세하도록 강요할 정도로 내 견해에 그렇게 편협하게 집착하지는 않습니다. 많은 사람이 공언하도록 끌려갈 수는 있지만, 누구도 믿도록 강요받을 수는 없습니다. 판단의 독립보다 더 중요한 것은 없습니다. 나 자신이 이를 주장하듯이, 나는 이것을 다른 사람들에게서도 부인하지 않을 것입니다. 나는 모든 사람의 목적이 명예롭고 신성하다는 것을 (그것이 가능하므로) 인정하며, 인간 양심의 깊이 숨겨진 신비를 판단하고 싶지 않습니다. 하느님의 은총을 받는 사람은 모두 좋은 삶을 살 수 있습니다. 무한한 자비는 누구도 거절하지 않습니다. 비록 많은 이들이 그 자비를 베풀기를 거절하고 있지만 말입니다. 인간 철학의 실천에도 미덕美德의 단계들이 있습니다. 모든 사람이 가장 높은 곳을 차지할 수는 없습니다. 그렇지 않으면 모든 낮은 곳은 비어 있을 것입니다. 그러나 어떤 부름이든지 나쁜 소식이 닿지 않는 곳에서 자신의 삶을 살려고 결정한 모든 사람은 적어도 비천한 환경에서 일반적으로 볼 수 있는 추잡함과 비열함에서 벗어나야 합니다. 추잡함을 피하는 것은 의무이고, 높은 뜻을 가지는 것은 미덕이며, 그것을 달성하는 것은 행복입니다.

위대한 플라톤주의자인 플로티노스가 도입하고 마크로비우스가 승인한 네 가지 종류 미덕의 유명한 구별을 내가 모르는 것은 아닙니다. 그러나 이들 중에서도 정치적 미덕은 가장 낮은 단계에 있습니다. 이 미덕은 바쁜 사람들에게 속할 수도 있지만, 그들 모두에게 속하지는 않고, 오직 활동을 끝마쳤을 때 자신의 미덕을 보이는 사람들에게 속하며, 훨씬 더 큰 범위에서 국가의 복지를 위한 사람들에게 속할 뿐입니다. 보십시오, 단 한마디로 수많았던 바쁜 사람들의 숫자가 극소수로 줄어들었습니다.

정죄淨罪의 미덕은 그 위의 다음 단계를 차지합니다. 이 미덕은 도시를 거리낌 없이 버리며 여가를 즐기는 사람이 되고, 철학의 진정한 추종자가 되는 사람들의 장식입니다. 이것은 오직 전자의 경우에만 누그러지는 욕망을 마음에서 근절합니다.

세 번째 단계의 미덕은 정화된 마음의 미덕이라고 불리는 것보다 더 높습니다. 이것의 자산은 정치적 미덕이 완화하고 정죄의 미덕이 제거한 욕망으로부터의 자유입니다. 이것이 완벽한 사람들의 미덕입니다. 그런 사람들을 어디서 찾을 수 있을지 모르지만, 만약 그들이 존재했다면 그들은 분명히 고독을 사랑했을 것입니다. 그리고 그들 중 한 명이 아직 살아남았다면 비록 그의 운항 능력의 덕목으로 안전하게 드넓은 바다를 항해할 수 있겠지만, 그래도 나는 그 역시 고독의 안식처를 사랑한다고 생각합니다.

네 번째이자 가장 높은 것은 인간의 손이 닿지 않는 곳에 있는 모범적인 미덕이며, 말씀대로 하느님의 마음속에만 존재합니다. 다른 세 가지 인간의 미덕은 그 이름이 암시하듯이, 또는 플라톤을 따르자면 그가 신의 마음속에 고정한 다른 관념들과 함께 미덕의 사상에서, 불변의 패턴으로 이 네 번째로부터 파생되었다고 합니다.

이런 미덕들이 욕망에 다른 것들과 같은 영향을 미치지 않는다고 말하는 것은 충분하지 않습니다. 미덕과 관련하여 욕망이라는 단어를 말하는 것은 불경과 모독의 극치입니다. 나는 네 종류의 미덕들에 대해 아무 말도 하지 말았어야 했습니다. 왜냐하면, 이들은 내 주제와 관련이 없기 때문입니다. 그러나 이번 기회를 통해 정치적 덕목, 정죄의 덕목에 대해 뭔가 말하게 되었기 때문에, 나는 플로티노스가 그렇게 많은 재능으로 엮은 사슬을 풀어 버리기를 개의치 않았습니다.

  당신은 내가 활동적인 사람의 비위를 다시 맞추기 위해 수없이 돌려 말하면서 얼마나 노력했는지 아십니까? 하지만 이제는 이러한 탈선에 제한을 두어야 할 때입니다. 나는 나 자신과 고독으로 돌아갈 것입니다. 나는 진실하고 친밀한 달콤함을 좀 더 깊게 마시기를 바라고, 이 담화에서 당신과 좀 더 자신 있게 이야기를 나누었으면 좋겠습니다. 세속적인 사람은 신성한 일에 대하여 말하기를 부끄러워합니다. 의식 속에서 거의 깨닫지 못하는 것을 과연 누가 말로 표현할 수 있을까요? 지상 — 단지 지상이라고 말할 수 있습니다 — 의 생명체가 그 이름만의 마법과 그 완벽한 보고에 매료되어, 진짜 천사와 같은 천상의 삶을 말하는 것은 주제넘은 일입니다. 그리고 사실대로 말하자면, 그 풍미를 맛보는 대신 그 향기를 희미하게 맡고 있었을 뿐입니다. 이는 마치 숲에서 태어나 숲에서 자라고 개울과 나무뿌리에서 갈증과 허기를 달래는 데 익숙해진 목동이, 땅에서 수확한 음식을 먹고 지나치게 커다란 동굴에서 휴식을 취하는 것에 익숙해져서 거대하고 풍요로운 도시의 벽에서 사고로 어리석은 실수를 하는 것과 같습니다. 그리고 그는 입구에 지친 채 앉아 열심히 사방을 둘러보고 거리 그 자체를 응시하지만, 실제로는 문 가까이에 있는 경비원의 집이나 골목만 보고 숲으로 돌아가서 그 도시, 궁전과 거리, 궁정과 공공 광장, 장인들의 상점과 귀족들의 회관, 그리고 공적 및 사적 모임에서 거래되는 사업 등에서 그가 본 것을 친구들에게 말해야 하는 것과 같습니다. 또는 성전聖殿의 문턱에 겨우 도달한 사람은 모든 제의祭衣와 성찬聖餐의 제기祭器를 숨겨 둔 비밀 장소를 알고 서적들의 모든 형태와 사제의 의무, 그리고 성스러운 의식 전체를 이해한다고 생각해야 하는 것과 같습니다.

사실, 이 목동과 나는 얼마나 다른가요? 그는 도시나 성전에 한 번 가까이 가 본 적이 있지만, 나는 고독을 자주 찾았습니다. 그리고 내가 위험을 무릅쓰고 안에 들어와 있는 동안, 그는 밖에 서 있었습니다. 또한 내가 오래 머무는 동안, 그는 얼마 지나지 않아 떠났습니다. 하지만 나는 고독한 삶의 내적 본질에 대해 얼마나 더 확신하고 있는 걸까요? 동굴이나 언덕, 숲은 모두에게 똑같이 열려 있습니다. 당신이 들어갈 때 아무도 길을 막지 않고 들어간 후에 내쫓는 일도 없습니다. 황야에는 문지기도 없고 감시자도 없습니다. 하지만 어떤 곳에 가거나 구불구불한 개울을 따라 걷는 것이 무슨 소용이 있을까요? 숲속을 거닐면 어떤 이득이 있고, 산 위에 앉아 있다 해도 어떤 기쁨이 있나요? 내가 어디를 가든지, 도시에서와 마찬가지로 숲속에서도 똑같이 내 마음이 따라온다면 말입니다. 내가 무엇보다 먼저 버려야 할 것은 마음입니다. 나는 주님께 마음은 집에 두게 하고 내 가슴을 순결하게 하며 내 몸에 바른 정신을 세우기를 겸손하게 간청해야 한다고 말하는 것입니다. 그러면 마침내 나는 고독한 삶의 숨겨진 깊은 곳으로 파고들게 될 것입니다.

현재 나의 고독에 대해서는, 왜 내가 가지고 있지 않은 것을 자랑해야 할까요? 겉으로는 비슷하더라도, 군중에게서 똑같이 물러나더라도, 인간의 열정으로부터 똑같이 해방되지 않는다면 내가 동경하는 고독한 삶이 아닙니다. 오오, 축복받은 영혼이 겪었던 투쟁과 기쁨의 전망을 떠올리며 그가 느끼는 저 말로 표현할 수 없는 달콤함을 나는 볼 수밖에 없을 것 같습니다. 그가 적을 이긴 자이든, 종종 우세하긴 했어도 아직은 완전히 적을 무찌르지 못한 자이든 말입니다. 이들은 여전히 전투의 대열에 서 있기를 요구받지만, 승리의 희망이 없지는 않으며 혼자가 아니라 천사들의 도움을 받아서 싸우기를 요구받고 있는 것입니다. 그리고 그들이 하느님의 갑옷을 입을 때, 사도의 말을 모방한다면 "정의의 갑옷", "믿음의 방패", "성령의 칼", "구원의 투구"를 장착하고 인간이 아니라 "권세와 권력과 이 세상의 어둠의 지배자에 맞서" 싸우기 위해 나아갑니다. **40** 그리스도께서 스스로 전투를 지휘하시는 동안 그들을 지원하는 성령의 위대한 현존 앞에서 나

---

40 〈에페소서〉 6장 12~17절. "우리의 전투 상대는 인간이 아니라, 권세와 권력들과 이 어두운 세계의 지배자들과 하늘에 있는 악령들입니다. 그러므로 악한 날에 그들에게 대항할 수 있도록, 그리고 모든 채비를 마치고서 그들에게 맞설 수 있도록, 하느님의 무기로 완전한 무장을 갖추십시오. 그리하여 진리로 허리에 띠를 두르고 의로움의 갑옷을 입고 굳건히 서십시오. 발에는 평화의 복음을 위한 준비의 신을 신으십시오. 무엇보다도 믿음의 방패를 잡으십시오. 여러분은 악한 자가 쏘는 불화살을 그 방패로 막아서 끌 수 있을 것입니다. 그리고 구원의 투구를 받아 쓰고 성령의 칼을 받아 쥐십시오. 성령의 칼은 하느님의 말씀입니다."

아가는 것입니다.

영혼의 깊은 곳에서 하늘로 높이 솟아오르는 탄식 속에는 지친 마음에 얼마나 반가운 평화가 깃들어 있나요! 가장 순수한 마음의 샘에서 쏟아져 나오는 눈물 속에 이 얼마나 은밀한 안도가 있는 것일까요! 예루살렘의 탑과 시온의 성벽 위에서 그리스도의 군사들이 바빌론의 군대에 대항하여 밤새도록 찬미가를 부르고 성벽에 둘러싸인 야영지의 경계를 유지하는 것은, 자신들이 먹을 것도 마실 것도 부족하지 않은 강하고 견고한 곳에 있다는 사실을 알고 있으며 적의 계략에 의해 공격당할지도 모르지만 질 수 없다고 믿기 때문입니다. 또, 우리의 안전과 관련하여 취하는 불필요한 행동은 종종 우리의 영광을 드높이는 결과로 이어질 수 있듯이, 그들은 적의 매우 격렬한 공격이 그들에게는 이득이고 공격자들에게는 벌이 되는 은총 속에 자신들이 고귀해진다고 느끼기 때문입니다. 그래서 스스로 훈련하면서 그리스도의 전사戰士들은 이 삶의 무대에서 싸우며, 더욱 경계심을 높여 승리는 더욱 감동을 주고 큰 업적은 더욱 영광스럽게 될 것입니다.

천사들과의 영원한 친교를 위해, 그리고 모든 성스러운 그리움과 바람의 끝인 거룩한 얼굴을 바라보기 위해 인간 사회에서 잠시 물러나는 대신, 현재를 즐기면서 더 나은 상태를 기대하는 것이 얼마나 위로와 기쁨이 될까요? 약간의 눈물 대신 끝없는 웃음이 얼마나 위로와 기쁨이 될까요? 지상의 단식 대신에 영원한 진수성찬이, 스스로 떠맡은 빈곤 대신에 헤아릴 수 없이 많은 재산이, 숲속에서의 거주 대신에 우아한 도시의 자유가 얼마나 위로와 기쁨이 될까요? 매캐한 연기가 자욱한 오두막과 반대로 별같이 반짝이는 그리스도의 궁전이, 숲의 고요함 대신에 천사의 합창과 천상의 화음이 지닌 달콤함이 얼마나 큰 위로와 기쁨이 될까요? 그리고 다른 모든 선율을 초월하여, 수많은 수고를 마친 자신의 자녀들을 영원한 휴식으로 부르시면서 이 모든 축복을 진실과 신뢰로 약속하시는 하느님의 음성을 듣는 것이 가장 큰 위로와 기쁨일 것입니다! 매일 내가 남긴 것과 얻은 것, 참고 견디는 것과 기대하는 것, 뿌린 것과 거둘 것을 되돌아보기 위해서요! 시간을 얼마 낭비하지 않아도 된다는 점을 생각하면, 영원한 행복은 바로 얻을 수 있을 것입니다. 그리고 〈시편〉 작가가 말하는, 진정한 생지옥이 존재하는 인간의 역겨운 욕망과 도시의 위험을 버리고 천상의 조국으로 달려가자마자 우리의 행복이 시작됩니다. 사실 불행의 끝은 행복의 시작입니다. 반대의 본질은 한쪽이 멈추는 곳에서 다른 쪽이 시작되는 것이기 때문입니다.

마지막으로, 그곳에는 고상한 생각을 하고, 영靈의 동료들과 하느님의 환영과 대화하며, 그리고 종종 친밀한 교감 속에서 그리스도의 존재로 충만한 기쁨이 있습니다. 그분께서는 항상 모든 곳에 계시기 때문입니다. 이렇게 쓰여 있는 분이 아니실까요?

제가 하늘로 올라가면 당신은 거기에 계십니다. 지옥에서 침대를 정리하여도 거기에서 당신을 볼 수 있습니다. 제가 아침의 날개를 펴고 바다의 가장 먼 곳에 산다고 해도. [41]

---

[41] 〈시편〉 139편 8~9절. "제가 하늘로 올라가도 거기에 당신이 계시고 저승에 잠

우리에게 쉽게 눈과 귀와 이해심을 주셨던 분께서는 분명 우리를 보고 듣고 이해하는 일이 더 쉬우실 것입니다. 그러므로 그분께서는 우리가 말하기도 전에 우리를 보시고 들으십니다. 모세가 잠자코 있었으나, 주님께서는 모세에게 "왜 나에게 부르짖느냐?"[42]라고 말씀하셨습니다. 그분께서는 우리의 소원을 미리 앞지르시고 우리 마음의 움직임을 예상하고 계십니다. 그분께서는 우리의 생각이 형성되기 훨씬 전부터 알고 계십니다. 그분께서는 우리가 기도를 말하기 전에 응답하시고, 우리의 요구가 나타나기 전에 그것을 보고 계십니다. 그분께서는 우리가 태어나기도 전에 우리가 죽는 날을 알고 계시고, 비록 우리가 가치가 없다고 하여도 우리가 그분의 자비를 완강히 거부하여 하늘이 금하지 않는 한 우리를 불쌍히 여기십니다.

그러므로 우리는 하느님 아버지를 증인과 심판자로 모시고 있어 내가 어딘가 다른 곳에서 쓴 적이 있고, 철학자들이 우리에게 찾으라고 충고했던 그 '상상의 증인'을 필요로 하지 않습니다. 예를 들어, 에피쿠로스는 비록 몇몇 사람들에게서는 평판이 좋지 않지만 그럼에도 그들 자신이 존경을 받을 만한 다른 사람들에게서 큰 존경을 받았는데, 그 사람들이 친구에게 편지를 쓰면서 에피쿠로스가 보고 있는 것처럼 모든 일에 대해 행동하라고 분부했던 일과 마찬가지입니다.

자리를 펴도 거기에 또한 계십니다. 제가 새벽 놀의 날개를 달아 바다 맨 끝에 자리 잡는다 해도."

42 〈탈출기〉 14장 15절. "주님께서 모세에게 말씀하셨다. '너는 어찌하여 나에게 부르짖느냐? 이스라엘 자손들에게 앞으로 나아가라고 일러라.'"

키케로는 그의 동생 퀸투스에게 보낸 편지에서 미덕에 대한 인상적인 권고를 한 후 다음과 같이 끝을 맺고 있습니다.

내가 항상 너와 함께 있고 네가 말하고 행동하는 모든 것에 관심을 두고 있다고 생각한다면, 너는 미덕에 매우 쉽게 도달할 것이다. 왜냐하면, 너는 언제나 세상의 나머지 모든 일보다도 나를 기쁘게 하는 것을 목표로 해 왔기 때문이다. 43

그는 자신의 존재가 동생에게 유익하다는 것을 매우 확신했음이 틀림없습니다. 자신을 떠올리는 것만으로 미덕의 추구에 큰 영향을 준다고 생각할 수 있었으니까 말입니다. 이러한 사례들을 모방하여 세네카는 루킬리우스에게 자신을 모델로 내세울 용기를 내는 대신 몇몇 저명한 사람들의 존재를 상상하도록 충고합니다. 그는 말합니다.

보호자를 임명하는 것이 좋다는 것은 의심할 여지가 없습니다. 존경할 만한 사람을, 또 자신의 생각을 뒷받침할 증인으로 여길 수 있는 사람을 두는 것입니다. 44

"무엇을 하든 누군가가 보고 있는 것처럼 행동하십시오"라고 그는 바로 덧붙입니다. 그리고 조금 더 나아가 "당신의 선택이 위대한 카

---

43 키케로, "퀸투스에게 보낸 편지", 《서간집》 1. 46.
44 세네카, 《서간집》 25.

토, 스키피오, 또는 라엘리우스든, 혹은 버려진 가련한 인간이더라도 그들의 나쁜 충동을 억누를 수 있는 사람이라면 누구든 당신의 보호자로 삼으십시오"라고 말합니다. 그가 여기서 에피쿠로스의 교리를 설명하고 있음이 분명하다는 것을 알 수 있도록, 나는 이 취지를 담은 세네카의 말을 다른 곳에서 인용하겠습니다.

'고결한 인격을 가진 사람을 아끼고, 그를 눈앞에 두며, 그 사람이 당신을 지켜보고 있는 것처럼 살며, 당신의 모든 행동을 보고 있는 것처럼 행동을 명하십시오.' 친애하는 루킬리우스여, 이것이 에피쿠로스의 조언입니다. 그는 우리에게 보호자와 수행원을 꽤 적절하게 붙여 주었습니다. [45]

그런 다음, 이 충고를 뒷받침하는 몇 가지 예를 삽입한 후에, 그는 덧붙입니다.

그러므로 카토를 선택하십시오. 카토가 너무 엄격한 것 같다면, 좀더 온화한 정신을 지닌 라엘리우스를 고르십시오. 인생과 대화, 그리고 영혼의 표현력이 당신을 만족하게 한 스승을 선택하십시오.

보다시피 그는 많은 사람을 지명하고 우리가 좋아하는 사람을 자유롭게 선택할 수 있게 해줍니다. 다만 우리의 선택은 그의 가족, 그의

---

[45]   세네카, 《서간집》 11.

권력, 또는 그의 재산이 아니라 그의 미덕과 대화, 고귀한 영혼의 증거인 얼굴, 그리고 가치 있는 행동을 하도록 마음을 움직이는 말은 존경하는 그의 태도에 달려 있습니다. 철학자들이 건넨 '상상의 증인'에 대한 조언이 그들 상태에 있는 사람들에게 도움이 안 되는 것은 아니지만, 우리에게 꼭 필요하지는 않습니다.

나는 이 책에서 이 자리를 마련했습니다. 내가 말한 것처럼 그리스도인이 그런 증인을 필요로 하지 않는다는 것과 에피쿠로스나 키케로, 카토, 스키피오, 라엘리우스의 존재를 상상할 필요도 없다는 점이 분명해질 수 있습니다. 왜냐하면, 착한 천사가 그의 삶의 수호자이자 동반자로서 대기하고 있으며, 천사의 눈길 아래에서 그가 수치심이 있다면 남들 앞에서는 감히 못 할 일을 할 수가 없을 것이기 때문입니다. 더 인상적이고 경외심을 불러일으키는 말을 하자면, 그리스도께서는 모든 곳과 모든 시간에 존재하시고 우리의 행위뿐만 아니라 우리의 모든 생각의 충실한 증인이십니다. 그리고 에피쿠로스는 설령 그가 육체 속에 있다고 해도 생각은 볼 수가 없었을 것입니다.

이 시점에서 나는 내 생각의 흐름을 멈추고, 누군가 그리스도는 아니더라도 그리스도를 믿는 자들 앞에 있다고 느꼈을 때, 자신의 폭력적이고 질주하는 욕망을 억제할 수 없을 정도로 거의 미칠 지경이 되어 죄악 속에 버림받은 사람은 없었는지 반성하려고 합니다. 그러나 그리스도께서 항상 영혼의 가장 깊은 곳에 존재하시고 거기서 일어나는 일을 살펴보시며 모든 일을 공개적으로 드러난 것처럼 보신다는 사실을 의심하고 그러한 증인에 대한 두려움과 존경심 때문에 부적절한 행동을 삼가지 않는 그리스도인은 절대로 없습니다. 우리가 마음속으로 인정하는 존재를 눈으로 보지 못하기 때문에, 그리스도를 확실히 알지 못했던 키케로가 고대인들이 마음으로는 아무것도 보지 않고 모든 것을 신체의 눈으로만 본다[46]고 말하면서 고대인들을 고발한 오류로 다시 빠져들어야 한다는 것은 매우 망상적인 일입니다.

만약 우리도 이 사건에 빠져서 조언을 구한다면, 우리는 역시 키케로를 주목해야 합니다. 다른 권위자들이 부족하기 때문이 아니라, 심지어 우리 자신과 같은 신앙을 가진 작가들 사이에서도 (아우구스티누스가 주로 이런 관점에서 그의 책 《진정한 종교에 관하여》를 저술한 것을 볼 때) 낯선 사람이 이 주제를 두고 하는 말을 듣는 일에는 이점이 있기 때문입니다. 특히, 그는 한 구절 속에서 상처도 드러내고 치료법도 적용했기 때문입니다. 그는 "지성 자체를 감각에서 벗어나게 하고 우리의 생각을 편견에서 떼어 놓는 것은 높은 지성의 힘입니다"[47]라고 말합니다.

그러므로 우리도 최선을 다해 감각을 통제하고 습관을 고치며 지성으로 사물을 보도록 합시다. 그리하여 마침내 보이지 않는 것을 볼 수 있는 내면의 눈을 뜨고 그것을 가린 안개를 제거합시다. 그러면 그리스도께서 실제로 우리와 함께 계심을 알게 될 것입니다. 카토가 신음을 내며 죽는 모습을 보이기를 부끄러워했다면, 우리가 형편없이 살고 형편없이 죽는 모습, 또는 어떤 비열하거나 부도덕한 일을 저지르는 것을 그리스도께서 보신다면, 그렇게 끔찍한 상황에서 우리는 얼

---

46 키케로, 《투스쿨룸 대화》 1. 16.
47 위와 같음.

고독한 생활을 권하는 첫 번째 편지 77

마나 더 큰 수치심을 느끼겠습니까?

그러나 토론을 다시 주제로 되돌리자면, 그분께서는 진실로 절대적으로 확실하고 영원한 우리의 증인이십니다. 그분께서는 어디에나 계시지만, 결코 고독 속에서보다 우리에게 더 충만한 은혜를 주지 않으시고, 고독 속에서보다 더 친밀하게 들으시고 대화하시지 않습니다. 그리고 당연한 일이지만, 아무도 소란스럽게 끼어들지 않고 정신이 흡수하는 것을 방해하지 않기 때문에, 인간의 영혼은 천상의 명상冥想에 익숙해지고 지속적인 교류로 구원에 대한 자신감을 얻으며 손님과 낯선 사람에서 하느님 가족의 일원이 됩니다. 큰 사랑과 끊임없는 충실한 봉사로부터 하느님과 인간 사이에는, 인간과 인간 사이에서는 생겨난 적 없는 친밀함이 자라기 때문입니다. 따라서 늘 세속적인 문제에 얽혀 전적으로 세상사에 몰두하는 불안정한 사람들은 이미 불멸의 삶에서의 행동과 지옥의 노동을 미리 맛보고 있다는 것이 나의 믿음인 것처럼, 마찬가지로 하느님의 친구이자 경건한 분위기에 익숙해진 고독한 영혼이 이 삶에서 영원한 삶의 기쁨을 느끼기 시작하는 것도 사실이라고 믿습니다.

또한 이 세상에 먼지 흔적조차 남기지 않는 무수한 그들 중 누구라도 비록 아직 지상에 갇혀 있지만 신의 자비로운 도우심을 받아 천사들의 조화로운 합창을 하늘에서 들을 수 있습니다. 황홀한 마음으로 그가 자기 자신에게 돌아올 때 표현 불가능한 것을 바라볼 수 있는 높이까지 들어 올려짐을 도저히 믿을 수 없는 일이라고 말해서는 안 됩니다. 그러나 불행한 죄인인 내가 죄악의 쇠공과 쇠사슬을 끌고 다니며 내가 이 모든 것에 대해 무엇을 안다고 말할 수 있을까요?

문학적 여가에 유리한 장소에 대한 나의 애정은 의심할 여지 없이 책에 대한 나의 사랑에서 비롯되었음이 분명합니다. 또는, 아마도 우리 취향의 불일치로 인한 혐오감 때문에 군중으로부터 탈출하려고 하거나, 아니면 양심의 가책 때문에 내 삶을 두고 말이 많은 증인을 피하고 싶은 것인지도 모릅니다.

그러므로 우리는 이런 생각들을 버립시다. 그러나 사랑하는 예수님! 우리는 당신에 의해 끝까지 인도되어 당신 안에서 평화를 찾을 수 있었습니다. 이 평화를 위해 우리는 태어났고 그것 없이 우리의 삶은 불행하고 쓸모없기 때문입니다. 아버지! 이런 평범한 것들을 얼마나 소중히 여기십니까? 즐거움에 따라 살고, 원하는 곳에 가고, 원하는 곳에 머물며, 봄에는 보라색 꽃밭에 누워 쉬고, 가을에는 낙엽 더미 속에서 쉬며, 햇볕을 쬐며 겨울을 나고, 시원한 그늘로 몸을 피하여 여름을 지내는 것 말입니다. 그리고 자신의 선택이 아니라면 그 어떤 선택도 강요하지 않습니다. 사계절 언제나 자기 자신에게 속해 있고 어디에 있든 항상 자신과 함께 있으십시오, 악에서 멀리 떨어지고 사악함의 본보기와는 거리를 두고서 말이죠! 쫓기는 일도 없고, 뿌리쳐지는 일도 없고, 시달리는 일도 없고, 압박당하는 일도 없으며, 식사하기 싫을 때 연회에 끌려 나가는 일도 없고, 또는 잠자코 있고 싶을 때 말하도록 강요당하는 일도 없으며, 성가신 인사말과 악수로 교차로에서 붙잡히는 일도 없고, 한 번에 며칠 동안이나 고문과 같은 고통 속에서 지나가는 사람들에게 조잡하고 무미건조한 도시풍으로 경의를 표하는 일도 없습니다!

어떤 친구가 당신이 마치 괴물이라도 되는 듯이 입을 쩍 벌리고 쳐다보나요? 그가 당신을 만나면 멈추나요? 자기 일행의 귀에 대고 쉰 목소리로 무언가 속삭이거나 당신에 대해 행인에게 질문하거나 하면서 돌아서서 당신을 따라오나요? 군중 속에서 당신을 공격적으로 밀치거나 혹은 다소 더 공격적으로 자리를 양보하는 사람은 누구인가요? 누가 당신에게 손을 내밀거나 손을 자기의 머리에 대고 인사할까요? 좁은 거리에서 당신과 긴 대화를 나누려고 하는 사람은 누구일까요? 눈으로 조용히 신호를 보내고 입술을 다문 채 지나가는 사람은 누구인가요?

마지막으로, 혐오스러운 대상들 사이에서 늙지 않는 것, 춤추는 군중들 속에서 비집고 들어가거나 짓눌리는 것, 유독한 연무로 당신의 호흡을 짧게 끊거나 부풀리는 것, 한겨울임에도 불구하고 땀을 흘리는 것이 무엇을 의미하는지 생각해 보십시오. 그리고 사람들 사이에서 인간성을 잊어버리지 않는 것, 감정에 가득 찬 사물을 싫어하고, 사람을 싫어하며, 사업을 싫어하고, 사랑하는 사람을 싫어하고, 자신을 싫어하는 것도, 또한 감사할 줄 모르는 많은 사람을 위해 자유롭게 봉사하겠다는 자신의 관심사를 잊지 않는 것도 생각해 보십시오. 그러나 이 모든 것이 저 사도가 로마인들에게 보낸 편지에 쓴 "우리는 누구도 자신을 위해 살지 않으며, 아무도 자기를 위해 죽지 않습니다. 우리가 살아도 주님께 살고, 죽어도 주님께 죽기 때문입니다"[48]라는 말에 어긋나지 않습니다. 그러므로 당신은 다른 누군가가

---

48   〈로마서〉 14장 8절. "우리는 살아도 주님을 위하여 살고 죽어도 주님을 위하여

아닌 주님을 위해서 살고 죽는 것처럼 살거나 죽어야 합니다.

한편, 마치 높은 탑 위에서 발아래 사람들의 고통스러운 행동을 보는 듯이 서서, 이 세상의 모든 것들과 함께 자기 자신도 죽어가는 것을 보고 늙음이 그렇게 가까이 왔는지 의심하기 전에, 조용히 다가온 고통으로 느끼는 대신 오래전부터 예상하고 건강한 몸과 평온한 마음으로 대비하는 것, 이 삶이 삶의 그림자일 뿐이요, 집이 아니라 여관이고, 조국이 아닌 노상이며, 안식처가 아닌 무대임을 아는 것, 덧없는 것을 사랑하는 게 아니라, 참고 견디기를 바라고 인내심을 가지고 상황에 따르는 것, 자신은 죽어야만 하는 보통 인간이지만 불멸의 약속을 누리는 사람이라는 점을 항상 기억하는 것, 기억 속을 거슬러 올라가 모든 시대와 모든 땅을 상상 속에서 여행하는 것, 마음대로 돌아다니며 과거의 모든 영광스러운 사람들과 대화하여 현재의 모든 악을 저지르는 사람들을 의식하지 못하게 하는 것, 자신의 위로 들어 올려진 생각으로 때로는 천상의 영역으로 올라가 그곳에서 일어나는 일들에 대하여 그리고 자신의 열망을 불태우는 묵상을 하며 마치 불타는 낱말의 힘인 것처럼 정열적인 정신으로 자신을 교대로 격려하고 책망하는 것 ― 비록 경험이 없는 사람들은 알아주지 않지만, 이것들은 고독한 삶에서 조금도 중요한 결실일 수 없습니다.

하지만 내가 이런 것들을 이야기하는 동안 더 명백한 기쁨을 묵묵히 놓치지는 않을 겁니다. 즉, 읽고 쓰기에 전념하고 번갈아 일자리와 안정을 구하면서 선인이 쓴 글을 읽으며 후세가 읽고 싶은 것을 써

죽습니다. 그러므로 우리는 살든지 죽든지 주님의 것입니다."

서 돌아가신 분들에게 그들의 글에 대한 대가로 이제는 갚을 수 없는 빚을 후세에 대신 갚는 것입니다. 그리고 돌아가신 분들에게 감사하는 대신, 거의 알려지지 않은 사람의 이름을 더 유명하게 하고 잊힌 사람의 이름을 되찾으며 시간의 폐허에 묻혀 있던 사람의 이름을 파내어 존경의 대상으로 손자들에게 물려주고 그들을 마음속으로, 또 달콤한 어떤 것인 양 입안으로 가져가는 것입니다. 그리고 마지막으로, 모든 면에서 그들의 명성을 소중히 여기고 기억하며 축하함으로써, 비록 그것이 그들의 위대함에 걸맞지 않는다고 해도 그들의 천재성에 경의를 표하는 것입니다.

우리는 특정 예술의 창안자들이 그들의 사후에 신의 영예로 숭배받았다고 들었습니다. 이는 경건함보다는 감사함을 더 많이 담고 있습니다. 하느님을 노하게 하는 행위에는 경건함이 없기 때문입니다. 그러나 인류에게 주어진 혜택을 기념하기 위해 인간으로서의 영예를 수여하는 데 만족하지 않는 사람들의 잘못된 감사함은 신성모독의 어리석음을 범했습니다. 하프는 아폴로를 하프의 신으로 만들었고, 의술은 아폴로와 아스클레피오스를 의학의 신으로 만들었으며, 농업의 사투르누스, 바쿠스, 그리고 케레스, 대장간의 불카누스를 만들었습니다. 이집트는 오시리스와 학식 있는 도시 아테네의 미네르바를 숭배합니다. 전자는 아마亞麻의 사용법을 발견했고, 후자는 기름의 사용법과 함께 직조 기술도 발견했다고 전해지기 때문입니다.

고대인들 가운데 이런 종류의 허영에는 한계가 없기에 그것을 특별히 하나하나 자세히 다룬다면 긴 작업이 될 것입니다. 고대인들의 시인 중에서 가장 위대하고 가장 신중한 시인은 아마도 그에게 닥칠 벌을 두려워해서 감히 공공연히 비난하려 하지 않았지만, 그는 전혀 정제精製됨도 없이 그것을 은밀히 조롱하기를 두려워하지 않았습니다. 그 시인은 자신들이 발명한 예술로 인간의 삶을 발전시킨 자들의 영혼을 저승에 두었고, 모든 오류의 샘인 거짓된 군중이 천상 주인의 분노에도 불구하고 그들의 이름을 하늘로 올려놓았기 때문입니다. 그는 치유의 발견자가 어떻게 전능한 신의 천둥으로 스틱스 물가로 내던져졌는지를 구체적으로 읊습니다. 그러나 이것은 고대인들 사이의 의문으로 남겨 놓으십시오. 우리 사이에서 신들에 관한 이야기는 없습니다. 하지만 나는 다른 모든 면에서 매우 완벽한 사람들이 미신에 있어서 그렇게 어리석을 수 있다는 사실에 놀라움을 금치 못합니다. 마치 매우 빠른 주자들이 잘못된 방향으로 뛰어가는 바람에 바로 그들의 눈앞에서 좋은 것을 보지 못하는 것처럼 말입니다. 그들의 완고함은 놀랍지만, 그들의 맹목성은 애석합니다.

사실 어떤 명예가 이런 종류의 것들을 발견한 사람 덕분이라면 — 그리고 나는 그것이 인간적이고 합리적이라면 위대한 명예가 당연함을 부정하지 않습니다 — 문학과 고귀한 예술의 발명가들에게는 어떤 영광이 쏟아질까요? 그들은 우리에게 고랑을 만드는 쟁기도, 우리의 몸을 위해 직조織造된 옷도, 우리의 귀를 위해 딩동거리는 수금竪琴도, 우리의 혀를 위해 기름과 포도주도 주지 않았지만 — 분명히 우리의 귀와 혀는 소리와 미각을 즐기지만 — 정신을 위한 영양분, 의복, 교육, 치유를 얻게 하는 보다 고귀한 도구들을 우리에게 제공했던 것입니다.

게다가, 이 빚을 어디서 가장 효과적으로 갚을 수 있을까요? 청동이나 대리석보다 훨씬 더 오래 유지되는 저명한 사람들의 상(像)을 조각하며 자신이나 타인의 이름을 봉납(捧納)하는 방법을 통해 문학을 추구하는 것이 고독 속에서 더 성공적으로 혹은 더 자유롭게 이루어질 수 있음을 누가 의심할까요? 여기서 적어도 경험을 바탕으로 말하는 것은 그것이 마음에 어떤 자극을 주는지, 정신을 위한 날개가 무엇인지, 일을 위한 여가가 무엇인지 알고 있기 때문입니다. 고독을 제외한다면 어디서 찾아야 할지 모르겠습니다.

내가 여가와 자유가 문학이나 예술의 원천이라고 말할 때 내 말을 믿지 않는다면, 아마 아리스토텔레스는 믿으실 겁니다. 그는 《형이상학》의 첫 번째 책에서 수학적 기술이 이집트인들 사이에서 매우 높이 평가받은 이유를 공언하고, 이는 제사장 계급에 허용되는 여가 때문이었다고 말합니다. 플라톤도 《티마이오스》에서 이 사람들에 대해 언급하는 것을 빼놓지 않았는데, 그들은 제사장으로서의 직무를 맡고서 다른 사람들과 떨어져 지내게 됩니다. 그들의 순수함이 오염되지 않도록 불경스러운 접촉으로부터 지키기 위해서입니다. 우리의 사제 중 한 명인 스토아학파의 카이레몬[49]은 매우 설득력 있는 글을 쓰는 사람입니다. 카이레몬 역시 그들의 삶의 방식을 설명하면서 그들은 세상의 모든 사업과 생각을 제쳐 둔 채 자연과 그 원인을 연구하며 별에 대해 계산하고 항상 성전에서 살았으며 한번 신성한 종교집

---

[49] 카이레몬은 알렉산드리아 도서관의 사서(司書)였고, 이후 네로의 개인 교사가 되었다.

단에 들어간 후 결코 여성들과 함께 지내지도 않았고 가까운 친척이나 심지어 자식들도 만나지 않았으며 정기적으로 금육禁肉과 금주禁酒를 하였다고 말합니다. 그는 그들이 2, 3일 동안 먹지 않음으로써 나태함이나 활동 부족으로 인해 발생할 수 있는 신체적 감정을 억제하고 바로잡는 데 매우 익숙해져 있었다고 덧붙이면서 그들의 식사, 음주, 그리고 수면에 대해 그 밖에도 많은 것을 말하고 있습니다. 이러한 습관으로 그들이 일종의 신성한 지성을 풍부하게 얻었다고 쉽게 믿을 수 있을 것입니다.

나는 이 시점에서 고독이 문학이나 도덕적인 삶에 적합하지 않다고 생각하는 사람들로부터 격렬하게 공격받을 것을 알고 있습니다. 그들은 우선 고독 속에 문학의 전파자와 같은 교사들이 없다고 주장합니다. 내가 이 표현을 쓸 수 있다면, 그 교사들을 상냥한 마음을 가진 치료사라고 부르고 싶습니다. 사실 그 교사들의 지속적인 도움이 없었다면 뛰어난 재능이 결코 길러지지 않았을 것입니다. 하지만 내가 교사에 대해 이러한 말을 하면 그들은 내가 오랫동안 교장 선생님의 엄한 훈육을 무시해 오지 않았으며, 아이들에게 나 자신에 대해 말하고 있다고 추측합니다. 그런데도 그들은 학식이 있는 사람이라도 사방에 펼쳐진 경치와 드넓은 하늘에 마음을 빼앗긴다고 열심히 주장하고 선언합니다.

무엇인가 큰일을 해야 할 때, 도약을 준비하는 민첩한 말처럼 에너지를 억제하고 모아야 한다는 것을 학식 있는 사람은 부인할 수 없습니다. 쿠인틸리아누스는 이 견해의 권위자인데, 내가 틀리지 않았다면, 그의 《웅변가 교육론》 9권에서 그는 나의 견해와 다른 듯한 발언을 한 직후에, 사적이고 한적한 장소와 가장 깊은 침묵이 작가에게 특히 적합하다는 데 분명히 동의하고 아무도 이의를 제기하지 않는다고 선언했습니다. "그러나," 그는 말합니다.

> 그렇다고 숲이나 나무가 연구하기에 가장 적절한 장소라고 생각하는 사람들의 말을 꼭 들어야 하는 것은 아닙니다. 왜냐하면, 그들이 말하는 것처럼 자유롭고 탁 트인 하늘과 한적한 곳의 아름다움은 마음을 고양하고 행복한 상상을 떠오르게 하기 때문입니다. 확실히, 내게는 그러한 은퇴는 문학적 노력에 대한 격려보다는 오히려 쾌락에 도움이 되는 것처럼 보입니다. 우리를 즐겁게 하는 바로 그 대상들은 필연적으로 우리가 추구하는 일에서 주의를 돌리게 하기 때문입니다. 사실, 정신은 동시에 많은 것들에 효과적으로 대응할 수 없으며, 어떤 방향이든 눈을 떼고 하려던 일에 대해 생각하는 것을 멈추어야 합니다. [50]

이것은 겉보기에는 충분히 분명하게 말이 되는 것 같습니다. 하지만 그가 얼마나 강하게 이 문제에 대해 확신하고 있는지 사람들에게 이해시키기 위해서 그는 요점을 주장하고 되풀이합니다.

> 그러므로 숲의 쾌적함, 흐르는 시냇물, 나뭇가지 사이에 부는 산들바람, 새소리, 탁 트인 전망의 자유는 우리의 관심을 끕니다. 그래서 나에

---

50 쿠인틸리아누스, 《웅변가 교육론》 10. 3. 22~23.

게는 이런 만족감이 생각을 가다듬기보다는 편안하게 하는 데 더 적합해 보입니다. 51

여기서 무시하지 못할 증인이 나에게 대항하여 심판에 나왔고, 자신의 권위를 충분히 신뢰하지 않는 듯 그는 자신의 의견을 뒷받침하기 위해 데모스테네스의 실천을 제시하는데, 이자는 일반인에게는 잘 알려지지 않지만, 그리스 웅변의 최고봉으로 비길 데 없는 사람입니다.

"데모스테네스는 좀 더 현명하게 행동했습니다. 그는 아무 소리도 들리지 않고, 조망도 보이지 않는 곳에 몸을 숨겼는데, 그의 눈은 자기의 일 이외에 다른 어떤 것에도 관심을 기울일 의무가 없을지도 모릅니다"[52]라고 그는 말합니다.

오오, 숲에 대한 열정적인 애호가이자 숭배자인 그대여! 누군가 말할 것입니다. 숲과 산이 학문을 연구하는 사람에게 도움이 되기는커녕 오히려 그의 활동에 명백히 장애가 된다고 생각하는 사람이 있다고 말입니다. 그러면 어떤 대답을 해야 할까요? 쿠인틸리아누스가 올바르게 말했는지를, 혹은 데모스테네스가 현명하게 행동했는지를 부인해야 할까요? 내가 그들을 내 편에 설 수 있도록 설득하지 못한다면, 그들의 편으로 옮겨 가야 합니다. 사실, 논쟁하기보다는 동의하는 편이 더 안전할 것입니다. 왜냐하면, 한 명은 유명했고 다른 한 명

---

51 같은 책, 10.3.24.
52 같은 책, 10.3.25.

은 최고라고 해도 그 둘 다 웅변가라는 이유로 공격을 매우 쉽게 피할 수 있었기 때문입니다.

숲과 우리가 여기서 이야기하는 모든 것들, 그리고 고독이 전반적으로 맞지 않는 학문 연구자들의 계층은 존재하지 않는 게 사실이지만, 나는 이 문제를 피할 마음이 없습니다. 나는 도주逃走도 전쟁도 아닌 화해를 구합니다. 그래서 숲이나 산보다 더 행복한 마음으로 일하는 곳도 없고 좋은 생각이 더 쉽게 떠오르거나 구상에 더 적절한 단어가 떠오르는 곳도 없지만, 그래도 나는 자신만의 특이한 습성을 모든 사람을 위한 진리로 설정하여 내가 이름을 밝힌 위인들의 그런 관행을 비난하기를 꺼리며, 두 가지 견해를 모두 받아들여 어느 쪽도 우리의 목적에 반하는 것이 아님을 보여 주기를 선호합니다.

나는 학문 연구자들이 숲이나 산에서 책을 쓰기를 요구하지는 않지만, 숲과 산을 보고 마음을 깨끗이 한 후, 조용하고 은밀한 휴식에 마음을 놓는 것은 허용합니다. 아무리 도시를 편애해도 고독 속보다 더 편안한 곳은 없다는 것을 모르는 사람이 있습니까? 나는 작가라면 어둡고 조용한 장소를 선택해야 한다고 강요하는 자들에게 반대하지는 않습니다. 다만 등불 아래서 일하는 사람은 낮에 일하는 사람들에게 주는 충고를 무시해서는 안 됩니다. 이 점에 대해서는 당신도 나도 쿠인틸리아누스의 유익한 조언을 시험해 보았으니, 독자에게도 전해 드리겠습니다. 데모스테네스의 이 습관을 칭찬하면서, 그는 이렇게 말하고 끝을 맺습니다.

그러므로 등불로 공부하는 사람들은 밤의 침묵, 닫힌 방, 그리고 한 줄

기 빛으로 그들이 온전히 은둔하고 있는 것처럼 지키도록 하십시오. 53

내가 볼 때, 이러한 것들은 어느 것도 고독의 상태와 상충하지 않고 실제로 고독을 조장하고 있다는 점을 인정할 것입니다. 그래서 나도 그런 위대한 권위자들 사이에서 들을 수 있고 새로운 조언이 무시되지 않는다면 그들을 따를 것이고, 더 나아가서 상황을 자유롭게 선택할 수 있다면 데모스테네스의 예에 따라 자신을 제한하는 것과 같은 몇 가지 독창적인 조언을 할 것입니다.

우선 그의 정신적 노력이 순조롭게 끝을 맺은 후에는, 숲과 들판에 쉽게 접근할 수 있고, 특히 뮤즈에게 감사하게도 졸졸거리는 개울가에 다가갈 수 있게 된다. 해서 그가 진 피곤의 부담을 덜 수 있으며, 동시에 그가 뛰어난 재능을 보이는 분야에서 새로운 계획의 씨앗을 뿌리고 휴식과 회복의 바로 그사이에 노동할 준비를 합니다. 그것은 유익하고 즐거운 일자리이자 적극적인 휴식과 편안한 작업입니다. 그래서 그가 데모스테네스가 좋아하는 그 좁고 비밀스러운 방으로 돌아왔을 때, 그는 불필요한 모든 것을 없애고 싹트는 생각에 알맞은 표현의 완벽함을 기할 수 있습니다.

이런 식으로 학문 연구자들에게 낭비나 손실을 입히는 시간은 거의 사라지게 됩니다. 이것은 특히 연설이나 역사를 쓰는 사람들에게도 해당이 됩니다. 왜냐하면, 철학을 생각하는 사람, 심지어 시를 깊이

---

53 같은 책, 10. 3. 25.

생각하는 사람, 많은 양의 사실을 모으는 것이 아니라 세련되고 섬세한 사고에 마음을 기울이는 사람들은 자기 방식으로 생각해야 하기 때문입니다. 그들이 장소나 시간에 상관없이 영감의 힘에 강하게 자극받는다고 느끼는 곳, 탁 트인 하늘 아래든, 잠긴 집의 지붕 아래든, 단단한 바위 피난처 안이든, 펼쳐진 나무 그늘 밑이든, 그들의 마음이 반응하는 장소라는 확신 속에서 천재성의 충동을 따르도록 하십시오. 그들은 많은 책을 읽어 넘길 필요가 없습니다. 그들은 전에 읽은 책들을 기억 속에서 읽을 수 있고 심지어 종종 그들이 읽지 못한 것들을 마음속으로 작성할 수 있기 때문입니다.

하지만 그들은 천재성의 날개로 스스로 높이 치켜세웁니다. 인간의 힘 이상으로 말하려면 인간적인 환희를 넘어서야 하기 때문입니다. 내가 관찰한 바로는 이는 의심할 여지 없이 자유롭고 탁 트인 장소에서 가장 효과적이고 행복하게 이루어졌습니다. 그래서 나는 산에서 부르는 노래를 마치 염소 떼 중에서 가장 유쾌하고 특별한 염소처럼 생각하고, 그 기원을 본연의 품격으로 되새기며 혼잣말을 해왔습니다.

당신은 알프스의 풀을 맛보았군요. 그대여
위에서 내려와요.

그러나 마침내 이 논쟁을 끝내기 위해, 두말할 나위도 없이 둘 다 최고의 라틴 웅변가들인 키케로와 베르길리우스는 이 관행을 고수했습니다. 전자는 여러 번, 특히 민법에 관한 논문을 쓰기 위해 왔을 때, 잎이 무성한 참나무와 달콤한 은신처를 찾았고, 나는 그가 그곳에서 그늘진 둑과 높은 포플러, 새의 지저귀는 소리, 54 잔물결이 치는 개울, 55 그리고 반으로 갈라지는 개울 한가운데 있는 내 섬과 매우 흡사한 작은 섬56에 대해 언급했던 것을 기억합니다. 그리고 베르길리우스는 목가적인 시를 통해 찬양하려고 할 때, "그림자 더미가, 너도밤나무가 무성하게 피어오르는 곳"57 에서 혼자 산과 숲 사이를 계속 걸으며 노래했습니다. 두 사람 모두, 편백나무가 우거진 조용한 숲속에서 《국가》와 《법률》에 대한 논의를 계속한 플라톤 흉내를 냈습니다.

하지만 나는 모두가 잘 아는 사실을 보고하겠습니다. 시간상 이 사람들보다 한참 뒤에 있지만 믿음으로는 그들을 앞서고, 순교로 유명하며 문학적 기량도 평범하지는 않았던 키프리아누스58도 같은 생각을 하고 글을 쓴 것 같습니다. 키프리아누스의 위대한 숭배자 아우구스티누스가 지성의 증거이자 문체의 예로 인용한 키프리아누스의 많은 저서 중 한 구절이 있습니다. 이를 통해 아우구스티누스는 만약 키프리아누스가 자신의 문제가 지닌 중요성에 전적으로 관심을 기울이지 않고 표현의 장식을 소홀히 했다면 그의 웅변이 어느 정도에 도달

---

54   키케로, 《법률론》 1. 15.
55   같은 책, 1. 21.
56   같은 책, 2. 6.
57   베르길리우스, 《목가집》 2. 3.
58   키프리아누스(Thascius Caecilius Cyprianus, 200?~258년)는 카르타고 교구의 주교이자 순교자, 교부이며 수사학자, 성서학자, 법률가이기도 했다.

했을지 분명히 밝히기를 원합니다. 마음의 사용을 이 구절에서 말할 때, 그는 비밀 장소에 방을 구하지 않고, 자물쇠로 고정하고 대리석 금고로 어둡게 숨겨 사방을 벽으로 둘러싸거나 하지도 않으며, 또는 그러한 어떤 다른 일을 하지도 않습니다. 반면, "자, 이러한 거처를 찾읍시다. 인접한 고독은 우리에게 휴식처를 제공합니다. 그곳에서는 덩굴들이 버팀목이 되는 갈대 위로 기어가면서 늘어진 고리로 휘감고 새싹과 집덩굴 잎으로 주랑현관柱廊玄關, *portico*을 만듭니다"[59]라고 말합니다.

이 거룩하고 유창한 웅변가가 어떤 종류의 현관과 거처를 원했는지 보십시오. 덩굴과 나뭇가지, 나뭇잎과 갈대, 그리고 이 모든 것들 속에서 학구적인 사람들이 소중한 사생활을 이어 나가는 곳입니다. 만약 그가 벽과 지붕 밖으로 물러나지 않고서도 마음이 행복하다고 믿었다면, 분명 그는 이 거처를 원하지 않았을 것입니다. 내 신념의 작은 부분이 수많은 권위자에 의해 입증되고 필요 이상으로 많은 고생을 했다는 말을 듣는 것이 두렵지 않다면, 나는 다른 작가들에게도 같은 증거를 찾고 더 많은 사람의 증언을 통해 내 주장을 입증할 수 있을 것입니다. 지금까지 나는 내 여가의 산물을 읽을 만큼 여유가 풍부한 사람이 있다면, 그 누구도 내가 그들의 마음에 규칙을 만들어 왔다고 생각해서는 안 된다는 생각으로 나의 의견을 제시해 왔습니다. 오히려 그들이 문제의 진실을 자세히 살피고, 나 또는 다른 누군가를 믿

59　아우구스티누스, 《그리스도교 교양》 5. 14. (키프리아누스의 《서간집》 1권 중 도나툼에게 보내는 편지를 인용하며)

어야 한다고 생각하지 말고 자기 경험의 증거만 믿게끔 하십시오.

하지만 이제 고독이 미덕에 불리하다고 주장하는 사람들은 세네카에서 그들의 정당성을 찾는 것 같습니다. 그는 자신이 쓴 서신의 한 구절에서 "고독은 우리에게 모든 종류의 악을 일으키게 한다"[60]라며, 고독 속에서 모든 사악한 음모가 만들어지고, 모든 부정직한 열정이 뭉쳐지며, 오만함이 불타오르고, 욕망이 생기고, 폭력이 일어난다[61]고 말하고 있습니다. 만약 이런 것들이 일반적이고 전반적으로 여겨진다면, 세네카에게 반대하거나 고독의 원인을 버리는 것 외에는 방법이 없을 것입니다.

하지만 이것은 일반적인 상황이 아닙니다. 세네카 자신의 말에서 보듯이, 그는 오직 어리석고 자신들의 열정에 희생된 자들에 대해서만 말하고 있는 것이 대낮보다 더 분명하기 때문입니다.

사람들이 죽음을 애도하거나, 또는 무언가에 대해 두려워할 때, 우리는 그들의 외로움을 잘못 이용하지 않도록 그들을 지켜보는 데 익숙합니다. [62]

그는 그런 사람에게 고독은 금물임을 인식하지만, 그 이유에 주목

---

60   세네카, 《서간집》 25.
61   같은 책, 10.
62   위와 같음.

하십시오. 고독은 아마도 우울하고 병적인 두려움을 일깨우기 때문이며, 정신적 열정을 가장 많이 소모하기 때문일 것입니다. 이 점을 좀 더 상세히 설명하면서, 그는 "아무런 생각이 없는 사람도 혼자 내버려 두어서는 안 됩니다"라고 말합니다. 이것이 얼마나 진실인지 누가 모를까요?

자신의 의지를 통제하지 못한 사람이 혼자 남겨진 순간 슬픔에 빠지기 마련입니다. 그러나 그러한 사람들에게 나는 고독이 단순히 위험한 것만은 아니라고 판단합니다. 도시는 그들에게 건전한 장소는 아니지만, 어떤 면에서는 더 건전합니다. 도시에는 범죄자들이 있는 반면에 검사와 복수자復讐者들도 있습니다. 그러나 이 도시가 제공하는 은폐와 면책을 바라는 고독은 법에 대한 두려움과 명예에 대한 존중을 없애 버립니다. 고독은 파렴치한 죄를 지을 특권을 주는 한편, 도시는 범죄를 조장할 요소를 제공하므로 둘 다 짓궂은 일입니다. 그러나 그것은 자연의 심술이지 고독의 탓은 아닙니다.

당신은 이것이 분명 진실이고 세네카 역시 이렇게 생각했다고 스스로 타이를지도 모릅니다. 우울하고 병약하고 어리석은 사람들에게 그가 금하는 바로 그 고독을, 같은 편지에서 그는 루킬리우스에게 허락할 뿐만 아니라, 심지어 그것을 권하고 지시하고 있습니다. 그가 말합니다.

네, 나는 내 의견을 바꾸지 않습니다. 많은 사람을 피하십시오, 소수의 사람도 피하십시오, 심지어 개인도 피하십시오. 당신과 기꺼이 나눌 사람은 아무도 없습니다. 그리고 내가 당신에 대해 어떻게 생각하는지 보

세요. 나는 감히 당신 자신을 믿으니까요.⁶³

내가 틀리지 않았다면 소박하고, 엄격한 교훈입니다. "많은 사람을 피하십시오"라고 그는 말합니다. 나는 기꺼이 이에 동의합니다. "소수의 사람을 피하십시오." 나는 고통 없이 견딜 수 있습니다. "개인을 피하십시오." 나를 더 몰아붙일 수는 없습니다. 나를 가장 좁은 고독의 범위 안에 가둔 것입니다. 이제 나 자신을 피해야 한다는 것 외에는 무엇이 남아 있을까요? 네, 하지만 여전히 개인을 피해야 합니다. "당신과 기꺼이 함께할 사람은 아무도 없습니다."

이상하네요! 하지만 적어도 한 명은 당신과 함께할 사람이 있습니다. 아마 몇 명은 있을 수도 있는 것이겠지만, 한 명 정도는 분명히 있습니다. 만약 내가 친구에게 그런 조언을 한다면, 고독과 미덕의 적들이 사방에서 외치고 나를 돌처럼 비인간적이라고 부를 것입니다. 그러나 여기 세네카처럼 위대한 사람은 그의 가장 소중한 친구에게 개인조차도 피하도록 촉구하며, 도덕적 완벽을 이룬 사람에게 말합니다. 하지만 마지막 진술은 누가 했든 당신의 좋은 휴가와 어긋날 것입니다.

세네카 자신도 증인으로 선서한다면, 루킬리우스가 미덕을 완전히 성취한 사람이라기보다는 미덕을 쌓고 있는 사람 중 하나였음을 인정할 것입니다. 사랑하는 사람의 태도를 보이며 그는 자주 그를 칭찬하지만, 그가 완벽하다고 생각한다면 그에게 그렇게 끊임없이 권유하

---

63 위와 같음.

거나 때때로 그를 꾸짖지는 않을 것이기 때문입니다. 만약 그의 조언이 적어도 미덕의 연구와 실천을 위한 것이라는 사실이 확인된다면, 나는 동의합니다. 하지만 다시 나의 목적으로 돌아가겠습니다. 나는 학문과 미덕을 열렬히 추구하는 자들에게만 말합니다. 다른 사람들에게는 우선 그들이 생활 방식을 바꾸지 않는 한, 내게는 건전한 조언이 없습니다. 그다음에 그들에게 적절한 환경을 살펴보도록 할 것입니다.

게다가 나는 고독이 유리하다고 말하는 사람들에게 우정의 법칙을 경멸하도록 설득한 적이 없습니다. 친구들이 아니라 군중 틈에서 뛰쳐나오라고 했습니다. 그리고 만약 누군가 그에게 많은 친구가 있다고 생각한다면, 먼저 속지 않도록 주의하십시오. 어떤 필요나 운명의 변화는 진실을 밝히기 위해 잘 계산되어 있고, 이것은 단순히 경험에 대한 열망에서 비롯된 것은 아니지만, 만약 그렇게 된다면 그 변화는 우리의 깨달음과 환상의 소멸에 크게 이바지합니다. 더욱이 한 사람이 우정에 있어 다른 사람들처럼 풍요로워야 한다면 그 고독한 사람은 방해를 받아서는 안 되지만, 많은 사람이 몰려오게끔 하지 말고 혼자 방문하게 하여 짜증보다는 편안함과 격려를 가져다주기를 희망하며 친구들을 멀리하라고 충고해서는 안 됩니다.

그의 여가는 저속하지 않고, 겸손하고 온화하여야 합니다. 그의 고독은 야만적이 아니라 평온해야 합니다. 간단히 말해서, 야만적인 대신 고독해야 합니다. 이 은거지에서 그를 침범하는 사람은 누구든 도시에서 추방된 인간이 황야에 살고 있고 사람들이 많은 곳에서 곰과 사자를 발견하는 것처럼, 고독 속에서 천사와 같은 사람을 발견했다는 사실에 놀라게 됩니다.

그 문제에 대한 내 느낌은 양극단 사이의 길 한가운데에 있는 것입니다. 한 극단에 있는 사람은 군중 속에 있지 않으면 행복하지 않습니다. 그는 바로잡기보다는 동정할 만합니다. 다른 한 사람은 "개인도 도피하십시오"라고 말합니다. 그에게는 뭐라고 대답해야 할지 모르겠습니다. 고백하건대, 세네카, 당신은 날 거기에 두고 당신의 권위로 날 억누르고 있는 겁니다. 그리고 당신보다 못하지 않은 사람의 반대가 없었다면 나는 아마 복종해야 했을지도 모릅니다. 그가 당신보다 더 낫다고 내가 말해도 당신은 화를 내지 않으리라 생각하지만 말이죠.

키케로는 우정의 조건에 대해 논의하면서 우정만을 미덕 다음으로 인생에서 가장 바람직한 것으로 다루지는 않습니다. 사납고 잔인한 성격의 사람들과 동료나 집회를 피하는, 거의 예(例)를 찾을 수 없는 사람들조차도 자신들의 고통의 독을 내뿜을 수 있는 상대64를 찾지 못하면 참을 수 없다고 그는 말합니다. 이러한 관찰을 출발점으로 삼으면서, 그는 자신이 아무리 큰 번영을 누리더라도, 심지어 그 앞에 펼쳐진 별을 바라보고 우주의 지식을 가진 하늘에 있더라도 함께 이러한 축복을 나눌 누군가가 없다면 행복할 수 없다는 타렌툼의 아르키타스의 말을 인용합니다. 따라서 완전한 고독을 싫어하는 것은 자연

---

64 키케로는 친구라고 말하지 않는다. 그들의 성격이 친구가 되기에는 문제가 있기 때문일 것이다.

스러운 일입니다!65

더 유명한 구절에서 그는 "만약 우리의 욕구와 편안함에 필수적인 모든 것이 이야기와 같은 어떤 마법의 지팡이에 의해 제공된다면, 최고의 능력자는 다른 모든 책임을 버리고 배움과 연구에만 전념할 수 있을 것입니다"라고 말합니다. 그런 다음, 그것이 역설적인 말이라는 점을 보여 주기 위해, 그는 "전혀 아닙니다. 그는 외로움에서 벗어나려고 할 것이기 때문입니다"66라고 공개적으로 말하고 있습니다. 보십시오. 우리가 고독에 대해 했던 모든 말을 그가 몇 마디로 비난하는 듯이 보이는 것을. 그리고 그가 더 멀리 가지 않았다면 그는 사실상 그렇게 했을 것입니다. 키케로의 말을 설명하는 것은 우리의 관심사가 아니며, 웅변가의 편견에 대한 이 증거가 의심스러워 검토에서 거부하는 것입니다. 비록 그것이 그의 철학적인 글에서 나타나지만 말입니다. 왜냐하면, 그가 덧붙이는 것에 주목한다면, 그는 극단적이고 비인간적인 고독만을 말하고 있고, 나의 견해는 물론 다른 견해에 판단을 내리고 있지 않으며, 고독으로부터 도망칠 때 군중 속으로 달려드는 것이 아니라 고독을 추구하다가 인간의 권리를 빼앗길 것을 두려워할 뿐이라는 점이 꽤 분명해 보이기 때문입니다.

그가 "고독으로부터 탈출할 것"이라고 말할 때, 그는 동료들에게도 말하지 않지만, 공부에서 동반자를 찾고, 가르치고, 듣고, 배우고 싶다고 말합니다. 고독은 비록 큰 장점이 있지만, 그것을 공유할 사람

---

65   키케로, 《우정론》 23.
66   키케로, 《의무론》 1. 44.

이 아무도 없다면 야만인이나 인간관계를 증오하는 사람들에게도 견딜 수 없을 것 같으니, 점잖고 세련된 사람들에게는 어떻게 보여야 할까요? 그리고 만약 한 명의 동료와 나눈 대화가 우정이 없는 사람들에게 그렇게 큰 위안을 준다면, 그 우정의 진실한 숭배자들이 그들의 충실한 친구와의 대화에서 가지는 기쁨은 무엇일까요?

그 친구에게서 자신의 형상이 반영되는 것을 보고, 그의 입술로부터 진실을 듣고, 그의 존재에서 키케로의 말처럼 "감히 모든 것을 마치 자신에게 말하는 것처럼 말을 할 수 있고",[67] 그에게 아무런 의심을 하지 않고, 마음속에는 속임수도 없으며, 그를 위한 모든 수고는 달콤하고, 그와의 동행 없이는 어떠한 휴식도 위로가 되지 않으며, 그로부터 역경을 막아내고 우리 번영의 절정을 가져오는 기쁨! 이런 친구가 우리의 고독에서 제외되어야 한다면, 나는 정말 엄격해야 합니다.

고독은 친구의 존재로 인해 방해를 받는 것이 아니라, 더 풍성해진다는 것은 결코 내 견해가 아닙니다. 둘 중 하나 없이 살 수 있다면, 친구보다 고독을 빼앗기길 택해야 합니다. 그래서 나는 고독을 받아들이면서 우정을 거부하지 않으며, 도시에서도 내가 피해야 할 그런 성격인 사람이 아니라면, 평화로운 삶의 지시 사항에 주의를 기울인다면, 그 어떤 사람으로부터도 도망치지 않습니다. 그리고 나는 다른 모든 것처럼 내 고독을 친구들과 나눌 것이고, 세네카가 "같이 나눌 친구 없이는 어떠한 좋은 것을 소유하는 것도 즐겁지 않다"[68]고 했던

---

67 키케로, 《우정론》 6.

것은 진정한 인간성이 있는 말이며, 고독은 위대하고 달콤한 소유물이라고 확신하게 되었습니다.

하지만 나는 악당뿐만 아니라 게으르고 무지한 자들과도 거리를 두어야 합니다. 가증스러운 것은 티베리우스의 퇴임으로 무고한 카프리섬을 영원한 치욕으로 얼룩지게 한 것입니다. 야만적이고 사악한 노인이었던 그는 잔인함과 방탕함으로 그곳에 사창가를 세웠습니다. 우스꽝스러운 것은 캄파니아의 쿠메 인근 나폴리 해안의 그 섬과 얼마 떨어지지 않은 곳에서 아무도 모르게 늙어가는 세르빌리우스 바티아의 고독입니다. 그는 시골집 벽 속에 사는 것이 아니라 묻혀 있는 것으로 유명했습니다. 세르빌리우스와 같은 많은 사람은 어디에나 있다고 생각하지만, 우선 머리에 떠오르는 것은 고귀한 작가[69]가 그에 대한 조롱으로 그를 알리고, 우리가 동시대인들에게 진실한 폭로로 상처를 입히거나 끔찍한 본보기가 되어야 하는 번거로움을 안길 필요가 없도록 해주었기 때문입니다.

당신은 이제 내가 고독의 주제에 대해 말했거나 말해야 하는 모든 것을 누구에게 적용하는지 이해합니다. 삶의 거룩함이나 문학적 성취, 또는 후세의 사랑과 인정을 얻기 위해 여가를 고귀하게 사용할 권리가 모든 사람에게 주어지지는 않습니다. 그래서 많은 사람이 기꺼이 자신의 목숨을 바치고 다른 사람들에게 자극을 주는 것은 현재의 영광이나 미래의 명성에 대한 희망이 아니며, 바로 그 때문에 그들은

---

68 세네카, 《서간집》 6.
69 같은 책, 55.

빛나는 존재로 여겨집니다. 지금, 이 순간 시간이 당신 소유라는 것이 얼마나 큰 의미가 있습니까? 시간이 흘러가는 즉시 이를 회수하거나 바꿀 가능성은 전혀 없습니다. 게다가, 비록 적당히 배우기는 하더라도 아무도 침착한 생각으로 살고, 상황의 사슬에서 해방되고, 하느님과 이성에 순종하지만 모든 다른 방법으로 자유로워지는 마음을 읽고 명상함으로써 얻는 것을 막지 못합니다. 그리고 몸도 무거운 굴레에서 벗어나 오롯이 그 마음만을 섬깁니다. 또한, 가끔 그가 오만하게 반항한다고 해도 곧 충성으로 돌아와서 천 가지 수고, 천 가지 위험, 천 가지 운명의 장난으로부터 구원받을 것입니다. 그는 자유롭게 돌아다니고, 앉고, 서고, 말하고, 침묵하고, 생각하며, 그리고 다른 사람의 불행을 보고서야 자신의 불행을 인정하는 바쁘고 불안한 동료들로부터 방해를 받지 않을 것입니다.

우리의 등 뒤에 있는 것처럼 다가오는 과거의 즐거움에 대해 어떻게 말해야 할까요? 베르길리우스의 잘 알려진 표현이 있습니다.

아마도
이것 또한 기쁨으로 기억될 것이리니[70]

그리고 같은 시인의 덜 알려진 시에서,

---

70 베르길리우스, 《아이네이스》 1. 203.

이렇게 많은 아르고스 마을을 탈출해서 기쁘네요

그리고 적들의 한가운데를 통해 우리의 도주는 계속되었어요. [71]

이 두 표현은 말은 다르지만 둘 다 아이네아스 한 사람의 생각을 나타내고 있습니다. 보시다시피 그가 여전히 시련을 겪는 중에는 미래 시제로 동사를 사용하지만, 일단 그 시련을 통과하면 현재 시제를 사용한다는 것을 알 수 있습니다. 그는 처음에 "기쁨으로 기억될 것이리니"라고 말했지만, 뒤에 그는 "탈출해서 기쁘네요"라고 씁니다. 왜냐하면, 쓰라린 경험을 회상하는 것은 때로는 달콤하며, 위험은 멀리 갔을 때 마음을 누그러뜨리는 힘이 있기 때문입니다. 번영에도 위험이 따르는데, 이는 역경보다 덜 심각하거나 덜 위험하지 않으며 확실히 더 위험합니다. 베르길리우스의 글에서 불안해하는 아버지는 말합니다.

무엇이 두려운 건가? 리비아 영토가 네 파멸을 드러내지 않았더라면. [72]

그러므로 두려워해야 할 모든 것을 지나치고 뒤에 있는 모든 악을 헤아리는 사람이 고독 속에서 느끼는 기쁨과 안전감이 얼마나 큰지 모릅니다. 왼쪽에서 죽음이 기다리고 있을 때, 특히 반대쪽에서 균형이 기울어져 있을 때, 재난을 모면하고 사거리에서 우회전하고 있음

---

71 같은 책, 3. 282~283.
72 같은 책, 6. 694.

을 느끼는 것이 얼마나 기쁜 일인가요. 위험이 더 크고 더 임박한 곳에서 이를 모면하는 기쁨이 더 큰 것은 자연스러운 결과이기 때문입니다. 이것의 진실은 심각한 질병, 끔찍한 난파, 가혹한 투옥, 또는 끔찍한 전쟁 후에 특별한 힘으로 판단할 수 있습니다. 그래서 여러분은 건강을 회복했거나 항구를 얻었거나 예기치 않게 사슬에서 탈출했거나 전투에서 승리한 사람들이 즐겁게 이야기하는 것을 종종 들을 수 있습니다. 그러나 거절당한 세속적인 감언이설甘言利說, 경멸당한 명예, 잘 분배된 부富, 얻은 쾌락, 회피된 위협, 고귀하게 극복된 불행 또는 배신할 힘이 있는 어떤 것이든 간에 마음은 달콤하게 되돌아옵니다. 그리고 이러한 반성의 기쁨은 정당하게 탈출하여 앞으로 닥칠 위험에 대한 두려움이 없을 때 더욱더 커집니다.

나는 아주 하찮은 것들을 언급하고 있는 것 같지만, 도시의 거주자는 거의 한가하지 않고, 인간이 인간에게 하는 행동뿐만이 아니라 자신과 싸우고 있는 병적인 정신이 자신에게 가하는 일상의 지루함으로부터 도망치는 것은 작은 문제일까요? 도시의 광장 어디에서나 어리석은 자들의 입에서 문법학자의 공식인 *piget*〔짜증난다〕, *tædet*〔피곤하다〕, *pænitet*〔후회한다〕보다 더 자주 나오는 단어는 없을 것입니다. 또는 테렌티우스의 문구인 "어떻게 해야 할지 모르겠다"[73]도 마찬가지입니다. 나는 그들이 모든 것을, 특히 마지막에 무엇을 해야 할지를 안다면 그들의 모든 불평이 즉시 잠잠해질 것이라고 믿습니다. 그

---

[73] 테렌티우스, 〈거세노예〉(*Eunuchus*) 1. 1. 28.

들이 피곤한 것이 무엇 때문인지 묻겠습니다. 무지함과 어리석음 때문은 아니라면요?

세네카는 "바보는 항상 피곤함으로 고민한다"[74]는 말을 합니다. 그들은 삶이 즐겁다고 생각하지 않으며 여기에는 근거도 없습니다. 고정된 목적, 확고함, 흔들리지 않는 결단력이 없기 때문입니다. 세네카도 같은 맥락에서 "현명한 사람만이 자신의 것에 만족합니다"[75]라고 덧붙입니다. 그들은 무엇을 해야 할지 모르고, 모른다는 것을 모르며, 알기 위해 노력하지 않습니다. 그 결과 그들은 자신들이 어떤 목적으로 살고 있는지 알지 못합니다.

그렇다면 그들은 인생이 무엇을 위해 좋은지 모르는 상황에서 어떻게 삶을 사랑해야 할까요? 보통 그들은 마치 목구멍이나 배膣를 위해 태어나는 것 외에 다른 목적이 없다고 생각하며 마냥 살고, 불행한 종들은 정말로 그런 주인에게 지배받는다고 생각합니다. 그들의 상태를 정확하게 설명했다는 데 대해 의심이 들지 않도록 그들 사이에서 자주 논의되는 주제가 무엇인지 언급하겠습니다. 만약 어떤 종류의 관용을 통해 인간이 수면, 성욕, 음식, 또는 음주에 의존하지 않고서도 생명을 부여받고 이러한 것 중 어느 하나라도 없다면, 인간이 휴식과 자손과 욕망에 대해 절제되고 꾸준한 만족을 누렸다면, 그런 삶이 다양한 욕구에 끊임없이 노출되고 노예가 되는 우리 삶보다 바람직할까요? 그리고 내가 그들의 논쟁에 우연히 참석했을 때마다 끝까지 묵

---

74   세네카, 《서간집》 9.
75   위와 같음.

묵히 경청하였지만, 그들 중 우리의 현재의 불행한 상태가 다른 축복의 상태보다 더 낫다고 대담하게 주장하는 편이라는 것입니다. 그들은 자신의 광기에 기뻐하며 이렇게 말하는 버릇이 있습니다.

"잠과 성적인 즐거움과 음식과 술을 빼앗는다면, 우리는 무엇을 할 건가요? 그리고 삶의 선물과 직업을 빼앗겼을 때 삶은 어떻게 될까요?"

당신의 분노를 더 강하게 불러일으키고 그들의 건전한 개혁에 대한 모든 희망을 없애기 위해, 나는 하느님과 나의 기억을 불러서 이런 말을 젊은 사람들보다 노인들의 입에서 더 자주 들었다는 것을 증언합니다.

죽음이 부패하고 황폐한 거주지에서 비참한 영혼을 빼앗을 준비가 되어 있지만, 우리 노인들의 무게와 성숙함은 그들의 욕망에서 찢겨 나가는 것이 불행이라고 생각할 정도입니다. 젊어서 사랑받는 쾌락이란 이름은 노년에도 여전히 너무 소중해서, 쾌락의 진이 다 빠질 때도 그들은 쾌락의 결과를 고려하지 않고, 더럽고 질퍽한 길을 제외하고는 욕망의 목적에 도달하는 것을 개의치 않습니다. ─ 여행의 막바지에 다다랐을 때조차도 목적지를 싫어하고 길을 사랑하는 불행하고 잘못된 여행자들입니다. 나중에 누군가가 나타나서 이런 것들을 고백한다면, 그가 오로지 수치심 때문에 잘못된 길에서 물러나고 자신의 이성에 따라 진실을 받아들이지 않는다는 점을 분명히 하기 위해 흔들리고 논쟁하는 것을 듣게 될 것입니다. 이러한 사람들에 대해 아우구스티누스는 그의 저서 《참된 종교》에서 이렇게 쓰고 있습니다.

자신의 몸 건강이 중요하지 않은 사람들은 굶주림에서 벗어나기보다는 차라리 음식을 먹고, 흥분을 느끼지 않으려 하기보다는 열정을 탐닉합니다. 심지어 잠을 자지 않는 것보다 잠을 자는 것을 더 좋아하는 사람들도 있습니다. 그렇다 하더라도 이 모든 즐거움의 목적은 굶주림과 갈증, 육체적 욕망과 신체적 피로로부터 자유를 얻는 것입니다. [76]

조금 뒤 그는 덧붙여 말합니다.

목이 마르고 배가 고프기를 바라고 열정에 불타기를 원하며, 더 만족스럽게 먹고 마시며 짝짓기하고 잠을 자기 위해서 피로감을 느끼기를 바라는 사람은 빈곤을 사랑하고 있습니다. 이것이 가장 큰 슬픔의 시작입니다. [77]

결과는 일반적으로 원인에 내재하므로, 결과에 대한 사랑은 원인에 대한 사랑에 내포되어 있음이 분명합니다. 그래서 그는 끔찍하게 결론을 내립니다.

그들이 사랑하는 것은 그 원인 속에서 이루어져, 그들 중 몇몇은 울부짖고 이를 갈 것입니다. [78]

---

76 아우구스티누스, 《참된 종교》 53.

77 같은 책, 54.

78 위와 같음.

당신은 그가 그 원인으로부터 어떻게 결과를 추론하는지 알 것입니다. 그들은 가난을 사랑했기 때문에 슬픔을 얻게 될 것입니다. 그는 이 문제에 대해 신성한 문체 이외에도 많은 것을 언급하고 있지만, 일반적인 의견을 인정함으로써 요점은 분명해집니다. 그래서 그의 말처럼 많은 사람들이 이런 형태의 삶을 좋아할 수 있고, 소수의 사람은 다른 삶을 좋아할 수도 있지만, 그들이 눈을 조금 높이려고 할 때 전반적인 먼지와 연기에 가려져 있으므로 그렇게 할 수 없고, 그들을 더 나은 일로 불러들이는 사람들의 말에 기꺼이 귀를 기울일 때 대중의 잘못된 소음과 소란은 그들의 목적을 저해한다고 단언할 수 있습니다. 그래서 더 많은 수의 사람들이 자발적으로 동의하든 아니면 그들의 짐승 같은 습관에 구속되든 그들의 몸에 비참한 기색이 감돌든, 미덕의 매력도 없이 부끄럽고 고통스러운 가운데 그들의 영혼을 끌고 다니며 때때로 그들의 더 나은 본성이 그들을 괴롭히고 그 고통을 상기시키기도 합니다. 하지만 내가 언급한 장애물은 아직 남아 있습니다. 그러므로 삶에 대한 증오가 생겨나고, 그로 인한 피곤함이 시작되고, 살아 있는 동안 더 심한 고통은 없을 만큼 마음이 안정되지 않습니다.

그렇다면 그들이 행동과 계획에서 흔들리고, 그들이 무엇을 하든 즐거움을 찾지 못한다면 무슨 일이 일어날까요? 확신 속에 아무것도 바라지 않으면 그들이 원하는 것을 얻을 수 없기 때문입니다. 단 하나의 목표를 확실하게 하는 것은 현명한 사람이라는 표시입니다. 목적이 일관되지 않다는 것은 어리석음을 보여 주는 가장 확실한 증거입니다. 나는 세네카를 인용하는 데에 질리지 않을 것입니다. 어떤 항구를 찾아야 하느냐는 질문에 그는 어떤 바람도 자신에게 도움이 되지 않는다[79]고 대답했습니다. 그런 사람들은 계속 떠나고 돌아오기를 반복하고 있지만, 이 행동에 혐오감을 가지고 그 짓을 하고 있습니다. 당신은 가끔 그들이 어떻게 성급하게 한 장소에서 떠나는지, 어떻게 떼를 지어 나오는지, 어떻게 갑자기 흩어졌는지 본 적이 있습니다. 어떤 사람이 이곳에 가고 싶을 때, 다른 사람은 저곳에 가고 싶어 합니다. 이렇게 서로 갈등이 심한데 어떻게 그렇게 많은 사람이 서로 동의하는 것일까요?

나는 이 점에 대해 계속하고 싶습니다. 당신이 조금 전에 본 사람은 더 알아보지 못하고 잠시 후에 당신이 현재 잘 알고 있는 그 사람이 누구인지 들어야만 합니다. 그들은 지금 행복하고 슬프며, 지금 풀이 죽어 있고 의기양양해 있으며, 지금 근심으로 노심초사하고 어린애 같은 경박함에 들떠 있습니다. 본능의 균형 잡힌 놀이, 분노의 무분별한 집결과 이를 달래는 것, 호라티우스가 아이들의 성질로 돌리는 시시각각의 감정 변화[80]는 사실 노인 특유의 성질인 것입니다. 그들이 보이는 불안정성은 덜 강요받고 조언을 거부하고 권위로 자신을 방어하며 그 예로써 장난을 치는 한, 더 치명적입니다. 인간의 본성에는 충분한 악덕이 있을 수 있지만, 거의 대부분의 악은 모방 정신과 모방에 대한 갈망에서 비롯되기 때문입니다. 그리고 어떤 모방자가 그의 안내자의 잘못에 자신을 한정하는 것에 만족했습니까?

---

79 세네카, 《서간집》 71.
80 호라티우스, 《서간집》 2. 1. 99~100.

우리는 우월해지기를, 눈에 잘 띄기를, 처음에 따라간 사람들을 뒤에 남겨두기를 열망합니다. 나는 쿠인틸리아누스가 웅변술을 배우는 학생들을 설득하는 데 있어서, 비록 경쟁자를 앞지르는 데 성공하지 못하더라도 최소한 그를 따라갈 수 있다는 이유로 그들의 모델에 길들여져 따라가지 말고 그들의 모델과 대등한 경쟁을 해야 한다고 충고했음을 인정합니다. 다른 사람의 전철을 밟아야 한다고 생각하는 사람은 결코 그를 따라잡을 수 없습니다. 왜냐하면, 뒤쫓는 사람은 항상 뒤에 있어야 하기 때문입니다. 게다가 그는 일반적으로 정확히 똑같이 하는 것보다 더 쉽게 할 수 있다[81]고 말합니다. 그는 이 논쟁에서 더 많은 증거를 제시해 주는데 이는 그에게는 매우 훌륭하지만, 여기에서 재현하는 것은 시간 낭비일 것입니다.

어쨌든 웅변술에서 이롭게 가르치고 있는 것, 즉 예의 바르고 우아하게 말하는 기술은 우리 시대에는 사악하고 수치스러운 생활에 해롭게 적용되었습니다. 우리는 쿠인틸리아누스의 지시를 따랐고, 모방하고 경쟁했으며 이로써 훌륭해졌습니다. 우리는 추종자에서 지도자가 되었습니다. 그리고 우리는 우리를 쫓는 자들에게 추월당할 것이 틀림없습니다. 같은 생각이 다른 방식으로 표현될 수도 있습니다.

쿠인틸리아누스여! 우리에게 어떠한 예시나 모방의 대상을 제안하든 우리는 어느 경우에도 당신을 따랐지만, 그대가 의도한 바와는 다른 의미에서 한 것입니다. 당신은 우리가 모방할 수 있게 명료한 언어의 사용을 추천하지만, 우리는 형편없는 행동을 모방하고 우리의 열

---

81 쿠인틸리아누스, 《웅변가 교육론》 10. 3. 9~10.

럴한 노력은 이 한 가지 연구에 모두 적용됩니다.

만약 선善의 모든 모방자가 있다면 악의 모방자가 추월하는 것처럼 단기간에 그들의 지도자들과 경쟁할 수 있을까요? 우리가 아는 한 훌륭한 웅변술에 대한 충고는 행동의 악습에 더해 최악의 형태로 적용되어 왔고, 우리 선조들이 남긴 오류의 예는 후세에 전하려는 열성으로 가득 차 있습니다. 그리고 우리는 각 세대에 의해 무언가가 더해지지만 아무것도 철회되지는 않는 광기狂氣의 축적된 더미에 대해 궁금합니다. 이렇게 많은 마음이 하나의 사물에 집중되어 주인을 본받고 있는데 정신 이상의 총체를 완성하기에는 아직 많이 부족하지 않을까요? 그리고 중요한 일이 관련된 곳에서는 행동과 삶의 모방이 더 위험하지만, 광기는 작은 일에서도 분명히 드러납니다.

지금 저 기괴하고 우스꽝스러운 복장과 마차의 유행이 하루하루 변하고 있으니, 도대체 어디에서 오는 건가요? 하루는 땅에 닿을 정도로 길더니 다음엔 점잖은 옷, 이제는 땅을 쓸고 팔꿈치가 너무 조이는 소매, 가슴을 누르거나 몸 아래로 느슨하게 흘러내리는 허리띠? 플라톤에 따르면, 다양해지는 음악 선율은 국가에 닥칠 매우 큰 위험을 내포하고 있었습니다! 문체와 심지어 일상 화법에서도 빈번한 변화가 일어나는데 도대체 어디에서 오는 것인가요? 그것은 단지 모방일 뿐이며 무모하고 집요하고 그에 따르는 어떤 제한에도 만족하지 않고 혐오스럽고 불쾌한 변덕을 불러왔으며, 그들을 데려온 것은 그들을 계속 양성하고 육성합니다. 미덕이나 이성, 친구들의 조언을 따르지 않고 낯선 사람의 광기와 바보의 난폭한 변덕에 휘둘리는 인간이 어떻게 일관된 삶의 과정을 유지하기를 기대할 수 있을까요? 간단히 말해서, 자신의 본성을 버리고 아버지의 예절을 버리고 이국적이고 황당한 것만을 숭배하는 사람들은 무엇인가 그들의 방황하는 시선을 붙잡을 때마다 변해야 합니다.

모방에는 원칙이 없으므로 그들의 변화에는 한계가 없습니다. 그들은 외국 것은 무엇이든 좋아하고 모국의 것은 무엇이든 싫어합니다. 그들은 있는 그대로의 모습이 아니라 오히려 다른 어떤 것이라도 될 것입니다. 이러한 기분이 변덕스러움이 아닌 자신의 상황을 진지하게 생각함으로써 생긴 것이라면 정당화될 수 있습니다.

세네카의 글에는 살루스티우스[82]의 모방자로 조롱당하는 아룬티우스가 있습니다. 하지만 우리 사이에는 모든 마을에 다른 사람들의 언어뿐만 아니라 그들의 행동도 흉내 내는 아룬티우스^{Aruntius}, 아니 많은 아룬티우스들^{Aruntii}이 있습니다. 그의 의상, 연설, 그의 생각에 대해 명확히 아는 사람은 없으며, 모든 사람은 그와 다릅니다.

젊은이는 버려진 노인의 발자취를 따라 너무 유순하게 걸어서 어리석음의 정점에 이르렀습니다. 2세대는 1세대를 쉽게 능가했고, 3세대는 2세대를 능가했으며, 이런 방식이 무한정 진행됩니다. 우리 후손들에게 전해지는 광기가 얼마나 클지, 따라서 전염이 얼마나 증대할지 상상하기란 어렵습니다. 비록 그것이 우리 안에서 한계에 도달

---

82 세네카, 《서간집》 114. 살루스티우스(기원전 86~34년)는 고대 로마의 역사가이다. 공화정 말기의 내란 때는 카이사르파에 속해 카이사르의 총애를 받아 누미디아 총독으로까지 출세했으나 그 후 정치 생활에서 물러나 여생을 역사 저작에 바쳤다.

하고 충족되어 있을지도 모르지만 오래전에 말했듯이,

악덕은 막아서고 가장 높은 흐름에 있어, **83**

파멸 없이는 더 갈 수 없었습니다.

아마도 어떤 사람들은 내가 필요 이상으로 까다롭게 이 점에 대해 트집을 잡았다고 생각할 것입니다. 하지만 그들이 나의 슬픔의 처음이자 가장 큰 부분을 안다면, 이는 인간에 대한 연민, 특별히 이탈리아에 대한 연민에 기인하는 것입니다. 한때 미덕의 패턴이 널리 퍼져 있던 이탈리아, 그리고 지금은, 아아, 그저 이상한 습관을 모방하여 타락해서 과거에 정복한 사람들의 전리품으로 가득한 사치로 넘쳐 나는 것을 볼 수 있습니다. 아마도 그들은 내 슬픔이 짧은 외침으로 압축되었다는 데 놀랄 것입니다. 침묵 속에서 그것을 어떻게 견뎌낼지 모르기 때문입니다.

언제 우리 자신의 예의에 대한 이런 가치 없고 수치스러운 혐오감이 생겨나고, 언제 더욱더 수치스러운 존경심과 외국 관습에 대한 존경심이 생겨날까요? 이것은 우리 조상들의 방식이 아닙니다. 나는 우리가 그들의 후손이라고 불릴 만한 자격이 있기를 바랍니다. 그들은 자신들의 것에 만족했고 만족할 수 있었습니다. 그들은 로마인의 품위를 떨어뜨려 야만성으로 더럽히는 바보 같은 장난감들을 손에 넣기 위

---

83 유베날리스, 《풍자시집》 1. 1. 149.

해 라인강 계곡이나 다뉴브강 유역을 탐험하지 않고, 대신 무장한 군대와 휘날리는 깃발과 함께 그들의 제국을 확장하고 영광을 얻으려는 야망과 함께 해외로 나갔는데, 이는 그들 조국의 의상을 대신하는 추악한 대체품이 아니라 승리와 명성을 가져온다는 것을 의미합니다.

그럼에도, 그들은 그들 자신의 것에 너무 집착해서 외국인의 모든 것을 무분별하게 경멸하지는 않았습니다. 그들은 적과 친구, 낯선 사람과 이웃들 사이에서 모든 것을 동등하게 진정한 가치에 따라 존중했습니다. 덕이 있는 곳, 예절의 구별이 있는 곳, 전쟁과 평화의 예술이 있는 곳, 언어와 지성의 성취가 더 우아하거나 교리가 더 발달된 곳, 그들은 자신들의 집안에 그것을 이제 더는 사치스럽지 않다고 생각하며 열심히 실어 날랐습니다. 그들의 판단도 잘못되지 않았습니다. 마음속에 소중히 간직한 재산보다 더 안전한 재산은 없기 때문입니다. 하지만 안 좋은 평판이 들리는 곳이라면, 그들을 꾸짖거나 피하는 것이 그들의 관심사였습니다. 그러나 우리의 영광스러운 후손들은 어떤 젊은 친구가 또는 더욱 나를 메스껍게 하는 어떤 늙은이가 낯선 방문객의 더러운 외투나 용병의 우스꽝스러운 복장과 반바지 바로 위에 코트를 재단한 옷을 입고 집으로 돌아오면 뭔가 주목할 만한 일을 해냈다고 생각합니다. 마치 뭔가 튀는 농담으로 체면을 구기고 나서 다윗이 하인들에게 엄한 벌을 내린 일을 자신의 자유로운 선택으로 받아들이게 되었듯이 말입니다. 만약 이 말도 안 되는 흉내쟁이 할아버지가 살아난다면, 그는 놀라움과 동정심으로 손자를 바라볼 것입니다.

나는 불명예와 영광이 내게 개인적으로 영향을 미친 마냥 이런 것들을 왜 그렇게 애절하게 바라보는지 모르겠습니다. 그들을 주목하기 시작한 이후로 내 마음은 이상하게 걱정되었고, 이 변혁의 한계가 무엇인지, 그리고 이 변혁이 어디서 멈추게 될지 보고자 기다려 왔습니다. 나는 지금 이 시대에 살고 있지만, 차라리 다른 어떤 시대에 태어났으면 합니다. 아리스토텔레스가 말하듯이 시간은 훌륭한 발견자이자 협력자[84]가 아니라 장난꾸러기이며 이미 괴물을 낳은 것으로 만들었지만, 그 느린 과정으로 인해 뚜렷하게 건전한 형태를 갖추지 못하고 있습니다. 우리 최초의 조상들이 우리 모두 들었던 바와 같이 인류의 영원한 기억 속에서 그들을 위해 준비된 미덕과 영광을 가졌음은 틀림없기 때문입니다.

반면, 우리는 누구나 알다시피 불멸의 악명과 공허한 거품 속에서 왕래하고 있습니다. 이 일을 종종 불평했던 것이 기억납니다. 말과 글 모두로 말입니다. 하지만 헛수고였습니다. 여전히 하느님의 분노가 우리를 떠나지 않고, 그분의 정의로운 복수가 우리를 따라옵니다. 전능하신 분께서는 지상의 주인처럼 분노하시면 복수를 하십니다. 전자는 지상의 교만한 통치자에게 벌을 내리시고, 후자는 은혜를 모르는 종에게 벌을 줍니다. 나는 절규하고 싶습니다.

"불행한 인간들이여, 당신의 그 광란을 어디로 몰고 가나요? 일을 잠시 중단하고 멈춰 서서 당신이 서둘러 가고 있는 곳을 보십시오. 당신은 조상의 발자취를 버리고 원수의 길을 걷고 있습니다. 당신은 전장에서 당신이 정복한 사람들의 잘못에 사로잡혀 있습니다. 아버지

84　아리스토텔레스, 《니코마코스 윤리학》 1. 7.

의 관습으로 돌아가고 낯선 이들의 관습은 버리십시오. 그러면 더 정직하게 살 뿐만 아니라 더 행복하게 살 수 있습니다. 그리고 때로는 다른 사람의 변덕에 빚지지 않고 자신만의 자연스러운 이유로 인해 한 가지 소원을 품는 법을 배울 수 있습니다."

인간의 마음이 무감각해지고 일이 절망적인 곤경에 처해 있다고 생각하지 않는 한, 이것이 내가 말하고 싶은 바이고, 그 밖에 분노와 슬픔이 지금의 상황에서 지시할 수 있는 것입니다.

다른 사람들에게 올바른 길을 보여 주려 했던 우리는 이제 장님이 이끄는 장님처럼 자신이 무엇을 원하는지 모르는 채 이상한 예들의 궤도를 돌며 위험한 길을 달리고 있습니다. 우리 자신에게만 있는 것이든 모든 사람에게 흔히 있는 것이든, 이 모든 악을 만들어내는 것은 우리의 목적을 모르기 때문입니다. 잘못 알고 있는 사람은 자신이 무엇을 하는지 모르기 때문에, 무엇을 하든 그것을 시작하자마자 혐오감으로 변합니다. 그들은 할 일을 하는 것이 아니라 할 일을 찾아서 혼란과 문제가 가장 밀집된 덤불 속에서 사냥하러 나가기 때문입니다. 따라서 끝없이 논의하면서 거리 한복판에서 다투고, 성숙하기도 전에 시작을 거부하며 완전히 이루어진 것은 아무것도 없습니다. 그들은 하루를 보낼 수 있는 장치를 찾고, 해가 좀 더 빨리 지지 않기라도 하듯이 기발한 창의력으로 일몰의 속도를 돕습니다. 그리고 이러한 사람들이 쓰는 표현은 얼마나 흔한가요.

"오늘을 쫓아 버리자. 뭐라도 하며 하루를 보내자."

오늘은 지체되어야지 그 과정을 재촉해서는 안 됩니다. 그러나 그들에게는 낮이 너무 길고 밤은 여전히 더 길며 삶 자체가 불쾌할 정도로 깁니다. 그들은 겨울에는 여름, 여름에는 겨울을 위해 기도할 뿐만 아니라 아침에는 저녁을 위해, 밤에는 아침을 위해 기도하지만, 어느 쪽도 별로 중요하게 생각하지 않을 것입니다. 성경에는 다음과 같이 쓰여 있습니다.

> 그늘을 간절히 바라며 일에 대한 보답을 원하는 하인처럼, 나도 수개월 동안 헛되이 시간을 물려받고 고통의 밤을 나누어 받았습니다. '누우면 언제 일어나야 할까, 밤이 지나갈까?' 라고 묻습니다. 그리고 새벽까지 뒤척입니다. [85]

욥이 가난과 고난 속에서 한 말을 우리 부자들은 건강과 번영 속에서 말합니다. 그들은 불평하고, 예상되는 골칫거리들로 가득 차 있습니다. 사물의 본질과 끊임없이 충돌하면서, 그들은 시간이 너무 느리다고 나무라거나 지루한 순간을 정신없이 몰아내는 데 박차를 가합니다. 하지만 회전하는 시간만 어떤 식으로든 억제될 수 있다면, 필요한 것은 박차가 아니라 억제입니다. 그러나 이들은 어느 순간에는 자신들이 무엇보다 두려워하는 임박한 죽음을 갈망하는 것 같습니다. 그리고 죽음이 지나가기를 바라면서 그동안 생명을 찾는 것입니다.

---

85 〈욥기〉 7장 2~4절. "그늘을 애타게 바라는 종, 삯을 고대하는 품팔이꾼과 같지 않은가? 그렇게 나도 허망한 달들을 물려받고 고통의 밤들을 나누어 받았네. 누우면 '언제나 일어나려나?' 생각하지만 저녁은 깊어 가고 새벽까지 뒤척거리기만 한다네."

그렇게 다급하게 시간의 흐름을 재촉하는 것은 필연적으로 죽음의 원인이 됩니다. 미래를 걱정하고 현재를 몹시 증오하는 많은 사람이 삶의 피로 때문에 죽음을 자초합니다.

하지만 당신은 "왜 이 모든 말들이 우리 토론의 이 한 가지 요점에 있나요?"라고 물을지도 모릅니다. 사실, 고독한 삶의 즐거움은 이러한 악과 이런 종류의 불쾌감으로부터 사람을 보호해 줍니다. 그것은 현재의 기회를 즐겁게 활용하고 차분하게 미래를 기다립니다. 내일을 긴장하며 고민하지 않고 오늘 할 수 있거나 해야 할 일은 아무것도 다음 날로 미루지 않습니다. 그리고 이것은 합리적입니다. 남이 가진 것이나 천 번의 기회를 갈망하고, 당신이 안전하게 소유하고 있는 현재를 무시하는 것보다 더 어리석은 일이 또 있을까요? 내일을 긴장 속에서 기다리는 사람은 결코 긴장을 늦출 수 없습니다. 왜냐하면, 마지막 날을 제외하고는 내일은 없을 것이고, 첫째 날을 제외하고는 모든 날이 다른 날의 내일이었기 때문입니다. 삶의 희망 속에서 생명을 잃고, 자기보다 빠른 토끼를 쫓는 개처럼 입으로 빈 공기를 잡으려 하면서 우리가 뒤쫓는 사냥감을 한 번도 잡지 못하는 것이 우리 삶의 폐해이며 이보다 더 큰 고통은 거의 없습니다. 내일이 오면 이제 내일이 아니기 때문입니다. 그리고 또 다른 내일이 예상되거나 하루가 몰래 지나가거나, 그리고 또 다른 날이 있더라도 그것 역시 내일입니다. 그날은 우리가 뒤쫓는 날이고 항상 우리 눈앞에 있으며 그 가까움 때문에 우리를 당황하게 하는 날입니다. 그리고 우리가 그날에 가까워지면 예기치 않게 우리의 손아귀에서 빠져나갑니다. 거듭거듭 낚임에서 벗어나 우리 앞을 꾸준히 날아가면서 결코 우리가 따라잡을 수 없는 추격을 하도록 부추깁니다. 그사이 오늘 할 수 있는 일은 하나도 이루어지지 않습니다.

그러나 삶의 일부분만이 아니라 전 과정을 통제해 온 고독한 사람에게는 낮이나 밤이나 너무 길지 않습니다. 그가 순수한 일에 종사하면서 그 노동이 끝나기 전에 해가 져 버릴 때는 종종 그가 원하는 것보다 짧지만 말입니다. 그는 밤낮을 가리지 않고 뛰어드는 방법을 터득하고 있으며, 또 필요에 따라서 양자를 조합하는 법과 그 외 각 부문에 뒤따르는 임무를 서로 맞바꾸는 방법을 알고 있습니다. 그러면 자극을 주고 싶지도 않고 억제할 필요도 없기에 시간도 헛되이 흘려보내지 않게 됩니다. 그는 여기에 심사숙고하고 모든 연구심을 바치며 정신력을 다해서 집중합니다. 간단히 말해서, 이것은 그의 가장 큰 관심사입니다. 모든 사악한 생각, 모든 짜증, 혐오감을 없애고, 오늘을 살고 내일이 허락된다면 내일 사는 것에 만족하는 것입니다. 하지만 그는 내일에 대한 희망으로, 일은 많은 사람을 배신하고 많은 거짓말을 하는 습관을 부른다는 것을 알면서도 일하기를 게을리하지 않습니다. 다른 날은 약속만 하는 것을 오늘은 정말로 주기 때문에 그는 오늘을 믿고 있습니다. 그러나 인간의 맹목적인 성향은 현실보다 더 열심히 희망을 품는 것 같습니다. 그는 또 어떤 옷차림, 어떤 말투, 어떤 습관이 젊은이와 노인에게 어울리는지 알고 있습니다. 그는 이것들에 자신의 마음을 적응시키고 나이의 변화가 지시하는 것 외에는 아무 변화도 꾀하지 않습니다. 그는 본받고 싶은 사람도 없고 열렬히 따를 사람도 없습니다. 반면에 그는 자연을 바라보고 자신의 안내자이자 부모로서 자연을 따릅니다. 따라서 키케로의 말처럼 인생의 다른 모든 부분이 그렇게 잘 표현되어 있다면, 마치 어떤 부주의한 시인86에 의한 것처럼 마지막 행위가 소홀히 다뤄지지는 않을 것 같습니다.

나는 한 사람을 알고 있습니다. 사도 바오로87가 아닌 고독한 생활 속에서 육체를 가진 실재의 사람으로 그의 형편없는 생활과 연구에 만족하고 있는 사람을 말하는 것입니다. 비록 그에게 축복받은 삶은 많이 부족하지만, 적어도 그의 고독에 대한 상당한 보상은 주어졌습니다. 그의 1년 전체가 마치 하루인 것처럼 성가신 친구, 짜증, 걱정 없이 행복하고 평화롭게 흘러갑니다. 반면 도시의 관능적인 사람들은 포도주와 연회, 장미와 향료연고香料軟膏, 노래와 연극 중에 마시는 술에 흠뻑 젖어 있고, 잠에 빠져 있으며, 활동에 지쳐 있고, 권태와 쾌락에 압도되어 있습니다. 그리고 하루를 1년보다 길다고 생각하고 투덜거림과 짜증 없이는 몇 시간도 보낼 수 없습니다.

이렇게 나는 짧은 시간 안에 관찰을 통해 기억하고 있는 것과 이를 통해 유추할 수 있는 것을 부분적으로 적어 놓았습니다. 높은 주제들에 대해서는 죄인으로서 주저하며 말하지만, 익숙한 문제에 대해서

---

86 키케로, 《노년에 대하여》 2.
87 〈코린토 후서〉 12장 2절 참조. "나는 그리스도를 믿는 어떤 사람을 알고 있는데, 그 사람은 열네 해 전에 셋째 하늘까지 들어 올려진 일이 있습니다. 나로서는 몸째 그리되었는지 알 길이 없고 몸을 떠나 그리되었는지 알 길이 없지만, 하느님께서는 아십니다."

는 더 과감하게 말합니다. 예를 들면 나의 현재 거주지, 자유에 대한 헌신, 그리고 문학과 고독을 향한 나의 잘 알려진 사랑을 통해 얻은 경험들이 있습니다.

마지막으로, 한 가지만 더하고 끝내겠습니다. 지방의 주지사와 도시의 치안 판사가 관할 구역에 들어갈 때 범죄를 포기하도록 악당에게 선언문을 발표하는 일이 자주 있습니다. 이 관습은 내가 젊었을 때 이탈리아 전역에서 흔했습니다. 그러나 아직도 널리 퍼져 있는지 잘 모르겠습니다. 내가 그곳에 간 지 얼마 안 되었고 곳곳에서 그 관습이 점점 사라지고 있기 때문입니다. 모든 선행은 생명이 짧지만, 악행만은 죽지 않습니다. 우리는 새로운 주지사들이 도착하자마자 사기꾼, 도둑들이 도시에서 공공연히 떠나는 것을 곳곳에서 보았지만, 만약 우리가 고대로 눈을 돌린다면 그 관습은 상당히 오래된 것으로 드러납니다. 유명한 스키피오가 누만티아 군대에 맞서 이것을 시기적절하게 사용했다고 전해집니다. 이전 지휘관들의 다툼과 병사들의 방종함으로 사기가 저하된 후, 그는 진영에 도착한 바로 그날 그곳에서 전령사가 분 단 한 번의 나팔로 경고하였고 엄격한 규율로 질서를 잡았습니다. 여기에는 요리사, 공급책, 상인들의 큰 무리, 그런 방탕의 원인이 되었던 다른 요소들, 그리고 방종과 탈영이라는 버릇을 가진 군대에 기생하던 2천 명의 매춘부 등도 포함되었습니다. 이 규율은 그 영광과 그 전까지 예상치 못했던 승리를 얻는 데 큰 영향을 미쳤다고 여겨집니다. 다른 유명한 지도자들도 이 과정을 모방했지만 가장 유명한 인물을 지명하는 것으로 충분합니다.

도시도 왕국도 군대도 아닌 오직 우리 마음의 나라만을 다스리고 질서를 잡아내려 했던 우리의 영역에서 아주 작은 지역이 무너진 것 같습니다. 그러나 이성의 흔들림이 우리 정신의 반항적인 충동을 억제하면, 우리는 우리 자신을 지배하는 것이 얼마나 심각한 전쟁이며 여기가 얼마나 골치 아픈 영역인지를 이해하기 시작할 것입니다. 하지만 이 경우 어떻게 해야 할까요? 사실 나에게 이 질문을 한다면, 나는 주지사들과 지휘관들이 따랐던 관행을 추천해 드리겠습니다. 숫자에 관해서라면 그들의 문제가 더 클 수도 있다는 점을 인정합니다. 왜냐하면, 그들은 많은 인구와 거대한 군대를 맡고 있지만 우리는 오직 한 사람의 영혼만을 보살피고 있기 때문입니다. 하지만 위험에 관한 한, 나는 차이가 있음을 부인합니다. 우리 또한 언저리에서 악을 몰아내고, 욕망을 버리고, 불법적인 성향을 억제하며, 방탕함을 비난하고 더 높은 목표를 향해 우리의 마음을 높여야 합니다. 그리고 호라티우스가 세련되게 말하듯이,

죄를 뉘우친다면,
이 탐욕의 뿌리는 저주받아야만 할지니
기운을 내세요, 그리고 방종의 젊은 마음을 접고
더 엄격한 학문 연구 속에 있어야만 합니다. 88

인구가 많은 도시를 다스리는 사람이 있는가 하면 군대를 통제하는 사람이 있을 것입니다. 우리 도시는 우리 마음의 도시이며, 우리 군

---

88 호라티우스, 《송가》 3. 24. 50~54.

대는 우리 생각의 군대입니다. 우리는 나라 안이나 바깥에서의 전쟁으로 정신이 없습니다. 인간의 정신 상태보다 더 불안한 정부가 있을까요? 우리의 적이 누만티아에 있는 스키피오의 적보다 약하다고 믿나요? 그는 한 도시와 한 민족을 공격했고, 우리는 세상과 육체와 악마에 맞서 싸우고 있습니다. 적들이 당신 앞에 어떻게 나타나는지 보십시오. 얼마나 단결했는지, 얼마나 진지한지, 얼마나 가차 없는지! 그 위대한 장군은 사기가 떨어진 군대에 와서 패배하고 달아난 지휘관들을 대신했다고 합니다. 하지만 우리는 어떻습니까? 우리도 몹시 낙담하고 사기가 꺾이고 비겁한 일들로 가득 찬 도시로 들어오지 않았나요? 얼마나 많은 사람이 죽었고 얼마나 많은 사람이 우리의 발 앞에 엎드려 있는지요! 우리 자신은 몇 번이나 쓰러졌는지, 얼마나 많은 쓰러질 위험에 노출되어 있는지요! 우리 주변의 모든 것은 두려움으로 가득 차 있습니다. 우리의 부드럽고 유연한 애정, 정복되지 않은 수많은 적, 크고 작은 위험들, 잠잘 곳도 쉴 곳도 없습니다. 만약 우리가 안전과 승리를 원한다면 승리하는 지휘관을 본보기로 삼읍시다. 우리 역시 우리 일의 지휘관이고 비슷한 위험에는 비슷한 예방이 필요하기 때문입니다.

내가 왜 비슷하다고 말하나요? 우리의 위험은 더 크고 보상도 더 큽니다. 그는 다른 사람들의 나쁜 점만 바로잡도록 요구받았지만, 우리는 우리 자신의 나쁜 점까지 바로잡아야 합니다. 지휘관은 언젠가 멸망할 운명인 지상 국가의 처지를 보위함으로써 스스로 세상의 영광을 얻었지만, 우리는 불멸할 영혼의 구원과 영원한 생명을 추구합니다. 그러므로 우리가 작은 일보다 큰일을 우선하고 우리 자신의 필요를 다른 사람의 필요보다 우선한다면, 이 목적을 방해하는 것은 무엇이든지 최대한 부지런히 없애 버립시다. 그러면 어떻게 해야 할까요? 당신은 자신의 악덕을 추방하시겠습니까? 이는 법도 왕도 하지 못한 일입니다. 풀 수 없는 매듭을 풀기 위해 지금까지 시도하지 않았던 길에 들어서겠습니까? 부자들로부터 사치를 빼앗고, 하인들로부터는 절도를 빼앗으며, 빈민들에게서는 불평을, 비천한 사람들로부터는 질투를, 귀족들로부터는 오만함을, 궁정으로부터는 부패를, 저잣거리로부터는 쾌락을, 군중에게서는 불화를 빼앗고, 그리고 대부분의 사람으로부터 탐욕을 빼앗으시겠습니까? 그게 가능하다면 좋겠지만, 나는 그럴 것이라는 희망은 없습니다. 나는 에트나89의 내부에서 나오는 모든 유황과 모든 늪에서 나오는 진흙을 이러한 악과 타오르는 범죄와 도시의 찌꺼기들에서 나오는 더러운 관습보다 더 쉽게 끌어낼 수 있다는 것을 인정합니다. 그 안에서 행복한 사람은 불행하게 살고 있고, 따라서 거기서 물러나는 편이 더 행복합니다.

그러면 결론은 어떻게 되요? 나는 우리가 몰아낼 수 없는 전염병을 피해 도망쳐야 한다는, 반복되는 조언으로 돌아옵니다. 그리고 이 목적을 이루기 위한 수단으로 나는 오직 고독한 생활의 피난처와 은신처에 대해서만 알고 있습니다. 그래서 이를 두고 너무 많은 담론을 펼쳐서 당신을 지치게 했을까 두렵고, 당신이 수다 병에 걸린 도시보다도 고독이 이 병에 더 깊이 감염되었다고 여길지도 모르겠습니다.

---

89 에트나는 이탈리아 시칠리아섬의 활화산이다.

성인들의 삶을 말하는 두 번째 편지

나는 아직 뭔가 부족하다고 느끼고 있습니다. 게다가 지금 당신이 뭔가를 기대한다는 것도 알고 있습니다. 그건 효과적인 논의, 예시를 들어 보강된 논의입니다. 더 높은 곳에 오르기 위해 먼저 고독 안으로 들어갔던 철학자들과 시인들은 긴 이야기를 만들 것입니다. 자발적인 은둔으로 도시를 비난하고 성스러운 존재로 고독을 화려하게 만든 성인들의 경우, 그들의 이야기는 훨씬 더 오래 더 널리 알려져 왔습니다. 만약 내가 이 이야기들에 대해 충분히 쓰려면, 무엇이 잘 알려져 있고 당신이 그들에 대해 무엇을 알지 못하는지 논의하지 않을 수 없습니다. 그러므로 《교부들의 생활》이라고 불리는 것을 전하리라고는 기대하지 마십시오. 이 제목은 우리 작가들이 마르쿠스 바로에게서 빌린 것으로 짐작되는데, 그의 책은 다른 관점에서 구성되었으며 헌신적인 마음을 일깨우기보다는 사실 조사에 중점을 두고 있습니다.

나는 기원후 3세기의 주교 도로테우스가 60년 동안 은거했던 동굴에 관해 이야기하지 않을 것입니다. 그뿐만 아니라, 암몬 교부가 오랫동안 동정을 유지하며 함께 살았던 아내를 남겨두고 홀로 니트리아

125

사막에서 그의 여생을 보냈고, 마침내 그의 축복받은 영혼을 하느님께 봉헌했으며, 기뻐하는 천사들과 함께 천국으로 올라가는 모습을 그곳에서 13일 걸리는 거리에 떨어져 있던 안토니우스가 보았다는 것에 관해서도 이야기하지 않을 것입니다.

나는 어떤 작가들에 의해 안토니우스 성인과 비교되고 심지어 그보다 위에 있다고 평가받는 아빠스[1] 팜보의 삶의 방식을 보고하지 않을 것이며, 그의 많은 제자 중의 한 명이고 학문과 신성한 문학에 대한 지식으로 유명해져 주교 되기를 강요받았던 안토니우스의 삶의 방식에 대해서도 보고하지 않겠습니다. 그는 자신이 붙잡혀 달아날 곳이 없는 것을 보고 고독을 빼앗기지 않으려 귀를 잘라내며 이것으로 성직자의 자격을 잃기 바랐습니다. 그런데도 이 계획이 성공하지 못하자 그를 다그치는 사람들에게 만약 그들이 계속 고집한다면 그는 자신의 혀를 자를 것이라고 위협하였습니다.

나는 행복한 고독 속에서 살았던 두 명의 마카리온, 한 사람은 90세, 다른 사람은 100세까지 살았던 이 둘의 놀라운 업적에 대해서도 말하지 않겠습니다. 나는 에티오피아 사람이었던 모세가 도둑에서 그리스도를 섬기는 고독한 사제로 변한 방식이나, 아르세니우스가 자랑스러운 원로원 의원에서 그리스도의 위대한 연인으로 거듭나고 자신을 경멸하는 사람으로 변하게 한 방식에 대해서도 언급하지 않을

---

[1]   아빠스는 가톨릭의 수도회, 특히 남자 수도회의 대수도원장(大修道院長, Abbas)을 일컫는 말이며, 여자 수도회의 대수녀원장은 아빠티사(Abbatissa)라고 부른다. 아람어로 아버지를 뜻하는 아빠(Abba)에서 나온 말이다.

것입니다. 하늘로부터 "사람을 피하라. 그러면 구원을 받으리라"라는 소리가 들려왔고, 그리고 다시 "아르세니우스여, 도망쳐라, 침묵을 지키고, 평화로워져라"라고 하는 소리가 들려왔습니다. 나는 단순한 바오로[2]가 간통한 배우자와 살았던 곳을 떠나 도피처로 고독을 찾았을 때, 그가 어떻게 그리스도와 그토록 큰 친밀감을 느낄 수 있는 은혜를 얻었는지 말하지 않을 것입니다. 그리고 또 성 안토니우스조차 쫓아낼 수 없다고 고백한 불결한 영혼의 우두머리를 어떻게 가장 순수하고 효과적인 기도를 통해 그의 고통스러운 마음에서 쫓아낼 수 있었는지 말하지 않을 것입니다.

　나는 고대 은둔자 파코미우스와 스테파누스가 극복한 몸과 마음의 유혹을 설명하지 않을 것이며, 파프누티우스가 하느님의 친구 3명을 도시에서 하느님과 더 가깝고 안전한 장소인 사막으로 데려오게 했던 논쟁을 조사하지도 않을 것이며, 엘피디우스가 어떻게 그의 미덕에 대한 존경심을 가지고 수도사 무리를 고독으로 이끌었는지, 또한 세라피온이 어떻게 그의 주인들을 죄악의 예속에서 해방하기 위해 그의 관대함으로 두 번이나 하인이 되었는가에 관해서도 설명하지 않겠습니다. 나는 에프라임의 경건함, 피오르의 견고함, 아돌리우스의 땀, 인노첸시오의 자비로운 근면함, 에바그리우스의 노고를 말하지 않겠습니다. 나는 마르쿠스가 그의 잔인한 주인의 양 떼를 어떤 고독 속에

2　성 바오로 심플렉스(Paulus Simplex, 바오로 단순한 사람)는 60세 때에야 비로소 불충실한 아내를 떠나 안토니우스를 찾아 나섰다. 그는 치유의 은사를 받았고, 수도자의 이상을 안토니우스에게 다시금 심어 주었을 정도로 위대한 삶을 살았다고 한다. 그의 순진무구한 마음 때문에 그는 '단순한 사람'이라는 별명을 얻었다.

서 길렀는지, 또한 그가 명목상의 아내와 함께 어떤 동굴에 숨어 있었는지도 조사하지 않겠습니다. 암사자가 떨고 있는 그들을 대신해 싸우고, 그를 쫓는 분노에 찬 주인으로부터 그들이 도망쳤을 때 말입니다. 이집트 요한의 찬란한 미덕과 미래의 사건에 대한 그의 선견지명을 내세우지 않겠습니다.

테오도시우스 황제는 멀리 떨어져 있었지만 의심스러울 때 의견을 구했고, 가난한 은둔자의 조언으로 무장한 황제는 경건하지만 무섭고 놀라운 전쟁을 계속했습니다. 잘 알려지지 않은 또 다른 로마 장군도 에티오피아인들의 대규모 침공에 불안을 느꼈을 때 그리고 그들과의 전투에서 불운하게도 위기를 맞았을 때 그에게 조언을 구했습니다. 그런 상황에서 그 장군은 사절을 통해서가 아니라 자기가 몸소 하느님의 사람에게 다가가 조언을 구했던 것입니다. 그리고 전투가 예고된 날에도 요한의 격려로 승리에 대한 희망을 품게 되었고 그가 전에 빼앗겼던 것을 포함한 적의 모든 전리품을 가지고 돌아올 것이고 또 황제의 감사도 얻을 수 있으리라는 확신을 얻었습니다. 그는 대담하게 나아가서 전투를 벌였고, 적을 패퇴시켰으며, 전리품을 운반했고, 그리고 보상을 받았습니다.

미래에 대해 이처럼 거룩하고 지혜로운 사람이 지금 우리와 관련된 문제에 대해 경험으로 말할 수 있다면, 그가 고독을 어떻게 생각했는지 살펴보십시오. 그리고 누구도 내가 나의 주장에 맞게 무언가를 바꿨다고 생각하지 않도록, 그의 말을 직접 들은 사람들과 관련된 바로 그 말을 전합니다. 그는 "고립된 주거지와 혼자 사는 것은 매우 유익합니다"라고 말했습니다. 또 그는 이렇게 말했습니다. "위험이나 침범을 피하고 하느님의 은총을 얻고 신성의 본질에 대한 즉각적인 지식을 취득하기 위해서는 사막 한가운데에 있는 외딴 주거지에서 혼자 사는 것이 가장 유리합니다."

그리고 당신은 그가 말로 설교한 바를 어떻게 힘차게 행하였는지 볼 수 있을 것입니다. 내가 여기에 삽입한 글을 쓴 히에로니무스의 증거가 있습니다. "나는 리굼시와 가까운 테베 사막의 한 곳에서 요한이 험한 산의 바위 위에 살고 있는 것을 보았습니다. 그에게 올라가기란 어려웠는데 수도원 진입로는 차단되고 폐쇄되어 있었으며, 40세에서부터 내가 그를 보았을 때의 나이인 90세까지 아무도 그 수도원에 들어가지 않았지만, 그는 창문을 통해 방문객에게 자신을 보여 주었습니다."

나는 그 어떤 곳보다도 놀라웠던 엘리아스 수도사의 거주지를 묘사하지 않겠습니다. 광야가 얼마나 무서운지, 말로 표현할 수 없는 고립이 얼마나 광대한지, 동굴이 얼마나 험한지, 더듬는 발을 다치게 하고 길을 찾으려고 애쓰는 눈을 당황하게 하는 그 길은 얼마나 거칠고 좁은지, 그곳에서 떨리는 몸이지만 굳은 정신으로 그 노인이 어떻게 그의 일생을 구성하는 110년 중의 70년을 보냈는지 말입니다. 당신은 고독한 생활의 위대한 주인이 얼마나 오랫동안 그 생활을 추구하면서 그만두지 않고 버텨 왔을까 하는 생각을 하게 될 것입니다. 우리 시대의 사람들은 단지 3일 동안만이라도 도시의 음식과 술과 매춘을 위해 가지는 휴가는 말할 것도 없고, 야망과 욕망을 버리는 것은 큰 궁핍이라고 생각합니다.

나는 비티니아 올림포스 근처에 살면서 하늘과 땅의 높은 분들과의 우정으로 유명한 에우티치아누스와, 맹세도 하지 않고 거짓도 모르며 온화하고 겸손한, 30년 동안 계속된 침묵과 거의 모든 문학 분야에서의 위대한 학식으로 주목할 만한 인물인 테온을 여기에 끼워 넣지 않을 것입니다.

나는 40년 동안 고독의 가장 깊은 곳에 묻혀 있었지만, 자신을 숨길 수 없었던 테베의 주민 아폴로니우스를 소개하지는 않겠습니다. 그는 자신의 기적이 보인 화려함으로 인해 결국 드러나게 되었습니다. 또한, 수종水腫병으로 유명한 늙은 베냐민도 소개하지 않겠습니다. 베냐민은 그를 찾아온 환자들에게 놀라운 치료를 하는 동안 크게 나빠진 자신의 병에 대해 전혀 관심을 보이지 않고 다른 사람들을 위로하였으며, 그의 몸이 아닌 영혼을 위해 기도해 달라고 간청하면서 이렇게 주목할 만한 말을 했습니다. "나의 이 몸은 튼튼할 때도 내게는 아무런 도움이 되지 않았습니다."

나는 처음에는 은둔자로 유명했으며, 그의 고독한 삶으로 나중에는 키프로스의 주교가 된 에피파니우스를 자세히 설명하지 않겠습니다. 또한, 가난하고 누더기를 걸친 노인으로서 신앙에 대한 경건함과 열의가 그의 동굴에서 도시 한가운데로 옮겨져 신랄하고 날카로운 비난으로 신앙심이 없는 황제와 맞선 아프라테스에 대해서도, 하느님의 심판으로 위협하여 황제의 불경을 제지한 수도사 이삭에 대해서도, 숲이 우거진 정상에서 살면서 단순하고 한결같으며 경건하나 다혈질적인 왕자의 분노를 억제하기 위해 산 정상에서 내려온 마케도니우스에 대해서도 자세히 설명하지 않겠습니다.

나는 아셉세나를 설명하지 않겠습니다. 그는 60년 동안 작은 방에 있으면서 항상 침묵하였고 아무에게도 자신을 보여 주지 않았습니다. 또한 잘 알려진 케우마티우스와 디디무스도 설명하지 않겠습니다. 그들은 둘 다 시각 장애인이었지만, 마치 눈이 보이는 것처럼 모든 경건한 의무를 다했습니다. 그들 중 한 명은 무엇보다도 문학적 명성을 얻었습니다. 인명록으로는 충분하지 않은 수많은 다른 사람들 또한 걸러뛰겠습니다.

마지막으로, 내가 너무 상식적이라서 가장 두드러지는 예를 생략한 것을 아실지 모르겠지만, 동방의 모든 수도사 중 가장 위대한 안토니우스 성인이 어떻게 사람이 살기 힘들고 야수들에게만 알려진 광야에 들어갔는지에 관해 설명하지 않겠습니다. 또 그가 명성이 높아지면서 치료를 받기 위해 몰려든 병자들의 무리에 지치고, 자신의 명성이 허영심의 문제가 되고 권력에 대한 그릇된 믿음의 계기가 되지 않을까 두려워 여행을 위해 몇 벌의 옷을 입고 강둑에 앉아 명상의 비행을 하는 동안, 하늘에서 목소리가 그에게 들려왔다는 것도 설명하지 않겠습니다.

당신은 그 목소리가 "고독을 버리고 도시에서 살아라. 이곳은 고통의 장소이고 저곳은 기쁨과 휴식의 장소이다. 알렉산드리아를 찾아서 너의 나라로 돌아가라"라고 말했다고 생각하나요? 아니면 오히려 "안토니우스, 네가 평화롭기를 바란다면, 이제 더 멀리 광야로 가라"고 말하지 않았을까요? 즉시, 그는 이 말씀에 순종하여 하늘의 안내에 따라 길을 떠났습니다. 나는 그가 사막에 머무는 동안 항상 마음의 갑옷을 입고 경계하면서, 어떻게 악마의 모든 공격을 이겨냈는지 끊임없이 말할 수 있습니다. 어떻게 세상의 철학과 지혜라는 자랑스러운 칭호가 초라하고 학식이 없는 노인에 의해 명백한 이성의 힘으로 쓰러지고 짓밟혔는지, 또 어떻게 그가 지닌 명성의 기적에 매료된 로마 황제들이 교회의 아버지에게 존경을 표하며 편지를 보냈으며 답장의 영광을 얻었을 때 매우 기뻐했는지, 어떻게 그가 90세가 되었을 때 보이지 않는 수많은 강력한 적의 무리와 벌인 숱한 영적 전투에서 승리했고, 인간은 어디에도 보이지 않는 그 사막에 사는 유일한 사람이라고 생각하던 중 밤중에 내려온 계시를 통해 더 외딴 지역에서 훨씬 더 오래 살아온 테베의 바오로를 찾아야 한다는 것이 밝혀졌고, 도중에 무서운 괴물들과 마주치지 않고는 바오로를 찾을 수 없었는지, 마침내 그들이 만나게 되어 오래된 야자나무 그늘 밑에 있는 옹달샘 근처의 동굴에서 그들의 오랜 침묵을 깼을 때, 어떻게 하늘에서 내려온 빵 한 덩어리만으로도 그리스도를 섬기며 긴 단식으로 지쳤던 이 두 용맹한 전사들이 배고픔을 달래기에 충분했는지, 그리고 며칠 후 슬픔에 잠겨 몹시 눈물을 흘린 후, 어떻게 이 익숙하지 않은 땅 파는 일을 할 때 사자의 발톱으로 도움을 받아 바오로를 묻었는지, 결국 어떻게 아직도 사막에 숨겨져 있으며 명성으로부터 멀어져 매장 장소조차도 비밀이 되기를 원하고 세속적인 평판의 숨결에 차가운 유골마저도 방해받지 않기를 바랐지만, 그가 대단한 명성과 영광을 얻었는지도 계속 말할 수 있습니다. 그리스도께서 처음 약속하신 것처럼 아프리카, 스페인, 프랑스, 이탈리아, 일리리쿰, 그리고 도시의 여왕인 로마와 이집트 광야의 깊은 곳에 묻혀 다른 세계에 속한 듯 숨겨져 있던 비천한 종을 눈에 띄게 만드셨다는 것이 그의 후계자이자 전기 작가인 아타나시우스의 단언입니다.

안토니우스 성인 덕분에 잘 알려진 경쟁자 힐라리온도 어떻게 고독으로 들어갔는지 더 이야기하지 않겠습니다. 처음에는 안토니우스의 명성에 자극을 받았고, 그 후 두 달 동안 그의 삶을 관찰하며 그가 보여 준 교훈과 그의 모범적인 삶에 충격을 받았습니다. 또 어떻게 처음에는 좁은 오두막에서 살다가 나중에는 더 이상 좁을 수 없는 작은 방으로서 주거지라기보다는 무덤처럼 보이는 곳에서 젊은 시절부터 노년기까지 계속 살면서 겨울과 여름의 혹독함을 견뎌 냈는지에 대해, 또한 어떻게 그의 명성 때문에 모인 군중으로부터 그리고 그들의 관심 때문에 안정되지 못하는 고독으로부터 도망치겠다고 생각했을 때, 그의 목적이 알려지면서 만 명 이상의 사람들이 그의 길을 방해했는지에 관해 이야기하지 않을 것입니다.

이에 대한 고통으로 그는 음식을 먹지 못하여 거의 쇠약해졌고, 사람들의 괴롭힘에 마침내 떠나기로 하였습니다. 그들이 비통해하며 그를 따라갔지만, 그는 가장 깊은 고독 속으로 떠나갔습니다. 그리고 그는 최근에 그 위대한 영혼의 존재를 잃은 안토니우스의 거주지로 가서 그의 제자들을 찾았고, 경건하기는 하지만 애처로운 이야기를 들으며 그 모든 일에 대해 열심히 물었습니다. 그리고 작은 정원과 더없이 행복한 영혼이 하늘로 올라간 요람을 바라보았습니다. 그는 그 훌륭한 인물을 달콤하게 기억하며 그 요람에 누워 자주 그것을 껴안고 입맞춤을 하곤 하였습니다. 마치 방금 안토니우스가 누워 있어 여전히 요람이 따뜻하다는 듯이 말이죠.

그리고 이 부분은 내가 읽었던 것이 아니고 나의 감정에 기대어 덧붙이는 말입니다만, 그는 자신의 눈물로 그의 침대를 적셨습니다. 이곳에서부터 그는 차례로 고독을 찾아 나섰지만, 그가 갈망하던 평화를 시기하는 그의 명성은 언제나 그를 앞질렀고, 심지어 지식도 이해도 없는 야만적인 나라로 가고자 결심했을 때도 그 명성은 여전히 그를 뒤쫓고 있었습니다. 처음에 그는 시칠리아로 항해했고, 그곳에서 달마티아로, 그리고 마침내 그의 생활 습관에 매우 적합하지 않은 섬인 키프로스로 항해했습니다. 하지만 그는 그 섬에서 그의 엄격한 목적에 맞는 바위를 발견했습니다. 그를 찬양한 히에로니무스의 표현을 빌리자면, 그는 그곳에서 가장 끔찍하고 외딴곳을 차지하면서 남아 있었습니다. 그리고 그가 한곳에 오래 머무르지 못하리라고 생각한 사람들이 몰래 도망가지 않도록 그를 지켜보는 동안, 그는 그곳에서 자신의 고단한 삶을 마치고 안토니우스를 지상에서 모방한 것처럼 하늘로 따라갔습니다.

그러므로 이 사건들을 간결하게 언급하여 아래에 두고, 외로운 사막을 지상의 천국으로 삼았던 수많은 사람처럼 나머지는 침묵 속에 묻으며, 비록 그들의 삶을 읽는 것이 기쁨과 다양함으로 가득 차 있어도, 날카롭고 열정적이며 천재가 짤 때 그 실체와 형태로 똑같이 기쁨을 주는 귀중한 소재의 실을 가지고 있어도, 나는 이제 성경의 숨겨진 부분에 흩어져 있는 그렇게 뻔하지 않은 몇 가지 예들을 모을 것입니다.

첫째로, 전 인류의 조상인 아담이 있는데, 그는 혼자 있을 때 가장 행복하였지만 동반자를 맞이하자 가장 불행해졌습니다. 혼자 있을 때 그는 일어나고, 동반자와 있을 때 넘어졌습니다. 그 혼자서는 행복한 나라의 시민이었고, 그의 동반자와 함께할 때는 불행한 망명 생활을 하는 방랑자였습니다. 그는 혼자서는 평화와 기쁨 속에 살았고, 동반자와 함께일 때는 수고와 많은 슬픔 속에 살았습니다. 혼자일 때 그는 죽지 않는 존재였지만, 여자와 맺어지면 그에게는 죽음이 찾아옵니다. 이는 후세가 여성과의 관계에서 무엇을 바랄 수 있는지 분명하고 뚜렷하게 보여 줍니다.

그러나 많은 나라의 위대한 조상인 아브라함이 (궁전이나 도시의 호화로움 속이 아닌) 계곡에 세운 천막 문턱에 머무르지 않고 하느님과 함께 이야기한 것은 지금 세대에까지 계속되는 그 약속을 받을 자격이 주어질 만한 행동입니다. 그리고 〈창세기〉3에 따르면 그는 그릇으로 가득 차고 다양한 카펫으로 덮인 방 안이 아니라 마므레 평원의 풀밭에 앉아 있었고, 요세푸스4에 따르면 그가 하느님의 천사를 환영할 자격이 있다고 여겨졌을 때 가시나무 아래에 있었다고도 합니다. 그리고 말씀에 명시되지 않은 어떤 것도 가정하지 않는다면, 시골 축제는 무늬가 새겨진 금으로 된 지붕 아래가 아니라 도토리가 매달린 참나무의 그늘에서 치러졌다고 합니다. 이 가장 거룩한 사람이자 신의 은총을 받을 최고의 자격이 있는 사람도 역시 하느님의 명령에 귀를 기울여 그의 유일한 아들을 아끼지 않을 만큼 순종하였습니다. 그

---

3 〈창세기〉 18장 1절. "주님께서는 마므레의 참나무들 곁에서 아브라함에게 나타나셨다. 아브라함은 한창 더운 대낮에 천막 어귀에 앉아 있었다."
4 요세푸스, 《유대 고대사》. 플라비우스 요세푸스(기원후 37년경~100년경)는 1세기 제정 로마 시대의 유대인 출신 정치가이자 역사가로, 예루살렘 함락의 순간을 지켜보았으며, 이 전말을 《유대 전쟁사》라는 책으로 남겼다.

에 대한 칭찬의 나머지 부분은 침묵으로 넘어가겠습니다.

이 모든 미덕 때문에 신의 은총이 그를 꼭 감싸고 있었으므로 그의 이집트인 하녀가 도망갔을 때 그녀를 천사가 데려온 것은 그의 공로 덕분이었고, 그녀가 다시 위험에 처하고 절망했을 때 천사가 다시 한 번 살려 준 것도 그리 놀랄 만한 일이 아닙니다. 이 두 사건 모두 그 일에 적합하다는 듯이 광야에서 발생했는데, 하나는 샘 근처에서 그리고 다른 하나는 나무 아래에서 일어났습니다. 그녀가 도주할 때 함께 데려간 아이가 광야에서 생존하였으니 하늘의 은혜를 마음에 새겨 나중에 광야의 숭배자가 된 것은 당연한 일입니다. 5

그런 아버지에게서 태어난 이삭은 어떻습니까? 그의 아내가 먼 나라에서 그에게 오고 있을 때, 그는 무엇을 하고 있었다고 생각합니까? 우연히 시장에 있었을까요? 변론이나 판단을 했을까요? 사거나 팔거나, 대출을 연장하거나 요구하거나, 합의를 요구하거나 그것을 실행하고 있었을까요? 이 중 어느 것도 아닙니다! 그럼 무엇일까요? 그 당시 그는 '살아 있고 볼 수 있는 우물'이라고 불리는 우물로 가고 있었다고 합니다. 참되게 사는 것과 보는 것, 영원 속에서 살고 모든 것을 보는 이는 태양신이 아니라 오비디우스와 아풀레이우스가 선언했듯이 태양과 별과 모든 것을 매우 좋게 창조하신 전지전능하신 하느님이시고 〈시편〉 작가가 말하듯이 생명의 샘이며, 그곳에 이르기

---

5   〈창세기〉 21장 19~20절. "그런 다음 하느님께서 하가르의 눈을 열어 주시니, 그가 우물을 보게 되었다. 그는 가서 가죽 부대에 물을 채우고 아이에게 물을 먹였다. 하느님께서는 그 아이와 함께 계셨다. 그는 자라서 광야에 살며 활잡이가 되었다."

위해서는 잠을 자거나 조심스레 걷는 게 아니라 오직 진정한 길을 걸어가야만 하는 것입니다.

그는 남쪽 지방에 살았기 때문입니다. 그리고 그는 저녁 무렵에 들판으로 명상을 하기 위해 나섰습니다. 6

이 말에도 숨은 의미가 없다고 볼 수 없습니다. "그는 남쪽 지방에 살았기 때문입니다." 즉, 낮게 일몰을 향해 가는 천상의 태양과 가까운 밝고 볕이 강렬한 지방에 살고 있었기 때문입니다. "그리고 그는 나섰습니다"—어디에서라고 생각합니까? 자신의 육신의 집에서? 그는 자기 자신과 비참한 죽음의 감옥을 떠나서, 비열한 게으름을 위해서가 아니라 명상을 하기 위해서 나섰다는 것입니다.

또 무엇이 인간의 삶을 만들까요? 그 밖에 어떤 행동에서 그는 짐 승과 다른가요? 키케로는 훌륭하게 표현합니다. "교양 있는 사람에게 는 사는 것이 곧 생각입니다."7

이러한 목적을 위해 이삭은 도시도 극장도 아닌 들판을 특히 적합한 장소로 선택했고, 해질 녘을 가장 적절한 시간으로 선택했습니다. 왜냐하면 시골의 고독보다 명상하는 사람에게 더 알맞은 곳은 없고, 경구를 빌리자면 젊은 시절의 열기와 한낮의 시간이 사라지고 이미

---

6 〈창세기〉 24장 62~3절. "그때 이삭은 브에르 라하이 로이를 떠나, 네겝 땅에 살 고 있었다. 저녁 무렵 이삭이 들에 바람을 쐬러 나갔다가 눈을 들어 보니, 낙타 떼가 오고 있었다."
7 키케로, 《투스쿨룸 대화》 5. 38.

성인들의 삶을 말하는 두 번째 편지   137

실재의 일몰을 향해 질주하는 평온한 평화의 시간보다 더 나은 것은 없기 때문입니다.

이삭의 아들이자 위대한 아브라함의 손자인 야곱은 사다리가 하늘에 닿고 천사들이 오르내리고 주님께서 그 사다리 위로 몸을 기울이고 계시는 것을 보았을 때, 어떻게 되었습니까? 그가 어디에, 얼마나 큰 도시, 얼마나 아름다운 저택, 얼마나 부유한 방에 있었다고 생각하나요? 내가 요세푸스의 말을 바꾸지 않는다면, 그는 성읍에서 멀리 있었을 뿐만 아니라 거주지에서도 멀리 있었습니다. 그는 그 지역 주민들을 싫어해서 누구에게도 다가가려고 하지 않고 밑에 놓인 돌 위에 머리를 받치고 탁 트인 하늘 아래 누워 있었습니다. 그리고 그의 두 아내와 수많은 자녀, 종들과 하녀들, 온갖 종류의 양 떼로 부유해져 고향으로 돌아갈 때 그는 다시 천사들을 만났습니다. 하지만 어디에서였을까요? 성읍 안에서, 그가 쉬고 있을 때일까요? 아닙니다, 그가 출발한 직후 길 위에서입니다. 그리고 그가 여행을 마치기 전에, 그에게 후세에 빛나는 새로운 이름8을 지어 준 씨름 상대가 밤에 나타났습니다. 또한, 그 상대는 공공의 원형 극장이나 군중 속이 아니라 야곱이 혼자 남겨졌을 때 개울을 건너는 곳에 나타났던 것입니다.

---

8 〈창세기〉 32장 29절. "그러자 그가 말하였다. '네가 하느님과 겨루고 사람들과 겨루어 이겼으니, 너의 이름은 이제 더 이상 야곱이 아니라 이스라엘이라 불릴 것이다.'"

하느님과 가장 가까운 사람인 모세는 어디에 있었습니까? 하느님과 이야기하면서 율법을 얻었을 때, 자기 백성의 안전을 확보했을 때, 전쟁터에서 멀리 떨어진 곳에서 자신의 유일한 무기를 위해 기도를 하고 기념할 만한 승리를 거두었을 때, 그는 어디에 있었습니까? 분명히 그는 시리아나 이집트의 어느 도시에도 있지 않고 숲과 높은 산꼭대기에 있었습니다. 그가 지팡이 하나로 내리쳐 쓴 물을 달게 만들었을 때, 그리고 우리의 행동을 규율하는 법을 알리기 위해 그 모든 기적을 일으켰을 때, 다시 언급할 필요도 없겠지만 그는 광야에 있었습니다.

모세가 수많은 악한 자들과 하느님의 은혜를 모르는 자들이 포함된 엄청난 무리를 돌보았고, 그들이 가장 필요할 때 그들에게 생명에 필요한 양식을 놀라울 만큼 풍부하게 주었던 것은 황금 왕좌에서가 아니라 끔찍한 광야에서였습니다. 천막에 모인 굶주린 자들에게 메추라기가 정말로 하늘에서 떨어졌고, 그가 지팡이로 친 바위에서 목마른 자들이 달콤한 물을 가득 마셨으며, 40년 동안 그들은 탐욕도 인색함도 없이 도시나 식당에서 얻을 수 없는 하늘에서 내려온 그 거룩하고 기적적인 음식을 사막에서 먹었던 것입니다.

고독이 얼마나 신성한 은혜와 하느님과의 교감, 천사와의 만남에 유리한지 아십니까? 그래서 나는 이 훌륭한 삶을 산 사람이 사람들에게서 떠나려고 할 때, 그의 영광스러운 죽음에 고독이 주어졌다는 사실에 덜 놀랐습니다. 이전에 그의 형에게 행하여진 것처럼 말입니다. 그리고 하느님께서 그에게 하신 말씀은 "이곳이나 다른 마을로 가라"가 아니라 "너는 산으로 올라가 죽으라"9였습니다. 만약 내가 틀리지 않았다면, 이 말은 삶과 죽음에 대한 모든 숙고熟考에서 특별한 관심을 받아야 합니다.

이러한 내용을 상세하게 펼쳐야 할 이유가 있을까요? 모든 대목이 예시像示들로 가득합니다. 놀라운 밝기의 징조에 눈이 부셨을 때, 엘리야는 어디에 있었습니까? 사람들이 성읍에서 굶주림으로 죽어가는 동안, 광야에 숨어서 하느님의 명령으로 사려 깊은 까마귀에게 먹이를 받아먹고 살았을 때, 그는 어디에 있었습니까? 그리고 카르멜산 정상에서 땅바닥에 엎드려 땅과 주민들을 괴롭히던 3년간의 가뭄을 예기치 않은 비로 구했을 때, 그는 어디에 있었습니까? 하느님과 함께 심판관으로서 그곳 카르멜산에서 850명의 거짓 예언자들을 물리치고 백성들의 찬성을 얻어 그들을 키손 개울가에서 죽였을 때, 그는 어디에 있었습니까?

그는 여왕의 위협적인 분노에서 벗어나기 위해 사막의 은신처를 찾았고, 싸리나무 그늘에서 잠들었을 때 천사가 그를 깨워서 준 초라한 음식을 먹었으며, 그 덕에 힘을 얻어 40일 밤낮으로 단식 여행을 했던 것입니다. 그 후 동굴에 살면서 그는 하느님의 음성을 듣고 기름부음을 받은 왕들과 예언자들에게 보내집니다.

그가 산꼭대기에 앉아 상상도 할 수 없는 확신으로, 하늘에서 불이

---

9   〈신명기〉 32장 48, 50절. "바로 그날에 주님께서 모세에게 이르셨다. 그리고 너의 형 아론이 호르산에서 죽어 선조들 곁으로 간 것처럼, 너도 네가 올라간 산에서 죽어 선조들 곁으로 가야 한다."

내려와 50명의 왕의 군대를 덮치라고 명하니 즉시 그대로 됩니다. 그는 자신의 겉옷으로 내려침으로써 요르단강을 갈라 신발을 적시지 않고 건너갑니다. 비바람 자체도 이 거룩한 은둔자에게 경의를 표하는 것입니다. 엘리야가 이런 일을 했을 때 어디에 있었습니까? 그는 마침내 의심할 여지 없이 광야에서 화염火焰의 전차를 타고 하늘로 올라갔습니다. 엘리사가 변모한 스승의 영에게 주어진 몫의 두 배를 받았을 때, 그는 어디에 있었습니까?[10] 그가 자연의 법칙에 반하여 쇠도끼를 떠오르게 해서[11] 비탄에 잠긴 친구에게 그 도끼를 되돌려 주었을 때, 그리고 그가 3명의 왕과 그들의 군대를 도우러 와서 비의 도움도 없이 강바닥을 가득 채워 그들이 갈증으로 죽지 않게 했을 때, 그는 어디에 있었습니까? 처음 두 사건은 요르단 강둑에서 일어났고, 세 번째는 에돔의 광야에서 일어났습니다. 요르단강을 엘리야와 함께 건넜듯이, 그가 스승의 겉옷으로 물을 나누고 혼자서 건너갔을 때, 그가 어디에 있었는지를 물어볼 필요는 없습니다.

간단히 말해서, 그 많은 선지자가 앞으로 일어날 일을 충실히 예견하는 환영幻影의 빛을 받았을 때, 그들은 어디에 있었습니까? 이 문제

---

10 〈열왕기 하권〉 2장 9절. "강을 건넌 다음 엘리야가 엘리사에게 물었다. '주님께서 나를 너에게서 데려가시기 전에, 내가 너에게 해주어야 할 것을 청하여라.' 그러자 엘리사가 말하였다. '스승님 영의 두 몫을 받게 해주십시오.'"

11 〈열왕기 하권〉 6장 6~7절. "하느님의 사람이 '도끼가 어디에 빠졌느냐?' 하고 물었다. 그가 그 자리를 가리키니, 엘리사는 나뭇가지를 꺾어 그곳에 던졌다. 그러자 도끼가 떠올랐다. 엘리사가 '그것을 집어 올려라' 하고 이르니, 그가 손을 뻗어 도끼를 잡았다."

는 단독으로 다루기에 현재로서는 너무 깁니다. 그리고 우리가 구약 성경에서 읽었던 예언자들뿐만 아니라, 히에로니무스가 부르듯이 그 예언자들의 아들들인 저 수도자들도 요르단강 가 근처에 오두막을 짓고 군중과 도시들을 버리고 이삭과 야생초를 먹으며 그들의 삶을 영위했습니다.

그러나 예레미야 역시 잠자코 넘어가서는 안 됩니다. 왜냐하면, 그는 다음과 같이 말하면서 이런 종류의 삶을 지지하는 매우 명확한 증언을 하고 있기 때문입니다. "주님의 구원을 조용히 기다리는 편이 좋습니다. 젊었을 때 멍에를 짊어지는 것은 남자에게 좋은 일입니다."

그리고 마치 이 일은 오직 고독 속에서만 이루어질 수 있음을 분명히 하려는 듯, 그는 덧붙입니다. "그는 혼자 앉아서 침묵을 지키고 있습니다. 그분께서 그것을 떠맡기셨기 때문입니다."[12]

이러한 말에서 나는 희망을 품고 기다리는 사람의 축복받은 인내력을 알고 있습니다. 어떤 자유보다도 좋은 주님의 멍에에 대한 참을성을 알고 있습니다. 나는 조용히 앉아 있는 일의 평화로움과 침묵의 평화를 한 가지 경우에 국한하지 않고 시작과 끝에서 모두 고려하고 있다는 것을 압니다. 즉, 모든 것이 고독이라는 하나의 개념 안에 포함되어 있음을 알고 있습니다.

---

12 〈애가〉 3장 26~28절. "주님의 구원을 잠자코 기다림이 좋다네. 젊은 시절에 멍에를 메는 것이 사나이에게 좋다네. 그는 홀로 말없이 앉아 있어야 하니 그분께서 그에게 짐을 지우셨기 때문이네."

오, 진정으로 평화롭고 천국의 삶과 가장 닮은 삶이여! 오, 다른 모든 삶보다 훌륭하고, 고난에서 해방되고 큰 축복을 받으며, 구원을 기대하고 주님의 멍에는 가벼우며, 침묵 속에 앉아 있던 자는 다시 일어나는 삶이여! 오, 인간에게는 건강한 삶, 악한 영혼에는 끔찍하고 증오스러운 삶이여!

그렇지 않다면, 악한 영혼은 자기가 들어간 사람들의 육체를 이토록 많은 유혹으로 괴롭히지는 못할 것입니다. 오, 영혼을 회복시키고, 예의를 바로잡고, 우리의 애정을 쇄신하며, 오염을 씻어 버리고, 신과 인간을 화해시키고, 무수한 육체의 폐허를 고치고, 지성을 가꾸며, 무모한 정열을 다스리고, 둔한 자들을 자극하고, 너그러운 사고의 부모를 똑 닮았고, 미덕의 간호사와 악덕의 정복자와 같으며, 씨름꾼을 위한 무대, 달리기 선수를 위한 경기장, 병사를 위한 열린 들판, 승리자를 위한 승리의 아치, 책 읽는 자를 위한 도서관, 학자들을 위한 연구실, 예배자들을 위한 신전, 그리고 사색을 위한 숲과도 같은 삶이여!

이 모든 것을 어떻게 부르면 좋을까요? 모든 선한 일에 어울리는 축복받은 삶, 철학자와 시인과 성인과 예언자의 삶이며, 특이하다고 말할 정도로 이유 없는 삶은 아닙니다. 감히 내 생각을 말한다면, 유일하고 참된 삶이라고 할 정도로 특이한 삶이라 할 것입니다. 우리는 키케로가 한 말과 그의 뒤를 이어 아우구스티누스가 남긴 말을 다른 삶 모두에 적용할 수 있습니다. 즉, 우리의 삶을 진정한 죽음이라고 부르는 것입니다. 요컨대 그것을 맛본 사람 말고는 알 수 없는 삶, 그것을 즐기는 사람에게는 가장 소중한 삶, 무엇보다도 그것을 갖고 있지 않은 사람은 갈망하는 삶입니다.

큰 재난 속에서 경건한 눈물과 울기에 적합한 광야를 갈망한다는 것이 또한 예레미야의 의견인데, 이를 따라 우리는 과거에 있었던 일에 더해야 할 고독한 생활에 대한 찬사에 이르게 됩니다.

오, 내 머리가 물이고 내 눈이 눈물의 샘이라면. [13]

그리고 이 샘이 성읍과 군중 사이에서 힘차게 솟구치지 않는다는 것을 알고, 그는 "오, 광야에 내가 머물 나그네의 숙소가 있다면"[14]이라고 덧붙여 말했습니다. 하느님 가까이에 있고 하느님으로 충만한 사람이 자기 백성의 죽음을 애도하는 영광스러운 의무를 수행하기를 원하면서 동시에 고독과 경건함을 위해 기도할 때 우리의 경우에 무엇이 필요한지 상상하기란 매우 쉽습니다. 그가 광야의 거처를 바라면서 한 말은 가장 주의를 기울일 만합니다. "그들은 모두 간통자요, 배신자의 무리이기 때문에 그들을 버리고 떠나갈 수 있을 텐데."

더 말할 것도 없이, 이런 것들을 생각하면 마음은 공포로 가득 찹니다. 하지만 그의 비난은 우리 시대의 사람들에게 아주 특이하게 적용되는데, 그러한 무효에는 신앙의 무효, 심지어 진실의 무효, 안전의

---

13 〈예레미야서〉 8장 23절. "아, 내 머리가 물이라면 내 눈이 눈물의 샘이라면 살해된 내 딸 내 백성을 생각하며 밤낮으로 울 수 있으련만!"

14 〈예레미야서〉 9장 1절. "아, 광야에 내가 머물 나그네의 거처가 있다면 내 백성을 저버리고 떠나갈 수 있으련만! 참으로 그들은 모두 간음하는 자들이요 배신하는 무리다."

무효, 요컨대 인간 자질의 무효가 있으며, 내 생각에 이것들은 분명 충분한 원인이 되고 있거나, 또는 적어도 왜 고독을 가꾸고 도시를 피해야만 하는지에 대한 중요하고 가장 지당한 이유가 되고 있습니다.

하지만 고대에 대한 나의 경외심으로 이후의 예에 대해 무심하거나 경멸하듯이 보이지 않도록 하겠습니다. 최초의 부유한 교황이었던 실베스테르는 소락테산으로의 은퇴를 모색했으며, 그의 성격과 조화를 이루는 상황과 그의 상황과 조화를 이루는 이름15을 가지고 있었습니다. 그리고 진실을 듣기가 부끄럽지 않다면, 지금 도시의 걷잡을 수 없는 부는 단순하고 거친 광야에서 흘러나오는 것입니다.

여기에서 금박을 입힌 신발이 나왔고, 여기에서 양치기의 지팡이 모양으로 구부러진 상아로 된 주교장主教杖16이 나왔는데, 촌스러운 장식으로 그것의 소박한 기원을 상기시킵니다. 여기에서 화려한 색상으로 빛나는 망토가 나왔고, 여기에서 별 같은 보석으로 장식된 왕관 세트, 눈처럼 하얀 말, 황금 왕좌, 성직자들의 수장首長을 위한 보라색 덮개가 나왔으며, 여기에서 요컨대 전체적인 승리의 배열, 이른바 공격적인 교회의 총체적 조직이 나왔는데, 그 통치는 이제 멀리까지 퍼져 나갔습니다.

왕들은 이것이 숲에서 나왔다는 사실에 놀랐습니다. 그리고 누군

---

15 실베스테르(silvéster)는 라틴어로 '나무, 숲'을 뜻하는 단어 실바(silva)에서 유래한 이름으로 '숲의, 야생의'라는 뜻을 가지고 있다.
16 종교의식 때 주교가 드는, 한쪽 끝이 구부러진 모양의 지팡이.

가 이 문제를 진지하게 생각한다면, 이렇게 존경받는 제도를 낳은 고독 자체가 존경받을 만한 가치가 있다는 사실을 그가 어떻게 부인할지 모르겠습니다. 그러나 나는 계속하겠습니다.

하느님의 뜻과 수많은 밀라노 시민들의 강요로 임명된 암브로시우스는 막중한 책임과 의무를 의식했기 때문에 감히 전적으로 고독한 생활을 할 수는 없었지만 언제나, 또는 어떤 방법으로든 할 수 있다면 그의 희망 사항을 내보이곤 하였습니다. 그는 도시의 성벽 회로의 외딴 구석에 살았는데, 그곳에는 오늘날까지 그의 거룩한 유해가 보존되어 있고 또한 그곳에는 그가 세운 성당이 남아 있어, 지극히 숭배받는 곳으로 유명하며 수많은 사람이 찾습니다. 분명한 흔적에서 짐작할 수 있듯이 당시 이곳은 상당히 멀리 떨어져 있었고 극단적으로 고립되어 있었습니다. 그가 주교들의 관심에서 자유로워지고 교회에서 아리우스파[17]들을 물리치는 데 들였던 혹독하고 끝없는 노고로부터 해방될 때마다, 그리고 잠시 그의 일에서 손을 떼고 몰래 빠져나갈 수 있을 때마다, 이 거룩한 사람은 이곳에서 더 사적인 고독에 빠져들곤 했습니다.

---

[17] 아리우스(256~336년)는 초기 그리스도교시대에 활동했던 이집트 알렉산드리아 출신의 성직자이자 신학자였다. 아리우스파는 '성부와 성자가 동일한 본질이며 동격인 존재'라는 아타나시우스파의 삼위일체론을 부정하고, 그리스도는 성부가 세계의 구원을 위해 만든 도구에 불과하다고 주장하며 그리스도의 신성(神性)을 격하시켰다. 325년 콘스탄티누스 황제가 주재한 제1차 니케아 공의회에서는 이를 이단으로 결정하였다.

거기에는 멀리 있지 않지만, 명상에 적합한 나무가 있었습니다. 그 한가운데에는 작은 집이 있었는데, 분명 위대하지만 겸손한 사람에게는 충분히 넓고, 비록 작더라도 한때 메타폰툼에 있었던 피타고라스의 집보다 더 적절하게 사원 형태로 개조되어 있었습니다. 그 나무는 이제 없어져 그곳의 성격은 바뀌었지만, 그 이름은 그대로 남아 있습니다. 나무는 가파른 면의 왼쪽에 있는데, 흔히 '암브로시우스의 나무'라고 불립니다. 이 지점에서 하천은 거대한 난기류와 격렬한 흐름으로 잘 알려져 있으며 광적인 추진력으로 더 넓은 면적을 휩쓸고 있어, 도시의 기존 울타리와 외부 울타리 사이에서 차단됩니다.

이곳에서, 내가 듣기로는 그리고 짐작할 수 있듯이, 그는 책 속에 꿀이 가득 찬 꽃을 뿌렸고, 오늘날 교회 곳곳에서 그 맛은 가장 달콤하고 그 냄새는 가장 향기롭습니다. 만약 내가 그의 행동뿐만 아니라 스타일을 증명하는 단 한 구절을 인용할 수 있다면, 그는 사비누스에게 보낸 편지에서 이렇게 말합니다. "나는 내 글에서, 그리고 내가 혼자 있을 때 당신과 더 자주 이야기를 나누겠습니다."

그리고 나중에 내가 말할 스키피오의 표현을 자기의 것으로 바꾸면서, 그는 계속 말합니다.

나는 혼자 있는 것처럼 보일 때보다 외롭지 않으며, 한가하게 보일 때보다 게으르지 않기 때문입니다. 나는 내 기호에 따라 내가 원하는 사람을 부르고, 내가 가장 좋아하고 가장 알맞다고 생각하는 사람을 가까이합니다. 아무도 방해하지 않고 간섭하지 않습니다. 그래서 이런 경우에 나는 특별히 당신을 붙들어 놓은 채 성경을 이야기하고, 함께 상세하게 문장을 분석하고 연구할 것입니다. 마리아가 천사와 이야기했을 때, 그리고 성령이 그녀에게 내려오고 가장 높으신 분의 능력이 그녀에게 드리우셨을 때, 그녀는 혼자였습니다. 그녀는 혼자였고 세상의 구원을 끌어내었으며 전 인류의 구원자를 잉태하였습니다. 베드로는 혼자였고 온 세상 민족이 거룩하게 되는 신비를 배웠습니다…. 아담은 혼자일 때 그의 마음이 하느님께 충실하였으므로 잘못된 길을 택하지 않았지만, 여자와 함께 지내게 된 후에는 하느님의 명령에 충실할 수 없었습니다.

만약 내가 암브로시우스의 이야기에 조금이라도 참견할 수 있다면, 많은 사람이 모르는 척하더라도 나는 모두가 알고 있는 것을 묵과하지는 않을 것입니다. 여성과 함께하는 것만큼 이 삶을 사는 사람들에게 해로운 독은 없습니다. 여성의 매력은 매혹적일수록 더 끔찍하고 해롭습니다. 그녀들의 성향은 말할 것도 없고, 그 이상으로 변덕스럽거나 휴식을 사랑하는 데에 해로운 것도 없습니다. 누구든지 평화를 원하는 사람은 영원한 다툼과 고통의 근원인 여성에게서 멀리 떨어지십시오. 평화와 여성은 한 지붕 아래 같이 살기가 어렵습니다. 풍자시인은 말합니다.

아내들의 끝없는 말다툼 외에도 다음과 같은 것들이 생겨납니다.
침실에서의 잔소리는 침대를 슬프게 합니다.
그리고, 그녀가 확신하게 되면요,
그녀의 울음소리가 시작되고 온종일 반복됩니다. 18

첩의 침대도 평화롭지 않습니다. 정절도 덜하고 더 불명예스럽지만 다투기는 마찬가지입니다. 저 유명한 웅변가의 말은 잘 알려져 있습니다. "싸우지 않는 사람은 독신자이다."

그리고 싸우지 않는 것보다 더 좋은 게 무엇일까요? 또 내가 진실로 말합니다만, 특히 밤에 있어서 고독보다 더 축복받은 것은 무엇일까요? 또는 침묵과 평화 그리고 당신 소파에서의 자유보다 더 축복받은 것은 무엇인가요? 독신보다 더 축복받은 이는 없지만, 독신에게는 고독보다 더 적절한 것은 없습니다. 그러므로 누구든 싸움을 피하려면 여성도 피하십시오. 한쪽에서 피하지 않고 다른 쪽에서 피하는 일은 거의 없을 것입니다. 드문 일이지만 설사 그녀의 기질이 매우 온화할지라도 바로 여성의 존재 자체가, 바로 그녀의 그림자가 말하자면 성가신 것입니다. 만약 내가 조금이라도 신뢰를 받을 만한 자격이 있다면, 고독한 평화를 추구하는 사람은 모두 그녀의 얼굴과 혀를 피해야 하며, 이는 뱀이 아닌 바실리스크19의 눈빛과 쉭쉭거리는 소리와 다름없다고 나는 말하겠습니다. 그녀가 눈으로 죽이고 접촉하기도 전에 감염시키는 것은 바실리스크와 다르지 않기 때문입니다. 베르길리우스가 진실하게 하는 말을 누구에게 더 정당하게 적용할 수 있다고 생각합니까?

---

18 유베날리스, 《풍자시집》 6. 268~269.
19 바실리스크는 쳐다보거나 입김을 부는 것만으로도 사람을 죽일 수 있다는, 뱀과 같이 생긴 전설상의 괴물이다.

아름다운 두 눈으로 그의 정부情夫는 그의 가슴을 태우는구나.

그는 바라보고 가슴이 멍들어, 평안을 잃어버리네.

음식도 끊은 채, 그리고, 그 여인을 그리워하면서,

숲은 즐겁지 않고, 풀도 자라나기를 거부하네. 20

사실, 단지 겉모습만으로 심신의 힘이 파괴되고 소모되었다는 말을 통해 그는 그 병으로 수척해지고 몸이 나빠지는 모든 사람에게 암시했을지도 모릅니다. 그러나 이와 같은 해악이 숲과 초원의 기억을 지워 버린다면, 이는 말과 소에 대한 해악처럼 사람들에 대한 것입니다. 숲과 초원에서 특별한 즐거움을 찾는 우리 말고 그는 누구를 의미했을까요? 그러므로 나는 여성의 유혹은 신성하고 명예로운 맹세를 지키는 것을 목적으로 하는 모든 사람, 특히 우리 스스로 방지하고 피해야 한다고 선언합니다. 그리고 이 경고를 무시하는 사람은 누구나 고독의 낙원에서 추방되어야 한다고 알려 주십시오. 최초의 인간이 기쁨의 낙원에서 추방된 것과 똑같은 이유에서입니다.

이런 곁길에서 빠져나와 나는 암브로시우스에게로 돌아갑니다. 그는 사비누스에게 보내는 편지를 마무리 지으면서 이렇게 말하고 있습니다. "이러한 사례들을 보면 우리는 홀로 있을 때 하느님께 헌신하는 것이 분명합니다. 그런 다음 우리는 그분께 마음을 열고 거짓의 옷을 벗을 것입니다."

그리고 곧 우리의 첫 조상을 떠올리며 그는 말합니다. "아담은 낙

---

20   베르길리우스, 《농경시》 3. 215~216.

원에 있을 때는 혼자였지만, 낙원에서 쫓겨났을 때는 혼자가 아니었습니다. 주 예수님은 세상을 구원하실 때 홀로 계셨습니다. 왜냐하면, 그분께서는 특사特使도 아니고 대사大使도 아닌, 그분의 백성을 구원해 주시는 주님 자신이었기 때문입니다. 항상 하느님 아버지 안에 계셔서 결코 혼자가 아니기는 하지만 말입니다."

마지막으로, 충고로 편지를 마무리하기를 바라면서 그는 말합니다. "그러므로 우리도 홀로 있도록 합시다. 그러면 주님께서 우리와 함께 계실 수 있을 것입니다." 이 조언이 사비누스에게만 도움이 되지 않도록 합시다. 나는 우리가 이 충고를 우리 자신에게 적용해서 우리의 것으로 삼기를 기도합니다.

마르티누스 성인에 대해서 우리는 그가 어린 시절부터 고독한 생활을 동경하고 있었고, 나이가 되자마자 어쩔 수 없이 군 복무를 하게 되었으며 이 고독한 생활을 열렬히 받아들여 심지어 주교가 되어서도 개인 생활에서 형성된 습관을 버리지 않았던 것을 알고 있습니다. 이에 대한 권위자는 세베루스인데, 그는 자신이 부분적인 증인이 되어 마르티누스의 삶의 전 과정을 묘사했습니다. 우리는 마르티누스가 이 시기에 주교의 직책을 맡기 전에는 자신이 더 고결했다며 불평하곤 했다는 사실을 알게 됩니다. 이는 주목할 만합니다. 그가 미덕의 극치와 완벽함밖에 없다고는 생각되지 않지만, 주교의 무거운 짐으로 힘들 때 그는 더 부끄럽지 않고, 더 고상하며, 완벽함을 지녔던 때의 어떤 기억과 혼자일 때 더 자유로웠던 시절의 기억을 떠올렸던 것 같습니다.

그래서 그가 고통스러운 직무에 종사하는 동안, 가능한 한 언제라도 의지하고 있던 그의 오랜 자유, 즉 고독한 장소를 자주 찾아다녀야 했던 것은 놀랄 일이 아닙니다. 그의 자취를 따라가는 것은 멀고 힘든 일이지만, 그는 이전에 바로 그 도시 밀라노에서 상당한 시간을 보냈다고 전해집니다. 잘 알려져 있듯이, 암브로시우스의 집과 도시 성벽 가까이에 거처를 얻고 그가 세운 많은 수도원 중 첫 번째 수도원을 지었습니다. 지금도 외롭고 외진 곳입니다.

이미 주교가 된 암브로시우스는 그런 손님에 기뻐하며 혼자 비밀리에 마르티누스에게 가서, 가능한 한 오랫동안 그와 함께 있곤 했습니다. 세상에, 그들은 얼마나 좋은 한 쌍의 사람들인지, 그들은 얼마나 탄식하고 얼마나 많은 대화를 나누었는지요! 군주의 명령, 집정관의 심의, 법무관의 칙령, 입법자의 법률, 대중의 연설, 철학자의 논쟁, 수사학자의 웅변, 궤변론자의 트집 등이 저 거룩하고 평화로운 대화 옆에 놓인다면, 나는 이 말들이야말로 가장 사소한 일이라 부르는 것을 두려워해서는 안 됩니다. 시인 호라티우스가 시누엣사에 있을 때, 플로티우스와 바리우스 그리고 베르길리우스가 그를 방문하러 왔습니다. 우정의 끈으로 상호 결속된 지식인들의 훌륭한 동료애였습니다. 그래서 그가 외쳤습니다,

오, 우리가 껴안는 것이 얼마나 큰 기쁨인가요![21]

---

21   호라티우스, 《풍자집》 1. 5. 43.

나는 이것을 진심으로 믿습니다. 그리고 그런 사람들 사이에는 재치 있고 우아한 대화가 많이 오갔을 테지만, 밀라노에서 이뤄진 암브로시우스와 마르티누스 사이의 포옹이 더 달콤하고 기쁨이 한층 거룩했다고 믿고 싶습니다. 보고에 따르면 그 장소는 그들이 으레 만나서 대화하였던 곳으로 지목되고 있습니다.

가능하다면, 나는 모든 왕의 자문위원회에 참석하기보다는 이러한 만남과 대화에 참석하고 싶습니다. 왕들이 술과 탐욕과 잔혹함으로 아랫사람들을 조종하며 그들과 함께 무엇을 꾀하든지 간에 말입니다. 그러므로 한꺼번에 이러한 두 명의 주민을 껴안아 주는 영예를 얻은 그 고독은 축복받았고, 테베의 광야처럼 말라 있거나 거칠지는 않지만, 아마 이에 못지않게 영광스러울 것입니다.

우리는 아직 밀라노를 떠날 수 없을지도 모릅니다. 이 도시의 다른 위대한 거주자인 아우구스티누스 때문입니다. 다정스러운 아버지께서는 아들을 실력 있는 의사에게 맡기듯이 사악한 잘못에 오염되어 있는 아우구스티누스를 건강에 좋은 물로 씻기고 치유하여 하느님께로 돌려보낼 수 있도록 암브로시우스에게 맡기셨습니다. 당시 거룩한 암브로시우스가 이름을 날리고 있던 밀라노에 왔을 때 신의 은총이 그를 위해 작동하고 있다는 것을 전혀 몰랐지만, 그는 마침내 자기 삶의 방식을 바꾸고자 결심했고, 그래서 도시를 버리고 시골의 외로움을 찾았습니다. 대중들 안에서 제정신이 아니었던 그가 고독 속에서 정신을 차리기 위해서였습니다. 그는 이 시골 지역을 '카시시아쿰'이라고 불렀는데, 그 이름은 지금까지 쓰이고 있습니다.

사실, 그가 밀라노에서 거룩한 열망에 불타올랐던 그날, 그는 글 속에서 자신이 무엇을 했는지와 동요하는 마음의 폭풍우 속에서 어떻게 행동했는지를 말하고 있습니다. 하느님의 인도 아래, 돛단배를 타고 삶의 땅과 구원의 안식처로 도달했다고 말입니다. 실로 그는 대중 앞에서 공표하거나 나팔을 불며 무엇을 하려는지 설명하지도 않았지만, 그의 가장 충실한 동반자를 보냈습니다. 그리고 그가 말한 것처럼 외로움이 그에게 울기에 더 쉽다고 생각했고 그렇게 소중한 친구의 존재조차도 그에게 부담이 되지 않을 정도로 멀리 물러났기 때문에, 그는 고독을 위해 정원의 비밀스러운 구석을 장소와 시간의 조건이 허용되는 유일한 피난처로 삼았습니다. 거기에서, 자신과 격렬한 대화를 나누며 흐느끼고 울면서 머리를 쥐어뜯고 이마를 때리고, 손가락을 단단히 쥐어 무릎을 감싸면서 어떤 표시로든 자신의 크고 거룩한 슬픔을 나타내어 그는 마침내 영원히 기쁨의 계기가 될 결심을 하였습니다. [22] 마침내, 그는 평생 은둔자의 상태로 오랜 시간을 보냈다고 믿어지는 몬테 피사노와 같은 조용하고 외로운 장소에서 기쁨을 누렸습니다. 그곳의 수도자들에게는 그의 이름이 새겨진 어떤 책이 남아 있습니다.

이 건의 나머지 부분에 대해서는 그의 수많은 글을 넘길 겨를이 없으므로 나는 그의 펜에서 흘러나와 나에게 떠오르는 짧지만 분명한 증언 하나에 만족하겠습니다. 〈요한복음〉을 설명하면서 그는 말합니다. "군중 속에서 예수님을 보기는 힘든 일입니다. 그래서 마음에

---

22   아우구스티누스, 《고백록》 8.

는 일종의 고독이 필요합니다. 하느님께서는 어떤 관심의 고립 속에서 보이십니다. 군중이란 시끄러운 법이고 저 환시幻視는 조용한 사생활을 요구합니다."

하느님을 보기 위해서는 고독이 아니면 다른 어떤 노력도 필요 없다는 그의 말을 유심히 관찰하고 있습니까? 즉, 인간의 마음이 내면의 혼란이나 갈등으로 가득 차 있는 한, 육체적인 고독 그 자체는 저위대한 빛을 보기 위해 눈을 맑게 하고 날카롭게 하는 데 아무 소용이 없다는 것을 의미합니다. 그러나 이제, 이 3명의 매우 위대한 사람들을 다루었으니, 나는 내 펜이 밀라노뿐만 아니라 이탈리아에서도 떠나도록 허락하겠습니다.

나는 지금 이 삶의 찬미를 선포한 바실리우스와 위대한 나지안주스의 그레고리우스를 침묵 속에 지나치겠지만, 후자의 훌륭한 제자를 걸러뛰지는 않을 것입니다. 로마를 버리고 그 부유함을 경멸한 히에로니무스는 영원한 조국에 대한 희망과 그리움에 이끌려, 스스로 고백하듯이 지옥에 대한 두려움 때문에 수도자들에게 거친 주거지를 제공하는 저 광활한 황야로 향했습니다. 그리고 그는 이곳을 에우스토키움에게 보낸 동정에 관한 편지23 속에서 언급한 살루티우스의 글 중 한 구절처럼, "태양의 열기에 불타는 곳"으로 묘사했습니다. 그는

---

23 히에로니무스의 편지(편지 22번, 기원후 384년경)는 성녀 바울라의 딸 에우스토키움 율리아에게 보내는 논문의 형식을 띤 글이다. 여기서 그는 소녀 에우스토키움에게 참다운 그리스도교적인 삶을 제시한다.

그곳에서 여러 해 동안 적응하지 못한 육체와 은밀히 유혹을 부추기는, 영혼에 대한 공격에 대항하여 엄격한 수행으로 승리를 거두었으나, 자신의 공덕으로 로마의 적대자들에 대한 승리가 보장되어 있다는 듯이 그 전쟁터에서 로마로 돌아가지 않고, 서둘러 베들레헴의 은퇴지로 피신하였습니다.

그 은퇴지에는 성스럽고 독실하며 저명하고 몇 마디로 표현하자면, 진정한 로마의 부인이자 그녀의 시대에 가장 훌륭한 여성의 본보기였던 바울라가 살고 있었습니다. 주님이 태어나신 구유 가까이에서 죽기 위해, 그녀는 자신이 태어난 장소와 좋은 환경을 잊었습니다. 히에로니무스 자신은 그녀의 빛나는 인생과 축복받은 최후를 매우 날카롭고 재치 있게 묘사했습니다. 그러니 이 뒤로는 내가 잠자코 있는 편이 더 겸손한 모양새가 될 것입니다. 이런 평범한 방식으로 내가 무슨 말을 하겠습니까? 그리고 위대한 천재가 사랑과 슬픔을 구술함으로써 진정 책이라고 할 만한 양을 채웠음에도 스스로 한계를 깨달았는데, 이토록 작은 나의 책의 제한적인 부분에 무엇을 포함하겠습니까?

하지만 히에로니무스도 알고 있고 그것을 못 본 체하지 않듯이, 나는 두 사람의 평화로운 삶에 악의적인 이빨을 드러내고 독설을 퍼붓기를 주저하지 않는 사람들을 원하지 않는다는 사실을 알고 있습니다. 시샘의 화살이 접근할 수 없을 만큼 그렇게 고상하거나 숨겨진 미덕은 거의 없습니다. 그러나 저속한 입김이 견고한 진실을 흔드는 것은 아닙니다. 그의 고독에 대한 다른 사람들의 의견이 무엇이든 간에, 현명한 사람의 고독은 그가 요비니아누스에게 쓴 글에서 평가를 받고 있습니다.

"현명한 사람은 결코 혼자 죽을 수 없습니다. 왜냐하면, 그는 존재하거나 존재해 온 모든 선한 사람들과 함께 있기 때문입니다. 그리고 그는 자신의 기쁨에 따라 자유롭게 마음을 먹고 실행하며, 자신의 몸이 표현할 수 없는 것을 생각으로 표현합니다. 사람이 없으면 하느님과 이야기를 합니다. 외로움은 변함없이 말이죠."

하지만 이제 나는 어떤 방향으로 돌아설까요? 나는 숫자 때문에 혼란스럽고, 머릿속에 떠오르는 사람들의 배열에 따라 여러 방향으로 나아가길 요청받습니다. 하지만 바울라라는 이름은 나에게 고독의 영광을 같은 민족과 남녀에게 먼저 나누어 주라고 충고합니다. 그러므로 나는 많은 이들 가운데서 몇 사람을 뽑을 것이고, 로마의 부인들에 대한 칭찬이 지나치다는 말을 듣기를 두려워하지 않을 것입니다. 또한, 그 말이 적절하기를 바라지도 않습니다.

나는 히에로니무스가 기념한 일로 유명한 바울라의 딸 에우스토키움, 마르셀라, 아셀라, 파비올라, 블레실라, 그리고 다른 유명한 이름의 처녀와 과부들은 생략합니다. 하지만, 멜라니아여! 여성 중에서 가장 훌륭하고 영광스러운 당신에 대해 무슨 말을 해야 할까요? 나는 시간과 예의에 의해서, 그리스도에 대한 믿음에 의해서, 경건함과 미덕에 의해서 뭉친 동포들과 이웃들을 나의 펜으로 갈라놓지 않을 것입니다. 바울라 옆에 앉으세요. 로마 집정관의 딸이자 로마 법무관의 어머니인 당신은 자신의 미덕으로 아버지의 가문과 부와 명예를 뛰어넘었고, 순결에 대한 헌신과 자비로운 행동으로 과부로서 거의 동정녀에 대한 찬양을 초월할 만큼의 큰 은혜를 베풀었습니다. 훌륭한 가문의 혈통을 잊어버리고, 자녀들을 잊고, 권세를 잊고, 오직 그리스도만을 기억하며, 조국에 대한 애정, 부모에 대한 존경, 자신에게 속한 것에 대한 사랑, 자신의 몸을 돌보는 일을 뒤로 미루고, 이 세상에서 당신의 영혼을 영원히 지킬 수 있도록 엄청난 고통으로 지켜 내라는 그리스도의 말씀에 따라 거친 광야에서 거룩한 교부들을 찾았고, 심지어 그들을 유배지까지 따랐으며, 당신의 노동과 재산으로 경건한 양식을 그들에게 나누어 주는 봉사를 하였던 것입니다.

당신은 성인들에게 명예를 주는 사람이요, 죄인들의 구원자요, 순례자들의 어머니요, 그리스도 안에서 당신 동료들의 수호자이자 조언자입니다! 당신은 축복받은 넓은 마음으로 가난한 사람들의 양식을 위하여 막대한 재산을 나누어 주었고, 마르지 않는 은혜의 샘처럼 풍요로움이 넘치지 않는 경우가 없었으며, 인생의 다른 목표를 가지는 일도 없이 37년 동안 당신의 재산은 고갈되지 않았고 당신의 자비로운 정신은 지치지 않았습니다. 예순 살이 넘었을 때 당신의 가족을 다시 찾고 싶다는 생각이 떠올랐는데, 이는 세속적인 것이 아니라 정신적이고 신성한 갈망이었습니다.

그리하여 로마로 돌아와서 당신은 아들과 며느리와 손녀(당신의 이름뿐만 아니라 정신과 사명을 물려받은), 그리고 간단히 말하면, 당신의 모든 친척을 그리스도의 길과 고독한 삶에 대한 사랑으로 나아가게 했습니다. 그러나 당신의 예에 따라 그들이 자신들의 재산을 나누어 주기 전까지는 그렇지 못했습니다. 당신의 훌륭한 손녀가 열심히 당신의 발자취를 따라 전 세계의 교회와 수도회의 가난한 회원들에게 기부한 금과 은, 비단옷, 돈의 합계를 떠올리고, 얼마나 많은 그녀의 종들에게 그리스도를 섬기도록 자유를 주었는지, 어떤 재산을 팔았는지를 생각하면 놀랍습니다. 그녀는 로마뿐만 아니라, 아키타니아와 심지어 갈리아와 스페인에서도 그 돈을 자선을 위해 사용하고 캄파니아와 시칠리아와 아프리카에 소유한 땅을 가난한 사람들과 지속적인 신앙의 행사에 쓰는 것 외에 다른 목적이 없었습니다. 게다가 그녀는 스무 살 때 당신이 보인 훈계와 모범에 영향을 받아 세상을 버리고 인생의 보라색 꽃을 포기했던 것입니다. 멋진 결혼생활, 그리고 큰 부와 즐거움을!

그들의 거룩한 결심이 하늘로부터 도움을 받았다는 것은 이 사실로 미루어 보아도 분명합니다. 그 막대한 재산과 남은 보물은 손녀 멜라니아가 제때 가난한 사람들에게 나누어 주었는데, 만일 그녀가 조금만 늦었다면 그 재물은 모두 당시 로마와 이탈리아를 초토화하고 있었던 알라리크의 손에 넘어갔을 것이기 때문입니다. 그러나 그녀는 이미 자신의 부유함이라는 짐을 벗어났고, 그것을 더 좋은 용도로 바꾸었습니다. 마치 늑대의 입에서 자신과 자신의 소유물을 빼앗아 기쁘게 높은 이자를 쳐서 그리스도께 드린 것처럼 말입니다.

그러나 행복한 할머니여, 당신은 천국에 이르는 모든 일을 여성적인 겉치레 없이 행하였고 당신 시간의 일부가 끝나고 힘든 일이 훌륭하게 달성되었을 때, 마치 세상에는 아무것도 할 일이 남아 있지 않은 것처럼 예루살렘으로 돌아온 지 두 달도 되지 않아 지나간 일의 끝과 칭찬할 만한 삶에 가까운 행복을 발견하고 수도원을 떠났습니다. 그리스도께서는 한 여성을 위해 수많은 남녀를 살려 주시고 그분께서 명하시거나 허가하신 처벌을 미룬 듯이 보이셨다는 점에서 당신에게 큰 영광을 보여 주셨습니다. 사실, 당신이 그 나라와 인간의 이해관계를 떠나자마자 야만적인 침입과 무서운 파괴가 로마시를 덮쳤습니다.

오오, 위대한 여인이여! 당신은 경건한 유배지에서 찬란합니다. 그리고 그러한 삶에서 더 운이 좋은지 아니면 그러한 죽음에서 더 운이 좋은지는 모르겠지만, 이러한 미덕이 빠진 채 공허한 칭호를 새긴 로마의 대리석 무덤보다 당신의 고독한 먼지 속의 무덤이 더 빛나는 것은 분명합니다. 가난한 사람들에게 봉사하기 위해 예루살렘에 당신의 손으로 세운 그리스도의 집은 야만인의 횃불에 불타거나 시간의 흐름과 함께 폐허가 될 운명인 로마 선조들의 궁전보다 훨씬 더 영광스럽게 보입니다. 자, 당신의 미덕에 대한 칭찬이 너무 길었음을 인정합니다. 이제 여성들과 외국은 충분히 다루었습니다. 나의 펜을 남성과 조국 이탈리아로 돌리겠습니다.

그러면 로마의 위대한 교황 그레고리우스에게서는 무엇을 보게 될까요? 그는 자신의 많은 웅장한 집들을 호젓한 성전으로 개조하지 않았나요? 그리고 그는 집안의 재산을 그리스도께 드리지 않았나요? 그런 식으로 그는 모든 도시 중 가장 크고 인구가 많은 도시에서 가능한 한 고독을 이루었고, 그의 할아버지와 증조할아버지가 밀집한 군중 속의 아부꾼들로부터 경의를 받았던 곳에서 주님께 외로운 경의를 표했습니다. 그러나 그의 높은 명성은 그를 은신처에서 끌어내어 큰 난관에 빠뜨렸고, 그는 마침내 영예의 최정상에 올랐습니다. 이러한 승진으로 그는 종종 우울한 기억과 더불어 불평을 하였는데, 에제키엘에게 보낸 편지에서처럼 이렇게 말합니다.

수도원에 있을 때, 나는 쓸데없는 말을 삼가고 거의 끊임없이 기도에 전념할 수 있었습니다. 하지만 마음속에 교황의 짐을 지고 있기에, 여러 가지 관심사에 분산된 내 마음은 나 자신에게 꾸준히 집중할 수 없습니다.

같은 편지에서 당시 자신의 상황에 대해 말한 다른 글들이 있고, 또 그 외에 그가 쓴 《대화록》 서문에서도 더 많은 것을 언급합니다. 그 책에서 그는 세상사의 폭풍우로부터 약간의 안식을 찾을 수 있는, 그의 슬픔에 적합한 은신처를 찾았다고 선언합니다. 이 구절에서 사랑하는 아들과 소중한 친구에게 답하면서, 그는 말하고 있습니다.

고독한 생활에 사로잡혀 고통받는 내 불행한 마음은 일찍이 수도원에 있었다는 사실을 기억합니다. 그 아래 아주 먼 곳에서 그것이 모든 사물의 변화를 보여 주었다는 것을 기억합니다. 돌고도는 인생의 광경보다 훨씬 더 높이 솟아올랐다는 것을, 오직 천상의 생각에만 익숙했다는 것을, 비록 육체에 의해 억제되었지만, 명상을 통해 육체의 감옥에서 탈출했던 것을 기억합니다. 그리고 마치 인생의 시작이자 수고에 대한 보상인 양 죽음을 사랑했던 것을 기억합니다.

그런 다음에, 그는 더 슬프게 다른 쪽으로 돌아서서 말합니다.

하지만 지금은 나의 사목司牧의 배려로 내 마음은 세상 사람들의 문제들을 안고 있습니다. 그리고 마음의 평화에 대한 환영을 본 후에는 세속적인 활동의 먼지로 더럽혀집니다.

그다음에 뒤따르는 내용을 추가하여 언급한다는 것은 길고, 전혀 필요하지 않은 일입니다. 마지막은 그가 이전의 삶에 대한 기억 때문에 더 고통스럽고, 조용히 사는 사람들과 비교해 볼 때 더 비참하다고 선언하는 대목입니다. 그는 이 사람들 대부분이 내가 말하는 것보다 더 은둔적인 방식의 삶에서 즐거움을 찾는다고 묘사하고 있습니다.

그 자신이 고통스러운 상태에서 고통받는 욥을 설명하며 또 다른 작품에 쓴 것을 따를 필요는 없습니다. 왜냐하면 이 책들은 모두 매우 잘 알려져 있고, 이 구절들은 각각의 첫머리에 쓰여 있기 때문입니다. 나는 거의 눈물이 날 정도인 다른 구절들은 접어 두겠습니다. 거기서 그는 자신의 지위 상승으로 끊임없이 울고 있고, 그의 친구들이 그를 사랑한다면 함께 울어 주며 그를 위해 하느님께 탄원해 주기를 간청한다고 말합니다. 당신은 그가 고독한 생활을 포기한 것을 일종의 죽음이라고 여기고, 그런 상황에서 친구들의 도움을 애처롭게 간청하는 모습을 보면서 자신의 위험을 인식했다는 점을 알 수 있을 것입니다.

이에 대해 나르세스 주교에게 보낸 편지에서 그는 슬픔에 너무 짓눌려 말로 표현할 수 없을 정도라고 말하고 있습니다. 그래서 상처를 입지 않고 흠잡을 데 없이 고독을 지키는 모든 사람에게 그렇듯이 교황직은 그에게 큰 짐이 되었고, 만약 그가 그 직위를 다른 조건과 비교함으로써 그의 변화된 상태가 불러오는 쓰라림을 악화시키지 않았다면 고독한 생활에 대한 그의 기억은 달콤했을 것이 분명합니다.

　하지만 서방 수도사들의 아버지인 베네딕투스는 어디에 남아 있을까요? 그리스도의 신자 중에 그를 알지 못하거나 그가 젊은 시절 했던 거룩한 결심을 듣지 못한 사람이 있습니까? 미덕의 벗으로서 그리고 쾌락의 적으로서, 그는 인생의 아주 초기 단계에서 천국의 험난한 길로 들어섰지만, 그는 더 큰 목표와 안전을 위해 누르시아와 로마를 버렸습니다. 이들은 자연과 관습을 통해 둘 다 정이 들었던 곳으로, 한쪽은 그가 태어났고 다른 한쪽은 그가 자랐던 곳입니다. 하지만 영혼의 보살핌으로 그는 성적인 애착을 극복하고 행복한 소년기에 고독뿐만 아니라 사막을 찾고, 기도를 위한 동굴을 찾았습니다. 그것을 본 사람은 누구라도 그가 낙원의 문턱을 보고 있다고 생각했습니다. 나는 그가 그곳에서 어떻게 살았는지 알고 있지만, 저명한 작가의 증거와 자유로운 표현에 의한 평판의 결합으로 친숙해진 데다 그 장소에 세워진 그의 유명한 수도회의 위대한 규칙을 통해 증명되기 때문에 언급을 삼가겠습니다. 이제 나는 위대한 거주자를 언급하는 것만으로도 우리의 고독에 존엄성을 부여하고 그러한 증인과 함께 내가 현재 펼치는 논의를 강화하기에 충분합니다. 또한, 지도자로서의 명성과 그가 보인 모범의 자극에 이끌리거나 혹은 그들의 성향이나 하느님의 경고에 따라 다양한 고독의 장소를 찾아낸 존경할 만한 수도회의 설립자가 누구인지 그리고 누가 그의 뒤를 따랐는지를 열거하는 데는 많은 시간이 걸립니다.

　그 표시로 숲속 동굴들 안에는 아직도 신성한 수도원과 경건한 교회들이 존재합니다. 시스테르티움, 마이엘라, 카르투시오, 발롬브로사, 카말도레, 그리고 무수한 다른 교회들. 천상에 대한 헌신이 커지면서 이러한 수도회들의 물은 나중에 멀리까지 퍼져 평원을 덮었지만, 그 기원을 찾아보면 거대한 강의 샘물처럼 가장 거친 산에서 흘러 나오고 있다는 사실을 알게 될 것입니다.

하지만 그들 중에서도 베네딕투스의 이름은 유명하고 또 뛰어납니다. 만약 누군가가 그의 이야기와 삶의 방식을 배우고 싶다면, 나는 그에게 숨겨진 장소를 찾아보라고 하지 않고 위에 언급한 그레고리우스의 《대화록》 두 번째 책을 읽게 할 것입니다. 이 책은 전적으로 그의 행동을 서술한 내용으로 구성되어 있고 문체 덕분에 주제의 화려함이 더욱 빛을 발합니다.

만약 멈추지 않고 세 번째 책까지 넘어간다면 이탈리아의 고독이 가득한 기적들을 보게 될 것입니다. 수도원에서 혼자 지내는 동안, 지속적인 기도와 큰 순수함으로 매우 친밀해진 하느님께 고독에 대한 작은 위안을 부탁드렸던 플로렌티우스를 만날 것입니다.

얼마 지나지 않아 곰 한 마리가 그의 앞에 섰고, 플로렌티우스는 그것을 길들여 그의 소들을 돌보는 일종의 양치기로 썼습니다. 수도회 형제 중 몇 명의 악의가 불러온 곰의 죽음에 대한 복수로 분노에 찬 플로렌티우스가 저주의 말을 하자마자 범법자들이 즉시 무서운 벌을 받아 고통스러워하는 것에 그는 압도되었고, 스스로 영원한 죄인이기를 자청하며 그렇게 빨리 그의 저주가 받아들여지는 데에 신음했습니다. 그리고 평생을 한탄과 슬픔에서 벗어나지 못했습니다. 이 고독한 겸손함이 안식을 통해 얻은 힘을 어떤 군대와 어떤 왕이 스스로의 노력으로 얻었을까요?

계속해서, 몬테 마르시코의 거주자인 마르티누스를 만날 것입니다. 그는 굳은돌에서 가느다란 물방울을 끊임없이 흘려보내어 한때 사막에 물을 주었던 단단한 바위의 기적을 새롭게 했습니다. 게다가 그는 한 동굴에서 3년 동안 부상 없이 살았는데, 그 동굴 밑에는 끔찍한 뱀이 숨어 있었습니다. 하지만 그 뱀은 그의 놀라운 인내심으로 마침내 쫓겨났고 마르티누스는 승자로 남았습니다.

그리고 당신은 다른 사람, 여기에서는 이름이 남아 있지 않으나 천국에서는 명성을 누리고 있는 아르젠타리움산의 주민을 만나게 될 것입니다. 그가 죽은 사람의 얼굴을 먼지로 문지르자—믿을 수 없는 이 놀라운 일을 보십시오, 그리고 믿는 사람에게 불가능한 것은 없습니다—이윽고 먼지가 될 핏기 없는 시체가 되살아났습니다.

또한 당신은 매우 순수하고 믿음직한 사람인 고독한 마에나스를 만나게 될 것입니다. 그는 자신의 이름과 평판에 대한 경외심으로 그 당시 동네를 괴롭히던 야만인들을 진정시켰을 뿐만 아니라, 인접한 숲에서 그의 벌집을 공격하는 거대한 곰들을 마치 집에서 기르는 강아지처럼 항상 가지고 다니던 작은 막대기로 때려 도망치게 하였습니다.

모든 경우를 포함하기란 힘들다는 점을 인정하는 바이고, 어차피 지금 내 관심사도 아닙니다. 왜냐하면, 나는 역사를 쓰겠다는 생각이 아니라 모든 출처로부터 훌륭한 사례를 모으는 것을 목적으로 이 책을 쓰게 되었기 때문입니다. 그리고 그것이 결코 전부가 아닙니다. 다만 내가 맡은 일의 큰 줄기를 지키면서 지나가는 동안 사례들이 모일 수도 있습니다.

그럼, 이들 중 자기 고향에서 이런 영광을 얻었던 사람이 있었을까요? 혹은 베네딕투스가 누르시아에서 그렇게 했다고 가정해 볼까요? 만약 프란체스코가 아시시에 남아 있었다면, 그의 설교를 듣는 새들이나 황홀한 마음을 품은 천사의 열정, 그리스도의 성흔^{聖痕}의 놀라운 증거 혹은 마음의 상처를 나타내는 팔다리를 가졌을 것이라고, 또는 가난과 매우 짧은 결혼생활 속에서 태어난 자손들이 많이 늘어날 수 있었으리라고 가정해 볼까요? 사람들이 말하듯이, 그는 하늘의 뜻을 찾고 계시를 받은 후, 인간 삶의 전쟁에서 많은 사람의 안전을 감시하고자 이곳에서 자신의 군인들만큼 위험하지 않은 자리를 선택했다고 할 수 있습니다. 하지만 그 자신은 고독의 위대한 애호가이자 황야의 숭배자였습니다.

내가 이 문제를 올바르게 이해한다면 고독에 대해서는 세 가지를 생각할 수 있습니다. 즉, 지금 나의 이야기가 특별히 쓰임받는 장소로서의 그곳, 그리고 밤과 같이 공공의 광장에조차 고독과 침묵이 깃드는 시간의 그것, 그리고 대낮과 혼잡한 시장 안에서 깊은 사색에 잠긴 사람들과 같은 마음의 그것으로, 그곳에서 무슨 일이 일어나고 있는지 알지 못한 채 언제나 그리고 어디서나 그들이 원할 때 혼자 있는 것입니다.

프란체스코 성인만큼 고독에 의지하는 사람은 없습니다. 그는 광야를 여행하며 종종 반쯤 폐허가 된 사원에서 밤을 지새웠고 낮에는 군중들 틈에 끼여 종종 현재 뛰어든 연구에 대한 생각에서 벗어났으며, 사람들과 부딪혀 그의 몸이 이리저리 떠밀리는 동안에도 그의 마음은 천상의 생각에 사로잡혀 있었습니다. 그러므로 그리스도에 대한 그의 열렬한 사랑과 경이롭게 영[*]에 순종하는 육체에 의해 아무리 큰 군중 가운데에서도 그러한 안정감이 그에게 주어졌습니다. 이것이 바로 그가 자신과 그를 따르는 사람들을 위해 인구가 밀집한 지역에 자리하기를 수락한 이유라고 믿습니다.

그는 그가 할 수 있는 일이라면 누구에게나 쉬우리라고 생각했습니다. 왜냐하면, 그의 영혼은 숭고하고 기본적인 상태 그 자체로 무한하며 세상의 모든 불순물을 제거하여 어떤 종류의 방해로도 그리스도로부터 분리될 수 없기 때문입니다. 그는 자신이 경험한 것은 다른 사람의 경우라면 훨씬 더 쉬우리라고 생각했지만, 지금까지 그의 겸손함은 다른 사람을 판단하는 데에서 그를 속였습니다. 이 견해에 대해 나는 저 거룩한 사람이 자신을 모든 죄인 중에서 가장 큰 죄인이라고 생각한다는 의견을 인정할 수밖에 없습니다. 우리는 그가 자신에 대해 어떻게 생각하느냐고 묻는 형제 중 한 명에게 이렇게 대답했다고 읽어 알고 있습니다.

하지만 이 모든 것에도 불구하고, 나는 그를 따르는 일부 학자들과 종교인들이 마치 하느님 아버지의 뜻에 부합되는 것인 양, 마음속 깊이 고독한 삶을 열망한다는 소리를 종종 들어 왔습니다. 그가 고독을 항상 얼마나 사랑했는지는 이미 앞에서 말한 대로, 그의 삶이 증명하고 있습니다. 그리고 글로 설명되어 있는 대로, 그가 제일 먼저 어느 산에서 자신과 후세인들을 위해 말했던 삶의 규율이 그것을 증명하는 바입니다. 그 삶의 규율은 순식간에 와해될 위기에 놓이지만, 오로지 고독 속에서만 다시 세워질 수 있었던 것입니다.

고독에 대한 그의 사랑은 독특한 거주지로도 증명되는데, 그의 거주지 역시 베네딕투스의 그것처럼 수많은 은신처 중 하나로 지적되기 때문입니다. 이보다 더 외진 곳은 없으며, 그 이름은 '알베르나'입니다. 이 두 사람에게 고독은 매우 강렬한 자극을 주었고 정신을 북돋아 주었으며 이미 높은 수준의 노력을 하려고 했던 것 같았습니다. 그래서 그들은 세상의 영광을 경시하면서, 숨어 살고 있었던 것입니다. 그런데 이러한 사실들이 오히려 그들을 온 세상에 널리 알려지게 했습니다.

광야曠野가 품위를 높인 사람들 가운데 순교자 블라시우스를 침묵 속에 지나쳐서는 안 됩니다. 그는 동굴에 숨어 지냈는데, 야생의 짐승들이 그를 찾아왔고 새들이 먹이를 날라 주었다고 합니다. 또한, 우리는 수도자이자 은둔자인 레오나르도와 리파두스 형제도, 유명한 은둔자인 베리디미우스도, 또 그의 동료로 알려졌듯이, 아테네의 왕족 출신이지만 혈통, 조국, 재산, 그리고 고독에 대한 열의로 조예가 깊었던, 그리스 문학을 갈리아의 빈곤보다도 덜 중요하게 여긴 에지디우스도 간과해서는 안 됩니다.

여기서 에지디우스에게 기적이 일어났는데, 어떤 착한 사슴이 그에게 젖을 먹여 주고, 후에 그가 그 사슴을 사냥개가 공격하지 못하게 한 사건이었습니다. 프랑스 왕은 그 기적에 충격을 받아 가시덤불이 무성한 동굴을 뚫고 들어갔고 그의 병사들은 칼로 통로를 열어야 했습니다. 곧 노인의 존경스러운 모습과 곁에 누워 있는 사슴을 보고 크게 감동한 왕은 주교 한 명을 제외하고는 모든 수행원을 물리치고 그

노인에게 다가갔습니다. 자신의 큰 선물을 정중히 사양하고 다른 용
도로 사용하도록 권유하는 노인을 보고, 왕은 다시 감명을 받아 노인
의 건의에 따라 그 지역에서 지금까지도 명성이 높은 수도원을 지었
고, 그 후에도 왕실의 화려함을 제쳐두고 종종 그를 찾아왔습니다.
그가 왕을 사로잡을 수 있었던 이유는 그의 출신이 지닌 훌륭함과 대
등함이 아니라, 고독한 삶의 명예와 신성함이었습니다.

70년 이상 뛰어난 덕성과 성실함으로 일찍이 주교의 짐을 떠안았을
만큼 빛나는 명성을 얻은 레미지우스에 대해 뭐라고 말해야 할까요?
이러한 명성의 은총으로 그는 프랑크족의 왕과 국가를 그리스도의 신
앙으로 개종시키고, 하늘에서 내려왔다는 성유^{聖油}를 왕에게 바른 최
초의 인물이 되었는데, 이는 오늘날까지 그곳에서 치러지는 대관식
의 기원입니다. 고독한 삶의 가장 겸손한 시작에서가 아니라면 이런
성과와 출세를 얻었을까요?
예루살렘의 주교이자 저명하고 걸출한 사람인 나르키수스에 대해
서는 뭐라고 말해야 할까요? 그는 박해의 모욕과 은둔 생활에 대한 욕
망으로 고독 속으로 들어갔고, 사막에서 수년을 지내며 박해자들의
비방을 외면했을 뿐만 아니라 진정한 철학자의 가장 큰 의무를 다했
습니다.
용감하고 오랜 혈통을 가진 궐리엘무스에 대해 어떻게 말해야 할까
요? 그는 군 복무에 인생의 꽃을 바친 후, 사막에서 늙어 갔으며 하늘
을 위한 봉사에 생애의 마지막 결실을 바침으로써 죽기를 바랐습니
다. 이름뿐만이 아니라 야망과 지위에서도 비슷한 또 다른 궐리엘무

스에 대해서는 어떻게 말해야 할까요? 그는 처음에는 세속적인 오만함으로 유명했지만, 나중에는 수도자의 겸손함으로 호화로운 도시를 버리고 고독과 빈곤, 그리고 침묵에 대한 소망을 성취했습니다. 그는 페술라노산의 영주였지만, 큰 숲에서 수도자가 되었습니다. 그리고 인생의 폭풍우에서 구조되어 피난처처럼 수도원에 닻을 내렸습니다. 누군가 진실하게 그에 대해 말하듯이, 그는 세상 속에서 훌륭한 사람이었지만 그 세상으로부터의 도피 속에서 더 훌륭한 사람이었던 것입니다.

베르나르두스, 그의 모든 행위가 더 생생하고 더 잘 알려져 있으며 신체적인 아름다움과 훌륭한 출신 배경으로 유명하고 한창 젊은 시절 영혼의 열매를 성찰하며 고독으로 들어갔던 그는 어떠한가요? 그리고 그는 혼자만으로 만족하지 않고, 다음처럼 언급할 가치가 있듯 그의 다섯 형제를 똑같은 삶의 길로 끌어들였습니다. 형제 중 한 명인 게라르두스가 군대에 대한 흥미 때문에 형제간의 훈계를 거부하고 더 나은 계획을 비웃으며 이에 반대하자 베르나르두스는 천상의 열정에 이끌려, 곧 적대적인 화살이 하느님의 경고를 거부할 정도로 매우 단단한 가슴을 뚫을 것이라고 예언했습니다. 그리고 그는 상처 입을 것이라 위협받는 그 자리에 손가락을 올려놓으면서 말했습니다. "여기, 여기, 네가 화살을 맞을 것이다. 하지만 적어도 네 몸에 가해지는 고통과 함께 네 영혼의 구원을 훔칠 것이다."

이 일은 예언된 대로 일어났고 게라르두스의 마음이 불행으로 시험받았을 때 그의 군인 같은 엄격함은 수도자 같은 부드러움으로 누그러졌으며, 곧 그가 이전에 조롱했던 것을 갈망하게 되었습니다.

또 다른 한 명, 그 가족의 막내는 아마 소년다운 놀이로 바빴을 때 그의 형들 모두가 고독을 위해 떠나는 것을 보았을 텐데, 장남이 이별하려고 막내를 어루만지며 말했습니다. "루나르두스, 우리 모두에게 속해야 할 땅 전부가 너의 소유가 될 것이다."

그러자 그는 나이를 뛰어넘어 큰 소리를 내며 말했습니다. "형들은 모두 하늘을 가지고 나는 땅을 가진다는 것은 공정한 분배가 아니야."

이 대답과 함께 그는 즉시 행동으로 옮겨, 형제 중 마지막으로 그 길을 걷게 되었고 고독해짐으로써 천국을 찾기 위해 땅을 포기했습니다. 그래서 그들 중 단 한 명도 그 땅에 붙어 있지 않게 되었습니다. 이 결과에 대해서는 의심할 여지 없이 그들의 경건한 어머니에게 일부분 책임이 있다고 생각할 수밖에 없습니다. 어릴 때부터 그녀는 남자다움은 가장 적은 음식에 만족하고 도시의 즐거움보다는 종교와 고독이라는 삶의 방향으로 기우는 것이라는 사실을 깨달을 수 있도록 아들들을 키웠습니다. 이러한 습관과 가정교육으로 자식들은 놀라울 정도로 자신들과 닮은 어머니의 품과 정말로 고귀하고 성스러운 가정과 비옥한 덩굴의 풍성한 싹에서 자랐고, 이들은 알로브로게스족[24] 가운데가 아닌 다른 곳에서 싹을 틔웠더라도 그렇게 존경받았을 것입니다.

그들은 모두 열심이었고 천국으로 올라가기를 열망했지만, 베르나

---

[24] 알로브로게스족은 로마시대 갈리아의 한 부족으로 그 시대에도 포도밭을 조성해 와인을 만들었고, 아비뇽 시절에는 교황청이 이곳의 와인을 조달해 사용했다.

르두스는 그들 중에서 가장 뛰어났습니다. 그는 태어난 순서는 셋째였지만 거듭 태어나겠다는 결심으로는 첫째였고, 마지막으로 늙은 아버지와 유일한 여동생이 그를 뒤따랐습니다. 그의 웅변과 금욕에 대한 칭찬은 생략하겠습니다. 그것은 모두에게 알려져 있기 때문입니다. 그러나 내가 여기서 논의하고 있는 내용과 매우 일치하는 훌륭한 그의 견해를 간과할 수는 없습니다. 그는 자신이 알고 있는 모든 문학은 숲과 들판에서 배웠고, 인간의 가르침이 아니라 기도와 명상을 통해 배웠으며, 참나무와 너도밤나무 외에 다른 스승은 없었다고 말하곤 했습니다. 나는 이것을 인용하고 싶습니다. 내가 어떤 지식이라도 주장하는 것이 허락된다면, 내 경우에도 마찬가지였다고 말하고 싶기 때문입니다.

메스의 아르눌푸스,[25] 이 도시의 고귀한 독신자이자 주교는 여기서 옳은 자리를 차지하고 있을지도 모릅니다. 그리고 또한 에우케리우스도 그럴지 모릅니다. 그는 처음에는 귀족의 혈통과 의원이라는 직급의 위엄으로 두드러졌고 나중에는 리옹 지방의 거친 동굴에서 매우 끈기 있게 살면서 그의 종교와 고독으로 한층 더 유명해졌으며, 마침내 그 도시의 주교가 되었습니다. 그가 주교좌에 오른 것은 그 자신의 야망이나 사람들의 투표를 통해서가 아니라 그의 강렬한 공적과 천사들에 의한 놀랍도록 영광스러운 계시 때문입니다. 로마누스와

---

25 아르눌푸스(580~641년)는 프랑크 왕국 아우스트라시아의 귀족이자 군인, 궁정 행정관, 성직자로서 메스 교구 주교를 역임하였다. 629년 은퇴하여 은수자가 되었다.

도미티아누스가 처음에는 외로운 은둔자로 살았고, 그 후 유명한 수도원으로 번성했던 곳이 이 지역이라는 점에서 여기가 진정 성스럽고 고독한 땅임을 알 수 있습니다. 그리고 바다 건너의 예와 알프스산맥 건너의 예를 섞자면, 원래 그의 군사 활동으로 알려진 우르사키우스는 그 후에 그것을 버리고 그리스도의 군인으로 더 잘 알려지게 되었고, 비티니아의 니케아 근처에서 기적과 숭고함으로 유명한 고독의 삶을 살았습니다. 하지만 우리는 고독과 관련 있는 외국의 유적지들 사이에서 충분히 오랫동안 여행했습니다. 이제 이탈리아의 유적지로 돌아가야 합니다.

대제*大帝라고 불리는 카를루스의 삼촌인 카를로마누스를 기억하지 못하나요? 그는 자신의 동생 피핀과 왕위를 함께하는 동안, 왕국과 왕의 관심사에서 모두 물러났고 휴식을 취하려는 생각으로 로마로 떠났습니다. 거기서 그는 수도원의 습관을 몸에 익히고 실베스테르의 은신처, 소락테산을 찾은 것입니다. 그러나 그가 원하는 평화 속에서 2년을 보낸 후, 날이 갈수록 고독함이 덜해지자 마침내 그곳은 그가 바라던 장소에 어울리지 않는 것처럼 보이기 시작했습니다. 왜냐하면, 그 장소가 알려져 그를 존경하는 고국의 순례자들이 너무 자주 방문하였고 길을 따라 로마로 여행하는 사람들에게는 아주 먼 거리에서도 눈에 띄었기 때문입니다. 그래서 그는 좀 더 은둔적이고 멀리 떨어져 있는 몬테 카지노의 베네딕토회 수도원으로 옮겨 갔고, 그의 동생과 조카가 썩기 쉬운 왕좌를 위해 애쓰는 동안, 그곳에서 간절히 바라고 찾던 평화로운 은둔과 평온한 종말을 즐겼습니다.

이윽고, 그의 뒤로 공덕이 큰 또 다른 사람이 옵니다. 라벤나의 고귀한 시민이자 저명한 군인 가문 출신의 로무알두스입니다. 젊은 나이에 부富와 지위의 오만함으로 부풀어 올랐고 세상의 매력에 푹 빠져 있었지만, 그의 마음은 당시의 쾌락과 젊음의 추구 속에서 항상 성스러운 고독을 갈망하고 있었습니다. 종종 사냥 중에 고요한 숲속에 다다르면 그는 갑자기 천상의 갈망에 사로잡힌 것처럼 멈춰 서서 혼잣말을 하곤 했습니다. "오, 얼마나 좋은 곳인가! 얼마나 평화롭고, 하느님을 섬기고자 하는 사람들에게 얼마나 어울리는가! 하느님의 벗이 이곳에 산다는 것은 도시에서 사는 것보다 얼마나 행복한 일인가!"

그래서 야생동물을 사냥하러 숲으로 나갔던 의기양양한 젊은이는 신심이 이미 꽃을 피우기 시작했지만, 아직 성숙하지 않은 상태에서 그리스도를 위해 영혼을 붙잡는 일을 깊이 생각해 보았습니다. 또한, 이런 생각은 오래도록 열매를 맺지 못한 채 남아 있을 수도 없습니다. 거룩한 성령에 의해 자라는 사람은 꾸준히 힘을 키워야 하기 때문입니다. 그는 한창 꽃다운 나이에 명성, 쾌락, 재물, 아버지, 조국, 그리고 세상의 모든 것을 버리고 새로운 인간성을 찾기 위해 지금까지의 인간성으로부터 탈출하였고 은둔 생활의 고독한 습관을 기르는 데 전적으로 헌신했습니다. 그가 속세를 떠났을 때 첫걸음은 멀리 닿지 않았습니다. 그는 고향 도시의 성벽으로부터 조금 떨어진 클라세의 수도원에 정착했습니다. 그곳에서 거의 3년을 지낸 후에, 수도원 형제들의 악행에 충격을 받고 그는 매우 경건하고 겸손한 자세로 마리누스라는 사람에게로 갔습니다. 마리누스는 베네치아의 교외에서 고독한 생활 모임을 이끌고 있었는데, 그 평판이 로무알두스의 귀에까지 들려올 정도로 단순함만큼이나 성스러운 사람이었습니다.

　로무알두스는 신중함보다는 성실함이 더 두드러지는 이 사람의 권위와 규율을 최고의 인내심으로 견뎌냈고 질책뿐만 아니라 벌도 너무나도 태연하고 순종적인 정신으로 받아 내어, 마침내 그가 마땅히 받아야 할 존경을 얻게 되었습니다. 그 후 그들은 중요하고 명예로운 이유로 프랑스로 건너갔는데, 자신의 통치권을 포기하고 세상을 떠나 그들의 수도회로 들어간 베네치아의 총독 페트루스 우르세올루스가 던진 영혼의 구원에 관한 질문 때문이었습니다. 얼마 지나지 않아 로무알두스의 영적 능력이 성장하는 모습을 지켜보면서, 마리누스는 이제 과거에 그의 제자였던 사람의 제자가 되고 자신의 지시를 받았던 사람에게 복종하는 것에 대해 수치심을 느끼지 않았습니다.

　상당한 시간을 함께 지낸 사람들의 큰 슬픔 속에서 그는 광기狂氣를 가장하고 이곳으로부터 도망쳤습니다. 이 속임수는 필요했습니다. 왜냐하면, 그를 숭배하는 원주민들이 그를 죽일 생각을 하고 있었기 때문입니다. 그들은 자기들 가운데 그를 살려 둘 수 없다면, 적어도 그 시체를 자기 고장의 더 큰 안전을 위하여 보물처럼 간직할 수 있기를 원했습니다.

　그가 이탈리아로 돌아온 동기는 그가 이탈리아를 떠난 동기보다 덜 합리적이지 않았으며, 오히려 더 합리적이었습니다. 그는 아버지 세르기우스를 그의 영혼을 위협하는 위험으로부터 구출할 시간이 늦지 않기를 바랐습니다. 그의 아버지는 수도자의 두건을 쓰고 라벤나 근처의 성 세베루스 수도원에 들어가 있었는데, 종교적 굴레에서 목을 빼내어 세상으로 돌아갈 생각을 하고 있었습니다. 이 소식이 로무알두스에게 전해지자 그는 아버지를 찾아갔지만 말이나 간청으로는 아무 소용이 없다는 것을 깨달아, 아버지를 자신이 의무를 지고 있는 부모로 여기지 않고 영적인 권위를 행사할 수 있는 수도자로 간주했습니다. 그는 영원한 아버지의 엄격함에서 지상의 아버지를 구하기 위해 그에게 경건한 엄격함을 행사하면서 그의 치명적인 갈망을 건강 회복의 사슬에 묶어 두었습니다. 그 결과는 행복이었습니다.

세르기우스는 이러한 엄격한 조치들을 통해 깨어나 심경의 변화를 경험하고, 마치 아들이 아닌 아버지에 의해 내려진 것처럼 그의 벌을 받아들여 놀라운 회개로 자신의 목적을 바꾸었으며, 곧 눈물로 자신의 죄를 씻고 하느님을 바라봄으로써 기운을 회복하는 변화를 보였습니다. 그는 사랑했던 육체의 무게와 갈망했던 세상의 몫을 희생적인 죽음으로 포기했습니다.

예수 그리스도를 위해 이 인물이 벌인 고단한 활동과 열성적인 원정을 다루는 것은 긴 과제입니다. 그의 원정은 이탈리아 전역과 알프스산맥 너머뿐만 아니라 해외까지 이릅니다. 이런 일이 너무 잦고 힘들어서 이 원정은 그의 전기 작가에 의해 정당화됩니다. 왜냐하면 은둔을 원하는 이 사람에게 저명한 사람들과 비천한 사람 중 하느님을 섬기고자 하는 수많은 이들이 여기저기서 흘러들어 왔으며, 이에 그 자신의 권유에 따라 그리스도를 위해 선택된 동료를 한 곳에 추천하여 그곳의 장으로 임명하는 즉시 나태함과는 전혀 무관하고 휴식을 모르는 이 가장 성스러운 영혼의 양치기는 주인을 위해 새 목초지에서 새로운 양 떼를 찾아 다른 곳으로 옮겨야 한다고 강하게 느꼈기 때문입니다.

게다가 여행 중에 그가 자신과 그리스도를 위해 제자로 얻은 모든 유명한 사람들의 이름들을 언급하는 것도 긴 시간이 필요한 일입니다. 그들 중에는 공작과 백작, 그들의 아들, 심지어 오토 황제의 이름도 있습니다. 황제와는 늦추어지고 미루어져서, 그리고 죽음 때문에 약속을 지킬 수는 없었지만 말입니다. 그가 살던 곳과 그의 성스러운 추종자로 가득 찬 은둔처와 그가 자주 드나들던 사막과 그가 지은 교회들을 이야기하는 일도 오래 걸릴 것입니다.

그의 업적 중 아레초 지방의 카말돌리의 은둔처에서는 가장 위대한 유명인사와 그가 설립하고 주도한 수도회와 정착지가 있고, 여기서는 모든 임무를 매우 경건하게 수행하며, 매우 엄격한 단식과 거친 음식으로 식욕을 절제하고, 그 어떤 방식으로도 정당화할 수 없을 정도의 많은 탄식과 눈물, 강렬함과 열정으로 기도합니다. 그리고 이런 간절함으로, 더욱이 카이사르처럼 매우 지속적이고 열성적이며 끝까지 매우 끈질기지만, 그러나 그와는 또 다른 야망으로, 할 일이 남아 있는 한 아무 일도 하지 않았다고 생각하면서 성스러운 건물을 완성하자마자 서둘러 새로운 기초를 닦기 시작했는데, 마치 마을 전체를 은둔처로 만들고 모든 사람을 수도사로 만들려고 결정한 것 같았습니다. 그리고 그 와중에 그는 악마뿐만 아니라 인간들, 특히 그의 추종자들로부터 가해진 그 성가신 박해를 인내심과 용기를 가지고 견뎌냈습니까!

역경 속에서 그가 지닌 경각심과 활기, 그리고 어떤 상황에서도 그 한결같은 평온함으로 특징지어지는 표정은, 예를 들면 소크라테스와 라엘리우스에서 기인합니다. 우리의 성인은 그들과 기질적으로는 비숫하지만 경건함과 종교라는 측면에서는 우월합니다. 그리고 그의 얼굴의 쾌활함과 표정 속의 신성한 무언가가 어떤 권위와 결합하여, 즉시 존경심과 경외심을 불러일으켰습니다. 그래서 선량한 사람들은 그를 사랑했고 악한 사람들은 그를 두려워했습니다. 그들은 위대하고 권력을 가지고 있었음에도, 하느님 앞에 있는 것처럼 그의 앞에서 떨었습니다. 신성로마제국 황제 오토는 우정과 존경심을 가지고 그를 방문했고 밤에는 그의 방에서 묵었습니다. 또 다른 황제 하인리히는 그의 애원과 제자들의 간청에 못 이겨서 성인이 그의 앞에 나타나자, 즉시 밝고 공손한 태도로 재빨리 일어섰고 경건하게 한숨을 내쉬며 "내 영혼이 당신 속에 있기를!"이라고 말했습니다. 그리고 제국의 기사들은 하느님의 사람을 에워싸고 겸손하게 절을 하며 경건하게 서로 경쟁했습니다. 그의 옷을 귀중하고 거룩한 유물로서 자기 나라로 가져가기 위해 그때 그가 입고 있던 옷을 찢으면서 말입니다. 이렇게 그의 거룩함이 지닌 큰 명성은 그 야만적인 영혼들까지도 누그러뜨렸습니다! 게다가, 토스카나의 후작 라이네리우스는 자기는 로무알두스의 얼굴만큼 황제나 어떤 인간의 얼굴도 두려워하지 않으며, 그의 앞에서는 혀도 두뇌도 아무런 가치가 없다고 선언했습니다.

마지막으로, 그가 살아 있는 동안 그리고 죽은 후에 하늘이 그를 통해 행한 기적들은 수많은 증거를 통해 명백히 드러났지만, 그것은 하느님 존재의 힘과 은총으로 이루어진 것입니다! 특히 두 가지 사례가 있습니다. 하나는 그레고리우스라는 자의 형제가 앓던 참을 수 없는 머리 통증을 단지 그에게 숨을 부는 것만으로 치료한 경우이고, 하나는 다른 사람에게서 한 번의 키스로 단순히 고통뿐만 아니라 실제

광기를 쫓아낸 일입니다. 이 환자는 회복된 후, 그의 신성한 입술이 자신에게 닿자마자 그의 입에서 강렬한 기운이 뿜어져 나오는 것을 느꼈고, 곧 다시 예전의 건강을 회복했다고 단언했습니다.

내가 믿을 것이 달리 무엇이 있을까요? 오직 하느님께서 가장 잘 받아 주시는 사람의 진정으로 충만한 영혼뿐입니다. 이런 문제들은 다시 말하기에는 너무 길며 말할 필요도 전혀 없습니다. 내가 앞서 말한 역사학자이자 그와 동시대인이며 같은 시민이고 뛰어난 성스러움과 학식을 지닌 인물인 동시에 다음 장에서 다룰 그 자신이 은둔자인 사람에 의해 이들 이야기를 다룬 책이 출판되었기 때문입니다.

그러므로, 그의 수명이 연장된 120년[26] 중 첫 20년은 세상에서 보냈고 3년은 수도원에서 지내며 그곳 규칙의 통제를 받아들여 자발적으로 자신을 포기했으며, 남은 97년 동안은 끊임없이 경계하고, 전혀 멈추지 않고 사방에 열매를 맺으면서 은둔자의 삶을 살았고, 그에 대해 기록된 바와 같이 무기력하고 결실이 없는 것을 참지 못해 언제 어디서든 근심스럽게 영혼의 이익만을 위해 혼신을 다 바쳤습니다.

결국, 병과 나이 때문에 지친 그는 저녁에 피곤한 여행자가 여관으로 향하듯이 피케눔이나 움브리아 지방에 있는 이탈리아의 친숙한 지역, 그리고 그가 직접 세웠고 그곳에서 20년 안에 죽을 것이라고 예언했던 발 데 카스트로의 수도원으로 서둘러 갔습니다. 그리고 매우 오랜 시간의 노고를 수행한 후, 그곳에서 그는 행복한 안식을 찾았고

---

26 로무알두스는 951년부터 1027까지 생존하였으므로, 사망했을 때의 나이는 76 세였을 것이다.

그의 고독한 삶을 홀로 마쳤습니다.

　내가 알기로, 첫 번째 은둔자인 바오로 말고 나는 이와 같은 것을 읽은 적이 없습니다. 그날의 마지막 순간이 다가오고 있다고 느꼈을 때, 그는 그 자리에 있던 형제들에게 밖으로 나가서 다음 날 아침 돌아오라고 명하였습니다. 고독 속에서 그리스도를 섬겨 왔던 그가 고독 속에서 그분께 가서 자신의 헌신에 대한 보상을 받으려고 선의^{善意}로 그들을 속였던 것입니다. 그는 축복받은 영혼과 쇠약해진 육신을 함께 끌어당겨 인간의 동행 없이 천사들과 동행하며 이곳을 떠나 영원한 삶으로 떠났습니다.

　우리는 다미아누스라는 성을 가진 베드로 옆으로 갑니다. 이 인물의 삶과 행동을 다루는 사람들 사이에는 큰 의견 차이가 있습니다. 어떤 사람들은 그를 고독에서 물러나 교회를 돌보는 일로 데려오는 한편, 다른 사람들은 그를 바로 그 교회 업무와 혼란스러운 무대에서 조용한 여가의 평화로 물러나게 합니다. 하지만 어떤 식이든 그 삶에 대한 찬사로 귀결됩니다. 왜냐하면 고독은 그에게 그렇게 큰 책임감을 부여할 만한 가치가 있거나, 그렇게 큰 존엄성보다 값진 것 같았기 때문입니다.

　다른 사람들이 더 정확한 진실을 찾기 위해 그 기록들을 종합하고 있을 때, 나는 그가 살았던 수도원에 사람들을 보내어 그들이 찾을 수 있는 모든 것을 나에게 보고하도록 했습니다. 나는 그곳의 종교적 수감자들의 진술로부터, 처음에는 그가 정말 고독했었다는 것과 높은 자리에 올랐으며 그리고 마침내 다시 한번 고독으로 돌아왔다는 사실을 알게 되었습니다. 만약 이것이 사실이라면, 그의 최종 결정이 무엇을 선호했는지는 분명합니다. 그리고 우리에게는 고독의 한 사례가 있습니다. 이는 그러한 사람들을 세상에 적응시키는 동시에 이런 방식으로 그들을 다시 받아들이는 이중의 명예를 결합하는 것입니다.

그리고 나는 그의 몇몇 편지를 보고 그것을 믿게 되었는데, 이 진술들을 들은 후 그 편지들이 특히 내 머릿속에 떠올랐습니다. 그의 표정은 그의 삶을 이루는 각각 다른 시기의 상태에 따라 달라집니다. 내가 보기에 그는 한 번은 업무에 종사하면서 잃어버린 여가의 평화를 탄식하고, 또 한 번은 여가를 즐기면서 자신이 겪었던 업무상의 걱정을 떠올립니다. 이것에 대한 기억은 이제 내게 분명합니다. 그러므로 다른 것들은 제쳐두고 나의 목적과는 별도로, 그의 마지막 글에서 추측할 수 있듯이 이 베드로는 로마에서 높은 자리를 차지하고 있었고 그를 칭찬하는 말도 없지는 않았지만, 웅변 실력도 직위에 못지않게 뛰어났습니다. 그러나 이제 그가 어떤 결정을 내렸는지 알게 될 것입니다. 집무실과 세상의 연극을 동료들에게 맡기고 이탈리아 중부 아펜니노산맥의 왼쪽 비탈에서의 조용한 고독함을 택하는 편이 부패하기 쉬운 명예보다 낫다고 생각했습니다. 이곳에서 그는 많은 글을 썼으며, '폰테 아벨라나'라는 고대의 이름은 지금도 남아 있습니다. 그의 은퇴 생활은 로마에서의 눈에 띄는 삶 못지않게 영광스러웠고, 높은 지위의 화려한 장식품들을 거친 덮개와 교환한 것은 그에게 불명예가 아니었습니다.

만약 베드로 다미아누스의 사례가 첼레스티누스로 알려진 로마 교황인 또 다른 베드로가 보인 더 최근의, 그리고 더 인상적인 경멸로 인해 희미해지지 않았다면 다미아누스가 지위에 품은 경멸은 극단적으로 특이한 일로 알려졌을 것입니다. 또 다른 베드로는 교황직을 치명적인 짐처럼 내려놓고, 마치 적의 족쇄에서 풀려났다고 생각하게 할 만큼 절박하게 오랜 고독으로 물러났습니다. 고독하고 성스러운 아버지인 그가 보인 이 행위를 영혼의 비열함 때문으로 돌려 보십시오. 우리들의 다양한 마음가짐에 따라 같은 문제를 두고 다른 의견뿐 아니라 반대의 의견을 갖는 것도 허용됩니다. 내 견해로는, 그것은 자신과 세계에 도움이 되었습니다. 그의 출세는 위험하고 불확실하며, 곤란했을 수도 있기 때문입니다.

그는 신에 대한 오랜 명상 속에서 소홀했던 인간사에 대해 경험이 없었고 오랫동안 고독을 갈망해 왔습니다. 그리스도께 대한 그 행위가 나타나는 방식에 대해서는 그가 신념을 포기한 후 첫날에 하느님께서 그를 통해 밝히신 기적의 증거가 있습니다. 만약 하느님께서 그가 행한 일을 인정하지 않으셨다면 그 일은 절대 일어나지 않았을 것입니다. 게다가 나는 그 일을 속박도 모르고 참된 천상도 알지 못하는 매우 고양되고 해방된 정신의 행동으로 여깁니다. 그래서 나는 인간의 일을 진정한 가치로 평가하고 그의 발밑에 교만한 행운의 머리를 짓밟는 사람만이 그 일을 실행할 수 있다고 생각합니다.

이 구절은 암브로시우스의 지지가 필요한데, 특히 그가 동정녀 성 데메트리아에게 진정한 겸손함을 지키도록 격려하는 내용이 들어 있는 책의 도움이 필요합니다. 그는 "이 세상을 사랑하는 사람들이 생각하듯이, 속세의 재물을 경멸하고 깨지기 쉬운 명예를 멸시하며 죄인의 욕망을 인정하고 불의를 행하는 사람이 복을 받는 곳에서 영광을 찾지 않는 것은 용기 부족이나 저열한 정신의 표출이 아닙니다"라고 말합니다.

그러므로 현재 상황을 경멸하는 경향과 염원이 제대로 이해된다면 이 수도회의 정신만큼 올바른 것을 찾을 수 없고 이만큼 고상한 것도 없습니다. 이 정신은 가장 거룩한 갈망 속에서 자연을 초월하고, 그것의 간청은 창조물이 아무리 강력하거나 존경스럽다 할지라도 결코 그곳으로 향하는 것이 아니라, 보이는 것과 보이지 않는 모든 것을 만드신 창조주께로 향합니다. 영광을 얻으실 분에게 가까이 다가서고 기쁨을 주시는 분을 두려워하며 통치하시는 분을 위해 봉사하는 것입니다.

첼레스티누스보다 이런 찬사를 더 받을 만한 사람이 언제 어디에 있었을까요? 어떤 사람은 배와 그물, 어떤 사람은 작은 소유물, 어떤 사람은 세금 징수권, 어떤 사람은 심지어 왕국과 그 왕국에 대한 희망을 버리고, 주 그리스도를 따라 사도使徒가 되었으며 성인聖人이 되었고 하느님의 벗이 되었습니다. 하지만 어느 시대에도, 특히 교황이 그토록 큰 존경을 받기 시작한 이래로 그보다 더 높은 지위가 없는 교황직을 경멸한 사람은 누구입니까?

첼레스티누스, 매우 훌륭하며 고귀한 정신을 가졌고 자신의 본래 이름과 장소, 도덕적 삶에 어울리는 가난을 갈망하였으며 하늘로 눈을 돌려 세상에는 무관심했던 그처럼 말입니다. 그가 행한 놀라운 업적들을 즉위 전과 퇴임 후, 그리고 교황 재위 기간의 세 시기로 나누어 다른 사람이 쓴 가치 있는 글을 읽은 사람은 그가 어떤 상황에서도 똑같이 하느님을 기쁘게 했다는 것을 인식하지 못합니까? 하지만 상황이 허락되더라도 그의 뜻이 하나이고 그의 삶에는 변화가 없으니,

그 업적의 미덕이 부족하지 않았던 것이 그렇게 놀랄 일일까요?

세상에서 가장 높은 봉우리와 교황의 위엄 있는 방에서 그는 자신의 좁은 은둔처 동굴에 대해 명상하며 살았습니다. 높은 곳에서 낮은 곳을, 사람들 사이에서 고독을, 부유함 가운데서 가난함을 말입니다. 게다가, 그는 처음부터 그의 제자인 젊은 로베르토 살렌티노와 함께 도망을 시도했는데, 갑자기 많은 사람에게 둘러싸여 탈출할 가망이 없게 되자 제자에게 돌아서서 끌려 다니고 구속받는 높은 곳으로 자신을 따라가고 싶은지 물었습니다. 그러나 스승으로부터 세상을 멸시하고 그리스도와 그리스도께서 도달하신 것들, 즉 미덕, 평화, 침묵, 그리고 고독을 사랑하라고 배운 다른 한 사람이 대답했습니다.

"저에게 노고와 위험을 덜어주실 것을 부탁드리고 부귀와 근심으로 영광에 함께하기보다는 척박한 수도실修道室과 안전한 여가 속에서 스승님의 후계자로 만들어 주시기를 바랍니다."

그렇게 그 일은 해결되었습니다. 스승이 로마에 가 있는 동안 그는 머물러 있었는데, 스승의 영혼이 두 개의 감옥에서 별이 빛나는 자리로 올라가는 것을 보았고, 정확한 사실을 모른 채 그 기적에 놀란 그는 얼마 후에, 그때 아버지가 자신을 따르라고 명령했는지 아니면 다른 일을 하도록 명령했는지 물었다고 합니다. 그래서 다른 한 사람은 그 제자에게 고독 속에 머물도록 격려했고, 천국을 향해 올라가면서 사라졌습니다. 그러나 그 제자는 그 충고를 기억하고 우리 시대까지 살다가 몇 년 전에 수명을 가득 채우고 스승을 따라 떠났는데, 거룩함에 대한 훌륭한 평판과 놀라운 업적에 대한 저술을 남겼습니다.

하지만 나는 다시 첼레스티누스로 돌아왔습니다. 그가 자발적으로 기쁘게 교황의 자리에서 내려왔다는 점에서 그가 그 자리에 올랐던 것이 얼마나 슬펐고 얼마나 그의 의지에 반하는 일이었는지 분명히 알 수 있습니다. 그를 본 사람들이 말하기를, 그가 공의회의 시야에서 도망칠 때 그는 커다란 기쁨과 함께 눈과 얼굴에 영적인 환호를 나타내며 달아났다고 합니다. 마침내 자유인이 되어 그는 아첨의 짐에서 어깨가 해방된 것이 아니라 치명적인 도끼에서 목을 빼낸 것처럼 보였으며, 얼굴은 일종의 천사 같은 빛을 발하고 있었다고 합니다. 이유가 없지는 않았습니다.

그는 자신이 되찾으려고 하는 것이 무엇인지 알고 있었고, 포기하려고 하는 것에 대해 모르지 않았기 때문입니다. 사실 그는 노고에서 휴식으로, 격렬한 논쟁에서 거룩한 교제로 돌아오고 있었고, 도시를 떠나 산으로 향하는 상상을 하고 있었습니다. 그 산은 험하고 가파르지만, 거기서 천국으로 가는 길은 순탄합니다. 우리가 그와 함께 살았더라면! 그리고 내가 고독한 삶의 많은 추종자 중에서 특히 그를 말하는 이유는 그 소원이 결코 그 소원의 목표에 가까이 다다르지 않았기 때문입니다. 우리는 멀리 떨어져 있지 않으므로 그가 잠시 멈춰 서거나 우리가 조금만 더 발걸음을 재촉해도 그가 우리의 교부들과 함께한 그 여정을 함께할 수 있습니다.

그리고 이탈리아 전역을 거쳐 알프스산맥에 이르기까지 짧은 시간 안에 그는 신성한 수도원들을 얼마나 많이 세웠습니까! 듣기로는 그 경건한 확산 활동이 이미 알프스를 넘어섰습니다. 그의 종교적 계승은 계속되고 있으며 앞으로도 그러할 것입니다. 그가 고독 속에서 낳은 아이들은 살아 있지만, 궁전에서 태어나 교회의 추기경이나 그 밖의 명예를 위해 자란 아이들은 오래전에 멸망했습니다. 그러니 거룩한 고독의 기반은 세상의 그것보다 훨씬 튼튼합니다!

사람들은 그를 보고 비웃을지도 모릅니다. 그들에게는 거룩한 가난과 부에 대한 무례한 경멸이 빛나는 금이나 보랏빛의 고귀함에 비하면 비천한 것처럼 보입니다. 하지만 나는 이 인물을 존경하고, 가장 특이한 사람 중의 한 사람으로 간주합니다. 그리고 그를 보지 못한다면 손해라고 말할 것입니다. 그의 시야는 상류층의 험한 길을 가고자 시도하는 자들에게 큰 도움과 훌륭한 본보기가 될 수 있기 때문입니다. 그 외에 그의 현재의 명성과 거룩한 이름은 그를 찬미하는 사람들에게는 힘을 실어 주고, 그를 비난하는 사람들에게는 그들이 거짓임을 보여 줍니다. 그러나 감사하게도, 우리는 너무 의기양양해져서 이 두 베드로가 경쟁자가 없는 운명이기를, 그리고 그들과 같은 소심함이 우리 시대에는 모범이 되지 않기를 바랄지도 모릅니다.

하지만 내 예상과 달리 나는 프랑스로 다시 한번 소환됩니다. 그리고 유명한 은둔자들 사이를 헤매는 동안, 등 뒤에서 마치 자기를 지나쳐서는 안 된다고 외치는 듯이 멀리서 들려오는 세 번째 베드로의 목소리를 들은 것 같았고, 그래서 멈출 수밖에 없습니다. 이 사람은 한때 아미앵 지역에서 고독한 생활을 했지만 숨어 있지는 않았던 은둔자 베드로입니다. 그리스도께서 그분의 적과 우리의 적에게 오랫동안 짓밟혀 온 당신의 유산에 대해 분개하고 분노하기 시작하셨을 때, 그분께서는 편안한 잠에 빠져 있는 그리스도교 왕들 누구에게도, 또한 로마의 교황 우르바누스에게도 당신의 소원을 밝히지 않으셨습니다. 교황은 성실하고 재주가 있는 사람이었지만 말입니다. 그러나 보잘것없는 간이침대에서 자고 있던 가난하고 활동적이지 않은 은둔자 베드로에게 당신의 소원을 밝히셨습니다.

그분께서는 먼저 그에게 서둘러 바다를 건너는 항해를 위해 단단히 대비하도록 영감을 주셨는데, 이는 그가 불행을 직시함으로써 경건한 사업을 더 간절히 바랄 수 있게 하기 위함이었습니다. 명령을 받은 장소에 도착했을 때, 베드로는 당시 예루살렘 총대주교였던 시메온과 다른 충실한 자들의 비참한 예속과 거룩한 땅의 통탄할 만한 오염에 충격을 받았습니다. 신음하고 기도하며 교회 맨바닥에서 밤을 지새우면서 그는 마침내 졸음을 이길 수 없게 되었습니다. 그가 잠에 빠져들었을 때 그리스도께서 다시 그에게 나타나셔서 당신의 이름을 증명하기 위해 교회 지도자들과 가톨릭 제후들을 분발시키도록 명령하셨습니다. 그가 얼마나 헌신적으로 자신의 역량을 뛰어넘는 위대한 사명을 수행했는지, 얼마나 정력적으로 충실하게 그것을 수행했고 그리스도께서 그의 경건한 노력을 마음에 들어 하셨는지, 그리고 그가 얼마나 성공했는지 지금은 설명할 때가 아닙니다. 특히, 이 사실은 저속한 말과 그럴듯한 문체로 쓰인 상당한 두께의 두 권의 책을 통해 대중에게조차 알려져 있습니다. 그리고 이 인물에 대한 작가들의 생각도 다양한 경향이 있음을 알았기 때문에, 나는 더 신뢰할 가치가 있다고 판단하는 사람들을 따르고 사람보다는 사실에 주목하는 사람들을 따를 것입니다.

눈앞의 문제가 영구적인 결과였기를, 그리스도의 복수가 행운만큼이나 오래 계속되었기를, 그리고 그렇게 승리한 사건 후에 과거의 불행에 대한 인간의 죄 때문에 돌아오는 일이 없기를 바랐습니다. 우리의 것을 다시 잃어버리는 것이 우리에게는 더 불명예스럽고 적에게는 더 큰 명예라는 점을 고려하면, 그것을 되찾지 못한 것보다 더 수치스러운 일입니다. 그것은 우리의 희망을 감소시키고 미래를 통제하여 적들의 희망을 키우는 역할을 하며 우리를 향한 그들의 잔인함의 원인이 됩니다.

하지만 지금 나는 왜 울고 있을까요? 아니면 왜 불평하고 있을까요? 구유, 골고다, 무덤의 돌, 올리브산, 심판의 계곡, 그리고 다른 모든 장소에 대해서 말입니다. 특히 그리스도의 사랑을 받았고, 인성을 취하여 빛 속으로 태어나셨고, 어린 아기로 기어다녔고, 소년으로 뛰어놀았으며, 성인이 되시어 가르치셨고, 우리를 위해 숨을 거두셨고, 죽어서 묻히셨다가 다시 살아나셨으며, 저승에 가셨고, 거기서 하늘에 오르셨으며, 마침내 돌이킬 수 없는 벌로 산 자와 죽은 자를 심판하실 곳에 대해서 말입니다. 그렇다면 지금 이집트의 개들은 우리의 조상들에게 약속하고 빼앗은 이 땅을 차지해야 할까요?

우리가 인간이라면 이 땅은 우리 희망의 중심이자 영원한 고향이라는 약속으로 운명 지어진 곳이었습니다. 아아, 신음과 불평 말고는 비참한 사람에게 무엇이 남겨질까요? 우리의 왕들조차도 쾌락만을 사랑하고 우리의 교황들도 부귀만을 사랑하며, 백성들은 속박 속에서 울거나 자유 속에서 분노하고 있고 모두가 자신의 이익을 추구하면서 그리스도의 이익에는 무관심한 데다 우리가 방관하는 사이에 그리스도의 유산은 파괴되고 있습니다. 내가 뭐라고 말해야 할까요? 아니면 왜 나는 이 가장 활동적인 사람들을 게으름뱅이라고 말하나요?

바로 우리가 격노하고 어리석은 짓을 꾀하는 동안, 우리가 더러운 곳에서 뒹굴고 쾌락에 사로잡혀 있으며 그것들을 우리의 손아귀에 두려고 노력하는 동안, 가난한 사람들의 돈을 세어 저축하는 동안, 우리가 새로 지은 바빌론에 쓸모없고 천박한 탑을 세워 우리의 교만함이 하늘에 오르도록 하는 동안, 그리스도의 초라한 자리를 지키거나 옹호해 줄 사람은 아무도 없습니다.

마지막으로 우리가 형제들을 포위하고 있는 동안, 우리는 무방비, 비무장 상태로 우리 쪽을 그 불경스러운 적에게 내주어 우리 왕의 방에 접근할 수 있도록 합니다. 이것은 우리 군대에 엄청난 범죄이며 영원한 수치입니다. 그때까지 우리는 뻔뻔스럽게도 그리스도의 깃발을 높이 쳐들고 그분께 가해진 모욕에 대해 장대하게 복수하려고 했습니다. 사실 그분께서는 고개를 끄덕여 복수하실지도 모릅니다. 그리고 높은 곳에서 우리의 믿음을 내려다보시면서, 아마도 숨겨진 정의로 복수하고 계실 것입니다.

하지만 우리는 무기력하거나 마음의 열정에 사로잡혀 있습니다. 보십시오, 끝없는 욕망과 불타는 증오로 세상의 왕들과 제후들이 불경하고 야만적인 땅의 작은 조각을 두고 어떻게 싸우고 있습니까? 그러나 그들이 합의했다고 가정하더라도, 거기에서 어떤 공공의 이익을 기대할 수 있을까요? 헤롯과 빌라도는 주님과 그리스도와 그의 명령에 반대하지 않는 한 절대 합의하지 않을 것입니다. 아마도 그들은 휴식을 취하고, 수면과 쾌락에 전념하고, 수치스러운 이득을 추구하며, 군복을 입고 약탈하듯이 공익이라는 겉옷을 걸치고 그들의 백성들을 약탈할 것입니다. 왜냐하면 전시에 필요한 것은 평화로운 시기에는 특권이 될 것이기 때문입니다. 누구나 자신의 처자를 사랑할 것이요, 하느님과 이웃은 사랑하지 않습니다. 육체에 대해서는 영혼을 무시하는 것만큼이나 생각이 많을 것입니다. 그들은 금과 보석과 귀중한 가구를 모을 테지만, 미덕의 장식품은 경멸할 것입니다.

그들은 자신들의 들판을 사랑합니다. 이를 위해 그들은 싸우거나 죽기를 두려워하지 않을 것입니다. 그러나 거룩한 땅 전체를 잃어도 아무도 움직이지 않을 것입니다. 내가 한 말이 절대적으로 진실하기 때문이 아니라면, 전자는 개인의 관심사이고 후자는 그리스도와 관련된 문제처럼 보이기 때문입니다. 그래서 우리의 창조주이자 구원자의 영광을 경멸하면서, 우리는 자신의 영광을 추구합니다. 또, 루시퍼를 일찍이 하늘나라에서 떨어지게 만들었던 바로 그 행동으로 오늘날 우리가 하늘나라에 오르기를 바란다는 사실을 우리는 알려고도 하지 않습니다.

하지만 당신이 말을 믿기를 꺼린다 해도, 적어도 거짓말하는 습관이 없다는 사실은 믿을 수 있을 것입니다. 간절히 바라건대, 주위를 둘러보고 여러 나라를 조사하여 우리에게 무슨 일이 일어나고 있는지 물어보십시오. 프랑스인과 영국인이 싸우고 있습니다. 그리스도와 마리아 대신 [전쟁의 신] 마르스와 [전쟁의 여신] 벨로나가 그 왕들을 지배한 지 25년이 흘렀고, 이미 양쪽의 철은 부드러워지고 있으나 철의 영혼은 전혀 누그러지지 않았으며, 피의 빗물도 그들의 분노의 큰 불길을 가라앉히지 못합니다. 우리에게도 예기치 못한 일이 일어나긴 했지만, 우리들의 할아버지와 증조할아버지 사이에서 우리 왕 중 가장 위대한 왕을 훨씬 열등한 적이 사슬에 묶어 끌고 간 일은 단연코 들어 본 적이 없었습니다. 마치 운명이 그렇게 위대한 왕국의 무게를 더 견뎌내지 못하는 것 같았습니다. 그러나 붙잡힌 왕의 장남이 다시 무기를 시험하려 하니 이 문제는 끝이 없습니다. 그러므로 보시다시피 지금 전쟁은 특별한 분노로 격렬해졌고 왕들의 군대는 이제 전투에 새로 합류하고 있으며 그리스도를 위해 흘렸어야 할 피는 증오심에 바쳐지고 있습니다.

훨씬 더 비겁한 스페인 영주는 형제들에게 그의 영토 안에 있는 것을 허락하여, 그들은 좁은 바위 위에서 그리스도의 위엄을 사악하게 모독합니다. 우리 해안을 점령하는 자는 베네치아에 있는 금과 제노바의 피 이외에는 아무것도 갈망하거나 생각하지 않습니다. 한쪽은 탐욕의 지시에 따르고 다른 쪽은 적을 향하며, 한쪽은 황금으로 묶이고 다른 쪽은 강철에 정복당한 채 말입니다. 그러나 가장 먼 곳에 있는 왕은 파도 소리에 귀가 먹먹해져서 멀리 떨어진 곳의 탄식이 들리지 않았고, 서쪽의 끝에 묻혀 동방에서 하는 일에는 무관심했습니다.

우리의 황제는 왕관을 낚아채고 독일로 가버렸습니다. 그리고 그는 교황을 무시하며 자신의 모호한 땅과 가장 낮은 구성원들을 품고 있는 제국의 단순한 이름에 만족했습니다. 27 우리가 잃어버린 것을

---

27 신성로마제국 황제 카를 4세를 가리킨다. 그는 알프스를 넘어와 1355년 1월 밀라노에서 랑고바르드왕국과 중세 이탈리아왕국의 왕관을 받았으며, 4월에는 로마에서 황제로 대관식을 치렀다. 카를 4세의 유일한 목적은 제위를 평화롭게 받는 것이었으며, 이후 바로 많은 재산을 가득 싣고 돌아갔다. 이에 대해 페트라르

되찾기를 바랐던 이 사람은 자신의 것을 지킬 엄두를 내지 못하고 그의 짝의 신성한 포옹으로부터 도망쳐, 아무도 뒤쫓고 있지 않지만, 마치 하늘 아래 더 공정한 무엇인가가 있는 것처럼 공정한 이탈리아 앞에서 떨고 있습니다! 가장 위대한 자에게 비난하는 것을 두려워하지 않았던 나의 따뜻하고 경솔한 믿음이 그를 책망하고 있음을 고백합니다. 그는 변명하며 로마에 하루도 머무르지 않겠다고 교회에 맹세했습니다. 오오, 악명 높은 날이여, 부끄러운 계약이여, 오오, 그대들 하늘의 관리자들이여, 이것이 서약입니까, 이것이 종교입니까, 이것이 경건합니까?

한 교황은 자신의 로마를 버렸기 때문에 다른 교황이 로마를 방문하기를 원치 않고 이에 대해 신성로마제국의 황제와 흥정합니다. 내가 여기서 뭐라고 말해야 할지 모르겠습니다. 만약 내가 잠자코 있는 편이 현명하다는 것을 안다면 나의 침묵 속에서 분명히 해야 할 사실이 한 가지 있습니다. 도시에서 거주자를 내쫓는 사람은 가능하면 거기에 농부를 데려가라는 것입니다. 그에게 그런 바람이 얼마나 정당한지 알려 주십시오.

독일은 나라를 파괴하기 위해 용병傭兵 도적들을 무장시키는 것 말

카는 그를 경멸하는 글을 썼다. 1356년 〈금인칙서〉를 반포하여 신성로마제국 황제 선출 과정 등을 명문화하였다. 이는 교황의 간섭을 축소하는 효과를 가져왔으나, 선제후(選帝侯: 황제 선거권을 가진 제국 내의 영주)의 배타적 특권을 보장함으로써 결과적으로 황권을 약화하였으며, 신성로마제국의 연방화·분권화를 가속하여 제국은 명목만 남고 수많은 제후국이 독자적 주권을 가지는 결과를 초래했다.

고는 다른 목적이 없습니다. 그리고 독일은 높은 곳에서 우리 땅에 계속 쇠 화살의 비를 퍼붓습니다. 이는 비열한 자들의 몫으로서 당연한 짓이며, 나는 이를 부정하지 않습니다. 이탈리아는 자기만의 법으로 스스로를 망칩니다. 언제나 그리스도의 사랑보다 더 강력한 돈에 대한 사랑이 사람들의 마음을 사로잡고 그것들을 온 세상에 퍼뜨립니다. 그리스는 자신의 잘못이나 우리의 자부심에 외면당해, 고대의 주름진 역사와 우리의 목초지를 경멸합니다.

이제 다른 왕들과 지상의 영주들, 그리고 우리 로마 교황들에 대해 말하는 것은 불필요한 수고입니다. 그 이야기는 모두 상식입니다. 실제 유럽의 현주소는 필연적이기 때문에 설명을 더 진행하기가 고통스럽습니다. 하지만 우리는 상처를 건드려야 합니다. 그 상처는 머리와 중요한 부위에서 멀지 않지만, 그곳에서 부패하고 오랫동안 방치되어 왔던 것입니다.

아우구스티누스는 아프리카에서 태어났지만 《고백록》에서 말하기를, 호메로스는 외국어로 쓰였기 때문에 어려웠고 베르길리우스는 자신의 언어, 즉 라틴어로 쓰였으므로 쉬웠다고 합니다. 하지만 지금 아프리카를 측정해서 나일강의 품에서 대서양까지 생각의 날개를 타고 떠돌아다녀 보면, 그곳에서는 우리의 문학을 이해하거나 사랑하는 사람을 찾을 수 없을 것입니다. 그가 순례자가 되거나 상인이 되거나 포로가 될 기회가 없는 한 말입니다.

히에로니무스는 에반드로스에게 편지를 쓰면서 프랑스와 영국 외에도 우리 지역의 나라들, 아프리카와 페르시아, 동양과 인도, 그리고 모든 야만적인 땅들이 그리스도만을 숭배하고 참된 하나의 삶의 규칙을 지켰다고 단언합니다. 이것이 앞으로 어디까지 계속될지는 언급하는 것조차 적절하지 않습니다. 우리의 불명예에 대한 후대의 증인을 언급하자면, 그레고리우스는 그의 시대에 아시아 전역이 신앙을 고수했다고 감사하고 기뻐하고 있지 않습니까? 자, 당신은 타나이스강의 좌안에서 나일강의 우안에 이르는 동쪽 해안의 넓은 굽이를 통과해서, 세계의 아득한 한계와 우리 해면 사이에 있는 영역 전체와 그 영토와 그 사람들을 조사할 수 있습니다. 그리스도의 이름을 입에 담는 사람이 아직 거기에 있을지도 모르지만, 그가 순례, 교통, 투옥으로 인해 거기에 있는 사람들의 부류에 속하지 않는 한, 그리스도의 진정한 믿음을 마음에 품고 있는 사람은 없다고 생각합니다.

하지만 이제 네 번째 증인이 명확한 진실을 지지하도록 하겠습니다. 아타나시오가 요비니아누스 아우구스투스에게 보낸 출처가 확실한 편지에 의하면, 그의 시대에 스페인과 브리타니아에 세워진 교회들뿐만 아니라 프랑스, 이탈리아, 사르데냐, 키프로스, 크레타, 달마티아, 그리고 카파도키아, 미시아와 마케도니아, 그리고 그리스 전체에서도 모든 교회가 그리스도의 이 참된 종교에 동의했다고 증언했습니다. 추가로 아프리카 곳곳, 팜필리아, 리키아, 이사우리아, 그리고 이집트 전체, 리비아, 폰투스, 그리고 몇몇 아시아 종파를 제외한 전체 동방에서도 마찬가지입니다. 그리고 이 글에서 그는 자신이 소문을 따르는 것이 아니라 실제 조사한 결과를 보고하고 있으며, 검사를 통해 모두의 의견을 자신에게 전했고, 사람들의 보증은 물론 서면 증거도 가지고 있다고 선언합니다.

그러나 만약 그 문제가 추가적인 증인을 요구한다면, 《모든 이방인의 소명》 두 번째 책에서 암브로시우스와 그를 뒤따라 〈시편〉 주해 95장을 통해 아우구스티누스가 그리스도교 신앙의 경계를 로마제국의 경계보다 더 넓게 놓고 있습니다. 철로 다스리는 백성의 굴레는 십자가로 다스리는 그리스도의 믿음에 미치지 못할 것이라는 연관성을 관찰하면서 말입니다. 그들이 지금 제국의 이미지와 그림자뿐 아니라 실제 제국과 관련하여 이 말을 하는 것에 동의하기 때문에, 나는 그것이 우리 시대에도 사실이었으면 좋겠습니다. 그러면 아프리카 전체가 병들지 않거나, 페르시아, 시리아, 이집트, 거의 아시아 전역도 병들지 않으며, 마지막으로 아직도 상황이 더 심각한 유럽 대부분 지역이 병들지 않을 것입니다.

유명한 작가들이 증언하듯이 고대 로마제국은 동양의 작은 부분만 부족했지만, 아아, 우리는 서양의 작은 부분을 제외하고는 거의 모든 것이 부족합니다. 나는 이 특정한 불만의 문제에 있어서 이 작가들뿐 아니라 그들 집단 모두에게 얼마나 많은 신뢰와 권위가 있는지 깨닫지 못할 정도로 신앙이 부족하고 둔한 사람은 없다고 믿습니다. 그리고 그들이 말하는 것은 아우구스티누스가 그의 저서 《진정한 종교》의 서두와 가까운 곳에 아주 적은 단어로 요약하고 있습니다. "인간이 사는 지구상의 모든 곳에서 거룩한 그리스도교 관습이 전해지고 있습니다"라고 그는 말합니다. 짧은 말이지만 우리를 위한 눈물로 가득 차 있는 이 글에서 우리 손실이 얼마나 광대한지 쉽게 가늠할 수 있습니다.

하지만 왜 나는 개인이 제시한 증거에 기대고 있는 것일까요? 교회의 역사를 숙독합시다. 천 년 전 가장 먼 북쪽과 동쪽과 남쪽에서 모여 그리스도의 거룩한 가르침을 강화하고 대중화한 가톨릭 지도자들의 이름이 얼마나 많습니까? 오늘날 그곳에는 주교도 없고 그리스도인도 살지 않습니다! 덜 심각한 사건들을 넘기고, 시작이 같고 끝도 비슷한 다른 도시들에 대해서도 침묵하겠지만, 수많은 거룩한 노인들에 의해 강력한 이유의 회반죽으로 사도들의 믿음의 토대가 굳어지고 강화되었던 존경받는 마을 니케아 그 자체와 비티니아 일부분도 이제 신앙의 적들에게 사로잡혀 있습니다. 우리는 이렇게 다스려지고 있는 건가요? 이것이 우리의 제후들이 국가를 위해 행하는 보살핌인가요? 이것이 남의 것을 탐내다가 내 것을 잃을 수도 있는 방법일까요?

나는 침묵과 망각으로 다른 면에서 쉽게 위로받을 수 있지만, 배신당하고 버림받은 예루살렘에 대해서는 무슨 말을 할까요? 이 상처를 항상 눈과 마음에 생생하게 새기도록 합시다. 숨기거나 위장할 방법은 없고, 우리는 수치심보다는 상처의 짐을 더 쉽게 짊어지게 됩니다. 게다가 이것이 우리의 구원의 희망일까요? 이것이 우리가 추구하는 영광인가요? 거룩한 장소는 이렇게 짓밟히고 있는 건가요? 우리 구성원들이 활동하지 않는 동안, 우리의 머리는 이렇게 이집트 개들에게 무고하게 짓밟히고, 불경스러운 발이 예수 그리스도의 성역을 모욕하는 건가요? 한편, 우리의 불명예 때문에 그분께서도 인내로 상처를 입으시거나, 어쩌면 내가 말했듯이, 그들에게 숨겨진 방법으로 복수를 하고 계신 것일까요? 이렇게 큰 불행 속에서 감히 고대 로마인들의 영광을 깎아내리고 자신의 입을 그런 거짓으로 더럽히는 사람이 있을까요?

아아, 우리는 정말 가치 없는 존재입니다! 비록 우리의 공적은 아무것도 없지만, 우리의 양식은 큰 은총으로 하늘이 주신 것입니다! 오, 정말 불필요한 하느님의 선물이군요! 여기서 내가 슬픔과 열정에 사로잡히면 나의 슬픔은 대담해지고 나의 분개憤慨는 웅변이 되며, 쌓인 수많은 불평이 터져 나오기 때문입니다.

그러면 아버지! 만약 율리우스 카이사르가 오늘 아래 지방〔남쪽〕에서 돌아와 예전의 정신과 권력을 가지고 로마, 즉 자기 나라에서 살고 틀림없이 그리스도의 이름을 인정한다면, 시인이 말하는 "펠루시움 카노푸스의 여자 같은 무리"라는 이집트 도둑이 예루살렘과 유대, 시리아뿐만 아니라 이집트와 알렉산드리아까지 소유하도록 참을 것이라고 생각하시겠냐고 묻고 싶습니다. 그가 한때 합법적인 왕으로부터 왕국과 배우자 그리고 생명을 빼앗았던 것과, 클레오파트라에게 선물하기 위해 위험을 무릅쓰고 그 땅을 정복했던 것을 기억하면서 말입니다.

나는 행위의 정당성을 따지지 않고 그의 힘과 정신력에 감탄하며 우리 시대에 필요한 자질이라고 선언합니다. 자신의 영혼을 그리스도께 받아 영원한 영광을 누릴 운명이라는 것을 알면서, 간통姦通의 대가로 그러한 상을 정부情婦에게 주었는데, 그리스도께 자신의 행동을 얼마나 쉽게 만회할 수 있을까요? 만약 아우구스투스 황제가, 만약 두 명의 스키피오가, 만약 위대한 폼페이우스가, 또는 다른 천 명의 사람들이 그리스도교 신앙의 거룩한 의식 속에서 같은 도시에 다시 살아난다면, 자신들의 영광과 관련된 지역에서 그리스도의 이름이 멸시당하는 것을 참을 수 있을까요? 첫 번째 인물은 스페인에서 그가 지닌 명성의 위엄으로 수 세기 동안 문제를 일으켰던 혼란을 평정했고, 그다음 아프리카의 두 명 중 한 명은 그곳에 속국을 만들었고 다른 한 명은 완전히 파괴했으며, 마지막 인물은 북부지역과 동부지역에서 수많은 왕의 목을 사슬로 묶었습니다. 그들이 지상의 나라를 위해 이와 같은 큰 사업을 감행했는데, 참된 믿음의 빛을 원한다면 그리스도를 지도자로 모시고 그들에게 속한 영원한 나라의 번영을 위해 감히 나서지 못할 것이 무엇이라고 생각합니까?

하지만 우리의 군주들과 고귀한 지도자들은 그들의 방에서는 사자보다 더 용감하고, 들판에서는 사슴보다 더 유순하며, 여성적인 마음으로 남자다운 태도를 불명예스럽게 여기고, 밤의 전쟁은 매우 경계하지만 다른 한편으로는 평화로운 경향이 있으며, 사치를 추구하는 것과 미덕美德에 대한 증오 외에는 아무런 활력도 없습니다. 그들이 모방할 수 없고, 적어도 말없이 존경하거나 칭찬했어야 할 사람들을 그들은 박해하고 경멸합니다. 그러나 미덕의 모델이 미덕의 적들을 성가시게 하거나 여러모로 마호메트를 동정하는 사람들이 이 점에서도 그에게 동의해야 한다는 사실을 아는 것은 이상한 일이 아닙니다. 후자는 내가 믿는 대로 도시들 가운데 메카와 예루살렘을 축복하고 로마와 안티오키아를 저주했습니다. 그가 신성모독을 저지른 이유는 신중히 따져볼 가치가 있지만, 나는 그가 메카와 로마에 대해 언급한 것에서 나를 방해할 만한 어떤 말도 찾을 수 없습니다.

간통자이자 음탕한 녀석이 메카라는 도시를 즐긴다는 것이 뭐가 참신하죠? 신앙에 대한 반대의 모든 세속적 거주지이며, 지저분한 데다

근친상간近親相姦하는 육체에 가치 있는 숙소입니다. 사악하고 악명 높은 강도가 그곳에 묻혀 있지만, 그 시체로 늑대와 까마귀의 배를 채우는 편이 더 가치가 있을 것입니다. 그리고 그 도살업자는 가장 큰 사랑과 가장 과분한 존경 속에 자신의 동족들 가운데 잠들어 있는 한편, 그리스도의 무덤은, 아아! 슬프도다!, 적들에 의해 경외심 없이 지켜지며, 신도들만이 드물게 그리고 은밀하게 접근할 수 있고 심각한 위험과 불명예스러운 공물의 부담 없이는 안 됩니다. 더욱이, 사악한 미신의 창시자가 자신의 행위에 적대적이고 순교자의 거룩한 피가 뿌려진 은혜로운 도시를 증오하고, 종교와 믿음의 가장 뛰어난 거점이며 특히 독이 들어 있는 자신의 가르침을 파괴하는 장소를 두려워하는 것이 무슨 놀라운 일입니까? 동시에 페르시아인, 메디아인, 이집트인, 칼데아인, 그리고 그의 아랍인 선조들에게 그 지역에서 다양한 시기에 일어났던 파멸과 대참사를 떠올리는 것인가요?

두려움과 고통에서 비롯된 증오는 대부분 합리적입니다. 나는 나일강의 광야가 그를 증오심으로 몰아넣지 않았다는 것이 오히려 의아합니다. 그는 그곳에서 안토니우스와 마카리우스가 그리스도 이름으로 행한 수많은 기적과 선행에 대해 들은 적이 있습니다. 분명히 나는 그가 그들을 미워했다는 것을 의심하지 않습니다. 그는 뛰어난 호색한好色漢이고 온갖 추잡한 욕망의 선동가였기 때문입니다. 이해하기 어려운 점은 그가 예루살렘에 품은 사랑과 안티오키아에 보인 증오입니다. 그러나 나는 그가 비록 그분의 위엄과 영광 때문에 공개적으로 그를 모욕할 엄두를 내지 못하였지만, 자신의 적인 그리스도께서 수많은 수모, 수많은 채찍질, 몹시 참혹한 죽음을 감내한 도시로 가장 먼저 예루살렘을 기억하고 있다고 추측하고 싶습니다. 그리고 그는 그리스도에 대한 증오심과 부러움을 함께 나누는 장소로 그곳을 기꺼이 사랑했으리라고 추정합니다. 그리스도의 죽음이 그의 야만적인 가슴에 심어 준 사랑이 그분의 영광스러운 부활로 인해 소멸했어야 했음에도 불구하고 말입니다. 그러나 비이성적이고 불경한 사람은, 지배욕에 눈이 멀어 보지 못했습니다.

반면, 안티오키아를 싫어한 것은 〈사도행전〉에서 보듯이 그곳에서 그리스도교의 명칭28이 처음 생겨났고, 그곳에서 그리스도의 제자이자 그리스도교 모임의 대표이고 지도자였던 사도 베드로가 첫 번째 교황직에 올랐기 때문입니다. 그렇다면, 한 도시는 그리스도와 그리스도의 이름을 승인했다는 점에서 그를 불안하게 하고, 다른 한 도시는 유명한 경외심으로 그리스도의 이름과 그 대리인을 지지했다는 점에서 그를 불안하게 한 것으로 보입니다. 그에게 베들레헴만큼 증오스러운 곳은 없을 것 같습니다. 그러나 그는 자신의 증오에 대한 이유를 너무 노골적으로 드러내지 않기 위해 타고난, 아마도 자연히 터득한 재치 있는 교활함으로 그 이름을 언급하지 않고 있습니다. 따라서 나 자신에게는 불쾌하지 않으며, 독자에게도 기분 좋은 전환이 될 수 있을지도 모릅니다.

---

28 〈사도행전〉 11장 26절. "그를 만나 안티오키아로 데려왔다. 그들은 만 1년 동안 그곳 교회 신자들을 만나며 수많은 사람을 가르쳤다. 이 안티오키아에서 제자들이 처음으로 '그리스도인'이라고 불리게 되었다."

이제 출발 지점으로 돌아갈 시간입니다. 슬픔의 고통에 내몰려서, 나는 이 지울 수 없는 불명예의 표시를 우리 민족과 군주들에게 안겨 주었습니다. 그들은 쓸모없는, 아니, 짓궂고 불경스러운 수많은 걱정에 관여했고 우리 고향에 대한 명예롭고 특히 필수적인 의무를 소홀히 했습니다. 우리 고향은 우리의 영원한 고향 예루살렘을 말하는 것입니다. 이 땅 위에 있는 것이 아니라 하늘에 있는 우리 어머니의 고향을 의미하는 것이며, 그곳에서 우리는 지금 추방되어 있습니다. 전자는 후자의 이미지를 품고 있으며, 그 자체를 참고하여 평가한다면 그것은 우리나라가 아니고, 그것이 겪었던 운명에 합당하며 더 심한 증오를 감수해야 마땅합니다. 신성을 모독하는 대담함과 만장일치의 사악함으로, 낮은 옷차림으로 섬기러 내려오신 자기의 하느님을 십자가에 못 박아 버렸기 때문입니다. 그러나 그분 육신의 구름에서는 수많은 위대한 기적이 찬란하게 빛났습니다. 비신앙 그 자체는 파괴적일지라도 세상에는 이로울 수도 있습니다. 그분을 십자가에 올려놓음으로써 마치 더 높은 곳에서 숭배를 받는 것처럼 사람들에게 그분을 드러내었기 때문입니다.

어떤 나라를 위해서도 감히 할 수 있는 것은 아니지만, 용기 있는 사람은 크게 찬양을 받고 하늘 높이 올라가게 됩니다. 조국을 위해 피를 흘린 우리 애국자들 가운데 브루투스와 무티우스, 쿠르티우스, 그리고 데키족, 파비이족, 코넬리족에 대한 찬사가 있습니다. 외국인들도 칭찬을 받는데, 비슷한 미덕은 같은 찬사를 받을 만하기 때문입니다. 코드로스와 테미스토클레스는 아테네, 레오니다스는 스파르타, 에파미논다스는 테베, 필레노스 형제는 카르타고에서, 그리고 다른 사람들은 그들의 나라에서 찬사를 받고 있습니다. 이 모든 것에 대한 내 의견을 묻는다면, 우리의 사랑은 천상의 나라를 위한 것이어야 한다고 생각합니다. 그 나라는 호민관護民官의 소란, 민중 봉기, 원로원元老院의 오만, 파벌의 시기, 또는 국내외 전쟁으로 불안하지 않은 나라입니다. 누구든지 그것으로 피를 흘리는 사람은 선량한 시민이며 그의 보상은 확실합니다. 나는 그 때문에 나라를 버려야 한다고는 생각하지 않습니다. 필요한 상황이라면 우리는 싸우라는 명령을 받기도 하지만, 살루스티우스, 리비우스, 그 외 다른 많은 사람의 글에 따르면, 일찍이 로마 공화정에서 그랬듯이 정의로 지배되고 공평한 법 아래에서 살아간다는 전제를 달고 있습니다. 특히 키케로는 그의 저서 《국가론》에서 이 점을 웅변조로 날카롭게 주장합니다. 나는 로마가 전 세계에 무력을 행사해 가장 폭력적으로 보일 때조차 그 아래 놓인 사람들의 이익을 위해서이며, 그것이 유익할지도 모른다는 이유로 로마의 무력 사용이 정당하다고 주장하는 작가들에게 쉽게 동의할 수도 있습니다. 비록 맛은 쓰더라도 특히 로마가 그런 최고의 수장首長일 때 세계는 자신의 문제에 대해 단일한 지도자를 갖는 것이 유익할 수도 있다는 이유에서입니다.

하지만 이러한 견해에 대한 심각한 반론이 있습니다. 즉, 시인에 의해 묘사된 로마의 예술로 그들이 사람들 사이의 정의를 유지하는 동안, 각자에게 마땅한 것을 부여하고 평화의 법률을 주입하며 피정복자에게 관용을 베풀고 오만함을 물리치려 하는 것29에 대해서 말입니다. 하지만 키케로가 다른 곳에서 두드러지게 언급했듯이,

로마제국이 억압이 아닌 봉사행위를 통해 유지되고 동맹국의 이익을 위해서나 우리의 패권을 지키기 위해 전쟁이 치러지는 한, 우리 전쟁의 끝은 관대한 행위이거나 필요한 정도의 엄격함으로 특징지어졌습니다. 원로원은 왕, 부족, 국가의 피난처이자 최고위였습니다. 우리의 치안 재판관들과 장군들의 야망은 정의와 명예를 가지고 우리의 지방과 동맹국을 지키는 것이었습니다. 30

그리고 "이것은 통치권이라기보다 더 정확하게는 세계의 보호국이라고 부를 수 있습니다"라는 말은 매우 진실일지도 모릅니다. 그러나 당시 로마인의 행위가 인간에 대한 완전한 정의와 선의에 의해 이루어졌음은 인정할 수 있을지라도, 하느님에 대해서는 그들이 부당했다는 것은 의심할 여지가 없습니다. 왜냐하면, 그들은 도망친 노예들이 주인에게서 자신을 훔치는 방식으로 그분에게서 하찮은 무엇인가를 빼앗았기 때문입니다. 그리고 가장 심각한 절도竊盜 형태는 이웃에게서 조상들의 땅이나 재산을 빼앗는 것보다 훨씬 더 큰 불의不義인, 적들에게 예배를 드리는 것이었습니다.

이 구절은 아우구스티누스가 그의 저서 《하느님의 도성》에서 검토하고 흥미롭게 논의하고 있습니다. 사실, 지금 보시는 것처럼 악랄한 행동으로 타락한 나라에서 한 사람이 태어나야 한다고 가정해 보십시오. 그가 그런 나라를 위해 피를 흘렸다고 칭찬해야 할까요? 절대 아

---

29 베르길리우스, 《아이네이스》 6. 852~853.
30 키케로, 《의무론》 2. 8.

닙니다. 만약 어떤 사람이 생명의 위험을 무릅쓰고 사악하고 정직하지 못한 시민들이 죄에 대한 처벌을 받지 않도록 한다면, 당신은 그가 칭찬과 기념을 받을 자격이 있고 그의 삶이 영광스러웠다고 말하겠습니까? 나는 그를 삶을 낭비하고 '이중으로 죽은 자'라고 부릅니다. 그가 육체와 영혼을 동시에 버리고, 현세적이고 영원한 생명을 한꺼번에 버렸기 때문입니다. 반면에, 너무 멀리 헤매지 말고, 우리 안에 경건함이나 정의가 있다면 천국의 예루살렘을 위하여 그리고 영원한 나라를 위하여 감히 행하는 것이 합당하지 않을까요? 그것은 우리에게 복된 거처를 끝없이, 수고 없이, 고난 없이, 두려움 없이, 어떤 성가심도 없이 보장해 주며, 그곳에는 어떠한 불명예, 불경, 불의도 없습니다.

정말, 나는 이제 베드로가 그의 고향에서 여행했던 것처럼 나의 출발점에서 멀리까지 여행했습니다. 한 고독한 노인을 만나면서 서양의 군주와 백성들을 동양에 가했던 우리의 비난으로 질책할 용기가 생겼습니다. 내 오른손이 베드로의 혀만큼 이 일에 효과적이었으면 좋겠습니다! 이 소망이 헛된 것이라고는 전혀 확신하지 않습니다. 오히려 마음의 자유를 무모함으로, 진리를 광기로, 모든 충고를 모욕으로 여기는 사람들이 내가 지나치게 고집스럽고 대담하게 말한다고 생각하는 것이 아닌가 두렵습니다. 하지만 이 문제가 어떻게 받아들여질지는 몰라도 이러한 말들이 나의 무겁고 성가신 불만의 짐을 덜어준 지금, 나는 보다 빨리 원래 이야기의 길로 돌아갑니다.

왜 내가 덜 중요한 인물들 사이에서 더 어정거려야 하나요? 여자에게서 태어난 자들 가운데서 가장 위대한 인물인 요한은 그리스도께서 세상을 방문하시려 할 때, 마치 왕이 사신을 보내듯이, 재판관이 포고하는 사람을 보내듯이, 새날이 새벽을 보내고 태양이 어둠을 몰아내듯이, 하늘 높은 곳에서 그분에 앞서 보내졌습니다. 그는 어린 나이임에도 사막의 동굴에 들어가기 전까지는 스스로 안전하다고 생각하지 않았습니다. 마리아도 죄를 지은 후에 같은 일을 했습니다. 그녀는 사람들 사이에 오래 모습을 보이거나 좋은 집에 사는 것이 아니라 자신의 세계에서 탈출하여 새로운 세상으로 가 끝까지 계속 숨어 있었고 우리가 본 것과 같은 그 볼품없는 바위 동굴을 집으로 삼았습니다. 이곳에서 멀지 않은 곳31에 있는데, 신성하며 종교적 경외심으로 공경할 만하고, 멀리서 방문할 가치가 있는 곳입니다. 나는 그곳에 자주 가 보았는데, 도시에서 익숙한 것과는 사뭇 다른 만족감을 느끼며 3번의 밤과 같은 수의 낮을 보낸 적이 있습니다. 거기에서 그리스도의 상냥하고 축복받은 여주인32은 그분이 살아 계시거나 돌아가시거나, 힘든 하녀의 일을 하지 않고 은혜로운 천사들의 봉사 임무를 수행하였습니다. 반대하는 사람도 있겠지만, 그녀의 언니 마르타는 그런 일을 하지 않았음에도 성녀입니다. 나는 이를 부인하지는 않지만, 분명히 그러한 봉사를 한 마리아는 훨씬 더 거룩합니다. 따라서 그녀는 더 나은 쪽을 선택함으로써 당연히 최고 심판자로부터 칭찬을 받습니다. 학자들이 주장하는 바와 같이, 두 자매의 이야기가 문자 그대로의 진실에 더해 두 종류의 삶의 신비를 덮고 있다는 것이 사실

31　마리아 막달레나가 프랑스 마르세유 근처로 건너가서 살았다는 설이 있다.
32　그녀는 베타니아의 마리아 또는 일곱 마귀 들린 마리아와 혼동되기도 한다.

이라면, 예수님의 판단을 따라 활동적인 삶보다 명상적인 삶을 우선하고, 특히 그리스도 신자들이 선택할 때 명상적인 삶을 선호해야 한다는 것은 의심할 여지가 없습니다.

그래서 죄인이 많은 적에게 포위되어 자신의 허약함을 깨닫고 인간뿐 아니라 신성한 많은 사례에서 용기를 얻었을 때, 안전한 은신처로 열심히 도망쳐야 한다는 것을 누가 신기하게 생각할까요? 모든 사례가 강력하지만, 거부할 수 없는 사례가 있습니다. 모든 유익한 사례의 구원이신 구원자 당신께서는 고독이 필요하시거나 군중을 두려워하지 않으셨지만, 가르침을 베풀고 싶으셨고 기도하기 위해 산으로 올라가시어 홀로 기도하셨습니다.

그분께서는 광야에서 금식하시고 적의 유혹을 이겨 내셨지만, 나중에는 당신의 의지로 군중 속에서 적들에게 죽임을 당할 운명이셨습니다. 그분께서는 광야에서 두 번이나 빵 몇 개와 물고기 몇 마리로 수많은 굶주린 군중들을 배불리 먹이셨을 뿐만 아니라 엄청난 양의 음식들을 남기셨습니다. 요한의 죽음을 안 후에 그분께서는 위로와 평화의 장소로서 광야로 떠나셨습니다. 또 그분께서는 넓은 들판에서 많은 군중을 가르치셨습니다.

영원한 아버지의 목소리가 울려 퍼지는 높은 산에서 그분께서는 변모하셨습니다. 산에서 기도하며 밤을 새우시고, 다시 기도와 죽음을 위해 산으로 올라가신 그분께서는 따르는 사람들을 물리치시고 더욱 더 고요한 마지막 기도처를 찾을 때까지 만족하지 못하셨으며, 우리에게도 극단에서 외로움을 찾으라고 가르치셨습니다. 다시, 제의받으신 왕국의 무게를 버리고 산으로 홀로 피해 가셨습니다. 광야에서는 아직 때가 오지 않은 죽음의 위험도 모면하셨습니다. 이것은 우리가 운명의 유혹과 위협에서 광야로 달아나 더 높은 곳에서 그들을 경멸하는 것을 배우게 하시려는 의도입니다.

만약 이 모든 것이 사실이라면, 만약 그 일들이 복음서의 증거로 알려졌다면, 그리스도인인 우리는 아직도 고독에 대한 우리의 의견을 망설여야 할까요? 이것이 우리의 주인이자 지도자이신 주님의 태도이셨다는 사실을 알 때, 우리가 말했듯이 처음에 그분의 선구자 요한이 광야에서 살았다는 것을 알 때, 그분의 많은 동지가 그분이 오시기 전에도 같은 종류의 삶을 택하였고 후에도 수많은 사람이 그것을 택했음을 알고, 마지막으로 동정童貞이신 그분의 어머니가 그분께서 태어나시기 전에 가장 신성한 태내胎內에 축복받은 하느님을 모시고 무거운 몸으로 곧바로 산간지방으로 떠나 고독으로 들어간 것을 알 때 말입니다. 신자 중 누구도 성령이 이 여행의 길잡이였다고 믿기를 주저하지 않을 것입니다.

이러한 경우와 그 밖의 어떤 경우라도 마찬가지로, 고독에 대한 찬사는 훌륭하게 표현되고 모방에 대한 자극과 예시로 사용됩니다. 분명히 이런 말을 듣는 사람은 비슷한 소망이 있다면 같은 행동을 할 것이고, 특히 더 직접적이거나 편리한 방법이 없다면 다른 경로를 통해 단일한 목표에 도달하지도 못할 것입니다. 의심할 여지 없이, 우리의 목적과 관점은 대중과 동떨어져 있으므로 우리가 추구하는 만큼 드는 소외감, 또는 불일치하는 상황 때문에 그들과 떨어져 있다 해도 그것은 절대 조화롭지 않은 일은 아닐 것입니다. 습관도 주거지도 다르니까 마음도 다릅니다. 반대의 혼란은 대체로 불행합니다.

우리는 고독을 사랑하고 그것을 친숙하게 받아들여야 합니다. 그것은 정직뿐만 아니라 안전을 위해서이기도 합니다. 왜냐하면, 숲속에서는 사치가 드문 일이고, 도시에서도 겸손함은 매우 드문 일이기 때문입니다. 권력이 사악한 예나 잘못된 조언의 지배를 받고, 모든 것이 그릇된 견해에 의해 결정되며, 관습에 맡겨지고, 잘못이 유쾌하고 보기 좋은 것으로 규정되며, 무엇이 실제로 행해지는지 또는 대다수가 무엇을 생각하는지 아무도 묻지 않는, 이성과 미덕을 위해 존재할 수 있는 장소는 어디에 있을까요?

이보다 더 오해를 살 만한 시험은 없습니다. 그러므로 나를 믿으십시오. 당신이 미덕을 추구하든지 악덕을 피하려 하든지, 미덕을 붙들고 악덕에 붙들리지 않으려면 사람들 사이에 머무르지 않는 편이 당신에게 안전합니다. 싸움, 간음, 사기, 불의, 절도, 강간, 살인 이외에 무엇을 볼 수 있습니까? 이것들이 바로 도시의 문턱에서 당신을 맞이할 예술입니다. 이런 형태의 것들이 당신 머리 주위를 날아다니고, 이 예시들이 당신의 귓가에 떠들어 댈 것입니다. 처음에는 다른 사람들과는 완전히 달랐어도, 그들처럼 되지 않기란 매우 어려울 것입니다.

우연한 기회에 다른 본성의 것들을 듣거나 보거나 미끄러운 곳에서 더 굳건히 서 있을 것을 생각하면서, 더 나은 희망에 우쭐해지지 않도록 더 순수한 시대와 더 위대한 인물의 예를 통해 기대할 수 있는 것을 배우십시오! 다윗은 분명 거룩하고 지혜로운 왕이었고 예언자였지만, 슬픔과 고뇌에 짓눌렸고 죽음의 공포와 두려움과 떨림에 압도

당했으며 어둠에 싸여 있었습니다. 그가 그 성읍에서 본 것은 폭력과 분규밖에 없었습니다. 그의 말을 사용한다면, 그 성벽에 지은 죄악, 성읍 한가운데의 슬픔과 악행, 성읍의 거리를 떠나지 않는 사기와 속임수입니다. 그래서 그 자신은 이러한 위대한 민족의 지배자이자 종이었음에도, 자신의 안전을 위해 멀리 도망쳐 광야에 남아 주님을 기다렸고 그분께서는 그를 마음의 폭풍우에서 구하셨습니다. 하느님께서 그에게 쥐여 주신 왕국은 광야 속이었고, 그가 성읍 안의 나이 많은 형들뿐만 아니라 하느님의 뜻에 따라 왕좌에 올랐던 이스라엘의 왕 위에 놓였음을 떠올렸기 때문입니다.

그를 끈질기게 박해한 이 왕은 광야와 동굴에서 두 번 그의 손안에 들어왔는데, 두 번이나 그의 결백을 드러내는 명백한 징표로 그는 왕이 탈출하는 것을 허락했으며, 왕의 옷자락과 창을 놓아두어 그가 눈물을 흘리도록 자신의 영혼을 억제하였고, 비록 감정은 격렬했으나 은혜를 베푼다는 생각으로 그것을 가라앉혔습니다. 그러자 그는 고독 속에서 두 번 적을 이겼고, 두 번 자신의 영혼을 이겼으며, 이보다 더 빛나는 승리는 없다고 생각했습니다. 반면, 예루살렘에서 그는 정욕에 사로잡혀 비열한 속임수와 잔인한 살인과 불명예스러운 불륜不倫을 결합하였는데, 이것은 왕의 위엄에 걸맞지 않은 범죄였습니다. 그는 성읍에서 자신의 운명을 돌아보면서, 그것을 이삭의 고독과 비교해 보고, 날이 저물 무렵 들판에 명상하러 나간 이삭이 길을 거닐다가 행복하고 정숙한 배우자를 만난 것을 생각했습니다.

한편 대낮에 왕궁의 지붕 위를 한가로이 거닐던 그는 타인의 결혼 생활을 더럽히고 싶은 불경스럽고 오만한 욕망이 일어났습니다. 그에게 찾아온 고통과 회한悔恨의 순간이었던 것입니다. 그러므로 그에게는 위험하고 불길한 성읍으로부터 도망쳐 나와 고독 속에서 안전과 행복을 찾는 편이 옳았습니다. 그러나 만약 우리가 그리스도를 어떤 사람의 말처럼 이해한다면, 그리스도께서는 다윗뿐만 아니라 누구보다 위대하시기에 우리의 논쟁을 지지하는 보다 강력한 논거가 될 것입니다.

이 담론의 끝을 시작 부분에 이어 붙이기 위해, 우리는 주님께서 아브라함에게 "밖으로 데리고 나가, 지금 하늘을 바라보라!"라고 말씀하셨다고 가정할 수 있습니다. 내가 판단하기에, 하늘을 바라보고 천상의 일을 명상하고 싶은 사람은 밖으로 나와야 합니다. 도시에서는 인간의 시선이 많은 사악한 것들의 개입으로 흐려지고 가려지기 때문입니다. 그래서 말하자면, 그를 밖으로 데려와야 합니다. 그러나 주님이 그를 데려오셔야 합니다. 그렇지 않으면 그는 어디에서도 안전하지 않습니다. 우리의 죄는 우리를 따라 광야로 들어가고 우리와 함께 먼바다를 건너기 때문입니다.

그래서 어떤 사람들은 하느님이 아니라 자신의 감상을 안내자로 따르고 광야에서 비탄에 빠지기도 합니다. 나는 롯이 소돔에서 정의로운 사람이었고 산에서 죄를 지었다는 것을 모르지 않습니다. 히에로니무스의 말처럼 그는 자신이 무엇을 하고 있는지 몰랐고, 그의 죄에는 고의적인 요소가 없었지만, 잘못이 있었습니다. 그가 다른 면에서는 아무리 정의롭고 바르게 행동했더라도 그가 변명할 수 없는 특별한 점이 하나 있는데, 이는 그가 의식이 있는 상태에서 맨 정신으로 생각하면 몸서리를 칠 수밖에 없는, 심지어 기억도 나지 않는 수치스러운 행동을 할 정도로 술에 빠져 고통받았다는 것입니다. 그는 산으로 올라갔으나 아마도 초아르에 머무는 편이 더 좋았을 것입니다. 초아르는 자신의 약점에 맞는 장소로 그가 선택한 곳이었습니다. 그러나 천국을 열망하는 사람들이 도시의 떠들썩한 모임이 아니라 조용하고 평온한 고독을 동경한다는 사실은 이렇게 많은 예가 필요 없는, 너무나 분명하고 명백한 문제입니다. 그 고독한 곳에서는 하느님께서 언제나 그들의 머리 위에 계시고 세상과 인간사人間事는 그들의 발아래에 있습니다.

이제, 그만 일을 마쳐야 할 때입니다. 나는 의도한 일의 한계를 초과하여 다른 일에 소환되지만, 당신은 이미 이 담론에 너무 정신이 팔려 더 큰 임무에 주의를 기울이지 않았습니다. 하지만 나는 더 희귀한 명성을 얻기 위해 기발하게 실체를 고안한 다른 부류의 사람들에게서 나온 많은 예를 언급하지 않을 수 없습니다. 인도의 외지고 음습한 황야를 발가벗고 다니며 철학에 익숙해진 '벌거벗은 수행자'에 대해서 나는 침묵하겠습니다. 브라만인들을 지나치겠습니다. 어떤 사람들은 이들에 대해 암브로시우스의 이름이 새겨진 책을 보여 줍니다. 그들은 갠지스강 반대편의 극동에 살고 있는데, 가장 건강한 기후와 고립된 지역입니다. 내가 추측하는 한, 지구상의 낙원이라고 믿어지는 곳에서 그리 멀지 않고, 그들 역시 숲속을 벌거벗은 채 돌아다닙니다. 나는 그들이 원칙에서도 관습에서도 또는 아마도 상황과 이름을 제외하면 '벌거벗은 수행자'와 다르지 않다고 말해야 했습니다. 만약 바빌로니아 사람이며, 그래서 적어도 그 지역에 가까이 있다는 점에서 존경받을 만한 가치가 있는 바르데사네스가 힌두인들 가운데에서 '벌거벗은 수행자'를 두 개의 파로 나누지 않았다면 말이죠. 그는 그 중 하나를 '브라만', 그리고 다른 하나를 '사마네안'이라고 부릅니다. 비록 히에로니무스가 성경의 서문에서 언급하는 바와 상당히 다른 결론을 내릴 수도 있다는 점을 나는 알지 못하지만, 그는 요비니아누스에 반대하는 글을 쓰면서 '벌거벗은 수행자'는 일반적인 이름이고 '브라만'은 특정한 이름인 것 같다고 말하고 있습니다. 하지만 이 사소한 어려움이 나의 일에 방해가 되지 않도록, 내가 그것을 지나치고 대신 내가 시작한 방침을 따르게 해주십시오.

그리고 브라만 부족은 그들이 말하는 것처럼 금욕과 순결과 재물에 대한 경멸로 구별되며, 그들의 엄격한 침묵으로 인해 큰 존경을 받고 있습니다. 그중에서 그들 귀가 누리는 주된 즐거움은, 많은 사람이 그렇듯이, 늙은 부인들의 이야기에 있지 않습니다. 또한 이 침묵이 사람의 외침이나 악기 소리 때문에 깨지는 것도 아닙니다. 새들의 노래와 찬송가의 소리가 그들이 원하는 전부인데, 이 찬송가 소리가 그들의 혀를 위한 유일한 운동입니다. 그들의 모든 희망은 미래 세계의 삶에 달려 있습니다. 그들의 음식은 허브와 산딸기로 이루어졌고 옷은, 만약 있다면 나뭇잎으로 만들어지고, 집은 나뭇가지로, 침대는 꽃밭으로 만들어집니다. 그들은 샘물을 마십니다.

마케도니아의 알렉산더에게 편지를 쓴 것으로 잘 알려진 칼라누스는 이 종파의 일원이었습니다. 사람들의 관습에 따라 그는 자진해서 죽으러 가고 있었고, 나뭇더미가 이미 불붙어 있을 때 그는 장난스럽게 알렉산더의 죽음이 임박했음을 예언했습니다. 그리스 작가들과 우리 작가들 모두 이에 대해 언급합니다. 하지만 그는 우리 사이에서는 유명하나 자국민들 사이에서 악명이 높습니다. 왜냐하면 그는 본국의 도덕이 정한 엄격한 규율에서 벗어나 그리스의 장황한 언어의 철학과 호화로운 섬세함으로 도피했기 때문입니다. 그 때문에 그는 사방에서 거센 공격을 받지만, 무엇보다도 심한 것은 외국의 관습이나 억지스러운 교의에 오염되지 않은 동시대의 벌거벗은 노현자老賢者 단다무스의 독설입니다.

다른 사람들의 글 중에 역시 같은 왕에게 보낸 그의 편지 한 통도 발견되고 있습니다. 그 편지가 말이 많은 것인지 보다 활기찬 것인지는 모르겠습니다만 말입니다. 내가 말한 칼라누스의 편지에 대해서는 의심이 가지 않도록 암브로시우스는 그것을 자신의 편지들 사이에 넣었습니다. 하지만 다른 하나는 편지가 남아 있는 게 아니라 내가 위에서 언급한 암브로시우스의 이름이 쓰인 브라만의 삶에 관한 책에서 왕 자신과 꽤 길고 자유롭게 나눈 대화가 남아 있는 것입니다. 그 책은 암브로시우스의 스타일을 충분히 맛볼 수는 없지만, 밀라노 암브로시우스 교회의 기록 보관소에 보관된 그의 서재의 거대하고, 존경스럽고, 고풍스러운 책들 가운데에서 나타납니다. 내가 추측할 수 있는 한, 의심할 여지가 전혀 없이 그 책은 암브로시우스가 아니라 팔라디우스의 작품입니다.

하지만 저자가 누구든, 그의 이야기는 분명히 듣기에 불쾌하지 않을 것입니다. 그는 왕이 금, 은, 의복, 음식, 기름 등의 선물을 보냈고, 철학자는 마지막을 제외하고는 모두 경멸했다고 전합니다. 금과 은은 사람의 마음을 사로잡기는커녕 날아다니는 새들로부터 더 달콤한 노래를 끌어내는 힘조차 없었기 때문입니다. 그는 옷을 필요 없다고 거절했을 뿐만 아니라 자유를 방해하고 속박하는 것으로서 꺼렸습니다. 또한 음식을 보고 마치 불의 잔재인 듯 조롱했습니다. 하지만 왕의 모든 선물을 경멸하는 것처럼 보이지 않기 위해 그는 기름을 가져와 즉시 큰 나뭇더미에 불을 붙이고 기름을 불에 부었으며, 찬란한 불꽃이 뿜어져 나오자 마치 이것이 그에게 일종의 희생인 것처럼, 언제나 그랬듯이 매우 짧게 전능하신 신에게 감사를 드렸다고 보고됩니다.

그러나 이제 이 고독한 노인에 관한 이야기는 충분합니다. 나는 그와 그 사람들의 모든 관습을 어떻게 판단해야 할지 모르겠습니다. 나는 옷을 벗고 다니는 습관을 좋아하지 않습니다. 아무리 점잖은 요인이 있더라도 마음에 들지 않습니다. 수수한 옷에 대한 존중은 추위로부터 보호함과 동시에 품위를 갖추기 위해 정해진 것이기 때문입니다. 그러나 이와는 다르게, 벌거벗은 상태여도 허리는 가리는 습관이 있었다고 기록되어 있기도 합니다. 나는 그들이 비인간적으로 음식과 수면을 무시하는 것을 좋아하지 않습니다. 왜냐하면, 간절히 바라는 삶의 극단을 피하면 반대의 극단에 빠져들 수도 있기 때문입니다. 이 점에 관해 내가 가장 마음에 드는 것은 키케로식의 절제입니다.

우리는 또한 단정한 외관을 보여 주어야 합니다. 너무 딱딱하거나 정교하지 않고, 천박하거나 지저분함을 피할 수 있을 정도면 충분합니다. [33]

---

[33] 키케로, 《의무론》 1. 36.

옷차림에 대해서도 같은 원칙을 지켜야 하는데, 일반적으로 사물에서와 마찬가지로 중간을 지키는 방식이 가장 좋습니다. 다시 말하지만, 이것은 내가 좋아하는 삶의 방식입니다. 수면은 짧게, 음식은 가볍게, 술은 간단하게, 옷은 소박하게 합시다. 그러나 옷차림과 잠자리와 음식은 사람과 소 사이에 어느 정도 차이가 있어야 합니다. 나는 부잣집이 망하거나 황금이 동나기를 바라지 않습니다. 무늬를 새긴 은으로 만든 식기와 김이 모락모락 나는 접시가 가득 찬 식탁을 바라지 않습니다. 나는 나 자신을 그렇게 잘 잊지 않습니다. 하지만 모든 일에 있어서 나는 대책을 요구합니다. 나는 이따금 누워 있거나 땅바닥에서 낮잠을 자는 데에 반대하지 않습니다. 자신의 편지에서 이렇게 말하고 있는 내 친구를 비난하는 듯이 보이지는 않을 것입니다.

가볍게 마시고, 풀이 무성한 강둑에서 주무세요. 34

그러나 평생을 야외에서 보내는 삶은 사람보다는 곰에게 더 적절하다고 판단됩니다. 비록 시인은 하늘을 지붕으로, 온 땅을 소파로 삼는 것을 영광으로 여기지만 말입니다. 하지만 이러한 관찰이 너무 경솔해서 심각한 사안과 비교할 수 없다는 말을 들을까 두렵습니다.

죽음을 예견하는 그들의 비뚤어진 관습은 마치 자신의 삶이 자신에게서만 나온 것처럼 하느님의 명령 없이 자신의 지위를 버리고 싶을 때마다 권리를 주장한다는 점에서 건전하지 않은 표시입니다. 이것

---

34   호라티우스, 《서간집》 1. 14. 35.

성인들의 삶을 말하는 두 번째 편지   215

은 그리스도교 신앙과 유명한 철학자들에 의해 똑같이 비난받습니다. 더욱이 그들이 죄가 없다고 스스로 선언하여 자기 자신을 속이고 사도 요한의 입을 통해 오만을 물리치고 참회와 회개를 요구하는 성령을 거짓으로 비난하는 것은 심각한 오만함의 표시입니다. 이 종파에서 나를 불쾌하게 하는 점은 바로 이런 것들입니다. 그러한 자유를 가진 노인이 알렉산더의 앞에서 저항했다면, 의심할 여지 없이 그의 이단을 대변하여 나에게 훌륭한 대답을 할 것입니다.

그러나 한편으로는, 그들이 바른 마음을 가진 사람에게는 그리 대단하지도 않은 세상을 무시하는 것을 나는 좋아합니다. 나는 그들의 고독을 좋아하고, 그 누구도 동등하게 누리지 못하는 그들의 자유를 좋아합니다. 나는 그들의 침묵을 좋아하고, 그들의 여가를 좋아하고, 그들의 휴식을 좋아하고, 그들의 사색하는 습관을 좋아하고, 무모하지만 않다면 그들의 침착과 확신을 좋아합니다. 나는 그들의 평정심을 좋아하고, 그들의 변함없는 표정을 좋아하고, 그들이 아무것도 두려워하지 않고 아무것도 원하지 않는 것을 좋아합니다. 나는 그들이 개울가 근처의 숲에 사는 것을 좋아합니다. 그 책에서 보듯이, 그들은 마치 그 개울이 대지의 젖인 마냥 순수하고 더럽혀지지 않은 물을 마시는 데 익숙해 있었습니다.

솔직히 말해서, 나 역시 전반적으로 브라만족의 진지한 대화, 특히 아까 언급한 단다무스와 알렉산더의 대화에 감동하고 있습니다. 그 대화들에서 알렉산더 혼자만이 아니라 사실상 인류 전체가 무수한 범죄로 질책을 받고 있는데, 즉 황금에 대한 끝없는 갈증, 비인간적인 야만, 신에 대한 보편적인 증오와 경멸, 부에 대한 유치한 찬미와 남성들이 달고 다니는 여성적인 장식, 정신적 팽창, 죽음 앞에서의 떨림, 영광에 대한 사려 깊지 못한 욕구의 죄악들이 그것입니다. 이것들에 더하여 능청스러운 혀, 말하는 사람에게도 종종 해롭기만 한 공허한 수다, 말로만 하는 철학, 입술에 머무르는 이해, 삶에 반하는 대화, 회개에 가까운 행동의 부주의, 탐욕이 불러일으키는 물질적인 것에 대한 끝없는 갈망, 내부 감정의 갈등과 외부 구성원 간의 큰 충돌, 도덕의 외고집, 그리고 무엇보다도 살육에 대한 애정과 전쟁에 대한 열정도 거론하고 있습니다. 게다가 가정생활의 과잉, 자신에게 적이 되는 과음과 폭식과 그것을 하는 몸의 파괴, 모든 종류의 음식에 대한 터무니없는 탐색을 말하고, 특히 고기를 먹는 것에 대해 그는 우리가 소나 말이나 사슴이 아니라 늑대나 사자와 같다고 신랄하게 말하며, 심지어 더 맹렬한 비난으로 우리를 시체의 살아 있는 무덤이라고 부르고 있습니다.

오, 아버지, 내 영혼의 벗이여, 내가 당신을 본의 아니게 이 샛길로 이끌었던 것은 아닙니다. 나는 브라만의 모든 관습에 찬성하지는 않지만, 그들의 고독과 고독한 생활은 인정합니다. 이는 이 주제에 대해 글을 쓰면서, 이러한 삶에서 다른 누구보다 현저하게 영광에 익숙한 사람들을 지나칠 수 없다고 느꼈기 때문입니다. 그러나 나는 미심쩍은 이 지역에서 떠납니다. 이런 동떨어진 문제에 너무 오래 머무르다가는 거짓과 진실을 혼동하게 될지도 모릅니다.

내가 이 글을 쓰는 지금도, 우리 중에는 지구를 탐험하는 데 매우 호기심이 많은 사람이 있습니다. 그들은 힌두교도 중에 놀라울 정도로 순수하고 학문적인 인물이 있다고 주장합니다. 인도의 백성과 왕들은 겸손과 애원 그 이상의 것을 가지고 그를 만나 그에게 신과의 중재, 자신들의 의문과 삶에서의 행동에 대한 조언을 간청하고, 모든 면에서 거의 신에 가까운 영예로 존경합니다. 반면 그는 늙고, 벌거벗고, 땅에 기대어 누워 있으며, 심지어 왕 앞에서도 일어나지 않은 채 입술을 거의 움직이지 않고 짧게 대답할 뿐입니다. 그의 말은 신탁神託으로 받아들여지며 모든 불행에서 큰 위로가 되고 먼 여행 후에는 원기를 돋우는 회복제가 됩니다.

왕들은 그가 사는 숲에 오면 말에서 내려 자주색 옷을 벗고, 왕관과 반지, 부적符籍과 지팡이를 내려놓고, 부하들을 내보낸 후에 경외심을 품은 채 혼자 또는 소수의 선택된 사람들과 함께 다가와 그의 발치에 엎드리고, 그와 단 한 번이라도 대화한다면 영원한 영광으로 여긴다고 합니다. 내가 조금 전에 언급했던 바, 꽤 멋진 일이라고 생각할지도 모릅니다. 더 간략하게 표현하기는 했지만, 왕이 그들에게 왔을 때 그곳에 예배에 익숙한 사람들이 있었고, 그들의 기도가 나라의 평화를 가져다준다고 믿었습니다. 과거에 그런 사람들이 많이 있었다면, 오늘날에는 무엇이 그런 사람의 존재를 막는 것일까요? 더 많은 이야기가 있을 수 있지만, 너무 길어서 다루지는 않겠습니다.

고독의 벗들 개개인에 관해 이야기하는 일도 가치가 있어 보이긴 하지만, 고독한 나라들에 대해서 언급하는 것도 가치가 있습니다. 말하자면, 북부와 리페안산맥을 넘어 세계의 다른 먼 지역의 북방인에 대한 소문을 되짚어 보겠습니다. 그곳에서는 하늘이 작동하는 필연적 원리 때문에, 그들은 1년 내내 낮과 밤이 각각 6개월씩 계속된다고 말합니다. 이들 북방인은 인도인과 거의 같은 습관이 있다고 알려져 있습니다만, 더 춥고 궂은 날씨 때문에 나는 그들이 벌거벗는다고 믿지 않습니다. 하지만 그들은 죽음의 방식은 달라도, 자발적 죽음인 자살自殺의 불쾌한 관행을 가지고 있습니다. 힌두인들이 불길 속으로 들어가는 동안 이 사람들은 권태가 아니라 삶의 포만감과 죽음의 욕망에 사로잡힐 때, 화환으로 몸을 치장하고 즐겁게 축제의 의식을 하러 나가 가파른 바위에서 가까운 바다의 파도에 몸을 내던집니다. 이러한 삶의 마무리는 그들에게 가장 큰 영광이며, 이러한 장례식은 그들에게 품위 있는 것입니다. 그러나 다른 면에서는 이 민족은 인간 중에서 가장 순수하고 정직하며 오래도록 행복한 삶을 살고 있습니다. 전쟁에 무관심하고 분쟁에 익숙하지 않으며, 항상 평화로운 여가를 즐기고 숲과 고독 속에서 살아갑니다.

폼포니우스 멜라35는 그의 저서 《지지》에서, 그리고 다른 많은 사람들도 이 민족에 대해 언급했습니다. 그러한 문제에 대해 매우 호기심 많은 조사자인 플리니우스 세쿤두스와 솔리누스는 또한 '아림파이안'이라고 부르는, 그들 주변에 살고 그들을 매우 닮은 사람들에 대해서도 언급하고 있습니다. 그들의 집은 숲속에 있고 그들은 딸기를 먹고 삽니다. 그들은 진지하고 온화한 인종으로 묘사됩니다. 그들은 리

---

35 폼포니우스 멜라(?~기원후 45년)는 로마제국의 지리학자이다. 《지지(地誌)》(De Situ Orbis) 3권을 저술했다. 세계지도가 포함되어 있는 이 책은 고대 지리학을 집대성한 것으로, 현존 라틴어 지리학 서적으로는 최초의 것이다.

페안산맥의 봉우리들이 끝나는 곳에 살면서 신성한 민족으로 여겨집니다. 그들의 영향력은 매우 커서, 많은 야만적인 민족들 가운데서도 안전하고 침략이 불가할 뿐만 아니라, 그들과 함께 피난하는 사람은 누구나 마치 성전 안에 있는 것처럼 보호구역의 기쁨을 누립니다. 그들은 머리카락이 부적절하다고 여겨 남녀 모두 면도를 합니다.

여기서 서양으로 눈을 돌려서, 작가들 사이에서 자주 언급되는 갈리아의 철학자들을 지나칩니다. 드루이드인은 동굴과 먼 계곡에 살며 지혜, 웅변, 자연과학, 별들의 움직임과 신들의 신비, 영혼의 불멸과 미래 삶의 상태를 알리는 일에 익숙하다고 그들은 말합니다.

툴레36와 하이베르니아37를 지나칩니다. 전자는 다양한 작가들을 통해 널리 알려졌지만 실제로는 실상이 잘 알려지지 않았고, 반면에 후자는 매우 잘 알려져 있습니다. 나는 그곳의 사람들이 부와 문명의 대상을 경멸하고 더 나아가서 땅의 경작은 소홀히 하지만 목초지와 숲에서 살고 있음을 배웠습니다. 여가는 그들의 사치이고, 자유는 그들의 가장 큰 재산입니다. 내가 어떤 나쁜 평판에 구속되지 않는다면, 나는 그들을 행복한 사람들이라고 불러야 합니다. 그들의 포악함을 그들의 성격 탓으로 돌리는 속설이 있지만, 근거는 별로 찾을 수 없습니다.

나는 서쪽 끝에 있는 '행운의 섬'38을 지나칩니다. 이 섬들은 우리

---

36   극북(極北)의 땅. (아이슬란드, 노르웨이, 스코틀랜드 북동쪽에 있는 섬 등을 가리키는 고대 그리스 로마 시기의 이름이다.)
37   아일랜드.
38   카나리아섬. (아프리카 북서부 대서양에 위치한 화산 제도, 고대에는 행운의 섬이라고 불렸다.)

에게 더 가깝고 우리에게 더 잘 알려졌지만, 인도와 북쪽으로부터는 아주 멀리 떨어져 있습니다. 이 섬은 많은 사람의 글을 통해 널리 알려졌고, 주로 호라티우스의 서정적인 시로 유명한데, 그의 평판은 매우 오래되었지만 아주 신선합니다. 우리 조상들의 기억 속에 제노바의 군함이 그들을 침투했고, 최근에 클레멘스 6세는 그 나라에 스페인과 프랑스의 피가 섞인 고귀한 존재인 왕자를 보냈습니다. 내가 예전에 본 적이 있는 사람입니다. 그가 왕관을 쓰고 홀을 들고 성안에 모습을 보이려고 가던 날, 하늘에서 갑자기 큰비가 쏟아지고 완전히 흠뻑 젖어 집으로 돌아갔던 일화가 비와 물이 많은 나라의 통치권이 정말로 그에게 내려졌다는 징조로 해석되었다는 것을 기억합니다. 그가 어떻게 세계 밖에 있는 영지에서 성공했는지는 알 수 없지만, 많은 것들이 기록되어 보고되고 있다는 사실을 알고 있습니다. 그 섬의 행운은 '행운의 섬'의 지명과 완전히 일치하지는 않는 것으로 보입니다. 그곳의 사람들은 거의 모든 외지인들보다 더 고독을 즐기지만, 습관은 세련되지 못하고 거의 짐승과 같습니다. 그들의 행동은 이성적인 선택이라기보다는 자연적인 본능의 결과이며, 야생동물이나 양 떼와 함께 돌아다닐 정도로 고독한 삶을 살지 않았다고 말할 수 있습니다. 하지만 나는 이 특이한 탐험 속에서 멀리 떨어진 지구의 구석을 충분히 헤매어 왔습니다. 이 모든 문제의 진실에 대한 책임은 원작자에게 있지, 읽거나 들은 것만 보고하는 나에게 있지 않습니다. 하지만 이제 그들을 대충 훑어보았으니, 더 유명하고 더 친근한 예시로 넘어가겠습니다.

철학자나 시인은요? 내가 철학자들에 대해 말할 때, 나는 처음 그들을 "교수"라고 부른 사람이 적절하게 이름 붙인 사람들을 지칭하는 게 아닙니다. 그들은 직업상으로만 철학자일 뿐, 행동은 어리석기 때문입니다. 그들은 남을 가르치면서 자기 가르침에 반하는 행동을 가장 먼저 하고 자신이 전한 율법을 가장 먼저 무시합니다. 스스로 지도자라고 선언하면서 그들은 가장 먼저 계급을 버리고 가장 먼저 미덕의 명령을 거역합니다. 그러므로 나는 이 사람들을 말하는 것이 아니라, 항상 소수였고 지금은 거의 찾아볼 수 없는 진정한 사람들을 말하는 것입니다. 그들은 자신들이 고백하는 지혜에 대한 사랑과 헌신의 증거를 제시합니다. 그리고 내가 이해하고 있는 시인들은 호라티우스가 묘사하듯이 "알맹이가 없고 낭랑한 사소한 시"[39]에 만족하지 않습니다. 그것은 역겨울 정도입니다.

그러나 키케로를 믿는다면 철학자보다 더 희귀한 사람들, 즉 진정한 시인들 그리고 호라티우스의 말을 다시 한번 사용한다면 "하늘의 불의 영혼, 웅장하게 구르는 글"[40]과 같은 천재성을 가진 사람들은 마땅히 이 이름의 영광을 받을 자격이 있습니다. 이런 종류의 철학자들과 시인들은 내가 단 한 명도 지적할 수 없지만, 우리 시대에 존재하거나 후세에 존재할 많은 사람을 상상할 수 있는데, 이런 사람들은 도시를 피하고 고독을 쫓지 않을까요? 이는 과거의 철학자들에게도 해당하는 것으로 알려져 있습니다.

---

39   호라티우스, 《시학(詩學)》 332.
40   호라티우스, 《풍자시집》 1. 4. 43~44.

플라톤에게 물어보면 그는 매우 존경받는 아테네보다 아카데미를 더 좋아한다고 할 것입니다. 마크로비우스가 플라톤과 함께 철학 스승의 으뜸이라고 부르는 플로티누스에게 질문하면, 그는 전 세계를 앞에 두고 캄파니아에서의 여가를 선택했다고 대답할 것입니다. 비록 그의 마지막은 불행했지만, 그의 선택은 영광스러웠습니다.

피타고라스에게 물어보면 그는 기분 좋은 은둔뿐만 아니라 심지어 광활하고 무서운 광야를 찾았고 진실을 조사하려는 열정으로 종종 황폐한 지역에서 힘든 여행을 했다고 말할 것입니다. 또한 히에로니무스의 증언에 의하면, 피타고라스의 이름과 가르침을 이어받은 피타고라스학파들이 쾌락의 선동에 노출되는 교류를 피해 물러났고, 그렇게 고독하고 외진 곳에 사는 데 익숙해졌던 것이 확실합니다.

데모크리토스에게 물으면 그는 진실을 보기 위해, 그리고 진실의 적인 군중을 보지 않기 위해 눈을 떴다고 인정할 것입니다. 파르메니데스와 아틀라스를 조사하면 그들이 살았던 산에 그들의 이름을 남겼다는 사실을 알게 될 것입니다. 그리고 만약 그 사건의 진실을 파고든다면 프로메테우스 역시, 그가 코카서스의 산봉우리에 묶여서 끝없이 독수리에게 쪼이는 우화에서 그 산의 고독을 얻었고, 사물 내면의 신비를 관통하는 데 가장 집중했음을 부인하지 않을 것입니다. 이것은 확실히 조사자의 마음을 지치게 합니다.

그곳은 종종 지성에 자극을 주므로 사람들이 모인 곳에 만연한 수많은 형태의 허영심이 마음의 음색을 낮추고 소멸시키며, 반드시 찾아오는 죽음이 창문을 통해 길을 찾는 걸 보면서 그곳이 자유롭고 고상한 것에 거리낌 없이 마음을 쏟아야 하는 사람들에게 적응할 수 있는 곳이기를 바랍니다. 이러한 이유로 내가 히에로니무스에서 읽은 것처럼 많은 철학자가 불안과 혼란의 중심지로서 도시 속 만남의 광장을 버렸을 뿐만 아니라, 지나친 사치스러움과 시끄러운 도시와의 근접함 때문에 못 미더운 교외의 작은 정원조차도 버렸습니다. 그래서 많은 것을 고려해 볼 때, 소크라테스나 아리스토텔레스, 그 밖의 몇몇 다른 사람의 경우 왕실 제자들의 권위든 국가의 명령과 요구든 항상 고독에 대한 그들의 욕망을 가로막는 우발적인 상황들이 있었다고 나는 믿게 됩니다.

이 고대의 예에 나는 우리 시대에서 그리 멀지 않은 후세대 인물인 유명한 피에르 아벨라르를 추가하겠습니다. 그의 정통성이 정의 때문에 의심받고 있는지는 모르겠지만, 그의 천재성은 단연코 경시되지 않았습니다. 그가 《나의 불행한 이야기》에서 들려주는 긴 설명에는 그가 어떻게 자신을 시기하는 자들에게 굴복하여, 트르와41의 숨겨진 고독에 파고들었는지 기록하고 있습니다. 그러나 그곳에서조차, 그는 사방에서 몰려온 학생들의 거대한 무리에서 자유롭지 않았습니다. 그의 가르침이 지닌 위대한 명성에 여러 곳에서 학생들이 모여들어 고독 속에 있는 그의 거처에 주저앉아 버렸기 때문입니다. 그는 고질적이고 끈질긴 증오와 악의가 그에게서 빼앗아가 버린, 간절히 바라던 평화 없이 살아야 했습니다. 이 시점부터 우리는 고대와 다른 형태의 지적 활동으로 돌아가야 합니다. 그러면 우리가 지향하는

---

41 트르와는 프랑스 동북부, 센강 좌안(左岸)의 도시다. 아벨라르는 이곳에서 기도처를 지었다.

논의를 확인할 수 있을지도 모릅니다.

　시인의 아버지인 호메로스에 대해서 뭐라고 말해야 할까요? 우리가 오르페우스, 리누스, 무사이우스 같은 그의 선구자들을 시인이나 음악가로 보든지, 아니면 두 예술의 동질성에서 시인과 음악가 모두로 보든지, 우리에게 전해진 것은 벌거벗은 이름뿐입니다. 호메로스는 그리스뿐만 아니라 이탈리아의 외로운 곳을 너무 잘 묘사해서, 키케로에 따르면, 그가 직접 보지 못한 것을 우리에게 보여 주었다고 합니다. 그래서 말하자면, 우리는 그의 시가 아니라 그의 천재적인 그림을 볼 수 있는 것입니다. 하지만 그가 시각 장애인이 되기 전에 그 장소들을 유심히 관찰하고 그 기억을 충실히 보존하지 않았다면, 그가 이것을 할 수 있었다고 믿어야 할까요?

　그리고 로마에서 도망친 우리의 베르길리우스에 대해 나는 뭐라고 말해야 할까요? 그곳에서 그는 자신의 천재성에 보내는 세간의 존경과 세계를 지배하는 군주와의 우정을 즐기고 있었고, 모든 근심에서 그를 구한 너무 이른 죽음의 길에서 마주친 고독의 자유를 찾고 있었던 것입니다. 그의 판단으로는 그의 신성한 시가 완성되기 위해서는 고독의 도움이 필요했습니다. 죽음은 라틴어의 천재를 부러워했고 더 큰 상처를 입히려고 했지만, 온화함과 문학에 대한 헌신으로 유명한 군주의 경건함에 가로막혔습니다.

　호라티우스는 자신이 좋아하는 것은 도성 로마가 아니라 조용한 티볼리와 난폭하지 않은 타렌툼이라고 공언합니다. 그리고 이 말은 다름 아닌 고독과 평화를 의미하며, 두 곳 모두 로마와는 상반됩니다.

그가 수많은 사람이 모인 그 도시에서 일어나는 짜증을 진지하게 열거하고 있으므로 그의 심정이 말하는 바를 금방 알 수 있을 것입니다. 그의 마지막 편지는 플로루스에게 쓰였는데, 명확한 부분에 대해 분명히 자신을 표현하기 위해 묻습니다.

로마를 생각해 보세요. 여기서 시를 쓸 수 있을까요?
놀리거나 간섭하는 일이 이렇게 많은 곳은 어디인가요?[42]

그런 다음, 이런 성가심을 우아하게 서술한 후 그는 역설적으로 결론을 내립니다.

자, 가세요. 바깥의 일에서 빠져나오세요.
그리고 내면의 영혼이 노래하는 것을 들어 보세요. [43]

그러나 이것만으로는 충분하지 않습니다. 그는 다시 묻습니다.

그리고 어떻게 내가, 사방의 소음과 함께,
그들이 밟는 곳을 밟고, 그들의
발자국을 만들 수 있을까요?[44]

---

42 호라티우스, 《서간집》 2. 2. 65~66.
43 같은 책, 2. 2. 76.
44 같은 책, 2. 2. 79~80.

또한, 그는 다시 한번 질문을 던질 때까지 만족하지 않습니다.

여기, 으르렁거리고, 요동치는 이 바닷속에서요,
달콤한 가사를 조율하는 것, 그게 효과가 있나요?[45]

그리고 사람들이 그가 분노에 찬 질문과 역설적인 관찰에 만족하고 사람들에 대해 명확하게 말도 하지 않는다고 생각하지 않도록, 그는 짧지만 가장 널리 적용되는 규칙을 제시하고 있습니다.

시인들은 마을에서 날아와 숲에 나타납니다.
작은 빈터에도요. [46]

그를 모방하고 똑같이 시인들에게 그 의미를 제한하면서, 나는 어떤 편지에서 다음과 같이 말했습니다.

숲은 뮤즈에게 소중하고, 도시는
시인의 적입니다. [47]

같은 호라티우스는 바이아만◆의 날씨에 매료되었든, 많은 사람이

---

45   같은 책, 2. 2. 84~86.
46   같은 책, 2. 2. 77.
47   페트라르카, 《운문 서간집》2. 3.

그의 숲과 다섯 가족이 사는 그의 작은 들판48을 칭찬하든, 또는 그가 가장 좋아하는 농장의 답답하고 힘든 일의 한가운데에서 한숨을 쉬든 간에, 틀림없이 도시에서의 거주를 비난하고 경멸하고 있습니다. 이 문제를 놓고 그는 친구와 다투고, 마찬가지로 그의 관리인과 노예와도 다투고 있으므로 누구도 그의 심정을 의심하지 않습니다. 그의 풍자시 중 하나에서 그의 가정적인 여가를 언급하면서 그는 말합니다.

여기 있습니다.
자유분방한 삶이라고요, 혼란과 아귀다툼에서 해방되었죠. 49

그가 그것을 얼마나 소중히 여기는지, 그의 편지에서 다음과 같이 말하고 있습니다.

나에게 시골 생활을 주고 나를 자유롭게 내버려 두세요.
나는 아라비아의 부富를 선택하지 않을 것입니다. 50

그러므로 그가 고독을 찬양하고 큰 재산보다 여가를 선호하였기 때문에 여가에 관한 그의 작품이 남아 있으며, 그곳은 그의 고독의 기억

---

48 호라티우스, 《서간집》 1. 14.
49 호라티우스, 《풍자시집》 1. 6. 129.
50 호라티우스, 《서간집》 1. 7. 37.

을 보존하고 있습니다. 그곳은 여전히 '호라티우스의 들판'으로 불리며 주인이 여러 번 바뀐 후에도 오늘날까지 더 유명한 주인의 이름을 유지하고 있습니다.

나는 시인들 사이에서 그에게 반대하는 사람을 거의 찾을 수 없을 것이라고 믿습니다. 왜냐하면, 오비디우스 혼자만이든 아니면 아마도 그를 모방하는 사람이든 그가 모방하는 사람 외에는 어떤 부류의 시인들도 고독이 그렇게 필요하고 또 고독에 친근하지 않았기 때문입니다. 그는 분명 위대한 천재였지만, 음탕하고 불안정하며 매우 나약한 성격의 소유자였고 여성들과 함께 있는 데에서 기쁨을 발견하며 행복의 합계와 정점을 그들에게서 찾을 정도의 사람으로서, 나를 놀라게 합니다. 그의 저서 《사랑의 기술》, 그 불건전한 작품과 그가 유배당한 이유를 정당화하는 내 의견을 밝히자면 그는 로마가 부인들과 처녀들에게 매우 유익한 도시이며, 그 광기가 일으키는 자연적인 흥분에 특정한 기술로써 자극을 가하는 사람들이 추구해야 하는 장소라고 가르칩니다. 또한 그는 욕정을 위한 더 풍부한 재료를 제공하려는 목적으로 장소와 휴일도 구별하고 있습니다.

나는 그 수치스러운 소망에 대하여 입을 다물겠습니다. 비록 그것이 절망적이고 버림받은 사람의 입에서 나온 것이기는 하지만, 그는 전 세대에게 지식을 전하기 위해 서면으로 말하기를 부끄러워하지 않고 행복한 사람을 성행위 속에서 느긋함을 즐기는 사람으로 정의했습니다. 그는 심지어 삶이 가장 수치스럽고 쓸모없는 그 상태에서 감히 죽음을 찬양하고, 스스로 멸종의 원인이 될 수도 있는 신화 속 신들의 욕정조차도 찬양합니다. 물론, 그 자신이 말한 것처럼, 그것은 그와 그의 삶에 적합하겠지만 그 자체로 죽음의 가장 비참한 형태이며 의심할 여지 없이 죽음 자체보다 더 나쁩니다. 만약 그에게 그런 도덕심과 정신이 있지 않았다면 진지한 사람들에게서 더 좋은 평판을 얻었을 것이고, 폰투스와 이스테르의 고독으로 유배[51]되는 일도 없었을 것이며, 그게 아니라면 그 일을 더 여유롭게 견뎌 냈을 것입니다. 하지만 나는 더 견고한 지성의 예로 넘어가겠습니다.

코르도바 출생의 세네카는 이미 로마 시민이자 원로원 의원이었고 로마에서 그의 유명세로 확실한 안전과 보호를 보장받고 있을 때 어떤 비극적인 일을 당하였는데, 그는 코르시카에서 그의 고독을 가슴 속 가득한 부드러움으로 떠올리며 한가했던 망명자의 굴욕을 당시의 활발한 삶의 영광보다 더 낮다고 여겼습니다.

그 구절을 읽으면 그 반대되는 조건들에 대한 그의 비교를 통해 우리는 어느 쪽이 더 좋다고 여겨야 하는지 이해할 수 있을 것입니다. 게다가 그의 의견은 내가 전에 언급했던, 루킬리우스에게 건넨 그의 충고에서 충분히 나타나고 있습니다. 하지만 그런 관점에서 그는 너무 엄격해서 언제나 고독을 좋아하는 나조차도 고독에 대한 그의 충고를 좋아하지 않습니다. 그리고 비록 이 인물의 최후는 우리에게 그 문제에 대해 어떠한 의심도 가질 수 없게 하고, 또 그가 외딴곳의 고

---

51 폰투스는 흑해에 면한 소아시아 동북부의 고대 국가로, 후에 로마의 속주(屬州)가 되었다. 오비디우스는 그의 저서 《사랑의 기술》이 너무 선정적이라는 이유로 금서로 지정되면서 아우구스투스 황제에 의해 로마에서 멀리 떨어진 이곳으로 유배되었다. 이스테르는 다뉴브강 하류의 고대 이름이다.

독 속에서 완전한 자유를 누리고 방해받지 않고 철학 연구를 즐겼다는 것도 분명하지만, 왕도王都에서는 그의 목숨조차도 사람들의 무자비함에서 안전하지 않았습니다. 그러나 그가 지은 비극의 한 구절에서 그가 자신의 몰락과 비참한 파멸을 미리 예견하고 기록해야 했다는 사실은 매우 놀라운 일입니다.

나는 외로움을 충분한 평정심으로 견디지 못한 부류의 사람 중에는 오직 키케로만을 알고 있는데, 이는 그 자체가 싫어서라기보다는 외로움을 계기로 한 법과 정의의 파멸을 싫어했기 때문이라고 생각합니다. 이는 불평하는 그의 태도로 암시되고 있습니다. 게다가 철학을 공부하는 학생이었을 뿐만 아니라 그는 가장 위대한 웅변가였고, 이 특별한 문학의 영역에서 당당히 영광을 누리려 한다면 자연스럽게 인구가 많은 도시 이외에서는 해낼 수 없습니다. 그래서 율리우스 카이사르 앞에서 데이오타루스 왕을 변호해야 했을 때, 그는 로마 사람들이 보는 앞에서가 아니라 사적인 방에서 이 사건이 진행되는 것을 불평했습니다. 웅변가들의 경우, 그들이 대도시와 혼잡한 집회에서 만족하고 고독한 장소를 혐오하며 침묵의 법정을 싫어하는 것은 독특하면서도 적절합니다. 그러므로 작은 인물들이 각각 자신의 도시에 대한 강한 열망이 있는 것처럼 키케로도 로마시에 대해서 그러했습니다. 또한, 자신의 조국의 안전과 명성을 위해 그가 큰 관심과 수고를 기울였기 때문만이 아니라 자신의 천재성에 어울리는 나라로서 더욱더 소중했습니다.

이 말을 하면서 나는 키케로의 목소리 외에는 어떤 목소리도 정말로 살아 있지 않음을 감히 선언한 세네카의 지지에 기댈지도 모릅니다. 이 구절은 대중적 연설이 지니는 한계로 인해 다른 많은 사람들이 사용해 왔지만 말입니다. 그리고 세네카는 키케로라는 천재 외에는 로마인의 힘에 견줄 만한 천재가 없다고 단언합니다. 하지만 그 어떤 증인보다 신뢰할 수 있는 것은 사실 그 자체에 대한 명백한 확증인데, 이는 통치와 영광의 경우에는 절대주권이 로마인들에게 있었고, 지성과 웅변에서는 키케로에게 있었음을 보여 줍니다.

그 외에 비록 본의는 아니었지만, 키케로가 고독에서 어떤 이점을 얻었는지 잘 알려져 있습니다. 그것은 가장 위대한 웅변가를 위대한 철학자로 바꾸어 놓았습니다. 그리고 라틴 학문이 이러한 상황으로 인해 얼마나 화려하게 풍요로워졌는지 모르는 사람은 없습니다. 이러한 결과 속에서 키케로 자신은 다음과 같이 말하면서 자신의 불만을 위로했습니다.

나는 무력에 의해 현실 정치와 변호사 업무에서 벗어나, 지금은 한가한 삶을 살고 있습니다. 그래서 도시를 떠나, 여기저기 시골을 돌아다니며 혼자 있는 일이 많습니다. … 따라서 공화국에서 몰락한 후 짧은 시간 안에 공화국에 머무르는 동안 쓴 글보다 더 많은 글을 썼습니다. [52]

사실 그는 틀리지 않았습니다. 이 인물이 보인 여가에서의 화려함과 아르피눔과 쿠마에, 폼페이와 포르미아에, 투스쿨룸에 있는 그의

---

52   키케로, 《의무론》 3. 1.

은퇴 거주지가 얻은 명성이 너무나 훌륭하기 때문입니다. 한 곳에서 그는 법체계를 구성하고 다른 곳에서는 아카데미를 설립하며, 또 다른 곳에서는 웅변가를 준비시키거나, 인간의 의무를 정의하거나, 신들의 형태와 자질을 묘사하거나, 다양한 오류의 뿌리를 파헤치거나, 선과 악의 경계를 수립하거나, 철학을 위한 웅장한 훈계를 구성했습니다. 우리 신앙의 저명한 옹호자인 아우구스티누스는 이것이 삶을 따르고 진리를 추구하는 데 자신의 길잡이가 되었다고 솔직히 인정하고 있습니다.

마지막으로, 내가 대하는 많은 사람 중 한 인간 때문에 사랑의 열병에 사로잡혀서 길을 잃은 듯이 보이지 않도록, 나는 그가 육체적 고통을 이겨 내고 질병과 슬픔을 물리치고 고통과 원인을 근절하기 위해 인내심을 가지고 죽음을 경멸하는 법을 배운 것은 그 은거 생활에서였다고 말하겠습니다.

그리고 그 자신의 표현을 사용하자면, 자신의 철학에 가장 큰 빛을 비추는 곳, 거기서 그가 가르친 것은 미덕이 선량하고 행복한 삶을 얻는 일에 필요하다는 게 아니라 그 자체로 충분하다는 것이었습니다. 이는 일부 위대한 사람의 견해와는 반대되는 의견입니다. 게다가 다른 사람들이 무미건조한 말투로 전달하는 것을 그는 훌륭한 웅변과 아름다운 스타일로 다루기 때문에, 그 유용성에 즐거움의 요소가 더해질 수가 있고 너무 장엄한 생각을 원하지 않는 곳에서는 언어의 엄숙함을 적절히 조절할 수도 있습니다. 고립이 이 인물의 천재성에 불을 붙인 것이 분명합니다. 그리고 원치 않는 상황에서도 이렇게 움직였다는 사실이 놀랍다면, 자유롭게 선택했을 때 어떤 효과가 있었으리라고 생각합니까? 아니면 마지못해 그것을 받아들이는 사람들에게도 이렇게 유익하다면, 얼마나 강력하게 그것을 원해야 한다고 생각합니까?

그러나 그가 자신을 위해 어떤 삶의 방식을 선호하든 간에, 그는 모든 계층의 사람들에게 적절한 의무를 설명하는 책에서 철학자가 선택해야만 하는 유형을 매우 적극적으로 말합니다. 휴식을 갈망하는 많은 사람이 공공의 관심을 버리고 여가를 위해 피난처를 찾는데, 그들 중에는 사명감이 뛰어나고, 또한 엄숙하고 소박한 성격을 가진 매우 고귀한 철학자들도 있다는 말이었습니다. 그들 중 몇몇은 사람들과 군주들의 행실을 견디지 못해 그들의 농장에서 자신의 가산을 누리며 살았고 왕과 똑같은 사고방식을 가졌습니다. 비록 왕과 같은 관행으로 생활하지는 않았지만, 다른 사람의 소유물을 탐내지 않고 자신의 자유 안에서 다른 사람의 뜻에 따르고자 하지 않았다는 점에서 말입니다. 비교 속에서 그는 활동적인 삶이 국가에 더 유익하다고 단언하고 있으며 이는 나도 별로 부인하지는 않습니다.

그러나 그는 은퇴 생활이 다른 삶의 방식보다 더 안전하고 더 쉽고, 덜 부담스럽고 덜 성가신 것이라는 것을 인정합니다. 그래서 그는 은퇴 생활을 받아들일 정당한 이유가 있는 사람들을 위해 이를 승인할 뿐만 아니라, 특히 지성과 학문에 뛰어난 사람들에게는 그것을 추천합니다. 그리고 내가 말했듯이 그 자신이 처음에는 이런 삶을 견디기 어려웠지만, 결국 그는 많은 슬픔으로 우울해졌고, 특히 사랑하는 딸의 죽음으로 몹시 고통스러워지자 고독을 갈망하게 되었으며 그의 친구 아티쿠스에게 편지를 쓰면서 이렇게 말합니다.

"나는 이제 모든 것을 거부하고 고독보다 더 견딜 수 있는 것은 없다고 생각합니다."[53] 그리고, "고독과 은퇴는 나에게 적절한 영역입니다. 사실, 나는 여러 가지 이유로 도시를 피합니다."[54]

또 다른 곳에서 그는 말합니다.

"군중 속에 있는 것을 견딜 수 없습니다."[55]

그리고 다시 한번, "모든 동료로부터 자유로운 이 고독만큼 즐거운 것은 없습니다. 나는 아침에 울창한 야생의 숲에 몸을 묻고, 밤이 될 때까지 그곳에서 나오지 않습니다"[56]라고 말합니다.

나는 이 문장을 읽을 때마다 마치 다른 사람이 쓴 것이 아니라 나 자신이 쓴 것처럼 정신적으로 이 문장에 빠져듭니다. 나에게도 같은 일이 자주 일어나기 때문입니다.

그러나 이제 키케로를 떠나면서 마지막으로, 그가 가장 친한 친구를 치켜세우는 구절을 소개하겠습니다.

"당신 이후에 나는 고독보다 더 좋은 친구가 없습니다."

그리고 덧붙여서, "그 안에서 나의 유일한 대화는 책과 하는 것입니다"[57]라고 말합니다.

나는 모든 발언을 소개할 생각이 없습니다. 왜냐하면, 내가 내놓았던 발언을 통해 그 도시와 광장의 연인이 과거에 사랑했던 것을 얼마

---

53 키케로, 《아티쿠스에 보내는 편지》 12. 18.
54 같은 책, 12. 26.
55 위와 같음.
56 같은 책, 12. 15.
57 위와 같음.

나 싫어하게 되었고, 문학적 여가를 모든 것에 우선시하게 되었는지 알 수 있기 때문입니다.

특히 이 점에서 데모스테네스는 키케로와 같은 생각이었으리라고 추측합니다. 그리고 내가 아직 책에서 그 이유를 읽어보지 못한 것처럼, 내 의견을 바꿀 만한 이유가 나타나지 않는 한, 그의 느낌은 다른 사람의 흔들리는 느낌과 마찬가지였으리라 생각합니다. 두 사람의 소명 의식도 비슷했고, 데모스테네스는 게다가 허영심이 강하여, 키케로 자신이 지적했듯이[58] 나이 든 여인들이 그의 등 뒤에서 귓속말로 "저 사람은 위대한 데모스테네스가 아닌가요" 하고 말하는 것을 듣는 데서 기쁨을 얻었습니다. 그러나 그가 도시에서 그렇게 효과적으로 휘두른 웅변력을 특별히 훈련한 곳은 외로운 장소였다는 사실은 잘 알려져 있습니다. 그래서 쿠인틸리아누스는 그에 대해 이렇게 말합니다.

데모스테네스는 은둔을 아주 좋아하는 사람이었지만, 파도가 엄청나게 큰 소리와 함께 몰려오는 해변에서 공부함으로써 자신을 길들이곤 했습니다. 대중 집회의 소란에도 당황하지 않기 위해서 말이죠."[59]

데모스테네스가 귀와 눈이 전혀 방해받지 않는 곳을 고르는 데 익

---

58   키케로, 《투스쿨룸 대화》 5. 36.
59   쿠인틸리아누스, 《웅변가 교육론》 10. 4.

숙하다고 내가 앞서 말한 것에 현혹되지 마십시오. 여기서 나는 그가 파도 소리와 넓은 바다를 찾았다고 이야기하겠습니다. 그는 한 곳에서는 기지機智를 연마했고 다른 곳에서는 목소리를 연습하였지만, 어느 쪽에서 연습하든 외로운 곳에서 했습니다.

이들은 공공장소에서 왕래하기 위해 은밀히 연구했고, 도시에서 드러내 보이기 위해 숲속에서 명상했습니다. 그들의 직업은 그들의 구실이었습니다. 연설이든 침묵이든 그들의 목적은 본질을 키우기 위하여 똑같았기 때문입니다. 키케로의 경우 그런 일은 전혀 기억나지 않지만, 《다락방의 밤》에서 볼 수 있듯이 데모스테네스가 그의 침묵에도 대가를 치른 사실은 잘 알려져 있습니다. 어떤 타락도 마음속에 들어와서는 안 되고 어떤 것도 과시해서는 안 되지만, 모든 것이 구원과 지상에서의 삶의 법칙과 앞으로의 희망으로 향해야 하는 우리로서는, 고독 속에서 우리가 실천해야 할 것을 고독 속에서 연구해야 합니다. 우리는 고독 속에서 살고, 고독 속에서 죽어야 합니다. 이것이 나의 간절한 바람이고, 하느님께서 다정하게 봐주신다면 나는 감히 그것을 나의 소망으로 삼겠습니다.

이런 점에서 철학자들이 웅변가들과 항상 다른 태도를 지니고 있다는 나의 인상은 그들 삶의 습관이 보이는 차이를 관찰하는 것, 그리고 무엇보다도 그들의 목표가 지닌 차이를 관찰하는 것에서 유래합니다. 한쪽의 마음은 대중의 박수를 받는 데 붙들린 한편, 다른 쪽의 수고는 그들이 위선적이지 않은 한 내적으로 자신을 향하여 공허한 명성을 경멸하는 마음을 얻는 지식에 몰두하고 있습니다. 아낙사고라스나 키케로가 말하듯이 그의 확고함과 절제에서 가장 엄격한 철학자 크세노크라테스가 어떤 종류의 사람이었다고 생각해야 할까요? 또는 스토아학파의 아버지인 제논이나, 또는 매우 근면한 카르네아데스는 어떤 종류의 사람이었다고 생각해야 할까요?

카르네아데스는 우리가 읽은 것처럼, 판자에 관한 학문적인 연구60에 깊이 몰두하여 자신을 완전히 잊어버렸습니다. 정신을 산만하게 할 사람이 아무도 없는 고독 속에서가 아닌 인간의 혼란과 불안 속에서 90년이 넘도록 그러한 굳건함과 불변성을 유지하는 일이 가능하다고 가정해 볼 수 있을까요? 비록 내 짐작밖에는 아무것도 뒷받침할 것이 없지만, 나로서는 이 사람 중 누구도 이 도시에 살았다고 쉽게 믿지 않을 것입니다.

또한 크리시포스의 집과 디오게네스의 통樽이 도시의 거리에 있었다고 하는데, 전자는 사람들의 방문 때문에, 후자는 가장 위대한 왕의 그림자 때문에 짜증을 냈다는 사실로 미루어 보아 나는 믿지 않았을 것입니다. 디오게네스가 도시의 성문 입구에서 살았다고 하는, 그 당시와 더 가까운 시기에 있었던 히에로니무스의 진술이 없었더라도 말입니다. 히에로니무스의 권위와 그의 광범위하고 다양한 독서는 내가 누구의 말도 똑같이 받아들여서는 안 된다고 믿게 만듭니다. 왜냐하면, 자신이 신뢰할 만한 작가에게서 그것을 발견하지 않았다면

---

60 카르네아데스의 판자. 배가 난파하였을 때 한 명만이 붙잡을 수 있는 한 조각의 판자를 붙들고 있는 사람을 밀어내고, 그 판자를 빼앗아 자기 목숨을 구하는 일은 정당한가 하는 문제에 대한 논의를 말한다.

그는 결코 그런 것을 적어 두지 않았을 것이기 때문입니다.

이 사람들에 대해서는 나는 이미 충분히 이야기했습니다. 하지만 그리스의 7명의 현자 중 가장 유명한 솔론이 있습니다. 그는 처음에는 그의 나라의 입법자이자 통치자였지만, 플라톤의 《티마이오스》에서 보여 주듯이 말년에는 다른 일에 전념했습니다. 그는 자신이 법을 제정한 나라를 떠나는 순간, 고독을 사랑하는 사람으로 여겨져야 합니다. 그리고 그는 지식을 향한 열망으로 이집트 여행에서 특별한 즐거움을 얻으며 미지의 땅으로 갔습니다.

놀라운 점은 황제와 군대의 장군조차도 고독을 좋아하는데, 학문을 연구하는 사람들이 고독을 좋아해야 한다는 것입니다. 그것이 경이로움의 진짜 원인입니다. 나는 율리우스 카이사르를 지나치겠습니다. 그는 공적인 생활의 투쟁에서 로도스섬의 평화로운 분위기로 물러나 문학에 전념하려고 결심했는데, 그 당시에는 해적들의 공격으로, 그리고 그 후에는 국내외 전쟁의 폭풍에 의해 저지당했고 결국 그가 소망한 목적을 얻을 수 없었습니다.

나는 아우구스투스 황제의 이름을 고독한 사람의 숫자에 포함하지 않겠습니다. 그는 인간의 권력과 위대함의 정상에 도달하였지만 때때로 시골에서 살거나 숲에서 혼자 산책하기도 했습니다. 나는 이것을 그의 사적 및 공적인 의무에 대한 부담으로 그가 즐길 수 있었던 특권이었다고 생각하지만, 그를 고독한 생활의 숭배자들과 함께 이름 올리기를 두려워하지 않습니다. 그는 이런 종류의 삶의 편안함을 끊임없이 갈망했기 때문입니다. 그의 모든 생각과 모든 말은 휴식으로 끝났습니다. 이것은 현재의 수고 속에서 그의 위안이었고, 과거의 노동에 대한 그의 보상이었고, 미래에 대한 그의 기대였습니다. 이 상태와 비교하면, 부의 모든 특권과 권력의 모든 부담은 골치 아프고 비열한 맛을 가지고 있었습니다. 요컨대, 그는 가장 운이 좋은 사람에게 떨어질 수 있는 모든 영예를 누리는 기쁨의 절정에 지쳐서, 단지 고독한 생활이라는 이름에 잠깐 숨을 돌렸던 것입니다. 이 사실에 대해 많은 작가가 말하고 있으며, 또한 그가 원로원에 보낸 내 수중의 편지도 그 사실을 증언합니다. 그렇다면, 그러한 부드러움으로 마음의 눈을 고정했던 상태를 유지하는 일이 그에게 얼마나 큰 기쁨이었을까요? 그리고 그는 원로원에 편지를 보내 마침내 자신을 살려달라고 호소했고, 국가의 사정이 허락한다면 일반 시민으로서 노년을 보내게 해달라고 호소했을 뿐만 아니라, 수에토니우스의 보고에 따르면 원로원과 치안 판사들을 불러 제국의 회계를 그들에게 넘겨주기도 했습니다.

하지만 그는 계속 권력을 행사했습니다. 왜냐하면, 같은 역사가 수에토니우스가 말하듯이 그는 위험 없이 사적으로 살 수 없으며 국가를 여러 권력에 맡기는 것은 경솔하다고 생각했고, 자기 자신과 공공의 안전을 위해 그의 염원을 억제했기 때문이었거나, 아니면 우리가 믿듯 어떤 군주도 아랫사람들을 그보다 더 사랑하지 않는다는 말이 사실이어서 그가 원로원과 국민의 간청에 굴복했기 때문이었습니다. 아니면, 그는 어떠한 간청이나 사적인 안녕 또는 공공의 안녕에 대한 두려움에 전혀 영향을 받지 않았지만, 자연적인 인간의 약점에 괴로워했을지도 모릅니다. 세계의 군주이자 지배자로서 행운의 최고봉에 앉아 있는 사람에게, 자신의 욕망이 초라하고 낮은 지위로 떨어진다는 것은 그가 정신적으로 이를 돌이켜 보았을 때 매우 갑작스러워 보였을 것입니다. 그리고 그 표현이 보여 주듯이 현기증 같은 증상이 어지러운 높이를 두려워해서 그를 붙잡았을지도 모릅니다. 그래서 그는 그 문제를 잘 따져 보고 생각한 끝에, 자기 자리를 고수하고 죽을 때까지 거기에서 내려오지 않았습니다. 그러므로 내가 말했듯이 실제로 고독과 여가를 즐긴 사람 중에 이 위대하고 활동적인 군주가 설 자리는 없지만, 이 축복의 큰 매력을 더 명확하게 인정할 수 있는 증인이 없으므로 이 주제를 논의하는 데 있어 그의 사례를 생략할 수는 없었습니다. 모든 것을 줄 수 있었던 황제는 자신을 위해서는 오직 이 선물만을 원했습니다. 그는 모든 사람 위로 올라섰고, 오직 이것만이 자신의 왕좌 위에 올라가 있는 것을 보았습니다.

아우구스투스의 소원은 디오클레티아누스에게 현실로 다가왔습니다. 그는 신으로 숭배해야 한다고 정해진 황제들 중 첫 번째였는데, 신발과 옷에 진주를 박고 보석을 가득 달고 나오면서 황제의 습관을 로마인과 인간으로부터 페르시아인 또는 신과 같은 것으로 바꾼 듯 보였습니다. 얼마 전 그는 병거兵車 앞에서 포로들과 미리 운반해 온 파르티아의 전리품으로 승리를 축하했지만, 그 후 격동의 궁정과 값비싼 애물단지들과 경호 부대와 전반적인 노예근성에 싫증이 났고, 갑자기 마음을 바꾸어 혼자서 가난하고 자유로우며 큰 난파선難破船의 항해사처럼 벌거벗고 황실에서의 걱정의 바다에서 헤엄쳐 나와 더 겸손한 삶의 안식처로 가고 싶다는 욕망을 품었습니다.

우리는 첼레스티누스를 존경합니다. 이 거룩한 인물은 이 위대한 죄인 디오클레티아누스가 노년의 매우 짧고 불확실한 여생을 위해 행한 일을 영원한 삶을 위해 실천했습니다. 최고의 평화를 갈망하면서 스스로 시민들의 무리 속으로 뛰어들었을 때, 디오클레티아누스는 자신이 사임한 권력의 연기나 냄새에 방해받지 않기 위해 바뀐 생활의 거처를 로마로 정하지 않고, 그의 고향 달마티아의 살로나로 가고자 했습니다. 그리고 마을 내부도 아닌 고향의 성벽 근처로 가서 아마도 앞을 내다보고 지었을 시골집에서 죽었습니다. 그의 고독하고 초라한 생활은 노년에 많은 평온함을 더해 주었고 그가 안은 최고의 영예를 조금도 떨어뜨리지 않았습니다. 에우트로피우스와 에우세비우스의 진술에 따르면, 그는 신들의 숫자에 들어갈 수 있는 유일한 민간인입니다. 하지만 디오클레티아누스가 권력을 내려놓은 후에 한 일은 권력을 장악하기 전에 안토니누스 피우스[61]가 해오던 일이었습니다. 역사가인 율리우스 카피톨리누스는 안토니누스가 모든 사생활을 통틀어 가장 오랜 시간 들판에서 살았고 모든 곳에서 유명했다고 기록하고 있습니다.

하지만 난 너무 빨리 가고 있으므로 발걸음을 되돌려야겠습니다. 나는 삶의 대부분을 들판에서 보낸 퀸티이족, 쿠리이족, 파브리키이

---

61   안토니누스 피우스(86~161년, 재위 138~161년)는 로마제국의 제 15대 황제로, 오현제(五賢帝) 중 한 명이다. 성품과 행동 모두 겸손하고 솔직하고 자비로운 사람인 까닭에 자비로운(피우스) 황제로 불렸다.

족, 세라니족 그리고 그 밖의 사람들을 생략하고 로마 공화정의 시초부터, 그리고 시작되기 전부터도 가장 현명하고 가장 훌륭한 왕들이 이런 생활을 즐겼다는 사실을 보여 줄 것입니다.

누마 폼필리우스는 왕 중에서 순서를 따진다면 두 번째 왕이며 정당성으로는 첫 번째 왕으로서 뜻하지 않게 권력에 소환된 외국인인데, 그가 그의 천재성으로 첫 번째 왕의 흉포함에 물든 사람들을 통제하고 부드럽게 하고자 민법과 종교법에 온 마음을 기울였을 때, 기록에 따르면 종종 그 목적을 위해 어둡고 외딴곳을 찾는 데 익숙해져 있었다고 합니다. 나도 이곳을 직접 본 적이 있지만, 도시에서 약 15마일, 또는 그 이상 떨어져 있는 곳입니다. 아리키아 언덕의 기슭에 있는 그곳에는 샘물이 끊임없이 흐르는 움푹 파이고 그늘진 바위가 있으며, 사방에 털가시나무의 울창한 숲과 심오한 침묵이 있습니다. 그곳에서 당시 매우 학식이 높은 사람이었던 왕은 인간의 법과 신성한 의식을 찾는 습관을 가지고 있었습니다. 아니면 아마도 다른 곳에서 이들을 발견하면 승인을 내리는 습관을 지니고 있었을지도 모릅니다.

그는 그곳에 오랫동안 침묵 속에 혼자 앉아 있었습니다. 그리고 한참 뒤 홀로 명상을 시작했고 아직 무례하고 훈련되지 않았지만, 곧 여러 나라들을 지배하게 될 한 민족을 통제하기 위한 성문법을 들고 왔습니다. 그들의 새롭고 길들여 있지 않은 영혼들을 일종의 종교적인 올가미와 두려움의 굴레로 묶기 위해, 그는 크레타 왕 미노스의 예를 모방하여 밤에 신들과 만나 대화를 즐겼다는 매우 대담한 조작으로 거짓 행세하여 자신의 계획에 대한 승인을 구했다고 합니다. 이 허구는 그가 발견한 다른 신성한 신비들과 함께 자기의 죽음을 한탄하며 라틴어와 그리스어로 된 책을 펴내고, 어느 쪽 언어든 배운 사람들이 진실을 일시적으로 돕기 위해 거짓된 지원을 이용했음을 지적할 수 있도록 했습니다.

그러나 그가 도입한 법의 권위가 이미 그 토대 위에 서 있었을 때, 그는 불필요한 오류에 연루된 사람들을 신경 쓰지 않았습니다. 여러 세대가 지나간 후, 원로원의 동의로 로마의 한 집정관은 왕의 무덤 옆에서 발견된 이 책들을 불태우라고 명령했습니다. 그가 그 책들이 진정한 종교에 위험하다고 생각했기 때문인지, 아니면 내가 그렇게 믿고 싶은 것처럼 단지 이러한 구실을 찾았을 뿐인지, 그리고 두려움에서 해방된 사람들이 귀족들의 멍에를 떨쳐 버릴까 봐 정말로 걱정했기 때문인지, 나는 모릅니다. 나는 그 행동의 허영심이나 불경함에 대해서는 아무 말도 하지 않겠습니다. 우선은 고독이 많은 훌륭한 것의 원천이고 그것으로부터 로마법의 기원도 흘러나왔다는 점을 지적하는 것으로 충분할 것입니다.

로물루스는 그의 후계자보다 더 불같고 폭력적이었지만, 숲과 양치기 오두막에서 일어난 일들로 마음을 굳게 먹어, 고독한 건축가만이 위대한 제국의 설립을 위해 적합하다고 여겨질 수 있도록 했습니다. 도시의 여왕에게 주어진 가장 가혹한 고독이 그것의 재료, 이름, 땅, 그리고 설립자라는 것은 상상하기 어렵습니다. 우리는 아시아의 도시에서 아킬레스를 금세 끔찍하게 만들었고 그리스의 도시에서 그를 유명하게 만든 것을 아킬레스 자신이 고독 속에서 배웠다고 읽었습니다.

헤르쿨레스도 앞의 책에서 언급한 건전한 삶의 계획을 고독하게 달성했는데, 그때 그는 마치 갈림길처럼 오래 망설이다가 결국 쾌락의 길을 마다하고 미덕의 길로 들어섰고, 그 길을 따라 꾸준한 행진을 계속하여 인간 영광의 정점뿐만 아니라 신성의 명성으로까지 승화하였습니다. 비록 이 사람의 명성이 가지를 높이 그리고 넓게 뻗고 있지만, 그 뿌리를 찾으려면 마음은 고독으로 돌아가야 합니다.

하지만 군사 지도자 중 단연 최고인 두 명의 아프리카인을 어디에서 빼놓아야 할까요? 사실 베르길리우스가 말한 것처럼 그들은 전쟁의 두 천둥벼락입니다. 그리고 나는 이것을 다른 누군가를 지칭하기 위해 사용하는 사람이 있다는 사실에 놀랐습니다. 그들 중 한 명은 리비우스가 말하듯이 그가 남성으로서 복장을 갖춰 입었을 때부터 카피톨리누스 언덕에 가고, 신전에 들어가 앉고, 비밀리에 그곳에서 시간을 보내기 전에는 단 하루도 공적이나 사적인 행동을 하지 않았습니다. 이 습관은 그의 평생 유지되었습니다. 그리하여 그리스의 전설과 미신이 아닌 로마의 성숙한 판단 아래 명성을 얻었고, 또한 존경받는 미덕 때문에 신으로부터 기원했다는 평판을 받은 저 뛰어난 인물은 사업의 시작을 종교에 의존했고, 고독을 종교의 가장 좋은 거처로 보았습니다. 그는 그 사업이 무엇이든 간에 그 시작점부터 인간적인 자신감 이상으로 그것을 공략하고 자기 자신과 그를 따르는 사람들에게 성공을 약속하는 데에 익숙했습니다. 그리고 사실 그는 전혀 실패하지 않았습니다.

게다가 매우 밀접하게 결합해 있으며 서로 꼭 닮은 두 사람을 분리하지 않는 것은, 이 두 사람 모두 각각 그의 시대에서 미덕만큼이나 고독을 사랑했고 전쟁에서의 승리와 개선 후에 리테르눔이나 포르미아나 카이에타로 가서 몇몇 친구들과 호젓하게 쉬곤 했다는 잘 알려진 사실 때문입니다.

오오, 모든 왕의 장려함과 권위를 넘어서는 훌륭한 광경이여! 국가의 통치자들, 시민의 해방자들, 이탈리아의 수호자들, 여러 나라의 정복자들을 보십시오. 그들의 임무는 성공적으로 수행되었고, 승리한 사람들은 자유롭고 기뻐하며, 그들을 지키는 호위 부대는 로마에 남아 승리의 관행을 미루고 그들 계급의 휘장은 열심히 복원되고 있습니다. 혼자 여유롭게 근심을 의식하지 않고 언덕 위나 해안을 따라 거닐며, 종종 흰색과 검은색의 작은 조개껍데기나 바다의 조약돌을 줍곤 합니다.

나는 키케로에게서, 그들이 도시를 뛰쳐나와 시골로 갔을 때 마치 쇠사슬에서 탈출한 양 믿을 수 없을 정도로 어린아이처럼 행동하였다는 사실을 알았습니다. 그러나 분명, 아름다운 생각이 그 고독 속에 따라다녔고, 그 여가 속에는 언제나 위대한 자질이 나타났습니다. 그리고 키케로는 자기 자신의 고독을 애도하는 구절에서 대아프리카누스의 고독을 찬양하고, 그와 동시대의 경쟁자인 카토의 증거에 의존하여 그것을 위대하고 현명한 사람에게 어울리는 참으로 훌륭한 발언이라고 부르며 스키피오 아프리카누스의 발언을 삽입하고 있습니다. 그는 한가할 때보다 더 게으르지 않았고, 혼자 있을 때보다 더 고독하지 않았습니다.

말하기가 이상하게도, 암브로시우스는 그의 동포에게서 이 명언의 영광을 빼앗으려 하지만, 로마인들이 관련된 내분은 전혀 원하지 않습니다. 그들은 심지어 그들의 책 속에서도 싸우고 있습니다. 키케로는 《의무론》의 세 번째 책에서 스키피오에게 이 찬사를 보내고 있습니다. 많은 세부 사항들뿐만 아니라 제목과 책의 권수에서 키케로를 모방하는 암브로시우스가 문제를 분명히 하기 위해 세 번째 책의 시작 부분에서, 스키피오 아프리카누스에게서 빼앗은 영예를 주님의 예언자인 모세, 엘리야, 엘리사에게 넘겨주기 위해 힘든 논쟁을 벌입니다. 스키피오 훨씬 이전에 그들이 여가에 적극적이었고 고독과의 친교를 즐겼다는 이유에서입니다.

나는 암브로시우스와 다투지 않겠습니다. 그가 진실을 말하고 있음을 알고, 설사 내가 이를 알지 못하더라도 그의 권위로 플라톤이 키케로를 짓밟는 것보다 훨씬 효과적으로 나를 짓밟을 것이기 때문입니다. 나는 성령께서 그의 입을 통해 말씀하신다고 믿기 때문에, 그의 권위는 나에게 위대하며 부당하지 않습니다. 내가 감히 어떻게 모세가 늘 혼자였다고 의심할 수 있겠습니까? 현명하고 학식 있는 바로 그 사람인 모세는 자기 자신과 항상 함께 있었을 뿐 아니라, 하느님께서 친구 대 친구로서 얼굴을 마주하여 말씀하신 사람이었습니다. 내가 어떻게 그를 게으르다고 생각해야 합니까? 그는 조용히 앉아 무장하지 않은 채 주님께 부르짖었고 그 소리는 하늘까지 들렸으며, 지친 손을 다른 사람의 도움으로 간신히 들어 올림으로써 그의 도움 없이는 무장한 군대도 할 수 없는 수많은 적을 혼자서 쳐부수었습니다.

하느님과 천사들과도 역시 함께 이야기를 나누었던 엘리야를 어떻게 외롭다고 생각할 수 있겠습니까? 그가 비를 내리라고 명령했을 때, 그리고 굶주림으로 죽음을 두려워하는 여주인에게 말 한마디로 무한한 음식과 무진장한 기름을 주었으며 또한 큰 믿음으로 죽은 아들을 살아 돌아오게 하였을 때, 어떻게 엘리야를 두고 나태하다고 할 수 있겠습니까?

그의 제자 엘리사를 어떻게 외롭다고 부르겠습니까? 그는 적을 두려워하여 떨고 있는 하인에게 다른 사람들에게는 보이지 않는 전차와 말과 천사의 군대를 보여 주었습니다. 그가 수넴의 여주인에게 늙은 남편의 아들을 낳게 하였고 어린 시절에 죽은 아들을 되살려 한 아이가 예언자의 믿음과 권능의 증거가 되게 하였는데, 어떻게 그를 게으름뱅이라고 부를 수 있겠습니까? 그가 살아 있을 때 그의 소생시키는 힘은 어떠했을까요? 그가 죽은 후에 단지 그의 몸을 접촉하는 것만으로 죽은 다른 사람들을 되살렸다고 알려져 있습니다. 게다가 그가 완전히 한가하게 앉아 있으면서 그의 눈앞에 없는 사람들의 모든 시도를 알고 마치 원수가 앞에 있는 것처럼 그의 생각과 계획을 알아차려 자신의 추종자들에게 모든 것을 귀띔할 때, 누가 그를 게으르다고 생각하겠습니까? 시리아 왕의 명령으로 적의 전군에 의해 포위당했을 때, 그는 단지 그의 혀로써 눈을 멀게 하여 포위한 군대의 수를 줄였고 그들을 사로잡았으며, 그다음에 그들을 말 한마디로 풀어 주었습니다. 이것들은 가장 중요한 여가의 표시이고 매우 강력한 고독의 표시입니다.

그러나 그러한 성격의 영광이 시간과 가치 모두에서 분명히 우선하는 예언자들과 함께 더 오래되었다는 것을 고려할 때, 스키피오에 대한 찬사는 누군가가 같은 종류의 찬사로 그를 앞서 왔기 때문에 더 적은 것일까요? 특히, 내가 확신하건대, 지식의 소통이 없었던 곳에서는 모방에 대한 의심이 있을 수 없기 때문입니다. 나는 모방이 일반적으로 인간의 업적에 대한 칭찬과 명성을 약간 손상하고 약화한다는 것을 부인하지 않습니다. 그러나 누가 그 자질들에 대한 원래의 칭호를 얻든지 간에, 그렇게 오랜 시간이 지난 뒤에 나를 예언자들의 이름으로 되돌아가게 한 그 격언은 바로 대스키피오가 제일 먼저 말한 것입니다. 그래서 암브로시우스도 나를 반박하지 않을 것입니다.

이 격언의 힘은 내가 생각하고 있는 것을 몇 마디로 담아내어 감동하게 합니다. 즉, 배타적인 고독도 아니고 나태하거나 무익한 여가도 아닌, 많은 사람에게 이익이 되는 것을 의미합니다. 한가한 사람들은 나태하고 느리고 냉담하며, 언제나 우울하고 불행하고, 그들에게는 명예로운 행동도 품위 있는 연구에의 전념도 훌륭한 인격과의 교류도 없다는 데 동의하기 때문입니다. 그럼 이게 결론이군요. 나는 바람보다 더 변덕스럽게 여가를 허용해 주는 일자리를 인정하지 않지만, 어느 정도 일정하게 여가를 허용하는 일자리라면 받아들입니다. 그 결과는 곤란과 이득과 불명예가 아니라 만족과 미덕과 명예입니다.

나는 지성이 잠자는 것을 용납하지 않지만, 그것은 휴식하는 동안 소생하여 더 풍요로워질 수 있습니다. 휴식은 토양에 이로운 것과 마찬가지로 뇌에도 이롭습니다. 게다가 나는 고독 속에서 즐거울 뿐만 아니라 그 속에서 고귀한 생각을 떠올리기 위해 노력합니다. 그것보다 더 우호적이고 매력적인 우정은 상상할 수 없고, 그것 없이는 도시든 숲속이든 삶은 비참합니다.

다음으로 그 내용이 다양한 종류의 책들이 있고 그 저자들은 즐겁고 한결같은 동료가 있습니다. 그는 저자의 명에 따라 대중 앞에 나가거나 그의 집으로 돌아갈 준비가 되어 있고, 항상 침묵하거나 혹은 말할 준비가 되어 있고, 집에 머물거나 숲에서 그와 동행하고, 여행하고, 시골에 머물고, 대화하고, 즐겁게 해주고, 응원하고, 위로하고, 충고하고, 논쟁하고, 상의하고, 자연의 비밀을 가르치고, 역사의 기념할 만한 행위, 삶의 지배와 죽음의 경멸, 번영의 절제, 역경 속의 용기, 우리의 모든 행동 안에서의 침착함과 확고함을 가르칩니다. 명랑한 동료이고, 학식이 있고, 겸손하고, 웅변적이며, 번거로움이나 비용에서 자유롭고, 불평이나 불만도 없고, 질투나 배신도 없습니다. 이 모든 혜택에 더하여, 그것들이 주인에게 헤아릴 수 없는 마음의 보물과 넓은 집, 화려한 복장, 그리고 가장 맛있는 음식들을 제공하는 반면에 그 자신은 먹을 것과 마실 것을 요구하지 않고 부족한 의복과 집의 좁은 공간에 만족합니다.

나의 고독 속에서 나는 또한 친구들도 인정합니다. 내가 이미 여러 번 말했던 그 달콤한 사회 말입니다. 그들이 없으면 인생은 완전히 빛이 사라진 듯이 기형적이며 발달되지 않은 것으로 간주해야 합니다. 밤이 될 무렵이면 종종 다정한 손이 내 문을 두드리곤 합니다.

만약 비 오는 날, 일이 느슨할 때 말이죠.
유쾌한 이웃이나 옛 친구가 들릅니다. **62**

---

62   호라티우스, 《풍자시집》 2. 2. 118~119.

그런 손님이 내 생각대로 우연히 올 때마다, 내가 빈번한 주흥酒興이나 일이 중단되는 것을 즐긴다고 남들이 생각하지 않도록, 그를 환영함은 오랫동안 떨어져 있었기 때문이고 나는 지금 일에서 자유롭다는 점을 명심합니다. 그러면 나는 다른 사람이 아니라 어쩐지 나 자신을 복제한 인물을 발견한 듯이 느껴집니다. 물론 그들은 한마음을 가진 두 사람이 아닙니다. 사랑은 둘을 하나로 만드는 방법을 알고 있습니다. 그렇지 않다면, 우정을 통해 많은 사람이 하나로 합쳐져야 한다는 피타고라스의 명령은 불가능했습니다. 이로부터 한 사람을 수용할 수 있는 어떤 장소라도 두 명의 친구를 둘 수 있게 됩니다. 어떤 고독도 그렇게 심오하지 않고, 어떤 집도 그렇게 작지 않고, 어떤 문도 그렇게 좁지 않아 친구에게 열릴 수 있습니다.

아버지, 당신이 만약 자기 자신과 자신의 장점만을 알고 있을 뿐이라면, 고독을 기분 좋게 하고 여가를 즐겁게 할 수 있는 것은 아무것도 없습니다. 당신은 훌륭한 정신을 지녔고, 세월과 함께 잘 발달했으며 많은 배려로 세련되어졌고 많은 예술과 과학의 가르침을 받았습니다. 인간의 행동을 지도하고 통제하며 우리의 삶 전체의 키를 잡고 이끌어 갈 정신입니다. 이런 조종과 함께라면 그 항해는 행운이 아닐 수 없습니다.

당신은 과거의 저명하고 뛰어난 사람들을 잘 알고 있습니다. 나는 살아 있는 사람들에 대해서도 말하고 싶습니다만, 당신은 상황을 알고 있습니다. 하지만 만약 지금 이런 생존자가 있다면 그들을 정말로 당신이 모르지 않습니다. 그들 중 일부는 상상 속에서만 대화할 수 있고, 그것은 바다도 산도 빼앗을 수 없는 교류의 형태입니다. 일부와는 육체적인 대화도 나눌 수 있습니다. 아마도 당신은 후자의 경우를 더 많이 겪을 것입니다. 비록 이 후자의 경우가 지금까지 그다지 수가 많지 않았고, 현재는 그 희소성이 두드러집니다만. 그러나 나는 칭찬의 표시로 여기에 하나의 이름을 넣어야 한다고 생각합니다. 고독한 생활 속에서 위안을 위해 운명이 당신에게 보낸 사람 중에는 퐁스 상송^{Pons Samson}**63**이 있습니다. 그는 당신의 교회에 매우 큰 특별함을 불어넣고 있습니다. 그에 대해서는 내가 어릴 때부터 잘 알고 있었고, 지금은 그를 더 확실히 안다고 생각하기에 특별히 자신 있게 말하겠습니다. 나는 '상송'〔삼손〕이라는 이름이 우연히 그에게 붙은 것이 아니라 그의 본성에서 나왔다고 믿고 싶습니다.

유대인 영웅이 육체의 강인함을 의미했던 것처럼, 그는 정신력과 세련미 그리고 신중함이 뛰어나기 때문입니다. 게다가 그는 문학에 대한 약간의 지식도 가지고 있고 고독의 상태에 따르는 어떤 가혹함도 쉽게 누그러뜨릴 수 있는 달콤한 성격도 지니고 있습니다. 당신의 습관처럼 온 마음으로 그를 껴안으십시오. 당신의 여가와 은퇴를 함께 나누도록 그를 불러내십시오. 내 짐작이 틀리지 않는다면, 그는 기꺼이 당신을 따를 것입니다. 도시 생활에 지쳐서, 그것을 버리기를 두려워하지 않을 것이기 때문입니다.

그런데, 아아, 우리의 소크라테스**64**는 어디에 두면 좋을까요? 아

63　퐁스 상송은 카바용의 성당의 사제이다. 페트라르카가 그에게 보낸 두 통의 짧은 편지가 남아 있다. 《친근 서간집》 16. 8, 15. 10 참조.

니면 내가 속은 것일까요? 다른 사람들은 단지 동료일 뿐이지만 그는 우리에게 없어서는 안 될 존재이고, 다른 이들은 초대해야만 하지만 그는 우리와 사랑으로 불가분의 관계로 결합되어 있는데, 내가 정말 그를 떠나야 하나요? 당신은 굳건하고 충실한 우정으로 사랑을 받고 있으며 뮤즈와의 친밀한 관계로 기품이 있는 그 남자를 알고 있습니다. 그와 함께라면 당신의 삶은 기쁘고 즐거울 것이기 때문에 현명한 조언, 지적 자극, 정신적 활력이 부족해지는 일이 없을 것입니다. 때때로 그러한 힘이 불러오는 우울한 구름이 침입하는 일도 결코 없을 것입니다. 그러나 고대의 소크라테스를 두고 그렇게 하듯이, 우리가 존경하고 칭찬하는 데 익숙한 그 밝은 얼굴의 평온함을 그 친구에게서도 보고 있으며 그를 사랑하고 있습니다. 그러나 나는 침묵 속에서 귀도^{Guido}를 지나치지 않을 것입니다. 우리의 귀도보다 더 순수하고 정신적으로 더 개방적이며, 지식에 더 열성적이고, 판단력이 더 뛰어나며, 대화에 있어서 더 유쾌한 사람은 아무도 없습니다. 세티모[65]라

----

64 페트라르카의 친구들 모임에서 늘 이 별명으로 불리던 사람은 독일이나 플랑드르 출신의 인물로, 그의 이름은 '루드비히 켐펜'과 비슷했을 것이다. '루이지 디 캄피니아'로 불리기도 했다. 페트라르카는 1330년경 콜론나 가문의 음악 일에 관련된 어떤 행사에서 '소크라테스'를 알게 되었는데, 두 사람의 우정은 매우 굳건하여 1361년 페스트로 '소크라테스'가 죽을 때까지 지속되었다. 페트라르카는 이 친구에게 그의 《친근 서간집》을 헌정했다. 《친근 서간집》 1권의 251쪽 참조.

65 '귀도 세티모' 또는 '세테'는 페트라르카의 집안 친구이자 평생의 친구였다. 그들의 아버지들은 피렌체에서 함께 추방되어 망명 생활을 했고 아들들은 같은 학교에서 교육을 받았다. 페트라르카는 장문의 편지(《노년 서간집》 10. 2)에서 그들의 우정을 되돌아보고 있고, 보카치오에게 보낸 편지(《노년 서간집》 5. 1)에서는 그를 "또 다른 자아 ― 어린 시절부터 우리 사이의 일치와 조화는 그러했습니다"

는 이름이 암시하는 것처럼 일곱 번째가 아니라, 그를 우리 모임의 다섯 번째 사람으로 받아들여 주십시오.

다른 모임이 우리의 희망과 목표에 적합할지 몰라도, 나는 이 모임보다 더 즐거운 것은 상상도 할 수 없습니다. 우리가 놓인 상태의 불평등, 일반적인 어려움, 그리고 떼려야 뗄 수 없는 인간관계의 갈등이 우리에게 부당하게 작용하지 않는다면 말입니다. 그러나 5명으로도 충분할 것이고, 운명의 여신도 우리가 상상 속에서 이 모임을 즐기는 것을 막을 수는 없습니다. 이 사람들이 당신 곁에 있으니 중병이나 급한 일이 생기거나 가끔 여행할 필요가 있을 때, 당신에게 누군가 항상 함께 있는 사람이 없어도 당신은 떠날 수 있습니다. 내가 세세한 부분까지 다 열거해야 하나요? 당신만 부족하지 않다면 아무것도 부족하지 않을 것입니다.

또한 당신은 조금도 부담 없이 마음대로 할 수 있는 수단을 지니고 있습니다. 다른 말로 표현하자면, 당신의 가난은 고통스럽지도 수치스럽지도 않고 명예롭고 밝습니다. 그리고 우리가 사실을 인정한다면, 많은 사람이 부러워할 것입니다. 당신은 풍부한 책의 공급, 독서에 대한 열렬한 사랑, 천부적인 이해력과 기억력으로 관찰과 연구를 통해 강해지고 있습니다. 만약 사물의 가치가 사용자의 애정에 달려 있다는 것을 몰랐다면, 다음의 일에 대해서 나는 침묵을 지켜야 했습니다. 겸손해야 하기 때문입니다. 그러므로 나는 당신과 함께 있을

라고 언급하고 있다. 교회법을 공부했고 교회에서 명성을 얻었으며, 제노바의 수석 부주교를 거쳐 대주교가 되었고, 그곳에서 1368년에 사망했다.

것입니다. 그리고 당신이 매우 좋아하는 나의 펜은 결코 당신을 실망시키지 않을 것입니다.

책을 읽고 싶은 끝없는 열망을 위해 매일 무엇인가 새로운 것을 제공하지만, 내가 처음에 말했듯이 그 양은 두 배가 될 수 있음을 고백합니다. 옛 속담에 "사랑에 눈이 먼다"는 말이 있듯이 그 사랑이 나의 판단에 방해가 되지 않는다면 말입니다. 나는 플라톤과 키케로의 책 앞에서 자주 당신이 나의 책을 좋아했던 것을 기억합니다. 하물며 하찮은 작가들은 말할 것도 없고요. 당신이 끝없는 목마름으로 책을 읽고 싶은 열망에 종종 주교가 아닌 친구로서 내 도서실에 들어왔을 때, 당신에게 신과 같은 지성들의 신성한 작품을 권유하면, 당신은 내가 앞에 놓은 책을 뿌리치고 고개를 돌려서 오직 내 작품만을 원하곤 했습니다. 이러한 취향에 반드시 판단의 착오가 있었다는 것은 아닙니다. 어쩌면 당신은 반복적으로 읽을 필요가 없을 정도로 고대인들에 대한 완벽한 지식을 가지고 있거나 내 글에 담긴 참신함을 사랑하여 그렇게 행동했는지도 모릅니다.

고대 문학의 권위가 더 크기도 하고, 호라티우스가 말했듯이 시간은 포도주와 마찬가지로 시를 발전시킨다는 것은 사실입니다. 그러나 새로움은 그 자체로 매력이 있으며, 시간의 흐름에 따라 내가 어떤 발전을 이루어 왔는지 발견하는 것이 당신을 기쁘게 할 수 있을지도 모릅니다. 우정만큼 관심이 많고 궁금함이 많은 것은 없기 때문입니다. 하지만 그 원인이 무엇이든지 간에, 나는 종종 당신의 열정에 남몰래 의문을 품었습니다. 가끔 집을 비운 후 나는 내 집사의 입을 통해 당신의 관심사를 알게 되었습니다. 집사는 내가 집에 돌아오면,

당신이 우리 집을 방문할 때 으레 보기를 원했던 종이 등을 왜 가지고 나갔냐고 격하게 질책하면서 나를 맞이합니다. 나는 당신의 애정, 관리인의 충실함, 집사의 순수함에 웃고 감탄했습니다. 그래서 다른 기회에 나가게 되었을 때, 나는 그 늙은 친구에게 장난으로 백지 몇 장을 건네주며 그것이 당신이 원하는 것이라고 했습니다. 그가 자신이 속았다는 것을 알고 내가 돌아오는 길에 또 한 번 심한 불평을 했지만, 결국 모든 것이 즐거움과 웃음으로 지나갔습니다.

하지만 다시 주제로 돌아가겠습니다. 더구나 그러한 삶이 없다면 단지 행복이 부족하다고 말할 뿐만 아니라 삶이 전혀 없다고 말할 것입니다. 내 말은 악에 대한 증오와 선에 대한 사랑, 미덕에 대한 존경, 좋은 이름에 대한 아름다운 열망, 명예로운 일을 향한 관심, 헛된 것에 대한 경멸을 의미합니다. 내가 이것을 고독한 생활을 이루는 기초 중의 하나라고 부른다면, 나는 진실을 말하고 있다고 주장할 것입니다. 당신은 노고를 잘 뒷받침하는 육체와 쇠퇴하지 않는 성숙한 체력을 가지고 있습니다. 당신은 청소년기의 악으로부터 해방된 번성의 시기를 지내고 있습니다. 행동이 서툴지도 않고 상담에서 무책임하지도 않은, 큰일을 과감히 할 수 있는 인생에서 가장 좋을 때입니다.

마지막으로, 당신은 시민으로서도 주교로서도 사람들의 애정과 존경 속에서 최고의 자리에 놓인 출신 지방에 있습니다. 그 애정은 당신의 인격 때문이고, 존경은 당신의 지위 때문이며, 그리고 둘 모두 당신의 미덕과 가치 때문입니다. 운명은 당신에게 한 지방을 위해 어떤 장소를 주었는데, 주교의 지위가 그곳을 '도시'라는 호칭으로 위엄 있어 보이게 만들었지만 오래된 명성을 제외하면 그 도시에는 호화로움도, 인구도, 혼란도 없고, 내가 말하고 있는 삶에 특별히 적합한 특징도 없습니다.

내 계산이 정확하다면 우리의 주님께서 오시기 약 50년 전 율리우스 카이사르가 브리타니아를 공격할 때, 이미 그 당시의 고대 도시 중에서 호평을 받고 있었다는 것을 글 속에서 정확히 알게 됩니다. 우리가 당신을 방문하기 위해 종종 그곳을 갔을 때 보았던 그 장소의 모습은 우리의 소크라테스가 상당히 우아하게 말하곤 했던 것과 같습니다. "여기 정말 작지만, 영광스러운 도시가 있습니다. 교회 역사에 따르면, 이곳은 아바가루스 왕에 의해 우리의 구세주 예수님께 봉헌된 지역입니다."

바로 그 한가운데서, 만약 당신이 원한다면 당신 자신을 위해 고독을 만들 수 있습니다. 내가 앞에서 묘사한 많은 사람이 싸움 속에서 추구했던 그 목적을 달성하기 위해 긴 여행을 할 필요가 없습니다. 당신이 처한 상황의 특질은 당신의 지역과 당신 사람의 품에서 고독한 생활을 영위할 수 있는, 거의 무시할 수 없는 기회입니다. 많은 사람이 바다 너머에서 찾던 것을 당신은 자신의 집에 두고 있습니다.

그러나 당신의 둥지가 당신을 불편하게 해서 좀 더 자유로운 곳을 찾고 있다면, 당신은 근처의 나뭇가지로 날아가서 이웃한 개울 상류의 가장 쾌적하고 평화로운 곳에 몸을 둘 수 있습니다. 당신의 손이 닿는 곳에 소르그강이 있습니다. 나는 그 비할 데 없는 샘의 졸졸거리는 소리의 반주에 맞춰 이 글들을 지어 냅니다. 당신의 손이 닿을 수 있는 곳에 클라우수스 발룸66이라는 자유롭고 즐거운 은둔지가 있습니다. 주민들이 부르듯이, 또 그렇게 부를 수 있도록 하는 자연조건이 의미하듯이 '폐쇄된 골짜기'입니다. 왜냐하면, 그곳은 언덕에 둘러싸인 채 숨겨져 있고, 모든 길과 모든 침입으로부터 멀리 떨어져 거기에 사는 사람들 외에는 보이는 것을 허락하지 않기 때문입니다. 이곳에서는 자유로움과 영주領主, 고독 속의 고관高官이라는 희귀한 조합 속에서 특권을 누릴 수 있습니다. 낯선 이에게 경외심과 놀라움을 안겨 주는 곳을 경멸할 수 있습니까?

세네카에 따르면, "바위가 깊게 파이고 아치 위에 산을 받쳐 만들어진 동굴, 손으로 지은 것이 아니라 자연적 원인에 의해 그렇게 넓은 공간으로 움푹 파인 동굴은 신의 존재를 암시함으로써 영혼을 깊이 감동하게 할 것입니다."[67]

만약 그것이 사실이라면, 종교적 경외심을 불러일으키기에 더 적합한 동굴이 어디에 있을까요? 그리고 "우리는 강물의 원천을 숭배합니다"라는 그의 관찰이 사실이라면, 우리는 어디에서 더 눈에 띄는 숭배의 대상을 찾을 수 있을까요? 나는 더 길고 더 많은 강물이 흐르는 큰 강들을 본 적은 있지만, 그렇게 훌륭한 근원을 가진 강은 없었습니다.

세네카가 세 번째로 언급한 것은 "우리는 숨겨진 수원水源으로부터 갑자기 큰 개울이 솟아나는 곳에 제단을 세웁니다"는 말입니다. 그렇

---

66 프랑스의 남동부 지방의 보클뤼즈(Vaucluse)의 라틴어 표기. 페트라르카는 '폐쇄된 골짜기'라는 의미의 라틴어 클라우수스 발룸(*Clausus Vallum*)에서 이름이 유래된 보클뤼즈에 살며 이 글을 썼다.

67 세네카, 《서간집》 41.

다면, 제단은 어디에 위치해야 할까요? 그리스도께서 나의 증인이십니다. 나는 오래전부터, 기회가 있다면 절벽의 그늘에 누워 있고 개울 너머로 뻗은 나의 작은 정원을 세울 생각을 해왔습니다. 나는 그것을 세네카가 생각한 것처럼 님프도 아니고, 이교도들의 샘이나 강의 신도 아니라, 말로 다 할 수 없는 수태受胎와 동정童貞으로 신들의 제단과 신전을 모두 뒤엎어 버린 성모 마리아에게 바치겠습니다. 아마도 성모님은 내가 오랫동안, 그리고 내가 틀리지 않았다면 경건하게 바라던 것을 완성할 수 있도록 도움을 주실 것입니다.

이제 중단했던 부분에서 다시 시작하겠습니다. 그러면 낯선 사람들이 자신이 있는 곳을 존경할 때, 당신은 그곳을 무시할 수 있습니까? 그곳은 자유와 평화와 여가와 연구와 미덕, 요약하자면 당신이 관심 있는 모든 일에 가장 적합한 곳이며, 비록 다른 것은 무시되더라도 당신에게 특별한 헌신의 대상인 위대한 사람이 있었던 곳으로 한때 존중받았던 장소입니다. 아시다시피 그리스도의 뛰어난 고백자 베라누스가 당신의 시대 몇 년 전에 이 지방에 살았는지 모르겠지만, 지금도 흔하지 않은 평온한 휴식을 찾아 야생 상태의 이곳으로 왔습니다. 그리고 그 끔찍한 용龍을 쫓아낸 뒤 이 지역에서 거룩하고 고독한 삶을 살았습니다. 나는 그의 이름을 고독 속의 유명한 인물들 사이에서 간과한 것이 아니라, 더 분명하게 기억하기 위해서 마지막까지 미루었을 뿐입니다. 이는 당신을 위해서라기보다는 이 글을 읽을 기회가 있을지도 모르는 다른 사람들을 위해서입니다.

당신은 매일 그를 떠올리고 있기에 당신의 생각에서 그를 떼어 놓을 수가 없습니다. 당신 믿음의 증거인 그의 성지를 항상 보고 있고,

성인의 유물을 보관하는 장소로서 그 성지를 완성하기 위해 당신의 모든 열정과 노고를 바쳤으며, 실제로 당신이 가진 금과 은, 모든 재산을 기부해 왔기 때문입니다. 확실히 그는 이곳에서 살았습니다. 다만 그의 덕망이 알려져 자기의 뜻과는 달리 골치 아픈 주교의 지위에 오르기 전까지 말입니다. 이곳에서 그는 인간을 다스리기 위해 정복하고 평화롭게 하여 구원한 적대적인 땅에서처럼 그리스도께 승리를 바쳤습니다. 그리고 그리스도의 보호와 깃발 아래, 성모님의 이름으로 작지만 우아한 성당을 세웠습니다. 그는 자신의 손으로 이 완고한 수석繫石을 뚫고 이 거대한 산을 넘나들었는데, 대단히 열정적이고 부지런한 작업이었다고 합니다. 그리고 마침내 이곳과 멀리 떨어진 곳에서 죽었습니다. 그는 이곳으로 돌아와 묻히기를 원했는데, 아시다시피 분명하고 놀라운 기적을 사용했습니다. 살아 있는 모세의 지팡이가 홍해를 건널 때 보여 준 것과 같은 힘이, 믿음에 의지할 수 있다면 죽은 베라누스의 망토가 강을 가로지르는 데서 발휘되었습니다. 당신의 출신 지방을 찬양하기 위해 할 수 있는 많은 말들이 남아 있지만, 이미 많이 그리고 여러 번 언급했기 때문에 이것으로 충분합니다. 그리고 오늘은 우리의 대화를 끝내야 합니다.

그러므로 우리의 소망이 유일한 자유이자 유일한 행복인 하느님을 섬기는 것이든, 혹은 차선책으로 덕행을 통해 우리의 정신을 성장시키는 것이든, 또는 성찰과 글쓰기를 통해 우리의 기억을 후손들에게 남기고 도주하는 시간을 붙잡으며 몹시도 짧은 우리 삶의 기간을 연장하는 것이든, 또는 이 모든 것을 동시에 성취하는 것이 우리의 목표이든지 간에, 우리는 끝내 탈출하여 시간이 얼마 남지 않은 고독 속에서 보내도록 합시다. 우리가 난파된 배에 도움을 주고 있는 것처럼 보인다 해도, 파도에 압도당하거나 인간이 활동하는 바위에 부딪혀 산산조각이 나지 않도록 모든 예방 조치를 하면서 말입니다.

마지막으로, 종종 다른 사람을 비난하는 흔한 잘못을 범하지 않고 말이나 판단이 행동과 다르지 않도록 우리가 인정하는 것, 그것을 실행합시다.

이런 종류의 삶에는 큰 재물이 필요하다고 누구도 우리를 속이지 못하게 하고 누구도 우리를 설득하지 못하게 하십시오. 재물은 도움이라기보다는 방해이고, 들어 올리기는커녕 짓누릅니다. 이 삶은 등반을 통해 도달할 수 있는데, 자신의 의지로 불필요한 짐을 지거나 자신을 올가미로 묶는다면 아무도 높이 올라갈 수 없을 것입니다. 금보다 더 무거운 것도 없고 더 구속력 있는 것도 없습니다. 그리고 금은 필수품에 도움이 되는 한을 제외하고, 바랄 것도 좋아할 것도 아닙니다. 탐욕이 생길 때마다 그것만큼 사람을 굴복시키고 의기소침하게 하며 땅바닥으로 내려보내는 것도 더 없기 때문입니다.

또한, 땅에서 올라오던 것이 자신의 무게에 의해 다시 땅으로 내려가는 일도 전혀 의아하지 않습니다. 천상의 영혼이 땅에 파인 구덩이에서 캐낸 더미 밑에 묻히고, 오물로 오염되는 것은 적합하지 않습니다. 금은 확실히 마음을 속이는 감각에 광채와 부드러움을 더해 주지만, 실제로는 어둠과 걱정과 비통과 고통의 골칫거리를 가져오며, 외관이 세련될수록 숨겨진 악에 더 많이 오염됩니다.

재물은 결코 혼자 오는 것이 아니라, 많은 병폐와 끝없는 부담과 분쟁을 동반합니다. 내 말을 믿지 않는다면, 행복하다는 사람들에게 어떤 진실도 숨기지 않겠다고 맹세하라고 하십시오. 그러면 그들의 삶이 고통으로 가득 차 있음을 알게 될 것입니다. 그래서 당신은 존경하는 대상으로 여기던 것을 두려움과 경멸을 품고 보게 되고, 내가 당신에게 권하는 삶 속에서 이를 이해하게 될 것입니다. 즉, 큰 재물은 전혀 도움이 되지는 않으면서 종종 매우 큰 해악은 될 수도 있다는 것입니다. 그러므로 재물을 얻으려고 그렇게 많은 수고를 들이지 말고, 자연과 미덕의 척도에 도달할 때까지 그것들이 과도하다면 차라리 버려야 합니다. 심한 폭풍에 시달리는 선원들이 화물을 희생하여 배를 구하는 것과 같은 방식입니다.

이 시점에서 이상하게도 우리 두 사람에게 따라 주기를 부탁하고 간청할 만한 유용한 조언 한마디가 내 머릿속에 떠오릅니다. 한 소년이 어떤 노인에게 해준 적이 있는 그 조언 말입니다. 그 소년은 알키비아데스였는데, 나중에 그의 아름다움과 천재성으로 유명해져 변천樊遷한 행운의 훌륭한 본보기가 되었습니다. 그의 삼촌은 페리클레스로 그 자신은 희귀한 영혼으로 손꼽혔으며 웅변력으로 돋보였고 그의 막강한 힘을 휘두를 때 칼보다 혀를 더 신뢰했습니다. 어느 날, 습관처럼 삼촌을 찾아온 소년 알키비아데스는 노인이 평소보다 더 괴로워하는 것을 발견했고 관례적인 애정의 표시를 하지 않는 데에 불안을 느껴, 삼촌이 슬퍼하는 이유와 무슨 일이 일어났는지 알기 위해 여러 번 노력했다고 합니다. 노인은 소년의 재치에 기뻐하며 진짜 이유를 숨기지 않고, 국가를 위해 엄청난 돈을 써서 골머리를 앓고 있는데도 자신의 지출 명세를 설명할 방법을 찾을 수 없다고 말했습니다. 그러자 알키비아데스는 자신의 나이를 뛰어넘는 이야기를 하면서 "어떻게 하면 설명을 피할 수 있을지 생각해 보세요"라고 말했습니다. 이는 다른 노인이 그 조언을 해주었다고 해도 현명한 조언이라고 할 정도였고, 소년이 더 성숙한 나이가 되었을 시기에 관한 크고 분명한 징조였습니다. 이 훈수에 따라 그의 삼촌은 외국과 전쟁을 일으켜 회계 처리의 어려움을 모면했습니다.

다시 그 조언으로 돌아간다면, 나는 그 행동의 부당함이 아닌 예리함과 민첩함을 전반적으로 인정합니다. 나는 한 소년이 건넨 이 성숙한 조언을 우리 스스로 활용할 것을 강력히 촉구하지만, 그것이 다른 용어로 바뀌기 전까지는 아닙니다. 보십시오! 우리에게 큰 재물로 가는 길을 가르쳐 줄 사람들이 올 것이기 때문입니다. 이는 다름 아닌 탐욕을 가르치는 것입니다. 정말로 해로운 학교이고, 수없는 밤샘과 노력으로만 배울 수 있는 매우 힘들고 어려운 교리이며, 그 목표에 도달하지 못하거나 성공으로 상처를 입을 운명에 있습니다. 그런 생각에 사로잡힌 사람에게 "차라리, 재물의 욕망을 피할 방법을 생각해 보라"라고 말합시다. 그것이 더 유용하고 확실히 더 쉬운 기술이기 때문입니다. 그리고 이 수업에 마음이 조금 느리게 동하거나 내키지 않는다면 추가적인 장려책으로 자극을 받아야 합니다.

내가 방금 말했거니와 많은 사람들의 입에도 매일 오르내리는 재물의 해악을 제외하고 이 기술은 우리 자신의 손에 달렸고, 반면 다른 것은 운명의 힘에 있다는 사실을 증명합시다. 누구나 재물을 경멸할 수 있으나, 재물을 얻는 것은 쉬운 일이 아닙니다. 당신은 우리의 벗이 했던 이 말을 알고 있을 것입니다.

왜 내가 무엇인가를 요구하지 않도록 탄원하기보다 행운의 여신이 주는 무엇인가가 내게 주어지도록 탄원하는 것일까요?[68]

그래서 설사 그것이 확실히 도움이 된다고 해도 시기적으로 적절하지 않고 너무 늦을 수 있는, 어렵고 의심스러운 사업은 그대로 두는 것이 낫다고 생각합니다. 내가 말했듯이, 우리는 재산을 이미 부러울 정도의 사치스러움까지 쌓아 올리고 있는데, 짧고 부패하기 쉬운 삶 속에서 생계를 유지하지 못할까 봐 땀을 흘리고 헐떡이며 스스로 고문해야 할까요? 하지만 우리가 무엇을 원한다고 해도, 무엇을 원하지 않는 왕이 또 있을까요?

이 시점에서 우리가 큰 충동을 지니고 높이 올라가서 신들처럼 미래에 대한 모든 욕구에 뒤따르는 두려움을 완전히 없애 버려야 한다고 말하는 사람도 있을 것입니다. 하지만 설령, 당장은 완전히 추방된다 해도 머지않아 그 두려움은 더 큰 힘으로 돌아올 것입니다.

기억하시겠지만, 키케로는 그의 동생에게 한번은 이렇게 편지를 썼습니다.

과거에 네가 나에게 야망을 지니고 일을 하라고 자주 간곡하게 권유하였던 것을, 나는 행동으로 옮길 것이다. 그러나 우리는 언제 살 수 있을까?[69]

---

68   세네카, 《서간집》 15.
69   키케로, "퀸투스에게 보내는 편지", 《서간집》 3. 1. 12.

간단한 질문이지만 많은 것을 느끼게 합니다. 마찬가지로 내가 방금 말한 권유자에게 충분한 지적과 진지함으로 답변해 줄 사람은 아무도 없나요?

"내 동생아, 너의 제안은 좋아, 실행할 수만 있으면 된다고. 하지만 제발, 우리는 언제부터 살기 시작하면 좋을까? 네 쪽은 단지 살기 시작한 것이 아니라, 이미 살아온 것이 분명하지만."

내일로 향하며 끊임없이 이어지는 이 불안한 삶은 전혀 삶이 아니라, 절대 오지 않을 수도 있는 데다 불확실하기로 잘 알려진 삶을 위한 준비이기 때문입니다. 평범한 시인들이 했던 많은 관찰 중에서도 이 시인은 무지한 방식으로 말하지 않는다는 사실을 알 수 있습니다.

날 믿으세요, 이런 말을 하는 건 현명한 사람의 본성이 아니에요.
"나는 살 것입니다."[70]

내일 살기에는 너무 늦었습니다. 오늘을 살아야 합니다. 알키비아데스의 조언은 범위가 넓어 많은 것에 적용할 수 있습니다.

복수는 도발적이고, 식욕은 유혹적이며, 야망은 불안감을 가져오고, 사랑은 어려운 것을 수행하도록 하고 쉬운 것을 경멸하도록 사람을 불태웁니다. 상처를 입히는 방법은 의심스럽고 위험하며, 복수를 꾀하면서도 종종 잘못을 쌓는 경우가 많다는 것을 명심하십시오.

---

70 마르티알리스, 《에피그람마》 1. 15. 2. 마르쿠스 마르티알리스(기원후 40~104년)는 고대 로마의 풍자시인이다.

그리고 식욕에 대한 봉사는 불쾌하고, 귀찮은 준비 문제는 수치스러운 결말로 이어진다는 것을 명심하십시오.

또 야망은 언제나 장황하고 사람들에게 겸손한 매력을 호소하지만, 이보다 더 불쾌한 것은 없다는 것을, 사랑은 뻔뻔스럽고 지배적이며 어리석은 여성에게 봉사하도록 요구한다는 것을 명심하십시오.

강한 남자에게는 나태한 웃음과 애도哀悼를 보이는 경우만큼 품위없는 것도 없고, 종종 결과가 슬플 때보다 행복할 때일수록 사물이 불러일으키는 허영심은 크다는 것을 명심하십시오.

이 모든 유혹에는 한 가지 규칙이 있습니다. 이러한 욕망을 충족하고자 할 때에는 생각이 방해를 받고 극도의 슬픔과 불행을 느낄 만한 원인이 전혀 부족하지 않기 때문에, 여기서 벗어나 행복하고 자유로워지고자 한다면 경멸輕蔑만이 소용이 있을 것입니다. 그러므로 우리는 어떻게 이러한 어려움에서 벗어날 것인지보다 어떻게 이러한 어려움에 빠지지 않을 수 있는가에 대해 고민해야 합니다. 그 소년의 말이 얼마나 남자다운 판단에 알맞은지 보십시오.

하지만 다른 것들은 고려하지 말고, 우리가 현재 걱정하는 것에 대해서만 이 소망을 통해 우리의 여가에 필요하지 않은 큰 재물을 우리 앞에 두게 하는 그 탐욕을 극복합시다. 그리고 인간적인 성향을 경멸하고 우리의 열정을 억제하며 자연적 겸손을 적절히 평가함으로써 진정한 부로 가는 지름길을 배우도록 합시다. 사실, 탐욕은 미덕을 추구하는 모든 사람에게 해롭지만, 우리의 목적에는 특히 적대적입니다. 왜냐하면 우리 목적은 끝이 없고, 불리한 조건을 짊어진 채 과도한 짐을 쌓아 올림으로써 그것이 지탱할 삶을 약속하며, 심하게 걸리

적거리지 않도록 가벼운 장비를 갖추고 움직여야 하기 때문입니다. 확실히 무엇이든 할 수 있을 것처럼 보이던 많은 사람이 그들이 지닌 부와 권력의 막강함 때문에 이 한 가지를 성취하는 데 방해를 받았다는 것은 잘 알려진 사실입니다.

그러나 당신이 스스로의 길을 막지 않는 한, 당신을 방해하는 것은 없습니다. 매듭을 하나씩 푸는 대신 한 번에 모든 매듭을 자르는 것이 더 좋다면, 정말 그렇게 할 수 있습니다. 우리는 히드라와 싸우고 있습니다. 헤르쿨레스의 방식처럼 끊임없이 생겨나는 머리를 자르지 않으면 끝이 없을 것입니다. 나는 방법을 알고 있을 뿐 아니라 이미 고독한 삶을 살기 시작했고, 당신 같은 지도자나 동료가 외로운 길에서 나를 강인하게 만들어 준다면 나는 쉽게 이를 견딜 수 있을 것입니다. 내 마음을 어떻게든 표현하는 게 가능하다면, 그는 내 평화를 지지할 뿐만 아니라 그가 바로 나의 그 평화이고, 내 고독의 위로이자 어떤 면에서는 나의 고독한 영혼 그 자체일 것입니다. 당신과 함께 있으면 나는 진정으로 고독하다고 생각할 것입니다.

나는 앞서가 그 길을 시도하였습니다. 원래 당신이 앞장섰어야 했지만, 그대여 그 길을 적어도 따르기라도 하십시오. 위험한 급류를 건너온 사람처럼, 나는 맞은편 둑에서 부르면서 대담하게 건널 것을 분부합니다. 조금도 위험하지 않습니다. 내가 처음 발을 디딘 곳은 모든 것이 미끄럽고 불확실했습니다. 여기에서는 나는 모든 것이 안전하고 즐겁다고 일러 줄 수 있습니다. 당신이 망설인다면, 당신이 시간을 끈다면, 베르길리우스의 말대로 나는 다시 건너가서 내가 분명하게 표시한 발자국을 따라가겠습니다. 당신의 손을 잡고 이곳으로 인도할 수 있도록 말입니다. 그것들에 친숙해지면, 당신은 왕들의 방이나 교황들의 궁정을 감방이나 시끄러운 지하 감옥으로 여기게 될 것입니다.

그러나 우리가 영혼을 사로잡고 있는 모든 속박에서 동시에 벗어날 수 없다면, 사람들이 스스로 배우기도 전에 남들에게 가르치기부터 하는 교훈 중 하나이니만큼 적어도 고독을 친근하게 대하도록 합시다. 우리 재산을 꾸린 작은 짐과 함께 그 지방으로 옮겨 갑시다. 우리가 이것들을 내놓을 수 있을 때, 우리는 마침내 완전한 자유를 얻게 될 것입니다. 반면, 지금 이대로라면 우리는 더 평화롭게 살 수 없을 것입니다. 내가 당신을 믿지 못하기 때문에 이렇게 간곡히 애원하는 것도 아니고, 출세하고 싶은 당신의 마음을 알고, 당신에게 이 길, 심지어 더 힘든 길에 관한 훌륭하고 친숙한 길잡이가 있다는 것을 알고 있기에, 마치 가혹하고 어려운 일에 대한 것인 양 그렇게 수많은 말로 당신을 설득하려는 것도 아닙니다.

마르티누스에 대한 당신의 신뢰가 매우 크고, 당신의 순례나 대화로 판단하건대 그리스도의 벗 중에서 그에게 가장 우호적이라는 것을 알게 되었습니다. 앞의 한 구절에서 분명하게 드러난 것처럼, 고독한 휴식을 받아들이고 동시에 주교의 지위를 유지했던 그의 삶의 방식을 당신이 관찰하고서 말입니다.

그래서 겐나디우스는 그를 타당하게 수도사이자 주교라고 부릅니다. 그의 진로는 특히 인상적인데, 그가 세례를 받기 전인데도 그것을 받아들였고, 이런 결정을 하기에는 쉽지 않은 청년기와 군 복무 기간 중이었으며, 그의 삶에 대하여 언급된 것처럼 그때 이미 그는 군인이기보다는 수도사로 여겨질 정도의 방식으로 살았기 때문입니다.

마르티누스와 생일이 같은 마에나스도 지상의 섬김을 하늘의 섬김으로 바꾼 또 다른 인물이지만, 그는 도시 대신 사막에서 살았습니다. 히에로니무스의 보고에 따르면, 나지안주스의 그레고리우스도 연구에 열심히 집중하지 못하게 되자 역시 이러한 피난처로 떠나 왔고, 자신이 있는 곳에서 주교로 임명되었으며 시골에서 수도원 같은 생활 방식에 따라 살았습니다. 이런 삶에 대한 그레고리우스의 사랑이 얼마나 컸는지는 다음 사건에서 짐작할 수 있습니다.

아우구스티누스가 소문에 따라 분명히 말하듯이, 아테네의 학교를 나온 지 얼마 안 되어 유명한 고향 사람이자 동료인 카이사레아의 바실리우스71에 손을 뻗어, 수사학을 가르치며 큰 성공을 거두고 있던 바실리우스를 교수직에서 끌어내었고, 놀라운 자신감과 사랑의 권위를 가지고 고독과 더 나은 공부로 그를 이끌었다는 것입니다.

그러나 한편으로 나는 또다시 이 견해에 흔히 제기되는 비난을 듣습니다. 우선 그들은 성경에서 우리에 대한 유감을 불러일으키려 합니다.

혼자 있는 자가 쓰러질 때, 그는 불행하다. 그를 일으켜 세울 다른 이가 없기 때문이다. 72

---

71 바실리우스의 친구인 나지안주스의 그레고리우스, 그리고 바실리우스의 동생인 니사의 그레고리우스, 이 두 명의 그레고리우스 사이를 혼동하고 있다.
72 〈코헬렛〉(전도서) 4장 10절. "그들이 넘어지면 하나가 다른 하나를 일으켜 준다. 그러나 외톨이가 넘어지면 그에게는 불행! 그를 일으켜 줄 다른 사람이 없다."

그리고 "둘이 하나보다 낫다. 그들의 노고에 대하여 좋은 보상을 받기 때문이다". 73

그 밖에 그와 같은 종류의 말은 많이 있습니다. 하지만 나의 생각이나 발언에 주의를 기울인다면, 그들은 그런 말을 하지 않을 겁니다. 그다음으로, 인간은 천성적으로 사회적 동물이며 다른 사람들과 교제하지 않는 사람은 짐승이거나 신이라는 아리스토텔레스의 말로 그들은 나에게 반대합니다. 마치 내가 증오를 암시하거나 인간과의 모든 관계를 금지하거나 하는 것처럼, 또는 마치 내가 짐승이 되어야 하는지 신이 되어야 하는지 의심하는 것처럼 말입니다. 나는 수성獸性 혹은 신성神性을 가진 사람을 말하는 것입니다.

게다가 그들은 키케로의 저 구절을 들어 나에게 투덜거리고 있습니다. 키케로는 어떤 사람들이 생각하는 것처럼 사회는 그 기원이 필요에 있지 않고 인간의 본성에 있음을 한 번 설명하는 데에 만족하지 않고, 누구든 모든 자산을 얻어 모든 필요에서 자유라고 할지라도 고독을 피하려 하고 자신의 공부와 연구를 위해 동반자를 찾으려 한다는 것이 그 문제에 대한 최고의 증거라고 주장합니다.

이 모든 반대에 대하여 나는 이 책의 첫 장에서 충분한 답변을 했다고 생각합니다. 만약 내가 키케로의 말에 전적으로 동의하지 않는다면 고독과 연구 속에서 한 친구, 아니 친구들을 소중히 여겨야 한다고 스스로 말하지 말아야 할 것입니다. 나는 이러한 반대 의견이나 보통

---

73 〈코헬렛〉 4장 9절. "혼자보다는 둘이 나으니 자신들의 노고에 대하여 좋은 보상을 받기 때문이다."

나에게 불리하게 제시되는 같은 유형의 다양한 반대 의견에 부딪히고 있습니다.

내가 전에 말했던 아프라테스와 저 유명한 은둔자 율리아누스가 광야를 떠나 안티오키아로 간 것과 더 유명한 안토니우스 성인이 알렉산드리아와 다른 도시들로 간 것을 나도 모르는 바 아니지만, 그들이 즉흥적이거나 하찮은 이유가 아니라 어떤 심각한 필요성과 중대한 신앙의 결정을 위해서 그랬다고 알고 있습니다. 그 거룩한 인물들은 평화를 누릴 필요가 있을 때와 고독보다는 도시를 선호할 필요가 있을 때, 각 시기에 적합한 것이 무엇인지 알고 있었습니다. 나는 그들이 앞서 말한 내용에 덧붙이는 근거와 내 앞에서 자주 보이는 반대 의견들이 거의 터무니없다는 것을 알고 있습니다. 그들은 말합니다.

"당신의 설계 전반에 대해 사람들을 모두 설득할 수 있다면 어떻게 될까요? 그러면 누가 도시에서 살까요! 국가의 이익에 반하는 말을 하지 않도록 조심하십시오."

하지만 분명하게 대답할 수 있습니다. 만약 정말로 모두가 도시에서 떠나야 한다면, 내 의견을 바꿀 수 있는 확실한 근거가 있을 것입니다. 고독은 버려져야 할 것입니다. 이제 더 고독하지 않기 때문입니다. 그리고 우리는 모든 피로의 아버지인 불안정한 대중들이 떠나온 곳으로 즉시 돌아가야 합니다. 하지만 괜찮습니다. 보통 사람들의 성향은 그렇지 않아서, 대중은 그렇게 경각심을 가지고 솔직한 조언에 귀를 기울이지 않습니다. 내가 소수를 설득할 수 있다면 기쁘겠습니다. 모든 사람이 한 종류의 삶, 특히 고독한 삶을 살도록 유도하는 것은 정말 합리적이지 않습니다. 그래서 나는 모두를 위해서가 아니라 당신과 나 자신을 위해, 그리고 이러한 특이한 성향을 지닌 소수의 사람을 위해 말하는 것입니다. 우리가 확실히 군중의 어리석은 의견이 아니라, 우리 자신의 본성을 따른다면 이보다 더 적절한 것은 없을 것입니다.

다시 돌아갈 생각은 하지 말고 도시를 떠납시다. 쟁기를 잡기 싫어 다시 뒤돌아보지 말고요. 차라리 선량한 사람들의 관심을 받을 자격이 없는, 은혜를 모르는 군중에게 돌아가지 않기를 기도합시다. 이는 명예로운 출발이라는 미명 아래 평생 유배를 택한 렌툴로스의 행동이었다고 하는데, 평화에 대한 애정이 부족하다면 적어도 천박한 사람들에 대한 미움을 본받도록 설득하는 본보기입니다. 페니키아의 수도사 클로니우스의 예는 잘 알려지지 않았지만, 더 종교적인 사례입니다. 그는 고독으로 들어갔을 때 결코 고독에서 벗어나지 않게 되기를 기도했고 자신의 결의를 다지기 위해서, 그리고 자신의 기도가 효과를 볼 수 있도록 많은 의무를 자신에게 부과했습니다. 우리는 문제의 근원을 찢어 버리고, 우리를 가두어 놓은 사슬을 끊고, 우리 뒤의 다리를 파괴해야 합니다. 그래야 싸움이나 귀환의 희망이 남지 않을 것입니다.

나는 이런 예들의 이야기꾼인 팔라디우스에게 이집트의 은둔자 요한이 했던, 내가 이미 말한 바 있는 조언을 당신에게 말하지 않겠습니다. 그는 "당신은 주교가 될 것입니다"라고 하면서, "그리고 많은 고난과 수고를 겪게 될 것입니다. 그러니 그것들을 피하고 싶다면 우리의 고독을 버려서는 안 됩니다. 당신이 사막에 사는 동안은 아무도 당신을 주교의 자리에 앉히지 못할 것이기 때문입니다"라고 말했습니다. 주교직에 대해서는 아무 말도 하지 않겠습니다. 당신은 이미 다른 사람들이 조심하도록 하는 위엄을 가지고 있고, 일찍이 성숙한 미덕으로 관례적인 연령대 이전에 주교직에 오르게 되었으므로 당신이 주교이기를 그만두는 것은 이미 불가능한 일입니다. 하지만 나의 조언은 가능한 한 요한이 준 조언에 가까울 것입니다. 당신의 주교직은 당신을 존엄에 있어 가장 위대한 사람과 동등하게 만들고, 반면 온건하고 겸손한 신분에 속한 것과 같은 자유를 주는 성격을 지녔기 때문입니다. 그래서 만약 당신이 더 큰 교구의 짐이 두렵다면 우리의 은둔처를 소중히 여기는 것이 가장 좋고, 만약 당신이 인간의 고통에서 해방되기를 원한다면 로마의 백인대장이 힘들었던 군사작전에서 돌아왔을 때 "여기가 최고의 장소이다"라고 말한 것처럼 이 피난처를 찾아야 합니다. 우연히 말한 이 구절이 그렇게 강력한 힘의 징조로 암시되었던 것이라면, 의도적으로 말할 때는 더더욱 무시해서는 안 됩니다.

일어나십시오, 어서, 저 도시를 이들에게 버립시다. 상인, 변호사, 중개인, 고리대금업자, 세금 징수원, 법무사, 의사, 조향사, 정육업자, 요리사, 제빵사, 연금술사, 장인, 직조업자, 건축가, 조각가, 화가, 배우, 무용가, 연주가, 사기꾼, 유랑자, 도둑, 범죄자, 간통자, 기생충 같은 인간, 외국인, 야바위꾼, 그리고 어릿광대, 먹보들에게 버려 버립시다. 그 먹보들은 코를 킁킁거리며 시장의 냄새를 찾아내고, 그들에게는 그것만이 유일한 행복이며, 그들의 입은 그것만을 위해 쩍 벌리고 있습니다. 산에서는 요리 냄새가 나지 않거나 그들의 습관적인 즐거움을 놓치는 것은 그들에게 고통이기 때문입니다. 그냥 내버려 두세요. 그들은 우리 부류가 아닙니다.

부자들에게 그들의 동전을 헤아리고 거기에 산수의 도움을 받도록 하십시오. 우리는 과학도 기술도 쓰지 않고 우리의 부를 계산할 것입니다. 하느님께서 금지하신 것이 아니라면, 우리가 채색된 허구에 사로잡힌 아이들이 아니라면, 그것들을 부러워할 이유가 없습니다. "내다 파는 말의 머리 리본을 제거하라"라는 말은 오래된 경고입니다. 제정신인 남자는 옷을 잘 입었다고 해서 못생긴 여자와 결혼하려 들지 않습니다. 만약 우리가 보라색 옷을 입은 동성애자들에게서 머리띠, 혹은 오히려 가면을 벗기면, 우리는 그들의 비참함을 분명히 알 수 있을 것입니다. 그들에게 자신들의 부와 습관, 즐거움을 가지라고 하세요. 사실, 그들이 영원히 간직하고 싶은 부는 떠나가고 그들이 힘으로 억제하려고 하는 쾌락은 빠져나갈 것이지만, 그들이 없애기를 바라는 습관은 남아서 그들의 의지와는 반하여 함께할 것입니다. 천박한 자들에게 경이로움을 보여 주는 그들의 모든 것은 순식간에 사라질 것입니다.

그들은 운명에 좌우되어 살고 있으며 운명이 그들을 구해야 하지만, 죽음은 피할 수 없을 것입니다. 가장 귀한 것을 소유한 사람들이 자신이 노예가 된 그 대상을 소유했노라고 말할 수 있다면, 곧 그들 스스로가 가장 비천한 인간의 소유물로 전락할 것이며, 배은망덕한 상속자나 증오에 찬 적이 그들에게서 그들의 부정한 재물을 받아 낼 것입니다. 그들의 몸은 벌레와 올빼미에게 먹히고, 영혼은 타르타로스로 갈 것이며, 그들의 이름은 영원히 잊힐 것입니다. 반면에 그가 아무리 가난해도 "의인은 영원히 기억될 것입니다."[74]

그러므로 외관상의 풍요와 실제적인 비참함이 없도록 하십시오.

부드럽고 사치스러운 부자들 근처에서 멀리 떠나도록 하십시오. 우리가 숲과 산, 초원과 개울을 즐기는 동안, 그들은 뜨거운 목욕탕과 사창가, 멋진 회관과 식당을 즐기게끔 하십시오. 어디에서든지 그들의 육욕과 금전을 즐기게 하십시오. 반면, 우리는 인간적이고 명예로운 연구를 추구하고, 이에 더해 육체적 활동과 일을 섞는 것이 바람직하다면 밭을 일구거나 사냥을 하도록 합시다. 후자의 경우 우리의 생활 규칙과 어울리지 않는 소음의 기색이 있지만, 그래도 나는 몇몇 사려 깊은 사람들이 이를 명상과 연구에 유리하다고 여겼다는 것을 알고 있습니다. 아마도 고독과 숲의 깊은 은밀함과 그물을 지키는 사람들의 침묵 때문일 것입니다. 이것은 특히 사냥꾼이 아닌 구경꾼으로서 사냥에 참여하고 사냥꾼들의 양해를 구할 필요 없이 자신의 편의에 따라 머물거나 떠날 수 있다면 더욱 그러할 것입니다. 그것은 특히 숲에서 사는 것과 같은 성직자들에게 때때로 주어지는 특권입니다. 그리고 이런 종류의 사냥은 육체의 소진보다는 운동을 위해서 가끔, 적당히 한다면 금지되는 일도 아닙니다. 낚시와 야생조류 사냥에 관한 운동도 마찬가지입니다. 이들은 시골 생활에서 즐기는 취미인 것입니다.

요컨대, 다른 사람들은 끊임없이 불안과 동요의 상태에 있게 놓아두고, 우리는 바위 위에 단단히 자리 잡도록 합시다. 그들은 항상 그

---

74 〈시편〉 111편 7절. "그 손이 하신 일들은 진실과 공정, 그 계명들은 모두 진실하고." 〈시편〉 111편 3절. "그분의 업적은 엄위와 존귀 그분의 의로움은 영원히 존속한다."

자리에 머무르게 놓아두고, 우리는 앞으로 나아갑시다. 그들에게 당황 속에서 항상 조언을 찾게 하고, 우리는 마침내 건전한 조언을 실행에 옮깁시다. 마지막으로, 그들이 덧없는 세상을 끌어안고 최선을 다해 매달리게 하고, 우리는 주님을 찾을 수 있을 때 그분을 찾고 주님이 가까이 계시는 동안 그분께 기도합시다. 우리의 몸이 도시를 떠날 때 우리의 영혼이 우리의 몸을 떠나지 않도록 말입니다. 우리의 영혼을 하늘로 보냅시다. 때가 되면, 우리는 몸과 함께 따라갈 것입니다.

나의 펜은 멀리 달려 왔습니다. 내가 작은 것들에 대해 얼마나 많은 것을 말해 왔는지요? 그러나 내가 매우 중요한 무언가를 느낄 때 큰 만족감을 주는 자산인 내 육체의 감옥에 사슬로 묶여 갇혀 있었던 것만 기억하면, 내 삶이 지속되는 시간은 고독과 여가의 공간에 머무를 때뿐인 것 같습니다. 만약 내가 저 걸출한 지휘관의 놀라운 명언을 감히 가져온다면, 만약 이렇게 평판이 현격하게 차이가 남에도 이러한 자랑을 하는 특권이 뻔뻔스러움 때문이 아니라면, 나는 한가할 때 가장 한가롭지 않았고, 혼자였을 때 가장 외롭지 않았다고 말하는 데에 만족하지 말아야 합니다. 오히려, 한가할 때 외에는 항상 한가했고, 혼자 있을 때를 제외하고는 항상 외로웠다고 주장해야 합니다. 내가 누차 공언했듯이, 일반인들이 이 의견에 대해 큰 소란을 일으킬 것이 틀림없지만, 진실은 두려움이 없고 난공불락^{難攻不落}이며, 베르길리우스가 활달한 말^馬을 묘사하면서 말한 것처럼 헛된 외침 앞에서 흔들리지 않습니다.

목이 고귀하고, 머리는 똑똑하군요. 75

나는 사실 이 생각을 독단적으로 주장할 정도로 주제넘은 사람이 아닙니다. 나는 단지 수고스러운 질문자로 나타날 뿐입니다. 나는 항상 진리를 부지런히 추구했지만, 진리가 숨겨진 깊은 구덩이나, 나의 집착이나, 어떤 둔감함이 때때로 내 앞을 가로막고 있지 않았을까 두렵습니다. 그래서 나는 진리를 찾으면서 종종 거짓된 빛에 혼란스러웠는지도 모릅니다. 그래서 나는 이 문제들을 법을 규정하는 사람의 정신이 아니라 학생으로서 그리고 조사자로서 다뤄 왔습니다. 왜냐하면 규정하는 것은 현명한 사람의 영역이며 나는 현자도 현자의 이웃도 아니지만, 키케로의 말대로 "추측성이 풍부한 사람"76이기 때문입니다. 반면에, 나는 나 자신에게 말하는 선택받은 소수의 사람은 내 편이 되리라는 것을 알고 있습니다. 그들은 수가 적다는 점 외에는 모든 면에서 다른 사람들에 비해 우월하며 끝내 승리할 것입니다.

나는 이미 당신의 판단에 대해 확신하고 있습니다. 그것으로 충분합니다. 다른 사람들이 판단하고 싶다면, 그들이 원하는 대로 그렇게 하도록 하십시오. 분명하지 않고 흔들리는 의견을 강제적으로 올바른 진리로 바꿀 수는 없기 때문입니다. 필연적인 날이 도래하고 피할 수 없는 죽음의 시간이 분명히 오면서 영혼을 이 세상에서 몰아낼 것입니다. 그때 우리가 광장이나 혼잡한 교차로에서 손가락질을 받지

---

75 베르길리우스, 《농경시》 3. 79~80.
76 키케로, 《아카데미카》 초판 2. 20.

않았고 왕이나 위대한 고위 성직자였으며 재물과 영향력과 향락 속에서 풍부하게 살았던 것이 아니라, 성실하게, 경건하게, 순결하게 살았다는 것만으로도 우리에게 이득이 될 것입니다. 그리고 지금 그것을 부정하는 사람 그조차도 우리의 충고가 적어도 평안에 도움이 되었음을 인정하기를 바랍니다. 이 주제에 대한 나의 사랑과 열정이 너무 커서 많은 말을 했음에도, 또 다른 많은 생각이 내게 밀려오고 있습니다. 하지만 나는 공부에 신경을 써야만 합니다.

나는 편지를 쓰려고 했는데 책을 써버렸습니다. 더군다나, 고독한 생활에 관한 책은 끊어지지 않는 단위로 적절하게 구성되어야 하므로 이를 나누지 말아야 합니다. 하지만 나는 군중을 피하기는 해도, 제한된 친교를 싫어하지는 않는 유형의 고독을 찬양하는 글을 쓰고 있다고 생각했습니다. 또 긴 여행 도중에 중단하는 것은 지치고 과중한 부담을 안은 독자를 쉬게 할 수 있다는 생각으로 처음의 계획을 접고 책을 둘로 나누었습니다. 많은 점에서 내가 따르는 고대인들의 관습과는 달리, 이 소박한 책 속에 종종 그리스도의 거룩하고 영광스러운 이름을 끼워 넣는 것에 감사했습니다.

만약 이 일이 우리의 지적 생활 초기의 안내자들에 의해 행해졌다면, 만약 그 안내자들이 인간의 웅변에 신성의 불꽃을 더했다면, 지금도 큰 기쁨을 누리고 있지만 그때는 그 기쁨이 더욱 컸을 것입니다. 사실 웅변의 원천은 분명한 형식의 빛으로 우리를 유혹하지만, 교리의 진정한 빛이란 없습니다. 그것은 귀를 편안하게 하지만, 마음에 평안을 주지도 않고 가장 높고 가장 안전한 기쁨으로 인도하지도 않습니다. 지성의 평화는 사악하고 완고한 사람들이 경멸하지만, 그리스도의 겸손함을 통하지 않고는 가까이 갈 수 없습니다. 나는 당신에게 진심 어린 애정으로 이러한 일들을 말했고, 바람에 날리는 나뭇가지들의 바스락거림과 주변의 땅에서 솟아 나오는 물의 모든 잔물결은 한마디 말을 하는 것 같습니다.

"당신은 잘 논하고, 바르게 조언하며, 진실을 말합니다."

1. 고독한 생활에 대한 페트라르카의 생각

페트라르카가 펼친 고독한 삶에 대한 논의에는 두 가지 측면이 있다. 첫 번째는 지적 노동이나 종교적 명상을 목적으로 인구가 밀집한 환경에서 멀어지는 이점에 대한 고려이다. 두 번째는 더 높은 개인적 행복의 길을 추구하기 위해 모든 사회적 관습으로부터 스스로 자유로울 수 있는 개인의 권리를 제기하는 것이다. 고독한 장소에 대한 찬사는 우연히 당대에 지어진 시와 산문 등에서 발견할 수 있을지 모르지만, 페트라르카 이전에는 아무도 이 주제를 한 권의 책으로 다루려 하지 않았다.

일반적으로 고대 도덕가들과 그리스도교 학자들의 가르침에는 활동적인 삶의 의무와 명상의 이상적인 관계에 대한 연속성과 조화성이 존재한다. 철학적 관점에서든 종교적 관점에서든 그 둘은 완벽한 삶을 구성할 때 상호 불가결한 요소로 취급된다. 우리가 이 주제에 관한 페트라르카의 생각을 직접 연구한다면, 우리는 좋든 나쁘든 전통적인 태도에서 결정적으로 그가 일탈했음을 깨닫게 된다. 그의 접근법은 독립적이고, 문제를 제기하는 그의 방식은 상당히 개인적이다. 많은 관습적 감정이 존재함에도 불구하고, 그의 성찰은 반복적으로 사람들이 지나온 길을 외면하고 개인의 자유를 쟁취한다.

《고독한 생활》에서 페트라르카의 목적은 혼잡한 장소와 성가신 격정에서 은퇴하고 독서, 문학 창작, 평화로운 회상의 즐거움과 소수 선택된 친구들과의 사교에 전념하는 여가餘暇로서의 삶이 지닌 아름다움을 축하하는 것이다. 호라티우스와 에피쿠로스에 대한 그의 태도에는 도덕주의자나 그리스도교 신비주의자 이상의 것이 있다. 개인과 관습, 새로움과 전통이 상호작용하는 곳이 어디든지 간에 어떤 요소가 중요한지는 의심할 여지가 없다. 페트라르카는 때로 자신의 진실한 감정에 대해서 그 자신까지도 속일 수 있지만, 결국 그가 남긴 글에서 읽히는 그의 목적은 순수하게 사적인 이상을 주장하는 것이라는 명백한 인상을 남긴다.

《고독한 생활》의 분석

카바용의 주교 필립에게 쓴 서문에서, 페트라르카는 위대하고 특이한 재능을 가진 사람들은 그들의 일만큼이나 여가를 주의 깊게 보아야 한다는 대 카토의 말에서 실마리를 얻어 스스로 생각의 기저에 있는 의식을 배신한다. 이 말은 이른바 말하는 활동적인 사업에서 손을 떼고 여가를 적절히 활용해야만 더 만족할 수 있다는 뜻으로, 여전히 과도한 명예욕을 고백함으로써 자신에게 적용되도록 한다. 더욱이 그가 첫 번째 편지를 열 때 사용하는 문장은 첫 번째 구절에서는 잠잠하다가, 두 번째 구절에 이르면 더욱 친밀한 계시를 내놓는다.

우리의 목적인 하느님 안에서, 자기 자신과 개인적인 생각, 혹은 그 자신과 밀접한 교감에 의해 결부된 지성 속에서, 나는 숭고한 정신이 결코 평안한 구원을 찾을 수 없다고 믿습니다.[1]

그리고 아직은 자신과의 약속을 확실히 하기를 꺼리기에 그는 계속 말한다.

그러나 우리가 하느님을 의지하든, 우리 자신과 우리의 진지한 연구에 몰두하든, 우리 자신과 조화를 이룬 마음을 찾고 있든, 우리는 사람과 혼잡한 도시로부터 가능한 멀리 떨어져 있어야 합니다.[2]

그러나 그는 자신의 의견이 지닌 신선함과 독창성을 오래 숨길 수 없다. 비록 그 이전에 많은 사람이 이 주제에 대해 글을 써왔지만, 그는 자신의 삶과 매우 밀접하게 관련되어 있으며 최근의 경험이 자신에게 많은 문제를 안겨 주었던 주제에 대한 충고를 받아들이기 꺼린다고 공언한다. 고독의 축복을 설명하기 위해 페트라르카는 그 뒤로 평화로운 은둔자의 기쁨과 바쁜 세상 사람들의 근심 사이에서 매우

---

1   이 책의 25쪽 참조.
2   위와 같음.

수사적인 대조를 전개한다.

> 나를 사랑하듯이 다른 사람을 사랑하라는 하느님의 계명을 지시받았지
> 만, 나는 사람의 죄, 특히 나 자신의 죄와 군중 사이에 존재하는 곤란과
> 슬픈 고통을 증오합니다. 3

자신의 우월성을 종교와 겸손의 망토로 감싸려는 다소 어색한 표현
이다. 고독한 자의 삶에 대한 묘사에는 보편적 욕구의 단순한 만족,
종교적 헌신의 규칙적인 수행, 조화로운 학문과 순진한 취미의 추구
와 함께 시적인 느낌이 담겨 있다. 그리스도교 신비주의에 대해서는
거의 흔적을 찾아볼 수 없다. 고독한 자가 자신의 신전을 짓는 미덕은
에피쿠로스4인들의 자기중심적인 미덕이며, 에피쿠로스인의 정서는
그 표현에서 반복적으로 나타난다.

그는 인간의 삶에는 몇 가지면 충분하다는 사실을 알고 있으며 진
정한 부富는 소망이 없는 것이고, 두려움을 갖지 않는 것이 가장 큰 힘
임을 알고 있다. 그는 평온한 밤, 고요한 낮, 방해받지 않는 취미와
함께 그의 삶을 행복하고 평온하게 보낸다. 오직 한 가지 분명한 점은
그의 마음이 단단하게 섰다는 사실이고, 그는 잘 가꾼 삶의 이야기를

---

3   이 책의 28쪽 참조.
4   에피쿠로스학파는 에피쿠로스의 학설을 신봉하는 철학의 한 학파이다. 스토아학
    파와 견줄 수 있는 헬레니즘 시대 양대 학파의 하나로, 간소한 생활 속에서 정신
    적인 쾌락을 추구하였다. 개인적·정신적 쾌락의 추구를 인생의 최대 목표로 하
    는 사상이다.

아름답게 마무리할 것이다.

그러나 고독에 대한 페트라르카의 생각이 중세의 종교적 이상에서 벗어나는 것은 더 깊은 사색이 결여되었기 때문만은 아니다. 그는 냉소주의를 끌어들여 교회 안팎의 도덕주의자들이 보편적으로 인간에게 부과한 책무를 부인한다. 다른 사람들을 위해 일하는 미덕에 바치는 듯한 경의는 희미한 소리로만 입술에서 나오며 이는 단지 사회적 겉치레를 유지하기 위함이다. 그는 말하는 바로 그 순간에 그 경의를 포기한다. 성실함이라는 원칙이 사람들에게 받아들여질지는 모르지만 실제로는 공허한 가식일 뿐이라고 그는 말한다. 남을 위해 노력하는 것은 칭찬할 만하지만, 가볍게 착수하기에는 너무 중대한 문제이다. 의무감에서 완전히 벗어나기 힘들다는 것을 알게 된 페트라르카는 자기의 입장을 정당화하기 위해 스스로의 부족함을 호소하며 그의 중요한 태도 중 하나에 다시 의지한다. 그는 남에게 도움을 줄 수 있다고 하기보다 그 자신이 도움이 필요하다고 공언한다.

이어지는 논의의 장에서 페트라르카가 고독을 기른 동기와 목적은 그동안 쌓인 증거와 함께 절실하게 다가온다. 그가 펼치는 논의의 중심에는 세네카의 *"otium sine litteris mors est"* (문학 없는 여가는 죽음이다) 라는 문장이 있는데, 그는 이를 "문학적 성취는 마음을 부풀리기에는 그리 크지 않지만, 즐거움을 주고 고독 생활의 친구로 삼기에는 충분하다"라고 자신에게 적용한다. 그래서 그는 은둔 생활과 군중과 바쁜 걱정거리에서 벗어난 자신을 스스로 축복했다.

신비주의5 사상으로부터 멀리 떨어져 있는 페트라르카가 가장 공공연하게 드러나는 곳은 플로티노스6의 구절에 대한 그의 언급이다.

그는 플로티노스가 미덕의 사다리를 만들 때 정치를 가장 낮은 단계에 두었음을 알게 되어 매우 기뻐하고, 일에 바쁜 사람 중에는 자신의 소명에 적합한 낮은 미덕의 정도에도 도달하는 사람이 거의 없다는 사실을 만족스럽게 생각한다. 정치의 위에는 도시를 버리고 문인이 되어 철학의 진정한 추종자가 되는 사람들이 몸을 추스르는 정화淨化의 미덕이 있다. 페트라르카의 야망은 이 수준의 위 단계에는 없어 보인다. 세 번째 단계는 완전한 미덕을 갖추었지만 이러한 인간이 실재하는지에는 회의적이고, 네 번째 단계인 모범적 미덕은 하느님의 마음에만 존재하며 다른 모든 종류의 미덕이 여기서 파생되는 불변의 패턴을 구성하기 때문이다.

그러나 그는 흥분하는 대신, 가장 차분한 어조로 자신의 관심은 정치적 미덕과 정화의 미덕을 비교하는 데 국한되며, 플로티노스의 사상이 보이는 완전함을 존중하기 위해서 다른 미덕들을 언급할 뿐이라고 말한다. 그 미덕들은 실제로 그의 주제와는 무관하다.

그러나 이 구절 뒤에는 종교적 감정의 빛이 이어진다. 페트라르카는 죄와 열정을 계속해서 대립시키고 천상의 평화와 복된 보상에 대한 기대와 함께 빛을 발하는 진정한 영적 고독의 사색에 잠시 잠긴다.

---

5 신비주의는 우주를 움직이는 신비스러운 힘의 감지자인 신이나 존재의 궁극적 원인과의 합일은 합리적 추론이나 이미 정해진 교리 및 의식의 실천을 통하여서는 이루어질 수 없고, 초이성적 명상이나 비의(祕儀)를 통하여서만 가능하다고 보는 종교나 사상이다.
6 플로티노스는 이집트 태생의 고대 로마 철학자(205~270년)이다. 신플라톤학파의 대표자로 중세 스콜라 철학과 헤겔 철학에 큰 영향을 끼쳤다.

의심할 여지 없이, 이것은 정직한 믿음을 나타낸다. 특히 그 감정을 수반하는 개인적 성취의 포기를 고려할 때 이러한 정서의 진정성을 의심할 이유가 없다. 그가 열렬한 경건함으로 묘사한 상태는 멀리 떨어져 있으며 이해할 수 없는 것으로, 그 자신은 사물에 더 직접적인 애착을 보인다.

분명 그에게 가장 자연스러운 반응을 불러일으키는 것은 예술과 학문의 영역에 속하는 가장 위대한 문학에 대한 관심이다. 그가 의심과 망설임 없이 느끼고 말하는 주제다. 그가 고독의 이점을 분명하게 이해하는 것은 문학과 관련이 있기 때문이다. 이 주제에서 그의 입장은 매우 확실하므로 스스로의 의견을 들어 고대의 위대한 스승인 쿠인틸리아누스와 세네카에게 반대하고, 그들의 의견과 다른 조언 하기를 두려워하지 않는다.

문학을 향한 그의 애정을 완전히 해소한 페트라르카는 고독이라는 개념에 또 다른 특징을 더해 필연적으로 에피쿠로스파의 정서를 떠올리게 한다. 그는 자신의 고독은 군중을 싫어하지만 결코 같은 생각을 지닌 친구들과의 교제에서 거리를 두지는 않고, 한가할 때는 겸손하고 점잖으며 무례하지 않으며 은퇴 후에는 평온하여 야만적이지 않다고 표현했다.

그는 키케로와 함께 극단적이고 비인간적인 종류의 고독을 비난할 뿐만 아니라, 점차 충실한 친구와 대화하면서 사람들이 경험할 수 있는 기쁨을 노래한다. 그는 만약 그에게 둘 중 하나만 선택하라고 한다면, 주저 없이 고독보다 차라리 친구를 선택하리라고 결론짓는다. 그래서 고독이라는 엄격한 원칙에 대전제를 두고 페트라르카는 자신의 개인적 성향을 다시 한번 솔직하게 피력한다.

첫 번째 편지의 마지막 부분은 규제되지 않고, 원칙이 없으며, 악랄한 도시의 생활에 관한 생생하고 수사적인 비판으로 일관한다. 그 과정에서 페트라르카는 당대의 태도를 자주 언급하며 풍자적인 욕설을 가하려 한다. 이 폭동과 격변을 상쇄하기 위해 그는 고독한 사람의 이미지를 떠올린다. 고독한 사람의 이미지를 유지하기 위해서는 도시적인 더러움을 멀리해야 하는데, 그러기 위해서는 도시의 이웃을 피할 수밖에 없다.

두 번째 편지는 첫 번째 편지보다 더 길며 그의 사상을 전개해 나가는 데 실질적으로 기여하지는 않지만, 그 정교함과 반복성, 의도적인 다짐과 무의식적인 배신은 페트라르카의 성격과 정신적 전망에 빛을 더해 준다. 두 번째 편지에서 인용된 전기 삽화 대부분이 중세 문학에서보다 더 학문적으로 다루어지고 차별적으로 적용되기는 하지만, 그다지 큰 관심을 끌지는 않는다. 그러나 확연하게 차별화하지는 않는다.

평생을 사막에서 보낸 은수자들을 인용하든, 고독한 곳과의 연관이 덧없는 총대주교와 예언자들을 인용하든, 교회의 노동에 몰두하며 접근하기 어려운 거리에서 고독의 평화를 바라본 주교와 교황들을 인용하든, 페트라르카에게는 모두 같은 일이다. 그리스도교 성인과 이교도 철학자, 황제와 장군, 학자와 시인, 그들이 고독을 즐겼든 즐기지 못했든 간에 그의 주장이 지닌 풍부함을 부풀리는 역할을 한다. 그가 개인적으로 보이는 공감은 아우구스티누스에 대한 문학적인 추구나 암브로시우스와 마르티누스와 같은 개인적인 교제에 관심을 불러일으킬 기회가 있을 때만 일어난다.

페트라르카는 고독한 생활에 몸담았던 그리스도교 신자들을 논하는 데 굳이 비판적인 태도를 보이지 않는다. 그가 보인 열렬한 찬사의 표현으로 보아 수도사와 같은 영웅들의 금욕적 이상과 실천을 사랑했다고 추측할 수도 있다. 그러나 이러한 실천들은 교회가 쏟아부은 독특한 신성함을 획득하기 무섭게 우리의 섬세한 시인에게 그들의 혐오스러움과 야만성을 드러낸다. 테베 지방의 주민들에게 경의를 표할 수는 있지만, 브라만들과 벌거벗은 수행자들을 숙고할 때면 그는 자신의 판단을 완전히 통제하게 된다. 그는 그들의 벌거벗는 습관이나 상식에 반해 음식과 수면을 비인간적으로 무시하는 것이 싫다고 항의한다. 호라티우스의 취향과 마찬가지로, 그의 취향은 모든 일에서 허술함과 천박함을 피하는 것, 그리고 매사에 중용을 지키는 것이다.

똑같이 가벼운 방법으로 페트라르카는 무엇인가를 소개할 때마다 자신의 속내를 계속 드러낸다. 예를 들어, 그는 활동적인 생활이 국가에 더 큰 이익이 된다는 키케로의 주장을 두고 가능한 한 눈에 띄지 않게 여기서 빠져나가려고 한다. 이는 은퇴 생활이 다른 생활 방식보다 더 안전하고 더 쉽고, 덜 부담스럽고, 덜 성가시며, 따라서 지성과 학식을 가진 사람들에게 칭찬받을 만하다는 자신의 말에 관심을 붙잡아 두기 위해서다. 물론 그는 지성과 학문을 가진 사람들이 유용하다는 주장을 잊지 않는다. 그러나 그의 마음은 고귀한 생각, 격려하는 책, 사랑하는 친구들과 함께 삶을 살겠다는 생각에 골몰한다.

마지막으로, 페트라르카는 행복한 고독에서 선호되는 모든 조건이 어떻게 실현되는지를 지적한다. 그는 미덕과 정신 수양에 대한 사랑을 지니고 있을 뿐만 아니라, 건강한 신체, 사악한 욕망을 넘어설 수 있게 하는 물질적인 수단, 독서에 대한 사랑과 이를 충족시키기 위한 좋은 책을 가지고 있으며, 무엇보다도 그에게는 몇 안 되는 친구들의 모임 — 비록 그중에서 자신이 가장 가치 없는 사람이라고 생각하지만 — 이 있다. 모순되게도 자신의 책임을 포기하지 않고 행복을 찾을 수 있다는 확신을 친구에게 주었음에도, 그는 다시 한번 자신을 타인과 연결하는 끈에서 벗어나라고 재촉하면서 끝을 맺는다.

문제는 그가 제안하는 삶의 과정이 기존의 관행뿐만 아니라 승인된 원칙으로부터의 이탈임을 불편하게 인식한다는 점이다. 그는 정통파로 보이고 싶지만, 그의 어려움에서 벗어날 수 없다. 그는 자신에게 제기된 거센 반대 의견을 마주하고 자신이 이에 반박했다고 항의하지만, 사실 회피하는 것 외에는 아무것도 하지 않는다.

《고독한 생활》과 조화를 이루는 작품들

《고독한 생활》은 정교하면서도 장황한 책이다. 그 논의는 구불거리다가 길을 헤매고 때로는 완전히 갈 길을 잊어버리기도 한다. 그렇지만 앞서 말한 분석에서 볼 때, 고독에 관한 페트라르카의 사상은 세속적이고 인본주의적인 흐름에 대한 설득력을 가지고 있음을 알 수 있다. 게다가 이러한 설득력은 다른 글에서 그의 표현과 완벽하게 조화를 이룬다.

발레리우스 막시무스^{Valerius Maximus}(1세기 고대 로마의 작가)의 계획을 바탕으로 작성된 《기억할 만한 공적과 격언들*Factorum ac Dictorum Memorabilium*》에서 그는 여가*otium*와 연구*studium*를 긴밀하게 연결하고 적절한 연결고리를 형성하여 책 맨 앞에 놓는다. 고독과 여가로부터 삶의 기쁨과 힘을 끌어낸 사람에게 다른 시작은 생각할 수 없다고 그는 말한다.

그는 먼저 은퇴에서 비롯한 영감과 권력에서 위대한 업적을 끌어낸 두 명의 스키피오와 키케로, 소크라테스, 에파미논다스에게 경의를 표하고, 다음으로 여가가 행복하고 결실 있는 생활의 필수 조건인 철학자들과 문학가들에게 경의를 표한다. 여가를 빼앗으면 연구는 고민과 뒤숭숭한 작업이 되고, 연구를 빼앗으면 여가는 지루하고 졸렬한 무기력이 된다. 한쪽의 가치는 전적으로 다른 쪽에 대한 유용성에 있으며, 진정한 헌신적인 학자인 페트라르카에게는 거의 문제가 되지 않는다. 페트라르카는 그것이 수단이자 목적이라고 여길 것이다.

페트라르카의 이상 속에서 종교적 근거를 찾는 사람들은 "종교적 여가"를 매우 중시하는데, 그 안에서 수도원 같은 고요함과 명상적으로 몰입하는 삶에서 보이는 열망의 표현을 읽을 수 있다. 사실, 이 작품은 작가와 그 작업의 시점으로 인해 정확히 예상되었을지도 모른다. 페트라르카는 의식적인 혁신가도 아니고, 기존 제도에 의도적으로 맞선 개혁가도 아니었음을 반드시 명심해야 한다.

그에게는 카르투시오회 수도원의 모범적인 일원이자 많은 사랑을 받았던 동생 게라르도가 있었는데, 그 수도원에서 페트라르카는 자신의 세속적인 명성에 대해 큰 존경과 경의로 제대로 대접받았던 경험이 있다. 칭찬과 감사의 표시로 그는 이 책을 그를 초대한 사람들에게 보낸다. 이 책에서 그는 이 세상을 살아 왔고 세상이 제공할 수 있는 최대한의 것을 경험했던 사람으로서 그들의 처지가 지닌 장점을 밝히고 그들에게 불멸의 영혼을 돌보는 데 헌신하도록 격려한다.

그 어조는 매우 성공적이었다. 다소 일에 지친 사람이 부러운 듯 운명에 의해 자신이 누릴 수 없게 된 학문적 추구의 매력과 정신적 수행을 두고 대학 청중들에게 말하는 듯 들린다. 조언은 전체적으로 평범하며, 권고하는 태도를 취한다.

첫 번째 편지에서 그는 육체의 유혹과 악마의 다른 모든 유혹에 대한 적극적인 저항을 통해 그가 뜻하는 종교적 여가에 의해 확보되는 영적 휴식의 이상을 그들 앞에 내걸고, 그리스도교 신앙의 진실과 영광을 증명하는 긴 논의를 그의 설교에 포함시킨다. 두 번째 편지에서는 이 세상 삶의 허영심에 대해 논하며 당대의 많은 사례와 함께 *Ubi Sunt* (그들은 어디에 있는가?) 라는 주제를 상세하게 설명하고 그리스도교적 실천이 보여 주는 익숙한 교훈을 추론한다. 여기서 그의 계율은 이제 수도사에게만 적용되는 것이 아니며, 고독과 은거에만 치중하지도 않는다. 그러나 그는 시인이자 관찰자이기도 하다. 그는 자신의 감정과 언어의 흐름에 휩쓸리지 않을 수 없었고, 결국에는 스스로 설득당하고 만다.

만약 우리가 이를 개인적 허영심과 문학적 열광의 특징적인 혼합으로 취급하는 대신 이 구절이나 《종교적 여가》 전체를 수도원에서의 은둔과 금욕적인 삶을 향한 페트라르카의 열망을 보여 주는 증거로 간주하고자 한다면, 우리는 그의 전기에서 이러한 경향의 다른 증거를 발견하는 데 아무런 문제가 없을 것이다.

페트라르카의 삶을 연구하는 이들은 그의 삶에 나타난 종교적 위기와 삶의 개혁을 오직 해가 갈수록 자연스럽게 침하했던 열정과 변해 버린 습관을 가리키는 증거로부터 추론해 온 것이 사실이다. 그러나 페트라르카가 처했던 종교적 문제의 해결책이 될 수 있다면 우리는 그의 삶과 더불어 그의 저술인 《고독한 생활》과 《종교적 여가》와는 별개로, 서로 다른 상황에서 일관되게 표현된 고독한 삶에 그가 보인 풍부한 감정을 증거로 들어 진실성을 확인할 수 있다. 다행히도 그 주제는 모든 경우에 그가 가장 좋아하는 것이다.

우리는 페트라르카가 어떻게 고독한 삶을 받아들이게 되었는지, 그가 그것을 무엇에 사용했는지, 거기서 어떤 즐거움을 얻었는지, 그리고 그가 얼마나 확고하게 이 생활을 고수했는지를 쉽게 확인할 수 있다. 그의 산문 편지나 소네트와 운문 서간에서 그는 돌출된 바위와 신비로운 동굴이 있는 졸졸거리는 샘물 옆 외딴 계곡에서 이어 나가는 그의 삶이 지닌 매력을 묘사하고 암시하는 데 싫증을 내지 않는다.

보클뤼즈 이야기

보클뤼즈에 보인 페트라르카의 애착은 자연의 소박한 아름다움을 향한 본능적 열정이 주를 이루었다. 기억할 만한 그의 방투Ventoux산 등정은 가장 좋은 증거다. 그가 등정하기 이전까지는 장엄한 경치를 보는 것 외에 어떤 대가를 치르려고 힘든 언덕을 오른 사람이 없었다. 그는 12살에 처음 보클뤼즈를 방문했던 일을 회상하며, 어떻게 그곳의 아름다움에 사로잡혔고 그곳에서 삶을 보내고 싶다는 열망에서 영감을 얻었는지 이야기한다.

그가 살던 시대에 망망한 숲의 고요함 속에서 심미적 설렘을 찾거나, 한밤중에 홀로 별빛과 달빛 아래를, 숲과 산 위를 걷고 심지어 두려움과 기쁨이 뒤섞인 기분으로 대낮에 다른 사람들은 떨면서 들어가려는 어두운 동굴을 탐험하기 위해 일어섰던 사람은 누구였을까?[7] 그 공포와 기쁨이 뒤섞인 느낌은 후대에 나타날 유럽 시의 분위기를 4세기 이상 앞서 예측한다.

그러나 페트라르카의 분위기가 습관적으로 이런 숭고한 수준에서 유지되리라고는 누구도 기대하지 않았다. 그의 은거지에서는 하루하루 더 절제된 만족감을 누릴 수 있었다. 시골의 평화가 가져다주는 즐거움과 친숙한 자연의 모습은 지속적으로 매력을 느끼게 했다. 아침부터 저녁까지 그는 쾌활하지도 슬프지도 않은 기분으로 언덕과 초원을 넘고, 개울가와 숲속을 거닐며, 이끼 낀 동굴과 초록 들판, 새들의 지저귐과 물소리를 즐긴다고 우리에게 말한다. 때때로 그는 강둑에서 움직임 없이 풀밭 가장자리 위에 편안하게 기대어 있다. 종종 그는 사색 속에서 꼿꼿이 서 있고, 시선을 고정한 채 침묵하며, 자신과 많은 이야기를 하고, 세상의 모든 흥미에는 관심을 두지 않는다.[8] 그가 가장 중요하게 생각하는 것은 침묵이다. 자갈 위로 물결치는 시냇물이나, 종이를 흩날리는 가벼운 바람, 또는 자신의 고조된 시가 달콤한 웅성거림을 만들어 내는 것이 아니라면, 가장 작은 소리조차 그를 방해하는 소음이다.[9]

---

7   《노년 서간집》 10. 2.
8   《친근 서간집》 6. 3.

294

그의 시를 언급하는 이 대목은 페트라르카가 보클뤼즈로 은퇴한 표면적인 동기 중 하나가 라우라가 있던 곳에서 탈출하는 것이었음을 떠올리게 한다. 그러나 동시에 사랑의 고통에서 벗어나기를 원하던 그는 이내 스스로 잘못을 깨닫는다. 라우라의 모습은 그곳까지 그를 뒤쫓아 갔고, 결국 그 장소도 그에게 평온함을 주지 못했다. 그는 "내가 잘못 알았어요"라고 외친다.

이 치료법은 형편없는 것으로 판명되었습니다. 왜냐하면, 나는 그저 내 안에 품고 있는 욕망으로 불타올랐고, 외로운 곳에서 모든 구원을 받지 못했으며, 내 가슴의 정열은 필사적으로 타올라 가슴에서 터져 나왔고, 내 탄식이 이들 계곡과 하늘에 처량한 소리를 울렸으며, 다른 사람들은 그것을 달콤하고 기분 좋게 여겼기 때문입니다.

온갖 광경과 소리가 그의 감정에 영향을 미쳤다.

물은 사랑을 말하고, 산들바람과 나뭇가지
작은 새들과 물고기들과 꽃들과 풀은
모두 내가 영원히 사랑해야 한다고 입을 모아 기도한다. 10

---

9   《운문 서간집》 1. 7.

10   페트라르카, "라우라의 죽음에서", 《칸초니에레》 소네트 280 참고. *"L'acque parlan d'amore e l'òra e i rami / E gli augelletti e i pesci e i ficri e l'erba / Tutti insieme pregando ch'i' sempre ami."*

페트라르카가 자신의 고통이 연주하는 구슬픈 음조에서 위안을 찾았음은 틀림없지만, 그가 이룰 수 없는 욕망의 세련된 감각을 즐기고 만족하기 위해 그 자리에 10년이나 머물렀다고 볼 수는 없다. 그는 전혀 그것을 체류의 정당성으로 삼지 않고 오히려 다른 행운의 상태에서 하나의 방해 요소라고 말한다. 11

페트라르카가 보클뤼즈에 오래 머물렀던 이유를 더 잘 설명해 주는 동기는 그 고립이 그의 연구 습관과 매우 잘 맞아떨어졌고, 집중을 방해하는 요소가 없어 그의 활발한 두뇌가 항상 들끓는 학술적·문학적 과제를 수행하는 데 도움이 되었다는 것이다. 그는 그곳에 도서관을 만들고 무궁무진한 기쁨을 끌어냈다. 12 그는 종일 외딴 구석에서 오른손에는 펜을, 왼손에는 종이를, 마음속에는 수많은 생각을 지닌 채 보낸다. 13 진실은 그곳이 그가 지속적인 노력을 기울일 수 있는 유일

---

11 《운문 서간집》 1. 7. 이는 그가 고독의 해악에 대해 말할 때 마음에 두었던 다음의 불안한 요소이다. 《나의 비밀》에서 그는 아우구스티누스에게 다음과 같은 충고를 하도록 하였다. "자네 병의 흔적이 조금도 남아 있지 않다고 생각하기 전까지는 신중하게 고독을 피하게. 자네는 시골 생활이 아무런 도움이 되지 않았다고 말했지만 틀린 말도 아니야. 쓸쓸한 외딴 시골에서 도대체 어떤 치료법을 찾을 수 있다고 생각할까? … 자네는 고독에 반대하는 옛사람들의 견해를 알고 있었고 스스로 그런 견해를 새로 썼던 만큼, 자네가 그런 실수를 저지르다니 놀랍네. 실제로 자네는 고독이 아무짝에도 쓸모없다고 자주 탄식하지 않았던가? 자네는 그것을 많은 곳에서, 특히 자네의 불행에 관해 쓴 훌륭한 시로 표현했지. 자네가 그것을 읊고 있을 때 나는 그 달콤함에 감흥이 북받쳐 오르고, 그리고 의아스러웠던 것이네." (《나의 비밀》 175~177쪽)
12 《친근 서간집》 12. 8.
13 《운문 서간집》 1. 7.

한 장소라는 것이다.

그는 익숙한 편지들을 아무 데서나 즉석에서 받아쓰게 할 수 있지만, 책을 엮을 때는 고독과 평온, 절대적이고 깨지지 않는 침묵을 유지해야 한다. "거기에서," 그는 우리에게 말하고 있다.

나는 치밀하게 계획한 《아프리카》를 쓰기 시작했고, 산문과 운문으로 내 편지들의 많은 부분을 받아쓰게 했으며, 놀랄 만큼 짧은 기간에 내 목가牧歌를 썼습니다. 모든 연령대, 모든 곳의 저명한 인물들에 대해 글을 쓰는데 이렇게 쉽거나 이렇게 날카로운 자극은 그 어느 곳에도 없었습니다. 그 고독에 위안을 받아, 나는 몇몇 책에 고독한 생활과 수도원 생활의 평화를 찬양하는 글을 썼습니다. 14

그가 4년 만에 계곡으로 돌아왔을 때, 그의 주된 동기는 그가 그곳에서 시작한 특정한 일을 재개하는 것이었고, 10년 후 보클뤼즈에 있는 그의 집이 헐리고 이제 그곳으로 돌아갈 생각을 하지 않게 되었을 때, 그는 자신이 구상한 작품에 마무리 손질을 할 수 있는 다른 장소는 없다는 완고한 확신을 표명한다. 15

페트라르카가 좋아하던 은둔 생활을 가리키는 모든 암시를 결합함으로써, 우리는 페트라르카가 그의 삶에서 품고 있던 장소에 대한 완전히 조화로운 개념에 도달한다. 친숙하고 승화된 측면에서의 자연

---

14   《친근 서간집》 8. 3.
15   《잡문 서간집》 25.

에 대한 열정, 라우라에 대한 그의 사랑, 그리고 학문과 글쓰기에 대한 그의 헌신은 그의 마지막 날까지 계속되고 시간의 길이에 따라 특징적으로 미화되는 애착 속에 불가분하게 섞여 있다. 그는 우리에게 젊은 시절 그의 모든 기억은 살아 있는 한 그에게 소중한 추억이 될 것이라고 말한다.

그가 이탈리아의 뛰어난 아름다움을 두고 자신과 논쟁할 때조차 그의 감정은 이성에 반기를 들며, 그 자신도 모르게 사랑이 그를 그 자리에 계속 묶어 놓는다. 그는 "소르그강을 휘감은 언덕, 동굴, 숲, 그리고 이끼 긴 돌들에 대한 거부할 수 없는 갈망"[16]에 의해 찾아온다. 오랜 습관이 이를 그의 제2의 천성으로 만들었다. 도적들의 약탈로 거처가 불안해진 후에도 그는 여전히 나타나는 아주 작은 희망이라도 간절히 움켜쥔다. "나는 모르겠습니다", 그는 말한다.

내가 진정으로 나를 희망하는지, 아니면 단지 나를 속이고 있는지, 내 가슴속에 있는 욕망을 거짓 신뢰로 착각하려고 하는지 말입니다. 하지만 밤낮으로 친구들과 그에 관해 이야기한다는 것이나, 조금 전에 그 지역의 주교에게 쓴 편지에 담긴 따뜻한 한숨은 내가 그곳에 대해 끊임없이 고민한다는 사실을 증명함은 확실합니다.[17]

그는 노년에 자신의 삶 전체를 돌아보며, 오직 그곳에서 보낸 세월

---

16   《친근 서간집》 11. 12.
17   《잡문 서간집》 25.

만이 삶의 이름에 걸맞았고 나머지는 너무 오랫동안 끌어온 고통이었다고 생각한다.[18]

페트라르카의 성격이 필연적으로 지닌 특징 중 하나는, 그의 흥미가 아무리 현실적이고 그의 감정이 아무리 깊어도 이기심과 허영심이 한데 섞여 희석되지 않았다는 것이다. 만약 그가 어떤 특이한 일을 하거나 경험했다면, 그는 그러한 일과 거리를 둔 사람이라는 의식에 만족하지 않았다. 그가 때로는 겸손한 척하며 위대한 세계에서의 명성, 잘 알려진 지적 성취, 혹은 라우라를 찬양하는 소네트의 명성을 자랑하는 데에서 엿볼 수 있듯, 때때로 그는 보클뤼즈에 대한 자신의 사랑을 깎아내리며 그가 체류함으로써 이곳의 명성이 그 본질적인 아름다움보다 더 높아졌다고 주장하기도 한다.[19]

그는 실제로 대중과 구별되고자 하는 욕구가 그가 삶에서 보인 모든 활동에서처럼 은퇴를 채택한 근본적이고 광범위한 동기였음을 시사한다. 아우구스티누스가 《나의 비밀》에서 그에게 하는 말의 의미는 틀림없는 것이다.

도시를 벗어나 숲을 사랑했다는 것을 자랑하고 있지만, 그렇다고 핑계가 될 수는 없고 그저 죄의 형태가 바뀌었음을 보여 줄 뿐이야. 하나의 목표에 이르기까지에도 많은 길이 있기 때문이지. 괜찮을까, 자네는 세상 사람들이 걸었던 길을 버렸다고 말은 하지만 자신이 경멸했다는 그

---

18 《노년 서간집》 10. 2.
19 《친근 서간집》 13. 3.

야심을 샛길에서 노리고 있어. 자네의 여가, 고독, 세상일에서의 도피, 그리고 연구 활동이 마찬가지로 야심에 이끌리고 있네. 자네의 연구 활동의 목적도 지금까지 쭉 명예였던 것이야. [20]

2. 《고독한 생활》과 자아실현

《고독한 생활》은 페트라르카의 다른 저서에서 발견되는 것만큼 많은 의도적인 자기 분석이나 직접적인 고백을 포함하지 않는다고 볼 수 있다. 그런데 독특한 점이 하나 있는데, 이는 인간 인격의 원칙으로서 개인의 자질에 따라 자신을 표현하고 실현할 권리를 주장한다는 것이다.

따라서 이 책은 유럽인이 거쳐 온 정신발달의 한 단계를 보여 줌으로써 철학적으로 중요한 시사점을 얻는다. 책 속에 주목할 만한 발상이 있다면 이는 삶을 적절하게 지도하는 동기로서 자기 수양을 확립한 것이라고 볼 수 있다. 이는 두 번째 편지를 구성하는 수많은 예를 다루는 과정에서 간접적이지만 명백하게 드러난다. 표면상 이 예시들은 모두 외로운 삶의 미덕을 보여 준다. 현실에서 이들은 가장 이질적인 인간의 경향을 나타내며 오직 그들이 분리된 욕망을 성취할 기회를 제공하는 한에서 고독으로 함께 연결된다. 성자든 군인이든 철학자든 각 개인은 그의 본성에 대한 어떤 거부할 수 없는 부름을 따른다.

---

20 《나의 비밀》91쪽 참조.

어떤 사람들은 시적 공상을 갈망하고, 어떤 사람들은 학문적 관심을 추구한다. 그는 고독을 위해 세상을 포기한 일을 칭찬하지만, 종종 세상의 존엄과 권력을 위해 추구한 고독을 자랑한다. 그는 피상적인 일관성을 거의 고려하지 않은 채 실베스테르의 고독한 생활이 교황직으로 대표되는 세속적 장엄함의 근원이라는 점에 감탄하는 반면, 다른 곳에서는 교황직에서 사임할 때 첼레스티누스가 보인 겸손함을 높이 평가한다. 이러한 모순은 베드로 다미아누스라는 한 인간 안에서 만난다. 속세의 권력을 행사하기 위해 고독을 준비한 그는 나중에 이전의 생활 방식으로 돌아갔고, 그렇게 함으로써 자신 속에서 세상에 어울리는 고독의 "이중의 명예"를 표현하고 후에 그것들을 되찾는 것이다. 게다가 고독은 그 추종자들에게 세속적인 명성의 왕관을 수여하는데, 페트라르카 역시 고독의 시야에서 사라질 수 없었다. 세상의 눈에 띄지 않으려고 애쓰는 안토니우스 성인은 그리스도교 세계와 같은 영광을 얻고, 힐라리온은 한 은둔처에서 다른 은둔처로 도망치면서 항상 자신의 삶에 대한 평판이 자기 자신을 능가하고 있음을 깨닫는다.

그러나 구체적으로 《고독한 생활》은 프란체스코 페트라르카가 필요로 했던 것이 무엇인지를 충분히 알려주는 작품이다. 이 논의는 결국 일반적으로 적용되어야 할 완벽한 조언인 보통의 교훈적 호소가 아니라 자연이 그에게 부여한 기질과 유머를 따르며, 또한 그에 대한 그의 동료들의 주장을 전혀 언급하지 않고 특정 개인의 생활을 규제할 권리의 정당성을 입증하는 것으로 구체화 된다. 이 이전의 어떤 도덕적 논문에서도 우리는 작가 자신의 경험과 성격이 인간의 인격에 대해 호소하기 위한 근거가 되는 예를 발견하지 못했다. 이는 현대인이 절대적인 도덕규범의 속박에서 해방되는 첫걸음이다. 페트라르카의 논의는 몽테뉴의 《수상록》이 보이는 관점을 2세기 이상 앞서 보여 준다.

페트라르카는 내심 자신의 고독을 사적인 문제로 선택한 것을 정당화한다. 그는 그러한 생활 방식을 채택하는데, 그것이 바로 그의 즐거움이기 때문이다. 그의 태도는 의도적인 결심이나 타인의 충고에 의해서가 아니라 그의 성격이 자신에게 가하는 자연스러운 자극으로 결정되는 것이다. 그의 모든 취미, 습관, 교육이 한데 어우러져 여가와 은퇴에 관해서 다음과 같은 감사한 마음을 표한다.

> 문학적 여가에 유리한 장소에 대한 나의 애정은 의심할 여지 없이 책에 대한 나의 사랑에서 비롯되었음이 분명합니다. 또는, 아마도 우리 취향의 불일치로 인한 혐오감 때문에 군중으로부터 탈출하려고 하거나, 아니면 양심의 가책 때문에 내 삶을 두고 말이 많은 증인을 피하고 싶은 것인지도 모릅니다. 21

이처럼 본능적으로 굳어진 신념이 버티고 있어 존경받는 고전의 권위조차도 그를 움직일 수 없다. 그는 데모스테네스와 쿠인틸리아누스의 가르침과 자신의 실천을 조화시키는 데 성공하지 못 했을지 모르지만, 그가 던지는 교훈은 꾸준하되 상상력이 부족한 근면한 편찬

---

21 이 책의 79쪽 참조.

자와 사실의 기록자를 위한 것이다. 그와 동류인 시인과 철학자는 자기 방식대로 하도록 해야 한다.

그들이 장소나 시간에 상관없이 영감의 힘에 강하게 자극받는다고 느끼는 곳, 탁 트인 하늘 아래든, 잠긴 집의 지붕 아래든, 단단한 바위 피난처 안이든, 펼쳐진 나무 그늘 밑이든, 그들의 마음이 반응하는 장소라는 확신 속에서 천재성의 충동을 따르도록 하십시오. … 하지만 그들은 천재성의 날개로 스스로 높이 치켜세웁니다. 인간의 힘 이상으로 말하려면 인간적인 환희를 넘어서야 하기 때문입니다. 내가 관찰한 바로는 이는 의심할 여지 없이 자유롭고 탁 트인 장소에서 가장 효과적이고 행복하게 이루어졌습니다. **22**

페트라르카는 자신의 논의를 분명히 하고자 염려하지만, 자신의 지혜로 다른 사람의 지혜에 반대할 문제가 아님을 잘 알고 있다. 그는 자신의 관찰과 경험을 보통의 축적된 경험에 더할 뿐이다. 누가 뭐라 해도, 그는 자신의 마음이 숲과 산에서보다 더 행복한 곳이 없음을 알고 있고, 위대한 생각이 더 쉽게 떠오르거나 자신의 견해에 적절한 말이 더 쉽게 떠오르는 곳이 없음을 알고 있다.

처음에 그는 오직 자신의 경험을 이 문제에 대한 지도자로서 삼는 것만을 목적으로 하며, 다른 지도자를 찾거나 제안이 들어오더라도 그것을 받아들일 생각이 없으며 과거와 현재의 삶의 대의에서 자료를

---

22 이 책의 90쪽 참조.

끌어내려 한다고 선언한다.

낯선 사람의 발자국을 따라가기보다는 내 길을 추구하는 편이 덜 안전
하나 더 자유롭게 길을 갈 수 있기 때문입니다. 당신은 나보다 더 큰 경
험을 한 사람이나 다른 사람의 경험을 더 깊이 탐구한 사람들에게서 더
많은 것을 배울 것입니다. 나에게서 당신은 단지 그 순간이 시사하는 것
은 무엇이든 들을 수 있을 뿐입니다. 23

모순된 조언으로 곤혹스러울 수 있는 독자들에게 그가 유일하게 조
언하는 바는 그 진술의 진실성을 스스로 살피고, 자신이나 그 누구도
믿어야 한다고 생각하지 말고 자신이 겪은 경험의 증거를 믿으라는
것이다.

이에 더해 페트라르카는 이런 삶이 그에게는 지극히 바람직하지
만, 일반인은 꺼리는 모방 사례라는 추론까지도 주저 없이 이끌어낸
다. 24 그는 자신의 설득이 자신에게 공감할 수 있는 선택된 소수의 사

---

23 이 책의 27쪽 참조.

24 M. 주세페 볼로냐는 《고독한 생활》에서 그 이상이 너무 편협하게 개인적이고
일반적인 적용에 부적합하다는 점을 주요 비난의 대상이 되는 문제로 삼고 있는
데, 이는 그가 페트라르카 사상의 가장 중요한 특징을 완전히 간과하고 있음을
보여 준다고 할 수 있다. 페트라르카는 보편적으로 받아들일 수 있는 이상을 제
공하기는커녕, 자신과 몇몇 다른 마음을 가진 사람들에게 특별한 관심을 보이면
서, 이러한 관찰을 자신의 독특한 기질과 본성의 요구에 따라 자신의 생활 방식
을 형성하기 위한 자유를 요구하는 근거로 삼는다. 《페트라르카에 관한 새로운
연구들》(*Nuovi Studi sul Petrarca*), p. 60 참조.

람에게만 향함을 강조하는 데 주력한다. 그는 남을 위해 규칙을 제안하는 대신 자기 마음의 원칙을 밝힌다.

누군가가 나의 원칙을 좋아한다면 그가 이 제안을 따르도록 하세요. 누구라도 이 원칙이 싫다면 이를 거부하고 우리가 고독의 삶을 살도록 남겨둔 채 자신의 불안한 근심을 껴안고 우리의 시골 은둔을 경멸하며 자기만족에 차 살아가는 것은 자유입니다. **25**

이처럼 중요한 점은 모든 사람이 자신의 본성을 이해하고 그에 맞는 삶의 방식을 채택하는 것이다. 단지 즐겁고 매혹적이라는 이유만으로 길을 따라가는 것은 사람을 위험에 빠뜨리기 쉽다. 그러므로 자기성찰은 의무이자 필수 덕목이 된다.

이와 관련하여, 나는 사람은 특히 정직하게 행동하고 자신을 엄격히 판단할 것과, 눈과 귀의 기만적인 유혹에 길을 잃지 말 것을 요구합니다. **26**

페트라르카는 분명히 신탁神託의 계율을 재발견했고, 오래된 철학자들의 충고를 거의 같은 말로 여러 번 반복했다.

각자가 은퇴 생활이든 도시에서의 생활이든 또는 다른 삶의 방식이든,

---

25   이 책의 54쪽 참조.
26   이 책의 59쪽 참조.

자신의 성격과 습관과 주어진 삶의 방식 사이의 관계를 들여다보고 어느 쪽이 자신에게 가장 적합한지를 이해해야 한다는 것입니다. 27

이어 그는 단언한다.

다른 사람들에게 자신들의 상태를 고려하라는 나의 조언은 바로 내가 나 자신의 상태에 관한 이해에 도달하고자 사용한 방법입니다. 28

이 관습화된 행동으로부터의 해방, 개인의 견해나 기질의 차이에 대한 허용, 주관적 원칙에 따라 삶을 실현하는 개인의 권리에 대한 인식은 이미 인용된 글로 충분히 전달되었을 것이다.

그러나 페트라르카가 자신의 도덕적 글을 집필하면서 보여 준 정신의 신선함을 더욱 놀랍게 증명하는 것은 또 있다. 첫째, 심판의 독립만큼 중요한 것은 없다고 많은 말로 선언하고, 자기 자신을 위해서 이를 주장하며, 다른 사람에게 이 같은 주장을 부정하지 않는다. 그러나 만약 이것이 특별히 중요하게 보이지 않는다면, "분명하지 않고 흔들리는 의견을 강제적으로 긍정적인 진리로 바꾸게 할 수는 없다"라는 이유로 판단을 내릴 권리를 포기하는 새로운 성질을 분명히 보일 것이다.

"나는 인간 양심의 깊고 숨겨진 신비를 판단하고 싶지 않습니다"라

---

27 이 책의 60쪽 참조.
28 위와 같음.

는 그의 말속에서 같은 정신이 번뜩인다. 페트라르카는 만들어지고 있는 회의론자이다.

페트라르카는 자신의 글을 마무리하면서 진리를 부지런히 추구해 왔지만 때때로 인간의 한계로 인해 진리가 달아날까 두려워하고 고심 하는 탐구자라고 자신을 묘사한다. 그리고 다음과 같이 덧붙인다.

그래서 나는 이 문제들을 법을 규정하는 사람의 정신이 아니라 학생으 로서 그리고 조사자로서 다뤄 왔습니다. 왜냐하면 규정하는 것은 현명 한 사람의 영역이며 나는 현자도 현자의 이웃도 아니지만, 키케로의 말 대로 "추측성이 풍부한 사람"이기 때문입니다. 29

물론, 책 전체가 이런 수준을 유지하고 있다고 단언하는 것은 무리 일 것이다. 그러나 문맥과는 독립적으로 고려하더라도 이러한 진술 이 지닌 가치는 틀림없다. 그것들은 인간의 성격과 행동에 대한 자유 로운 조사의 탄생을 기념한다. 개인의 취향과 성향에 대한 갈등에 주 의를 환기함으로써 지나치게 엄격한 도덕성의 기준을 완화하리라는 것을 암시한다. 개인의 의견 차이를 밝힘으로써 그들은 진실을 더 유 연하게 볼 수 있게 된다.

현대 정신의 해방을 향한 이러한 접근은 페트라르카의 다른 저술에 서는 그다지 명백하게 이루어지지 않는다. 다른 저술에서 그는 개인 의 감정을 더 풍부하게 표현하고, 그의 정취 분석에 더 깊이 파고들지

---

29 이 책의 277쪽 참조.

만, 《고독한 생활》에서는 철학적인 용어로 그의 시대부터 인간 지성의 저변을 넓히며 유럽을 지배해 온 원리를 발표하는 것에 가장 가깝다고 볼 수 있다.

3. 《고독한 생활》의 문학적 형식

작품 《고독한 생활》은 일종의 '철학 에세이'다. 이 작품은 대략 1346년에서 1356년 사이에 출판되었다. 저자는 중세 금욕주의에도 소중한 주제였던 고독을 높이 평가하지만, 이를 관찰하는 관점은 엄격히 종교적이지 않다. 페트라르카는 외딴곳에서 읽고 쓰는 데 헌신하는 지식인들의 적극적인 고독을 수도자들의 엄격함에 견주어 본다. 《고독한 생활》은 순수하게 문학으로 볼 때, 상당한 관용이 요구된다. 우선, 구조적으로 볼 때 산만하고 거칠다. 첫 번째 편지에는 상당한 괴리와 반복이 없지는 않지만 그 자체로 전체 논의를 담고 있으며, 두 번째 편지에서는 예시를 사용하여 첫 번째 편지에서 전개한 일반적인 추론을 강화하고자 더 많은 내용을 추가한다. 이는 여담과 정교한 결말로 더욱 확장된다. 그 전기傳記들은 필요 이상으로 훨씬 많이 제시된다. 페트라르카는 틀림없이 이 전기들이 그들 자신에게 가치가 있다고 생각했고, 분명히 그들의 작품에 상당한 노력을 기울였다. 어떤 경우에 우리는 그가 사실을 인내심 있게 연구하고 경쟁관계에 놓인 이들을 매우 조심스럽게 저울질하고 있음을 발견한다. 그러나 그의 동시대인들이 이러한 세부 사항들에 대해 가졌을지도 모르는 관심을 현대의 독자들이 공유하길 기대하기란 어렵다.

　이 작품은 개인적인 친구에게 보내는 편지를 정교하게 다듬은 글이기 때문에 어떤 의견이나 성찰, 경험이 작가에게 자발적으로 일어나더라도 받아들이기에 부적절하지 않다. 작가의 풍부한 추측과 상상의 분출이 이러한 연출을 완성하고 정당화한다. 우리는 이 점에서 우연이라고 보기 힘든 몽테뉴(1533~1592년)의 방식과 또 다른 유사점을 발견한다.

　몽테뉴가 《수상록》(1580년)을 썼을 때, 비록 그 책을 받아볼 친구는 이제 이 세상 사람이 아니었음에도 그 프랑스인은 《수상록》이 느슨하고도 친숙한 편지라고 생각했고, 자신의 활동적인 두뇌가 지닌 모든 자원과 일상생활의 친밀한 습관들을 노출하였다. 페트라르카 역시 의도적으로 서간 형식을 사용했고, 자유로운 여담과 개인적인 의사소통이라는 똑같은 관습에 빠졌다. 페트라르카는 아무런 의도 없이 '수상록隨想錄'을 썼다. 그러나 의도적이든 아니든 몽테뉴의 《수상록》이 보이는 특징 중 상당수는 이미 200년 앞선 페트라르카의 《고독한 생활》 안에 분명하게 존재한다.

　페트라르카는 그가 좋아하는 주제를 설명하기 위해 사소한 도발을 모두 이용한다. 은둔자 베드로에 대한 언급은 그리스도교 정신의 쇠퇴, 권력과 위신의 추락에 대한 우울한 성찰이다. 이는 그리스도교 통치자들이 거룩한 땅을 무시한 일에 대한 오랜 독설을 시작하기에 충분한 계기를 제공한다. 그는 종종 동시대의 퇴폐에 대해, 모든 악덕에 탐닉하고 고귀한 계율을 무시하는 경향에 대해 전반적으로 행하는 비난을 자제하라는 부담을 떠안는다. 이런 경우에 그는 수사적인 선언에 빠지는데, 특히 그가 책망하는 악덕이 그가 스스로 유혹에서 벗어나지 못한 것, 다시 말해서 욕심이라고 한다면, 이러한 구절들은 간접적인 빛으로 작가의 성격을 비춘다. 한편 보다 개인적 발언으로 그의 취향과 감정을 말하는 다른 구절들은 인문주의적 기질의 본질인 인간적 허영심과 이기주의의 정신을 드러낸다. 여기서 페트라르카의 "그리스도교적 인문주의"라는 표현이 나온다.

그리고 그의 문체는 언제나 유려하고 이따금 웅변적인 빛으로 불타오르는데, 이는 책의 매력과 마음이 맞는 동료, 고요한 명상을 느낀 모든 독자의 마음에 스며들어야 한다. 스스로 키케로와 호라티우스의 마법에 걸린 그는 때때로 그들의 친근한 태도를 이끈다. 몽테뉴 장르의 발견을 예측하기 위해 그의 방법을 의식적으로 공식화하기만 하면 될 것 같이 보인다.

일반적인 도덕적인 문제에 관한 관심, 착취에 관한 개인의 경험을 통한 접근, 페트라르카에 한정된 경우라면 사소한 것, 개인적인 특성, 그 경험에 대한 철학적 평가, 그리고 그 여담을 유인하는 느슨한 서간체의 사용 등에 주목할 수 있다. 그러나 몽테뉴와의 이러한 유사성이 중요하게 여겨지든 아니든, 《고독한 생활》은 그 연구를 페트라르카의 마음과 르네상스 정신, 즉 인문주의, 회의주의,30 개인의 삶에 대한 인식을 보여 주는 기록으로 정당화된다.

---

30 회의주의는 인간의 인식은 주관적·상대적이라고 보아서 진리의 절대성을 의심하고 궁극적인 판단을 하지 않으려는 태도이다.

지은이 · 옮긴이 소개

지은이_프란체스코 페트라르카(Francesco Petrarca, 1304~1374)

중세와 근대를 연결하는 과도기적 인물이면서 '최초의 르네상스인'이라고 평가받는 프란체스코 페트라르카는 이탈리아 인문주의를 대표하는 라틴어 학자다. 1304년 7월 20일 이탈리아 아레초에서 태어나 1374년 7월 19일 아르콰에서 생을 마칠 때까지 70년간의 삶을 통해 문학에 대한 사랑을 철저하게 실천한 계관시인이기도 하다. 페트라르카의 라틴어 산문 작품 중 가장 대표적인 《나의 비밀》, 《고독한 생활》, 《종교적 여가》는 명상적·종교적·사상적 특성을 띠며, '개인'의 의미와 가치에 비중을 둔다. 《나의 비밀》에 이어 페트라르카는 인간 한계의 속성에서 비롯된 고통의 의미를 사랑으로 극복하고자 한 시집 《칸초니에레》를 탄생시킨다. 이탈리아어로 쓴 《칸초니에레》는 이탈리아 인문주의 시인 페트라르카가 남긴 불후의 명작으로, 이탈리아 서정시의 효시이자 서양 시문학사에서 가장 절대적인 영향력을 보여 준 시집이다.

옮긴이_김효신

서울에서 태어나 한국외국어대 이태리어과 및 동 대학원을 졸업하고, 영남대에서 국문학 박사(비교문학전공) 학위를 받았다. 현재 대구가톨릭대 한국어문학과 교수 겸 안중근연구소 소장이다. 저서로 《한국문화 그리고 문화적 혼종성》(2018), 《시와 영화 그리고 정치》(2014), 《한국 근대문학과 파시즘》(2009), 《이탈리아문학사》(1994), 《문학과 인간》(공저, 2014), 《세계 30대 시인선》(공저, 1997) 등이 있으며, 역서로 《페트라르카 서간문 선집》(2020), 《칸초니에레:51~100》(2020), 《이탈리아 시선집》(2019), 《칸초니에레: 1~50》(공역, 2004) 등이 있다. 대표 논저로는 〈페트라르카의 라틴어 산문 《나의 비밀》 연구〉(2023), 〈페트라르카의 《고독한 삶》 연구〉(2023), 〈단테와 페트라르카의 사랑과 시 연구〉(2022), 〈단테와 페트라르카의 삶과 정치〉(2021), 〈페트라르카와 로마〉(2021), 〈페트라르카의 서간문 방투산 등반기 소고〉(2020), 〈페트라르카의 서간집과 키케로〉(2019), 〈단테의 시와 정치적 이상〉(2015), 〈페트라르키즘과 유럽 문화 연구〉(2014), 〈이탈리아 시에 나타난 조국과 민족 담론 소고〉(2008) 외 다수가 있다.

최초의 르네상스인, 프란체스코 페트라르카
14세기 라틴어 산문의 정수를 만나다

나의 비밀
Secretum

프란체스코 페트라르카 지음
김효신 옮김

삶의 내밀한 비밀을 담은
페트라르카의 문학적 고백

성 아우구스티누스와 나누는 가상의 대화 세 편으로 이루어진 페트라르카의 자전적 소설. 작가로서의 창조력과 자기구원을 향한 의지가 여실히 드러나는 작품이다. 깊은 사색과 성찰이 담긴 이 산문은 그 자체로 매력적인 문학이자 '자기성찰의 거장' 페트라르카의 내면에 숨은 비밀을 파헤치는 열쇠이기도 하다.

양장본 | 248쪽 | 17,000원

종교적 여가
De Otio Religioso

프란체스코 페트라르카 지음
김효신 옮김

사색하는 은둔자의
빛나는 고민과 성찰

페트라르카가 동생 게라르도가 몸담은 카르투시오 수도회에 부친 두 통의 편지를 묶은 산문 작품. 여기서 그는 종교적 여가의 실천과 효용을 치열하게 성찰한다. 라틴 고전에 대한 풍부한 학식을 바탕으로 써내려간 이 작품에서 인생의 덧없음을 종교적 열망으로 승화하고자 한 그의 뜨거운 진심을 엿볼 수 있을 것이다.

양장본 | 304쪽 | 20,000원

나남
nanam   Tel : 031-955-4
         www.nanam.